桂冠世界文學名著 3

總策劃／吳潛誠

喬叟

坎特伯利故事集

方重・譯　蘇其康・導讀

喬叟(Geoffrey Chaucer, 1340～1400)

喬叟的另一幅畫像。

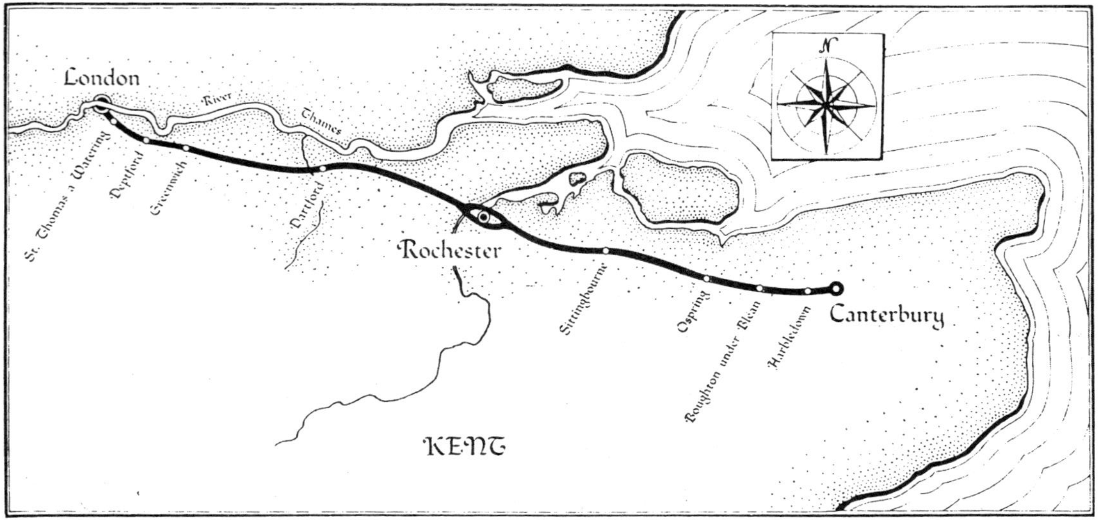
London
St. Thomas a Watering
Deptford
Greenwich
River
Thames
Dartford
Rochester
Sittingbourne
Ospring
Boughton under Blean
Harbledown
Canterbury
KENT
N

坎特伯利朝聖路線圖。

坎特伯利大教堂(Canterbury Cathedral)内景。

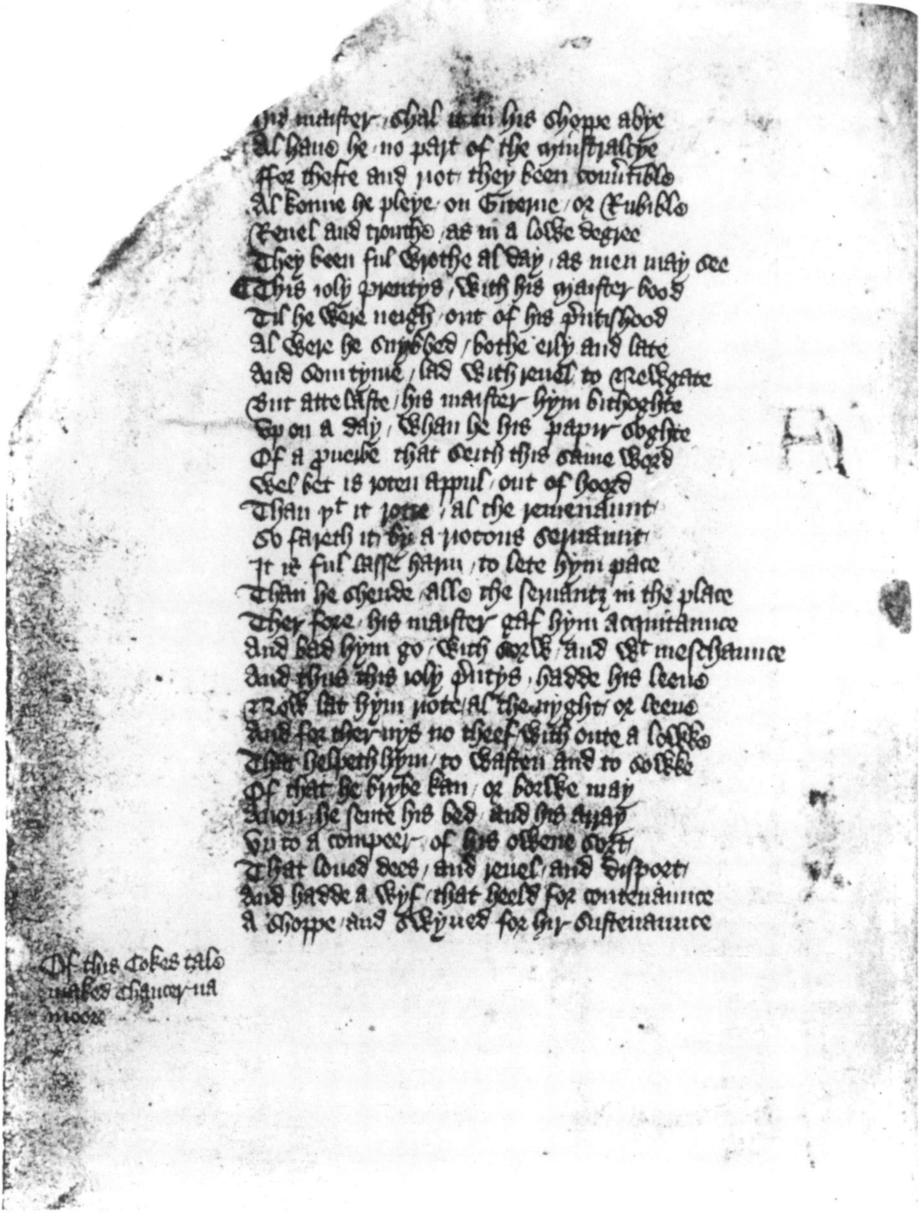

His maister shal it in his shope abye
Al haue he no part of the mynstralcye
For thefte and riot they been conuertible
Al konne he pleye on Giterne or Ribible
Reuel and trouthe as in a lowe degree
They been ful wrothe al day as men may see
This ioly prentys with his maister bood
Til he were neigh out of his prentishood
Al were he snybbed bothe erly and late
And somtyme lad with reuel to Newegate
But atte laste his maister hym bithoghte
Vp on a day whan he his papir soghte
Of a prouerbe that seith this same word
Wel bet is roten appul out of hoord
Than þt it rotie al the remenaunt
So fareth it by a riotous seruaunt
It is ful lasse harm to lete hym pace
Than he shende alle the seruantz in the place
Ther fore his maister yaf hym acquitaunce
And bad hym go with sorwe and with meschaunce
And thus this ioly prentys hadde his leue
Now lat hym riote al the nyght or leue
And for ther nys no theef with oute a lowke
That helpeth hym to wasten and to sowke
Of that he brybe kan or borwe may
Anon he sente his bed and his array
Vn to a compeer of his owene sort
That loued dees and reuel and disport
And hadde a wyf that heeld for contenaunce
A shoppe and swyued for hir sustenaunce

Of this Cokes tale maked Chaucer na moore

〈廚師的故事〉末尾(1400～1410)。

15世紀坎特伯利的小旅館。

觀覽寰球文學的七彩光譜

——《桂冠世界文學名著》彙編緣起

吳潛誠

早在一八二七年，大文豪歌德便在一次談話中，提到「世界文學」（Weltliteratur）一詞，並宣稱全球五大洲的文學融會成一體的時代已經來臨。他說：

> 我喜歡觀摩外國作品，也奉勸大家都這樣做。當今之世，談國家文學已經沒多大意義；世界文學紀元肇生的時代已經來臨了。現在，人人都應盡其本分，促其早日兌現。

歌德接著又強調：文學是世界性的普遍現象，而不是區域性的活動。因此，喜愛文學的人不宜劃地自限，侷促於單一的語言領域或孤立的地理環境中，譬如說，德國人不可只閱讀德國文學，英國人不應只欣賞英文作品；相反的，人人都應該從可以取得的最優秀作品中挑選材料，作爲自己的文學教育；而天下最優秀的作品自然未必全出自自己同胞之手。歌德心目中的世界文學不啻就是全球文學傑作的總匯，衆所公認的經典作家之代表作的文庫。

那麼，什麼是經典作家？或者，什麼是經典名著的認定標準呢？法國批評家聖·佩甫（Charles-Augustin Sainte-Beuve, 1804~1869）在〈什麼是經典〉一文中所作的界說可以代表傳統看法：

> 真正的經典作者豐富了人類心靈，擴充了心靈的寶藏，令心靈更往前邁進一步，發現了一些無可置疑的道德真理，或者在那似乎已經被徹底探測瞭解了的人心中再度掌握住某些永恒的熱情；他的思想、觀察、發現，無論以何種形式出現，必然開濶寬廣、精緻、通達、明斷而優美；他訴諸屬於全世界的個人獨特風格，對所有的人類說話，那種風格不依賴新詞彙而自然清爽，歷久彌新，與時並進。

諸如以上所引的頌辭，推崇經典作品「放諸四海而皆準，百世以俟聖人而不惑」，具有普遍而永恒的價值，在國內外都有悠久的歷史；但在後結構批評興起以後，卻受到強烈的質疑。概略而言，解構批評、新馬克思學派、女性主義批評、少數族裔論述、後殖民觀點等當前流行的批評理論，基本上都否認天下有任何客觀而且永恒不變的眞理或美學價值；傳統的典範標準和文學評鑑尺度也是一種文化產物，無非是特定的人群（例如強勢文化中的男性白人的精英份子），在特定的情境下，遵照特定的意識形態，爲了服劾特定的目的，依據特定的判準所建構形成的；這些標準和尺度無可避免地必然漠視、壓抑其他文本——尤其是屬於女性、少數族群、被壓迫人民、低下階層的作品。因此，我們必須重新檢討傳統下的美學標準以及形成我們的評鑑和美感反應的那些基本假設和「偏見」。

沒錯，文學作品的確不會純粹因為其內在價值而自動變成經典，而是批評者（包括閱讀大衆）和權力建制（諸如學術機構）使然。譬如說，現今被奉為英國小說大家的喬治・艾略特（1819～80），直到一九三〇年代仍很少被人提起；美國小說家梅爾維爾（1819～91）的作品曾經被忽略長達一甲子之久；浪漫詩人雪萊（1792～1822）在新批評當令的年代，評價一落千丈；布雷克（1757～1827）因為大批評家傅萊的研究與推崇，在一九四〇年代末期才躋入大詩人行列……

這是否意味著文學的品味和評鑑尺度永遠在更迭變動，毫無客觀準則可言呢？馬克思曾經頗感納悶：產生古希臘藝術的社會環境早已消逝很久了，為什麼古希臘藝術的魅力仍歷久不衰？當代馬克思批評家伊格頓（Terry Eagleton）曾經嘗試為此提供答案，他反問：「既然歷史尚未終結，我們怎麼知道古希臘藝術會永遠保有魅力呢？」

我們不妨假設伊格頓的質疑會有兌現的可能，那就是說，歷史的巨輪繼續往前推動，社會發生了劇烈改變，有一天，古希臘悲劇和莎士比亞終於顯得乖謬離奇，變成一堆無關緊要的思想和感覺方式，與方今習見的牆壁塗鴉沒啥分別。不過，我們是否更應該正視古希臘悲劇已經流傳了兩千年，在不同的畛域和不同的時代，一直受到歡迎的事實？

不僅古希臘悲劇，西洋文學史上還有不少作家，諸如但丁、喬叟、塞萬提斯、莎士比亞、密爾頓、莫里哀、歌德等等，長久以來一直廣受喜愛，這多少可以說明人類的品味有某種程度的共通性和持續性吧？再說，曾經長期被奉爲經典的作品，必已滲入廣大讀者的意識中，甚至轉化成集體潛意識，對於一國的文學和文化發展產生相當大的影響，欲深入瞭解該國之文學和文化，則不能不尋本溯源，探究其經典著作。例如，《詩經》對於漢民族的文學和文化的影響幾乎難以估計，不提《大學》、《中庸》、《論語》、《孟子》之類的儒家經典曾大量援引「詩云」以闡釋倫理道德；連我們今天所習見的橫匾題詞，甚至四字一句的「中華民國國歌」歌詞，（意欲傳達肅穆聯想）都可和《詩經》牽上關係。

退一步來說，儘管典範不可能純粹是世上現有的最佳作品之精選，而且有其不可避免的附帶弊端，但卻不失爲文學教育上有用的觀念。簡而言之，典律觀念肯定某些作品比其他作品更有價值，更值得仔細研讀，使一般讀者在面對從古到今所累積的有如恒河沙數的文學淤積物時，不致於茫茫然，不知如何篩選。早在十八世紀，法國大文豪伏爾泰（1694～1778）便曾提出警告：「浩瀚的書籍，正在使我們變得愚昧無知」，英國哲學家湯瑪斯・霍布斯（Thomas Hobbes, 1588～1679）也曾經詼諧地挖苦道：「如果我像他們讀那麼多書，我就會像他們那麼無知了。」喜歡閱讀而不重抉擇的讀者能不警惕乎？

那麼，什麼才是有價值的值得推薦的文學傑作？或者，名著必須符合什麼標準呢？文學的評鑑標準自來衆說紛云，因爲文學作品種類繁多，無法以一成不變的規範加以概括，有些作品甚至以打破傳統規範而傳世。我們勉強或可分成題材內容和表達技巧（形式）兩方面，嘗試提出幾則評鑑標準，以供參考：

西方文論自古以來一直視文學爲生命的摹仿或批評，推崇如實再現人生眞相的作品。當代批評則質疑再現（representation）論，認爲所謂的人生經驗其實也是語言建構下的產物，寫實主義充其量只可當做文學俗套的一端。然而，無論如何，以語文作爲表達媒體的文學藝術，其內涵必定多少與人生經驗有所關聯（不可能，也不必要像音樂或美術那樣追求純粹美感）。我們姑且假設人生的眞相是一束光譜，光譜的一端是純粹紀錄事實的紅外線，另一端則是純粹幻想的紫外線，當中紅、橙、黃、綠、藍、靛、紫等深淺不同的顏色代表寫實成分濃淡不同的文學作品。白色光呈現在各顏色之中，但各顏色只是白光的片斷而已。人生眞相或眞理就像普通光線一樣，尋常到處都有，但卻非肉眼所能看見。文學家透過虛構形式的三稜鏡，將光切斷，並析解成各種顏色，好讓讀者得以具體感受到光的存在。那就是說，無論使用什麼文學體式或表現手法，自然主義也好，象徵主義、表現主義、後現代主義也好，史詩也好，悲劇、喜劇、寓言、浪漫傳奇、科幻小說也好，愈能讓讀者感受到生命存在的基本脈動，便是愈有價值的上乘作品，而在刻劃或呈現方面，其深廣度、強烈度或繁複程度又有卓著表現者，殆可稱爲偉大文學。

舉例說，《哈姆雷特》一劇涉及人世不義、家庭倫理（夫妻、兄弟、母子關係）的悖逆、以及王位篡奪所導致的社會不安，多種因素互相牽動，同時兼具有道德、心理、政治方面的涵意，故宜列爲偉大著作。托爾斯泰的《戰爭與和平》以巨大的篇幅，刻劃諸多個性殊異的角色，躬逢拿破崙時代戰爭的轉變和短暫的和平，呈現了人生的基本韻律：少年與青年時期的愛情、追求個人幸福和功名方面的失足與失望、時代危機、以及歷經歲月熬鍊所獲致的樸實無華的幸福和心靈上的平靜，這部鴻篇鉅作當然也該列爲名著。

合乎上述標準的虛構作品，在閱讀之際，也許會讓人暫時逃離現實人生，但讀畢之後，必會使人更有智慧去看待不得不面對的人生。那也就是說，嚴肅的文學傑作必須具備教育啓發功能，擴大讀者的想像和見識空間，使他們感覺更敏銳、領受更深刻、思辨更清晰……但這並不意味著文學作品必須提供黑白分明的眞理教條；相反的，經得起時間考驗的佳構，往往以反諷的語調，揭示生命中的矛盾，告訴讀者：所謂的眞理或價值其實大多是局部的、不完美的，有賴其他眞理或價值的修正補充。例如，但丁的《神曲》表面上的確在肯定信仰，但細心的讀者不難發現它骨子裡隱含有反諷成分。

具備教誨功能的文學作品，對於社會文化必會產生深刻持久的效應，乃至於有助於形塑整個國族的集體意識，或徵顯所謂的「時代精神」，這一類作品理當歸入傳世的名著之林。例如，沙弗克力斯的《伊底帕斯王》、西班牙史詩《熙德之歌》便是。

評鑑文學作品當然不宜孤立地看題材／內容／意涵，而須一併考慮其表達技巧／形式／風格，唯有達到一定的美學效果，才有資格稱爲傑作。此外，在文學發展史上佔有承先啓後之功，不論是開啓文學運動或風潮，刷新文學體式，別出機杼，另闢蹊徑，手法戛戛獨造，技巧出神入化，形式完美無缺者，亦在特別考慮之列。例如法國象徵主義詩人馬拉美的詩篇，寫實主義的典範屠格涅夫的《獵人日記》、福婁拜爾的《包法利夫人》，心理分析小說的巨構《卡拉馬助夫的兄弟們》、把意識流敍述技巧發揮得淋漓盡致的《燈塔行》，首創魔幻寫實的波赫斯之代表作皆屬此類。

《桂冠世界文學名著》基本上是依據上述的評選標準來採擷世界文學花園中的精華（不包括中文著作），但也不敢宣稱已經網羅了寰球文苑的奇葩異草，因爲這套書所概括的範疇，時間方面上下緜延數千年，空間上橫貫全球五大洲，筆者自知學識有所不逮，雖曾廣泛參酌西方名家所編纂的書目，也設法徵詢各方意見，但亦難免因爲個人的偏見和品味，而有遺珠之憾；另一方面，由於必須配合出版作業上的考慮，先期推出的卷册，一仍既往，依舊偏重歐、美、俄、日的古典和現代作品，希望將來陸續補充第三世界的代表作和當代的精品，以符合世界文學名著的全銜。

匯編這套以推廣文學暨文化教育爲宗旨的叢書，原則上自當愼重其事，講求品質；但同時也得衡量現實的條件：諸如譯介的人才和人力、社會讀書風氣、讀者的期待與反應等等，這也就是說，一套名著的出版，不純粹只是理念的產物，同時也是當前國內文化水平具體而微的表徵。一味好高騖遠，恐怕亦無濟於事。

這套重新編選的《桂冠世界文學名著》還有一個特色，那就是每本名著皆附有一篇五千字左右的導讀，撰述者儘可能邀請對該書素有研究的學者擔任；他們依據長期研究心得所寫的評析文字，相信必能幫助讀者增加對各名著的瞭解，同時增添整套叢書的內容和光彩。謹在此感謝這些共襄盛舉的學界朋輩和先進，以及無數熱心提供意見和幫助的朋友。最後，還請方家和讀者不吝指教，共同促進世界文學的閱讀與欣賞。

《坎特伯利故事集》導讀

蘇其康

公元十四世紀對英國文化的發展具有特殊重大的意義。百年戰爭(1337～1453)、黑死病(1349)、國會的召開(1363)和農民革命(1381)都在這期間登場，而英國第一個重要詩人喬叟(Geoffrey Chaucer, 1342～1400)就在這個關鍵的歷史時刻中出生、成長、成熟。喬叟的父親是倫敦一位頗有資財的酒商。幼年時喬叟便進入很好的學校唸書，約在一三六〇年至一三六六年間他極可能在「內殿法學院」(Inner Temple)讀法律，以當時的教育水準而言，他的學歷算得上很高。

在未冠之年，喬叟已在豪門權貴的府第任侍僮(page)。在一三五九年他隨英皇愛德華三世(Edward III)的軍隊入侵法國被擄，次年爲皇室官員以十六英鎊贖回（約合今天幣值五千鎊），他的上司願花重金，顯見其受重視。喬叟於一三六六年結婚，婚後生活愉快。

喬叟多次獲英王委以重任出國洽公，其中兩次啣命赴義大利(1372,1378)公幹，使他有機會接觸到義大利當代詩人的作品，首趟旅次使他讀到但丁的《神曲》，第二次時讀到薄伽丘(Boccaccio)的作品，後者作品的痕跡在喬叟〈騎士的故事〉一篇中清晰可見。

因為婚媾的緣故，喬叟與當時英國宮廷最重要人物之一——剛特之約翰(John of Gaunt, 1340—1399)攀上關係。剛特之約翰亦即蘭卡斯達公爵(Duke of Lancaster)，為英王愛德華三世第四子，此公即為莎士比亞筆下之英國國族主義者；終其一生，此公均為喬叟之贊助和支持者。

自一三七四年始，喬叟被任命為倫敦港皮草羊毛關的主計長，到了一三八二年他同時受命為小宗貨物關的主計長。除了主計長的待遇外，喬叟從國王所獲得的年償金及剛特之約翰給他的退撫金，外加他太太從同樣來源所獲得之年金，他們的年所得幾接近一百英鎊（約今天幣值的三萬英鎊），所以生活寬裕，在自置的宅第裏他有六十冊的藏書，比當時牛津和劍橋好些學院的藏書還要多！

喬叟雖非出身貴族，但他一生幾乎都與皇親貴戚打交道，而他的讀者亦以貴族階層為主，可是這並不表示他不識民間疾苦，在《坎特伯利故事集》(*The Canterbury Tales*)中，他對中下階層有相當深刻的描寫，但不是為了同情而渲染煽情，而是把中下階層與貴族階層放在同一人性面上秤衡，嘻笑怒罵、褒揚損益都從這點著力，這也許就是喬叟超越之處。

喬叟最早期的作品應算他用中古英文翻譯的法文長詩《玫瑰傳奇》(*Roman de la Rose*)，用中古英文寫的《公爵夫人之書》(*The Book of the Duchess*, 1369／70?)及短詩《ABC》，其中《公爵夫人之書》是悼念剛特之約翰第一任夫人棄世而寫。在一三八〇至一三八五年間喬叟寫成了最負盛名的長詩《楚勒斯與克里塞德》(*Troilus and Criseyde*)，並把布依第亞斯(Boethius)的拉丁文詩《哲學之慰藉》(*De Consolatione Philosophiae*)翻成英文。

從一三八七年以後，喬叟戮力撰寫《坎特伯利故事集》的諸篇（部分故事成書較早），但到他逝世時整個故事集仍未完成。在現存的八十多種手抄稿中，最著名的兩種《坎特伯利故事集》手抄本爲艾斯彌亞手抄稿(Ellesmere Manuscript)和亨魯特手抄稿(Hengwrt)。近年來不少學者認爲亨魯特手抄稿最接近喬叟原稿的面貌，紛紛以此手抄稿的編排編目及讀法爲準。

《坎特伯利故事集》爲一體大思精的作品，根據總序所稱，一共有三十名朝聖者相約前往坎特伯利聖地朝聖，在路上每人說兩個故事，然後在回程時再說兩個故事。然而整個故事集只有二十多個故事而已。就這個故事集的外形結構而言，極像薄伽丘的《十日談》的情景：說故事消磨時日，而且是一個故事接連另一個故事的組合；從再遠一點去追索這種敍述體裁，根本就是《一千零一夜》的結構模式，這種敍事手法的模擬以及英國與中東傳統的交融，近年來已有好些學者專注其中。

從說故事的人物背景看，可分成幾個大類：騎士和侍從屬於貴族，托鉢僧、僧人、女尼神父、女修道等屬僧侶階層，律師、學者、醫生和喬叟屬知識分子，封邑管家、船夫、鄉紳、自耕農屬中產階級人物，商人、巴芙婦人、磨坊主爲小企業的經營者，宗教法庭差役、賣赦罪券者等屬依附宗教爲生的角色，還有一批沒說過故事的朝聖同道：帽商、木匠、織工、染工等，故此技術工人階級也包括了。這些人物正好代表了中古時代活躍於各行各業的角色，因此，這趟朝聖表面上是一種中古生活共同性向的表彰，實際上是把中古社會階層作一宏觀的敍述和剖析。此外，多數的朝聖者不單說一個故事，還有一段開場白。在開場白，甚至是故事中，時常有說故事的人彼此打趣、戲弄、嘲諷、鬥嘴、辯斥、懺悔、吐露心聲等，這些人物角色的互動牽連和自白，補足了在總序裏詩人喬叟所未提到的情景，增加朝聖團在路上打發無聊時光的遊樂氣氛，因此，歷來好些學者把這個故事集當作一齣戲劇來看待，近年來，部分學者從戲劇的觀念延伸，把焦點放在朝聖團各人物間的遊戲玩樂的功能上。根本上，這個故事集的遊藝性是毋庸置疑的；而在結構性的遊藝氣氛中喬叟發展出他的獨特幽默；幽默再往深一層發展便成了反諷(irony)。這兩種形態都是喬叟的拿手好戲。英國文學中的這兩種形態，大規模而巧妙的運用，概自喬叟始。

整個故事集基本上是敍事體，但喬叟沒有忘記他不僅是一個敍述者，更是一名詩人。節奏韻律只是其中一部分，他還把事件的發生用最富詩意的方式和文詞來表達，譬如在總序（本譯本稱作「總引」"The General Prologue"）最前面的三十幾行便是極佳的抒情詩。且引錄以下幾行來看看：

四月帶來的甘霖雨降

滲透了三月的枯乾和根鬚，
使每根莖絡都沐浴在潤液中，
這種生機發動了花蕾綻放；
而同時西風甜美的氣息
吹醒了叢林和原野吐出
嫩芽新葉，青春的太陽
繞動了半個白羊宮的軌道，
小鳥譜著悅耳的曲調，
　徹夜張眼而眠
（大自然如許地挑動它們的心靈）

Whan that April with his shoures soote
The droghte of March hath perced to the roote,
And bathed every veyne in swich licour
Of which vertu engendred is the flour;
Whan Zephirus eek with his sweete breeth

Inspired hath in every holt and heeth
The tendre croppes, and the yonge sonne
Hath in the Ram his half cours yronne,
And smale fowles maken melodye,
That slepen al the nyght with open ye
(So priketh hem nature in hir corages)

能夠閱讀喬叟原文的讀者，馬上發現詩行抒情得還有鏗鏘，因爲詩人妙用了英雄偶句(heroic couplet)的體裁。事實上，英詩傳統的抑揚五步格(iambic pentameter)，雖非喬叟首創，但由他奠下穩固的基礎，大事鋪張地使用，他是第一人。喬叟之所以刻意經營他詩歌的格律，鏗鏘有致，同時又接近口語的形態，不是沒有理由的。因爲他的詩（包括《坎特伯利故事集》）都是在大庭廣衆中誦讀的——中古的敍事詩尤其如此。朗誦而沒有抑揚頓挫，便有點像炒菜而不放調味和配料，會淡而無味。至於喬叟的聽衆，基本上是宮廷中人和貴族，這和他的社交圈很有關係。

因爲喬叟的聽衆大致上是貴族有閒階級，他可以從容不迫的發展出屬於英國式的幽默，既嘲弄了中下階層的人物，也取笑了貴族階層的迂腐，而且詩人可以用微巧細膩的手法爲之。

自本世紀初中古學者祁屈治(G. L. Kittredge)提出《坎特伯利故事集》中「婚姻組合」(The

marriage group)的結構觀念後，後續的討論便不絕如縷。在故事集中發軔的是巴芙婦人的長篇開場語，她從一個女性的角度來看婚姻以及男女間相處共融的準則，並大言不慚的訴說她的御夫術，然後才開講說一個故事，主旨是夫婦間男的要順從女的才能有幸福美滿的婚姻生活可言。這篇故事連同開場語，一直是傳統文學表現方式的異數，近年來女性主義文學大行其道，這篇故事經常被提出來討論，奉為經典之作。而從另一角度來看婚姻中男女主從關係的，又有〈學者的故事〉，認為婦女應要絕對服從夫君，即使受到極大的委曲。後來連女尼神父也加入討論這個問題，不過他是用一個動物的寓言故事去描述女主男從的後果。其他還有商人的故事和鄉紳的故事，都圍繞著同一主題打轉。喬叟用說故事的方式來討論一個社會和宗教的題材（婚姻在十三世紀時被教會明訂為「七件聖事」(The Seven Sacraments)之一，是人生最重要的里程之一），是一件劃時代的創舉。在他之前，文學作品裏充斥著愛情的題材，但用深度辯證方式來處理婚姻中男女關係，喬叟是其中的翹楚。在他之前，甚至有些作者明顯地把愛情和婚姻混淆而作出錯誤的「忠告」。在《坎特伯利故事集》裏和在《楚勒斯與克里塞德》中，喬叟也把愛情重新定位，並用文明的手法來介紹典雅愛情的規律(fine amour)。婚姻和愛情對喬叟來說是清楚的兩個觀念，但並不表示它們間沒有密切的關係。

除了婚姻與愛情之外，故事集也有其他日常宗教和俗世生活所關心的事項，如〈女修道的故事〉和喬叟所說的〈托巴斯爵士的故事〉等。大體上，故事敍述者的身份背景和他所說的故事內容有相當大的關聯，而敍事者的容貌、舉止、性情都有頗爲詳盡的素描，因此，有些學者認爲喬叟的朝聖客是眞有其人，不過多數的學者認爲這只是一種敍述手法而已，這些朝聖客大致上卻構成了中古聽衆所熟識的人物類型。而香客間的調侃嘲弄，尤其是在職業上處於競爭地位的，如宗教法庭差役和托鉢僧、磨坊主和封邑管家等在言辭上的敵對，使這個敍事者的角色生動活潑，超過了單純的人物類型的描述。

可是在故事內容和表現方式上，這些故事卻分屬好幾種文學類型。譬如〈騎士的故事〉、〈巴芙婦人的故事〉和〈托巴斯爵士的故事〉屬於傳奇的文類，〈磨坊主的故事〉、〈封邑管家的故事〉和〈商人的故事〉屬諷刺寓言詩(Fabliau)文類，〈醫生的故事〉、〈第二女尼的故事〉、〈女修道的故事〉屬聖人行狀(saints' legend)文類，〈賣赦罪卷者的故事〉、〈女尼神父的故事〉和〈堂區神父的故事〉屬訓誡(homily)文類，〈僧人的故事〉屬悲劇文類，足見喬叟在取材的廣度上不遺餘力。一個作家能處理多類材料和多種風格體裁，便表示這作家的創作活力和天份是多面性的了。

在各類故事安排和敍述的連續性方面，因爲有多種手抄稿不同的故事先後排列的差異，一時不容易訂出可靠的敍述次序，但朝聖團中泰巴客棧(Tabard Inn)店東哈里·貝里(Harry Bailey)卻在衆人的紛爭中穿梭，形成故事集結構上一股向心力和聯結的催化劑，是衆香客爭吵局面的仲裁，也是敍述路線的指引，是一位具有舉足輕重功能的角色，使整個故事集免於結構散亂的流弊。僅此一端，即可窺見喬叟敍述構造戲劇效果的注重。

除開那些諷刺模仿(parody)的故事之外，絕大部分的故事都本著一個原則來敍述：記述最有涵義和最趣致的故事(Tales of best sentence and most solaas)，即是寓教於樂，也寓樂於教，而此點也是文學創作的古典傳統而爲喬叟所認同的。

從各種角度來窺探喬叟的《坎特伯利故事集》，我們不得不承認這部作品的廣度、深度、藝術結構、生活經驗和詩文的表達方式和格局是空前的（除了〈梅利比的故事〉、〈堂區神父的故事〉和〈喬叟告別辭〉爲散文敍述體外，其餘故事均爲韻文敍述體），單祇這一部未完成的作品已夠喬叟名留千古。傳統的英國文學史把喬叟定爲英國文學之父絕非沒有理由的偏愛。

目 錄

附錄：短詩（二十首）

總引

坎特伯利故事集由此開始

當四月的甘霖滲透了三月枯竭的根鬚，沐濯了絲絲莖絡，觸動了生機，使枝頭湧現出花蕾；當東風吹香，使得山林莽原遍吐著嫩條新芽，青春的太陽已轉過半邊白羊宮座，小鳥唱起曲調，通宵睜開睡眼，是自然撥弄著它們的心弦：這時，人們渴想著朝拜四方名壇，朝聖者也立願跋涉異鄉。尤其在英格蘭地方，他們從每一州的角落，向著坎特伯利出發，去朝謝他們的救病恩主、福澤無邊的殉難聖徒。❶

在這時節，有一天，我正停憩在倫敦南岸薩得克的泰巴客店，虔心誠意，準備去坎伯特利朝聖，到了晚上，客店中來了二十九位形形色色的朝聖客，湊巧結成了旅伴，他們都不約而同，要赴坎特伯利的盛會；當時客店的屋舍馬廐却很寬敞，我們舒舒服服地安頓下來。簡單說來，到了夕陽西沉的時分，我已與每個人相識交談，約定了一齊早起出發。可是，在我開講這故事之前，我想暫抽一部分時間，先談一下每人的個別情況，由我的角度看去，他們是何種人物，屬於那一個社會階層，穿著怎樣。現在我將先講一個騎士。

有一位騎士，是一個高貴的人物，自從他乘騎出行以來，始終酷愛騎士精神，以忠實爲上，推崇正義，通曉禮儀。爲他的主子作戰，他十分英勇，參加過多少戰役，比誰都足跡遼遠，不論是在基督教國家境內或在異教區域，到處受人尊敬。亞歷山大城被攻破占領之時，他就在場；在普魯士許多次他坐過首席，位居他國騎士之上；他曾在立陶宛和俄羅斯參加戰事，與他同等級的基督徒都比不上他所參預的次數之多；在格拉那達圍攻阿給西勒的時候，他也在那裡，在柏爾馬利亞他曾縱橫馳聘；攻下列亞斯和阿達里亞時他也在場，在地中海岸許多次登陸的大軍中也有他一個。他一生參加過十五次大戰，在特利姆森武場上他曾爲了維護基督的信仰而戰過三次，且三

❶在黃道帶的十二宮中，白羊宮是第一個。太陽已走過半個白羊宮就相等於喬叟時代日曆上的4月11日之後。

這位殉難聖徒是指坎特伯利主教托馬斯・阿・柏刻特，他在1170年12月29日被刺而死，當時群情激忿，所以在1173年他就被尊為聖徒，從此他的聖堂開放，讓信徒們去朝拜，不久成為民間許多傳說的策源地。

「東風吹香」句中的「東風」，原文是Zephirus，照字面應譯為「西風」，但在我國若說春天而吹西風，會引起讀者的錯覺；且「東風吹香」四個字音配合和諧，合乎原文所寫的情景。

次都戰死了敵人；許久以前，他還在土耳其隨從過帕拉希亞的君王征伐另一支異教軍；沒有一次他不爭得盛名。他既勇敢，又極明達，而他的外表却像一位姑娘那樣溫和。他一生從未對人說過一句惡言，他確實是一個眞正完善溫良的騎士。講到他的裝備，他的馬是俊美的，但他身上的衣著却不華麗。一件斜紋布衣全部都給他的甲胄擦髒了，原來他剛剛出征歸來，隨即參加了朝聖的行列。❷

他的兒子和他同行，是一個年輕的侍從，一個愛情的仰慕者，也是一個活潑的青年戰士。他滿頭鬈髮，似乎是壓榨機裡的出品。他的年齡可能是二十歲，身材不高不矮，十分靈活而富有臂力。他曾參加過法蘭德斯，亞多亞，和畢伽的各戰役，爲時雖短，却已頗有成就，因他很想博得意中人的愛顧。他的衣服上綉著許多紅白花飾，好像一片開滿鮮花的園地。一天到晚他唱著歌，或吹著笛兒；他像五月的天氣一樣新鮮。他所穿的短袍，張著兩只袖，又長又寬大。他很善於乘騎，能作歌曲，能比武、跳舞、繪畫和寫作。他熱情地求愛，夜晚同夜鶯一樣不睡。懂禮貌，謙卑，好助人，上餐桌時他在父親面前代切著盤中的肉。

騎士還帶著一個鄉紳；在這旅途中他沒有更多的僕從。鄉紳所穿的外衣和兜帽是綠色的，手

❷騎士是29位朝客中享有當時社會上最高地位的典型人物，他的品格和生平事蹟都值得喬叟同時代人的敬仰。雖然騎士風尚和制度已因火藥的發明及商業的發展受到致命的打擊，但在民間却成了一種崇高的理想。

中一張大弓，皮帶下一束明亮尖利的箭，上插孔雀羽毛。他懂得怎樣照料所帶的武器，正如一個好鄉士；他箭上的毛從不下垂，射出時不會傾側。他頭髮剪短，臉色棕褐。他善於林中行獵。他臂上戴著華美的皮制射鞴，身旁一邊掛著劍和盾；另一邊一把漂亮的短刀，裝備得宜，且利如矛尖；胸前一塊閃亮的聖克立斯多弗銀像，綠肩帶上掛著號角。他是一個道地的林獵者。❸

還有一位女尼，是女修道院長，她的微笑天眞而靦腆；她最凶的誓咒不過是說聲，「聖洛哀爲證」就罷了。她的名字叫做玫瑰女士。禮拜時她唱得最好，從鼻中哼出調來，十分悅耳，她講得一口文雅的法語，不過是斯特拉福修道院裡的法語，巴黎的法語她並不會講。她學了一套道地的餐桌禮節，不容許小塊食物由唇邊漏下，她手捏食物蘸汁的時候，不讓指頭浸入湯汁；然後她又把食物輕送口中，不讓碎屑落在胸前。她最愛講禮貌。她的上唇擦得乾淨，不使杯邊留下任何薄層的油漬；她進食時一舉一動都極細膩。的確，她是一個饒有志趣，溫雅，舉止柔和的人物。她竭力學著宮闈禮節，行爲莊重，令人起敬。講到她的心腸，溫柔嬌嫩，只要見到一隻小鼠夾上了捕機，流著血或是死去，她就禁不住要哭起來。她養育著幾隻小狗，餵的是燴肉，牛乳和最佳美

---

❸鄉紳並非侍從手下的僕役，而是和侍從一樣同為騎士的伴從。這裡所謂鄉紳(Yeoman)是一個中等階層的鄉民；大都是農民，有時也是騎士或寺僧的僕從。這是一個廣泛的名稱，隨著歷史的演變這個名稱的涵義也有了變換。聖徒小像是一種護身符；聖克立斯多弗是林獵者的護神，他的像直到現代還有地方用作避難免災的符咒。

的麵包。如果死了一隻，或有人用棍子打了一下，她就要傷心流淚。她富於情感，一副柔腸。她的頭巾上疊起整潔的折痕。細勻的鼻兒，玻璃似的灰色眼珠，紅軟的小口。上額豐滿，足足有一手的寬度；確實，她的身材不能算矮小的了。我還注意到她的外衣十分雅潔。臂膀上套著一串珊瑚珠，夾著綠色的大顆，串珠上掛有一只金質的飾針；針上刻的是第一個字母，後面接著一句拉丁成語，意思是「愛情戰勝一切」。❹

另有一個女尼是她修道院中的副手，還有三個教士，都是和她一起的。

此外有一個僧人，身材魁梧，是鄉間一個善騎的人，最愛打獵，煞有丈夫氣概，當得起一個僧院院長。馬廄中有的是血一般紅的馬匹，她乘騎時人們可以聽見他馬繮上的鈴在嘯風中叮噹，

---

❹詩中沒有說明這位女修道是斯特拉福地方聖列沃那德修道院的女院主，但既說她的法語是那裡所講的一種法語，就很可能暗示她即該院的女修道。這個修道院是當時倫敦一般市民所捐建的，是倫敦中層階級的家庭閨女的社交進修學院。這位女修道想模仿貴族女子，但她以聖洛哀發誓已可見出她從何階層出身，原來聖洛哀本是西元590年當過一個金銀匠的徒弟，後來成為法國里摩日城琺瑯藝品業的一個奠基者。她的灰色眼珠就等於現代西方的藍眼珠，是自古以來被視為最美的眼珠顏色。珊瑚串珠每10顆小珠夾一顆大珠，亦名飾珠。她的飾針上所刻拉丁成語中有愛情字樣，應指神愛而言，如解作性愛就失去了作者的原意。第一個字母當然即A字，譯文中無他法傳達；拉丁文Amor即愛情之意。

那清晰嘹亮的聲響像他所當著住持的教堂鐘聲一樣。為了聖摩爾或聖本篤的教條已經陳腐而且有些太嚴，這位僧人寧可讓這類舊式老套消逝，他要追逐新異的事物。他對於書本上所說獵人是不聖潔的這句話，覺得絲毫不值得考慮，簡直就像是一只摘光了毛的鷄；或者說什麼出了僧院的修道者好似一條出水之魚；這句話他也認為不值得一個牡蠣。我說他這意見是有道理的；何必在僧院裡關緊著讀書，或是像聖奧斯丁所教導的要親手勞動呢？聖奧斯丁盡可自己做他的工。他却只顧騎馬奔馳，跟緊著獵犬像飛鳥般迅速。他一切的娛樂都寄託在騎、獵兩件大事上，也不怕為此揮霍。我看他那衣袖口所鑲的細軟黑皮是國內最講究的貨色，一顆金鑄的飾針扣住兜頸；寬的一端還有一個情人結。他的禿頭光亮如鏡；臉上也是一樣，似乎擦了油一般。他是一位肥胖而漂亮的人物。兩隻眼睛在額上打轉，射出火光，像鍋爐一樣。鞋靴是細軟的，他的馬也有十足的傲態。他的確是一位不平凡的僧侶。他絕不是一只蒼白的瘦鬼；一切肉食中他最愛的是紅燒肥天鵝。他身下所騎的馬顯出乾果的棕褐色。❺

有一個托鉢僧，在他的限區以內游乞，是一個放蕩無羈而自負的人。在四個教團中只有他最能講得一套中聽的話。他曾自己花費了錢為好幾個女子結配成婚；他是他所屬的教團中的一根台柱！在他的一鄉里他是小地主們面前最受喜愛最熟悉的人，在城裡有地位的婦女們中間他也是如此，因為照他自己所說，他當一個懺悔師比任何牧師都有資格，原來他是得有羅馬主教特許的。他聽懺悔時十分和藹，赦罪時也能使人愉悅；只消可能吃到一頓好飯，他就容易讓人悔改。他認爲誰能捐助一個窮困的教團就表示他已安然得赦了；誰出了錢，誰就悔了罪。因爲多少人心腸奇硬，雖吃盡了苦也哭不出來；所以人們不必哭泣禱告，只送銀子給窮僧就夠了。他的巾袋裡盛滿了刀針之類，可以做淑女賢妻的贈品。他唱起來嗓子悅耳，並且是個提琴能手；競唱歌曲時他一向取得頭獎。他的頸項雪白，像鳶尾花一樣，可是身體堅強，比得上一個拳擊冠軍。城裡每家客店他都認得，每一個客店老板，和酒吧女侍都是他的熟人，可是癲瘋子和女乞丐一類人却不在他的照顧之下。他的地位是何等重要，豈能同癩病患者來往；去與這般下賤的窮漢周旋，未免太不像話，太不值得了，只有富人和糧商才是有道理的。有利可圖的場合他才畢恭畢敬，奉承奔走。再找不出這樣能幹的人了；在他的修道院中他是個頭號乞僧，他每年付出一筆錢，以免旁人侵犯他在各路所獨占的權益。即使有個寡婦窮得拿不出一雙舊鞋，但他能引用《約翰福音》，使她聽得非常合胃口，結果在他離開之前還是拿到了他所要的錢幣。他行乞所得，還多於他產業上的收入，

❺中世紀有些僧院是非常富足的，因此住持長老們往往可以同一般有產者同樣享受豪奢的生活。聖本篤（聖本納狄克脫）在義大利加新諾山制訂教規，在西元509年建立第一所僧院於此。相傳聖摩爾（聖摩路斯）把這教規傳入法國，於是本納狄克脫教團得以大大發展。聖奧斯丁（聖奧古斯丁）受了迦太基主教之托，寫了一篇僧士訓，成為僧院生活主要的教義；依照規條，僧人除非病弱不得吃肉，但富僧早已違反了這條規定，在英國文却斯脫，12世紀的僧人，因為餐菜減成13色，竟還表示過不滿。

我相信！他跳來跳去，同一隻小狗一般。在調停案件的裁判日，他是很能起作用的，因爲他並不像守院僧或窮書生那樣披著襤褸的袈裟，却像一個大學生或教宗。他的半邊袈裟是用雙料毛絲布所製，從蕩衣夾內取出，鼓起像一座鐘。他講話時咬著嘴唇，裝得口齒不清，以爲可以使他的英語說得好聽，他有時一面彈琴或唱歌，一面兩隻眼在頭裡閃耀，像霜夜的星兒一般。這位托鉢僧名叫胡伯脫。❻

還有一個商人，留的是叉形髯鬚，穿的是花色衣服。高高騎在馬背上，頭戴一頂法蘭德斯的獺皮帽，一雙整潔的鞋子用華貴的扣子扣起。他誇大著自己的見解，爲的是謀取利潤；他認爲世上最重要的事就是維持密得爾堡和奧威爾❼之間海上的安全，不使受海盜騷擾。他知道如何在交

---

❻托鉢僧和修道僧不同，修道僧應在僧院內靜心養性，托鉢僧就出外積極服務。托鉢僧的4個修會是由4個不同的創業源而流傳下來的：㈠道明會或布道僧是聖道明會於1206年創始於西班牙：他們所著外衣黑色，故名黑色托鉢僧。㈡方濟各會是1209那一年聖方濟各．奥夫．阿西斯所創立，通常叫做灰色托鉢僧。㈢加爾麥羅或白色托鉢僧相傳為猶太先知厄利亞在巴勒斯坦的加爾麥羅山上創立，但到了1209年才組成。㈣奧古斯丁或聖奧古斯丁會團認為傳自北非喜坡的聖奧古斯丁，到了1256年組成。4個修會都是13世紀僧院改革運動的產物，他們都禁止私有財產；但逐漸地許多人假借教團名義享受大量資財，因此到了16世紀的宗教改革時代托鉢僧團成為改革家的主要攻擊對象之一。

易場上賣金幣。他是一位精打細算的人；能講價，善借貸，誰也不知道他有債務在身。他確是一個人才，可惜，說句老實話，我不知道他的尊姓大名。

有一個是牛津的學者，讀過很久的邏輯學。他的一匹馬瘦得像一把鐵耙，我看他自己也不算胖，兩頰下凹，面容沉默穩重。他的一件小外衣已破綻脫線，原來他不懂世務，一直沒有領得俸祿。他寧可在床頭堆起二十卷亞里斯多德的哲理書，紅的、黑的裝訂，卻不講究穿著，不拉提琴，也不好彈弦樂。他雖是一個哲學家，但他的錢匣裡找不出金子來！他的朋友所給他的錢都用到書本和學問上去了，爲了那些幫他求學的人們靈魂得救，他不斷地祈禱。讀書是他唯一的念頭。不需要講的話他一字也不講，要講的時候他也是循規蹈矩的，話語短促，而涵義淵博。他的一言一語，離不了道德文章。在一切之上，他所喜愛的就是學與教。❽

有一位律師，是一個傑出的人物，審愼且聰明，常常參加法學的討論。他很賢明，能取得人的推崇；——至少從表面上看來，他是這樣一個人，因爲他的談吐煞是精闢。他當過巡迴法庭

---

❼密得爾堡是法蘭德斯沿海的一個通商口岸，在英國隔海最近的一個商埠就是奧威爾，當時也是一個重要海港。

❽我們沒有理由相信這位牛津學者是喬叟的自我寫照，我們無從證明喬叟進過牛津或劍橋，但他也是一個好學的人。學者很窮，因為朋友捐助給他的錢都用在書本上了，在當時有20本書是很不容易的；喬叟自己有60本書，更是不多見的藏書家了。

的審判官，受到皇家的委任，特准裁判所有性質不同的案件。由於他的學識和名望，他領受過許多酬費和贈予的衣物。他的才能高超，一副產業任憑它附有何種條件，他總能使它取得絕對權益，他的契據上誰也找不出任何差錯。再沒有比他還忙碌的人，而近來他越發忙了。自從威廉一世以來，每一件法案判例他都記得清楚，每一條法令，他也能逐字背得，他所寫下的字據，誰也無法提出責難。他乘騎出行，裝束平凡，衣服的布料是染色的，腰圍一根絲帶，上有金質小扣。至於他的外表我就不細述了。❾

與他一起旅行的是一個鄉紳，鬍子泛白，像雛菊一樣，臉色是紅的，為人是熱情的。他早餐時最愛吃酒泡麵包。他一生尋樂，因為只有快樂中才有幸福。他的家總是公開的，在鄉間他簡直是個款待賓客的聖徒，像聖求列恩一樣。他的麵包和酒都是最上等的；誰也沒有他藏酒豐富。家中進餐時總有大盤的魚麵糊；酒肴在他家裡像雪一樣紛飛，凡是人所能想到的美味他都吃盡了。他的飲食跟著時季變換。他在籠裡餵了許多肥鷓鴣，魚塘裡養了很多鯛鱸之類。他的廚師如果燒出的湯不夠辛辣，不夠濃烈，或是器皿不整齊，這個廚師就倒了霉！他廳堂裡的大餐桌是整天鋪陳好的。裁判官員們在審案會齊的時候，就是他主持著會議，十分威儀，他多次代表他的一州當過議員。他腰帶邊掛下一把短刀，一個綢囊，白得像清晨的牛奶一樣。他當過州官和辯護律師；

❾這不是一個普遍的律師，而是個高級的法界人物，可能暗射當時一個著名的法官。

那裡也找不出這樣一個漂亮的小地主。⑩

另外有帽商，木匠，織工，染工，和家具商，都與我們一起，穿的是同樣的服裝，屬於同一個聲名赫赫的同業工會。他們的配飾都很鮮明。他們所帶的刀並非銅製，而是細刻的銀質，腰帶、掛袋莫不整潔精巧。每一個人看來都配做個好市民，可以在議事廳上坐居高位。每一個人都是能幹的人，不愧當個互助協會會長。財物收入既然豐裕，我想他們的妻子們也一定會贊同的！除非他們有所差缺；否則，那應是一樁稱心的事，被人稱爲夫人，齋戒祈禱的日子好走在旁人前面，還有一件外套顯耀地被人抬著做前導。⑪

他們帶著一個廚師同路，爲他們燒鷄和髓骨，酸粉饅頭和莎草根。他對於倫敦酒最內行！他能煨、煎、焙、燉，能做精美的羹，又善於烤餅。可惜的是，我想，他小腿上生了一顆大瘡——不過，他的碎燒閹鷄實在是數一數二的。

還有一個船手，遠自西方而來；據我所知，他是達得茂斯的人。勉強騎著一匹小馬，一件粗

---

⑩英國14世紀的自由農不是貴族出身，乃鄉間的小地主。聖求列恩是款待賓客的護聖。

⑪中世紀的工商協會都還帶有宗教和互濟的性質。在1348年秋，黑疫症開始在英國西部及南部發展，對於英國的封建制度及工業的組織都有影響，而工商互助協會的重要性也就增加了。齋戒祈禱的儀節在互助協會的節目前夕舉行，這是協會中有關的婦女們的一個機會，可以在城市中炫耀一番。

毛長袍罩過膝部。他的一把刀掛在圍頸的線帶上，拖到腋下。炎夏把他的皮膚曬成棕色。老實說，他倒是一個「好手」：在法國波爾多，趁著商人們睡著的時候，他倒喝到過幾口酒。他顧不著什麼好心眼兒；在大海中航行，如果與旁人打架而佔了上風，他就讓他們掩目走跳板，落海不償命。但講起他的本領，譬如計算月亮的盈虧、潮水的漲落、水流、以及臨頭的危機、海港和駕駛，從赫爾到喀他基那之間，找不出一個和他同樣的能手。他凡做一事都是勇而有謀。他的鬍子已經過了不少風浪。所有從瑞典的哥得蘭到西班牙的非尼斯特角的每一海港他都熟悉，西班牙和布列塔尼的任何一條溪流他也知道。他的船名叫摩德倫。⓬

與我們一起的有一個醫生；全世界沒有人敵得過他在醫藥外科上的才能。他看好了時辰，在吉星高照的當兒爲病人診治，原來他的星象學是很有根底的。他懂得每一種病的來源，不論是由於冷、熱、乾、濕的氣質，或是何自起因，屬何種類。他是一個完美無缺的醫生。找出了病的根源，就準備下藥。他叫藥劑師都預備好藥品送來，因爲他們彼此是互利的；他們的友誼已不是一朝一夕的事了。古來著名的醫學家，如希臘的希波革拉第，格林，阿拉伯的阿維森納，近代的吉爾伯丁，他哪一個都知道。他自己的飲食是有節制的，絕不過度，但有營養，且易於消化。他的

⓬達得茂斯是英國西南海邊一個港口；在當時以出海盜著名。「好手」作惡棍解。喀他基那指西班牙的新迦太基。當然不是古代史上的非洲北岸的迦太基。

《聖經》讀得不算多。穿的衣裳是紅色和淡藍色，綾綢做裏子。可是他並不揮霍，大瘟疫中他所賺的錢至今還積蓄著。在醫藥上黃金是一種興奮劑，難怪他愛黃金比愛什麼都厲害。⑬

從巴芙附近來了一位好婦人，可惜她有些耳聾。她善織布，簡直超過了伊普勒和根特的技能。在她的教區中，不該任何人走在她前面去捐獻，否則她就不顧情面，大發脾氣。她的巾帕是細料的；我敢發誓，她在禮拜天所戴的頭帕稱起來倒有十磅重呢。她脚上的襪子是鮮紅色，綁得很緊，鞋子又軟又新。她一臉傲態，皮膚潔淨紅潤。她一生煞有作爲；在教堂裡嫁過五個丈夫，年輕時其他有交往的人不計在內，但關於這一點可以暫且不提。耶路撒冷她去過三次；度過的大川巨流

---

⑬現代醫學的前身原是魔幻之術；在阿拉伯文字中兩者是同一個名稱，並且古時醫書上魔術公式與藥方是同時並載的。歐洲中世紀的醫藥科學傳自阿拉伯，雖然到了喬叟時代兩者已經開始分家，却還是藕斷絲連的。中古時期的天文學包括星象術，後者也稱為有關自然現象的魔幻術。至於生理學在古代主要是把人分屬四類體質：紅質多血，屬熱液類；痰質多痰，屬冷液類；膽質多膽，屬熱乾類；郁質多黑膽，屬冷乾類。前面所寫地主，臉色是紅的，為人是熱情的，屬第一類的體質。古來著名的醫學家，原文列有15人，並未分列希臘，阿拉伯與近代3個時代；茲為簡明起見，改譯3類，各以一、二人為代表，略見這位醫生對於醫學研究的廣博。黃金可以治病是中古時代的說法，有些醫生認為把黃金燒熱，放進酒裡，等它冷了又冷，病人喝了是有特效的。喬叟在這裡却同時帶過一筆，暗中諷刺了醫生愛錢財。

也不在少數；朝拜過波羅涅和羅馬的教堂，還到了加里西亞的聖地牙哥和科隆。她足跡遍各地，擴大了見聞。不瞞讀者說，她却是缺牙露齒的；她溜著馬，騎得很穩，頭上纏好圍巾，戴著一頂帽兒，倒有盾牌那樣大。寬厚的臀部穿著一條短的騎裙，脚上一雙尖頭馬刺。在人群中她很能談笑。相思病應如何處理，想必她很懂，因爲她是個過來人了。⑭

有一位好教徒，是一個窮堂區神父，但富於聖潔的思念和功德。他還是一個有學識的人，身居教職，他一心宣傳著基督的福音，虔誠地教導著他的教區居民。仁慈、異常勤勉、在困苦中能忍耐，這是他的常態，不付什一稅的人他不願意輕易逐出教會，卻從教堂捐獻中或自己的產業裡拿出來接濟窮困的教民；他自己的要求有限，很容易滿足。他的教區遼闊，每家住戶相隔很遠，但不論是雷是雨，他必然訪問最遠的一戶，大戶或小戶，有病或有任何不幸的事，他總是手裡撐著一根拐杖，步行而去。在他的牧群中他以身作則，先自做出好榜樣，然後再教導他們；這句話他摘自《聖經》，自己又加上一個譬喻說，如果讓金子上了銹，鐵還有什麼辦法呢？一個堂區教父

⑭巴芙婦的寫照如與她所講故事的開場語對照，更覺生動。以喬叟對於社會各階層的深刻觀察力而言，巴芙婦這樣一個類型，在英國西部紡織區內，是不難見到的；說她織布技能超過著名的比利時兩個紡織中心伊普勒和根特，當然含有誇大的意味，正如說她的頭帕有10磅重一樣。同時，中古婦女的頭飾確是一件龐大的裝束品。在教堂門口結婚是當時的習慣。女人缺牙露齒可能表示淫蕩，雖從字面上看，不能肯定。

是應得大家信任的，假如他自己就腐敗了，一般無知的人當然更要潰爛了；最可恥的是，願每個堂區神父注意，牧羊人汚濁，而群羊反乾淨。必須自己純潔，給群羊做著爲人的模範。他絕不像有此牧師那樣出租職守，讓他們的群羊去陷入泥潭，同時自己却去倫敦聖保羅教堂，領一個聖堂禱唱的悠閒職位，或受聘於工商協會；他却始終留守羊群，惟恐野狼來乘隙爲害。他並非唯利是圖的商人，他是一個堂區神父。他一面聖潔善良，一面對於犯下罪惡的人也不冷酷，也不惡言相對，却仍是耐心說服，循循善誘；用自己的正直言行來潛移默化，引入天國，這才是他所關心的事。但遇到怙惡不悛的人，不管他是貴族還是平民，他責罵起來確實很嚴峻。比他還好的牧師我相信是沒有的了。他不愛浮華，不愛奉承，也不矯揉造作；他只是傳播基督及其使徒的道理，而一切從他自己做起。⑮

他有一個同伴是他的兄弟，一個自耕農，曾拖過許多車的糞料。他是個忠實的勞動者，與人無爭，樂善好施。他無時不全心全意敬愛上帝，憂樂不改他的虔心，他對旁人和對自己一樣。他

⑮英國在14世紀有轟動一時的農民運動，主張取消農奴。教區教師，游乞僧和威克里夫派的洛拉教徒們都有參加這一運動的，並宣傳著一種原始共產主義。在後面船手的故事未講之前，這位模範牧師被客店主人稱為洛拉教徒，因此他這一篇寫照，可能就是以威克里夫為根據的，其中有許多論調與威克里夫的寫作頗有相同之處。喬叟和這位洛拉運動的領袖之間的關係，無疑是相當密切的。

能爲一個窮人打麥、挖溝、耕地，却不要錢，只消他有氣力，他爲的是基督。他按照農作物和田產而付他的什一稅。穿的是一件農民的斗篷，騎的是一匹牝馬。

此外還有一個管家，一個磨坊主，一個教會法庭差役，一個賣赦罪劵者，一個伙食經理，和我自己。再沒有其他的人了。

磨坊主是一個健壯的人，肌骨都很粗大，他也善於賣弄他的臂力，在任何地方參加角力比賽他總奪得冠軍，取去了獎羊。他是一個短肩、厚實、矮胖的人。沒有一扇門他不能舉起，或脫下樞紐，甚至急奔過去用頭撞開。他的鬍鬚同牝豚或狐狸的一樣紅，像鐵耙那般寬。他鼻尖有個疣，疣上長著一叢紅毛，像牝豚耳上的鬃毛一樣。兩只鼻孔又黑又大。腿邊掛著一把刀和小盾，他的嘴倒有爐子那樣大。他是饒舌不休，滿口淫猥，脫不開粗俚罪孽的傢伙。他懂得怎樣偷麥，磨坊裡磨下的麥粉，他從中搜刮到三倍於他所應得的數量；他有的是一隻「金拇指」，天知道。他穿一件白色上衣和一件藍色兜頸。他善於吹奏袋笛，就是他的笛聲伴著我們送出城來。⑯

一個伙食經理，在倫敦法學院採辦伙食，其餘的管事人都可學一學他的採購手段。不論是付現或記帳，他購買起來十分精明，必然佔得便宜。這樣一個粗俗的人反比大堆的學者聰明，豈非

⑯關於磨坊主或磨麵粉匠因剋扣而致富，相傳有一句俗話，「磨坊主，金拇指」；意即磨坊裡磨了麵粉，扣積下來，集少成多，大有可觀。

天賦的好本領？他有三十多位主人，都是好學的法律學家，其中倒有一打當得起英國任何地主貴族的房田產家宰，能讓他維持體面，或儉樸度日，讓他依靠租糧，永不負債，除非他自己行爲荒唐；也許在多事之秋還可以撥資賙濟州郡。可是這位伙食經理的才幹還在這一伙人之上。⓱

管家是一個瘦小而有脾氣的人。他的鬍子剃得的很光，頭髮剪短到耳朵邊，額頂剪齊像教士頭上一般。他的長腿瘦成兩根棍，我看不見他小腿上有什麼肌肉。他却善於處理穀倉，任何查賬能手也把他無可奈何。是旱是雨，他能預計農作的收穫。主人的牛、羊、猪、馬、家禽、酪坊，都由他一手掌管，從他的主人二十歲時起，他就繳賬清楚；誰也不見他拖延。沒有一個執事或牧人能在他的面前玩得出什麼新鮮花樣。他們見到他就害怕，像碰到了瘟疫一樣。他的住宅是很稱意的，在一片曠地上，四圍樹木成蔭。他致富有術，比他的主子來得高明，私下積累得不少；他能巧妙地贈送、借貸，使他的主子高興，而其實所送、所借的都是主子的原物，他却因而領受了謝忱，還加上了一兩件衣袍。他年輕時曾學得好手藝，是一個能幹的木匠。這位管家騎的是一匹灰色有斑的矮馬，名叫司各脫。他穿一件藍色長袍，身旁一把銹刀。他是諾福克州來的，靠近一座名叫包茲韋爾的市鎭。他的上衣攔腰疊起，像一個游乞僧，他老是騎在我們最後。⓲

⓱在倫敦法學院裡，伙食經理或伙食師是廚師的助手。當時法學院的教程，並不限於法律，培養的人才有一部分當家宰，或是進商界。

我們一起還有一個教會法院差役，火一樣紅的天使般的臉，長滿了白頭膿疱，眼睛只剩下兩條線，黑眉上生了很多痂，稀朗朗幾根鬍鬚，他熱情好色，好似一隻麻雀。小孩們看到他的臉就害怕。他那白點的疹，頰上的瘤，無論用水銀、鉛粉、硫磺、硼砂、白鉛，或是酒石膏，或任何油膏，都無法洗清燒淨。他最愛吃大蒜、青葱，他喝的烈酒像血一樣紅，喝了之後就說笑叫鬧，像發瘋似的。酒後他專說拉丁文，他能用兩三個句子，是由法院判詞中搬出來。並不稀奇，他整天的聽，你知道一隻饒舌鳥聽久之後，也會叫一聲「喔得」，可以同教皇說得一樣。不過誰若多查問他一下的話，就發現他的學識止於此了。他老是學著用法庭上的律師所講的拉丁字眼，高聲喧嚷。他是一個好心眼的痞子，我從未見過一個更溫良的人；只要有了一大杯酒，他就可以裝聾作啞讓這位朋友蓄娼一年，滿不在意，而同時他自己也好照樣去偷鳥兒，如果他在那裡找到一個伙伴，他就會教他不必怕主教的詛咒，除非他把靈魂藏進了錢包，原來惟有錢包才會受到懲罰。「你的錢包就是主教的地獄」，他說。但我很知道他是當場撒謊；每一個犯罪的人都應該害怕教會的詛咒，因爲那就是斬斷了永生之路，正如赦罪才能得救是同一道理，——並且人人都要當心一張逮捕狀。在他所管轄的地區以內，他有一套處理女子的方法，他明瞭她們的心事，因此就當她們的

---

⑱管家和磨坊主是一向有冤仇的，因此喬叟就很自然地利用這個人人所知道的情況，在騎士講過故事之後，使他倆互相詆毀起來，各自爭取機會講一個誣蔑對方的故事。

顧問。他頭上戴的花圈很大，可以做一個酒店的招牌，手裡帶的大塊圓麵包當盾牌一樣用。

與他在一起騎行的有一個賣赦罪券者，是倫敦龍斯服修道所的一員，這次才從羅馬教廷回來。他和法役兩人本是至好朋友。賣赦罪券者高唱，「這裡來，心愛，到我這裡來」，而法庭差役以堅強的低音伴唱著，喇叭也吹不到他倆一半的響聲。這賣赦罪券的人披著蠟黃的頭髮，像一縷光滑的黃麻，絲絲散垂兩肩。他是出來遊逛的，沒有戴上兜頸，却把它束成一捆收在佩囊裡；他騎在馬背，頭髮蓬鬆，除了一頂小便帽外，頭上沒有東西，他認為這才是最新的裝束。他的眼睛像野兎那樣閃爍。一塊聖弗龍尼加的手帕綴在便帽上，佩囊放在身前馬鞍上，裡面裝滿了才從羅馬帶回的赦罪券。他的嗓子像小羊般細。他沒有鬍子，也長不出一根來，臉上光的像是才修刮過的；我想他該是一隻牝馬或閹馬。但說起他的職業來，從柏立克到威爾找不出第二個同樣的賣赦罪券的人。他的口袋裏有一個枕套，他說是聖母的面巾，還有一小塊帆，他說是聖彼得在海面行走，被耶穌基督擒救住的時候所用。他有一個黃銅十字架，上面嵌著許多假寶石；在一隻玻璃杯裡他裝了許多猪骨頭。他帶著這些寶貝，往往在鄉間碰到窮堂區神父，就施展起他的伎倆，一日之間他所蒐集的錢幣，可以超過那窮堂區神父兩個月的所得。他甜言蜜語，欺詐詭譎，牧師鄉民，哪個不上當。不過，說句公平的話，他總算是教會裡一個可貴的教士；他讀起教文或史傳時，相當出色，尤其在獻金之際，他唱得最好。因為他知道唱完之後，他還要傳教，他必須把舌尖磨光，才好盡量搜羅銀兩。他因此高聲歡唱。⑲

現在我已簡略地闡述了這群人的職位、服裝、和人數，以及爲什麼他們會聚集在薩得克的貝爾飯店隔壁的泰巴客棧。此刻應講到我們那天晚上，下店之後，所做何事；然後再敍述我們在途中的情況，以及朝聖等等。但首先我要請求各位，不要認爲我據實而言，就是不懂禮貌，我講出他們所用的一字一句，所表現的姿態神情，你們與我一樣懂得一個道理，任何人複述旁人所講的話，他不得不把每個字照樣說來，儘量不走樣，顧不到原來是如何粗魯猥褻。否則他就得撒謊，或假造一套，或另用些新字眼。他不應放鬆一個字，即使所講的是他的親生兄弟；他必須一字一

⑲西方在中古時期認為教皇、主教等，可以有權准許以「行善事」或「捐資行善」來代替對犯罪者的懲罰；後來逐漸變為以金錢贖罪，因此發生了兩種罪惡；赦罪證的揑造和賣赦罪券者的貪汚。賣赦罪券者受到社會人士的攻擊乃是很自然的事。

從1378年到1417年之間，西歐由於政治紛爭，而各國所承認的教皇，不單是一個羅馬教皇，在法國亞威農另有一個教皇，是受法國、西班牙、蘇格蘭等國所推崇的。英國和其他大部分地方仍舊承認羅馬教皇，因此賣赦罪券者在這些地區活動仍須由羅馬特許。

聖弗龍尼加的手帕是保存在羅馬的一種仿造品；相傳基督被迫背起十字架去髑髏地，途中遇見一個女子，名叫弗龍尼加，借了一塊手帕給他擦臉，手帕還她時，見有基督像印在上面，後來據傳說，許多仿造的副像多被帶到羅馬。從柏立克到威爾，意即由英國北部到南部。

字挨次說出來。基督自己在《聖經》裡也說得十分眞切，你們很明白這不是下流。誰能讀柏拉圖的書，都曉得，他也講過，說話是行爲的兄弟。我還要請大家饒恕，如果我在這裡未能給予每個人物所應有的地位。我的能力有限，你們是很瞭解的。

我們的客店老板歡迎衆人，馬上送了晚餐來，都是最好的菜蔬。酒是濃烈的，我們很愛喝。老板是一個漂亮人物，當得起一個宴會上的司儀，身材魁梧，眼光明亮，談吐豪爽，聰明溫雅，確有丈夫氣概：在奇白賽街市上再沒有比他更好的市民了。他饒有生趣，晚餐已畢，我們都付過了賬，他就開始談笑起來。「呵，各位賓客，」他道，「我眞心歡迎你們，因爲，講老實話，這年頭我還沒見過這麼多的朋友們同時駕臨我這小店呢。我很想找些取樂的事。適才我想起一個辦法，可以博得大家高興，而不用花一個錢。你們去坎特伯利；上帝照顧你們，那幸福的殉難者適當地酬報你們！我很知道，你們在路上一定會談笑，講故事，因爲一路騎著馬不做一聲，像石頭般，那是很無聊的。因此，我說我將爲你們取點樂。如果你們大家願意聽我的話，照我的意思去做，有我的父親在天之靈爲證，明天你們乘騎而去，一定個個高興，否則我寧願犧牲我的頭顱，不用開口，舉起手來就是！」

我們不用多加思索；也不必討論，大家立即贊同，請他講出他的道理來。

「各位，」他道。「大家請聽，同時請你們不要存心小看了。簡單說來，就是這樣，你們每位在坎特伯利的路上要講兩個故事，作爲長程中的消遣，回來時再講兩個，凡是有關過去任何那件事都可以。那一位講得最好，就是說，講得一個最有意義、最有興趣的故事，就在從坎特伯利回來時，由大家合請晚餐，就在這間屋裡，就在這同一地點。爲了增加大家的興致，我很樂意和你們同行，由我自己負擔旅費，做你們的嚮導。誰若違反我的決定，就賠償途中一切費用。如果你們都同意我這個辦法，就直截了當地說出來，好讓我立刻準備同行。」

我們一齊贊成，很高興地立誓保證，請他照辦，並且做我們的領導，爲我們判斷故事的好壞，最後決定我們晚餐的價格。大小事都交給他調度，我們異口同聲，就此聽他指揮。於是取出酒來，大家喝了，然後都去休息。

次晨破曉時分，我們的老板就起身，做了我們大家司晨的雄鷄，把我們都會集在一起。我們乘騎出動，步伐輕快，來到了聖湯馬斯飲馬處。這裡，老板勒住了馬，說道，「請聽，各位先生。你們記得大家同意的諾言；現在我再提醒你們一下。如果早晚適時，且看那一位該講第一個故事。且不管我的酒是濃是淡，反正誰違反了我的話，就得賠償大家的旅費。現在來抽籤，趁大家還沒有走遠；誰抽到最短的一根籤就第一個講故事。騎士先生，我的主子，」他道，「請你抽一根，照我的話辦。走近一些，修道女，還有你，學者先生，不要害羞，不要只顧鑽研了；來抽罷，大家來。」⑳

每人都抽了籤，結果是巧合還是命定，不必多管了，反正那根籤落在騎士手裡，大家見了都很高興；他必須講一個故事，這才是道理，大家已同意了，何必多講呢？這位騎士看了，既是自動答應了的，也惟有服從，他說道，「我既開了這個頭，爲大家取樂，上帝在天，我歡迎這根籤子！請大家向前進，且聽我講來」。

我們聽他講，一面騎著馬向前去。他很樂意地這樣講著他的故事。

⑳聖湯馬斯飲馬處在舊時坎特伯利路上，離泰巴客店約一英里半。在後面騎士的故事講完了，磨坊主和管家各自講了一個粗野的故事之後，廚師叫著客店老板，直接用他的名字「哈利．斐萊」。查1380至1381年的薩得克捐簿上確有一個當地的客店老板，名叫哈利．斐萊，並且還是當地有相當地位的人。喬叟是不是寫他，關係並不很大；我們所要注意的是：在《坎特伯利全集》中，這位客店老板確實佔了一個重要的、左右全局的地位，讀者要是見到他這個人物的全貌，應細讀全詩中各故事的前後環節之處。

騎士的故事❶

騎士的故事由此開始

古史告訴我們，從前有一個國王，名叫希西厄斯。他是雅典的君王，在他那個時代，普天之下再沒有比他還顯赫的霸雄了。他戰勝了許多富庶的國家，並且由於他的智慧與武力，征服了亞

❶喬叟這篇故事顯然是以義大利大作家薄迦丘所著長篇宮闈式史詩Teseide為根據的。故事開始前，原有取自第一世紀詩人司德替斯所著史詩第12卷第519行拉丁原文一行；並無必要，故未譯。我們可以相信這篇作品原是獨立的一篇故事，後來喬叟寫《坎特伯利故事集》時才把這篇放了進去；現在由騎士口中講出，作為全部故事的一個開端，是有其藝術意圖的。薄迦丘的原作，有許多戰役和圍攻的描寫，有很長的演說道白，這些都被喬叟刪去，成為一篇緊湊的戀愛故事，表現著愛情和友的矛盾與最後的統一。

馬遜❷的全部領土，這國度原名西希亞。他娶了她們的女王易寶麗塔，帶回國中，一路前呼後擁，好生光彩，同時還帶了她的妹子愛美麗一起歸來。這樣我們暫且放開這位高貴的國王，讓他在勝利的高聲中騎向雅典而來，他的武裝隊伍件隨著。

如果不是諸位會嫌太長的話，我將詳述希西厄斯是如何英勇地戰勝女人國；並描寫雅典人和亞馬遜人的偉大戰役；以及易寶麗塔這位健美的女王如何受了包圍；她的婚宴，和她回來時的喧嚷熱鬧。但這些我現在只有按住不提；上帝知道，我還有大片園地等待耕耘，而我的耕牛却都是疲弱不堪的；故事還長得很呢。何況，我不願多佔了諸位同伴的時間；讓每一個人都可講他的故事，且看誰講得最妙，能贏得一頓晚餐。我的故事在那裡打斷，現在還從哪裏講下去。

這位國王凱旋榮歸，來到城邊，閃眼看見路中一群婦女，穿著黑服，一雙雙跪在地上。她們哀號著，世上沒有聽見過那樣的淒涼之聲；並且她們不肯停止，非抓住國王的馬繮不可。

「你們是什麼人，竟敢在我喜慶榮歸之日來哭泣騷擾？」希西厄斯道。「難道你們怨恨我的榮譽而這樣哭訴嗎？還是誰人得罪了你們？且說來我聽，是否還可挽救；你們都穿上黑服又是什麼緣故？」

---

❷古代作者多有提及女人國的傳說，中古時期認為這個國家一部分領土在亞洲，一部分在歐洲，國內禁止男子居留。這個女人國喬叟名之曰Femenye，來自拉丁「女人」之意；而古代都名為亞馬遜，已通用。

她們中間最年長的一位開言，但先就暈了一陣❸，臉色發白，煞是令人心酸，她道，「君王，幸運照顧了你，給你勝利，立功歸來，當然不是你的榮譽使我們哀悼。但我們請求你垂憐我們的苦痛，拯救我們的災厄！讓你的仁慈之心降下幾滴恩雨，落在我們這班薄命人身上！老實說，我們原來沒有一個不是后妃貴婦。可是，誰都看得出，現已一變而為階下囚徒了！敬謝命運和她那欺人的旋輪，任何祿位都沒有保障。的確，君王呀，在這所救世女神的廟中，我們等候了你有半月之久，現在求你援助我們，這是在你能力之內的事！

「我這哭訴求情的可憐人，原是肯本尼斯王的女后，他死於希白斯，在那可詛咒的一日！我們這些在此哀哭乞憐的人都已喪失了我們的夫君，希白斯皮圍困時他們捐棄了性命。此刻，可憐哪，老克列翁統治著希白斯，胡作非為，竟將我們夫君的屍體堆積一處，不予埋葬或火焚，反而強蠻地聽任惡犬噬食，污蔑孰甚。」講到這裡，她們都低伏著頭，齊聲痛哭道，「望您恩顧我們這班可憐人，讓我們的悲哀沉進你的肺腑罷！」

這位高貴的君王聽了這番話，憐憫打動了他的心，從馬上一躍而下。他見了這些貴婦們懊喪，他的心腸都要破裂似的；他把她們一一扶起，十分慈祥地安慰她們；他本是一個正直的騎士，於是發了一誓，說他一定要嚴懲暴君克列翁，他死亦應得，希西厄斯能扶持正義，正是所有希臘人

---

❸女子在未開言前暈厥，是中古浪漫詩中的成例。

民都要頌贊的偉績。他毫不猶疑，重新展開旌旗，率領大軍，轉向希白斯奔馳而去。他不願再走近雅典一步，也不肯停留半天，那天晚上就在征途住宿，並將女后易寶麗塔和她那年輕美貌的妹子愛茉萊送到雅典居住下來；他自己向前進軍，這已不在話下。

紅色的戰神馬爾斯，手持矛與盾，在他的白色大旗上射出光芒，一路經過田野，閃耀奪目；旗邊掛下金金色長旒，好生華貴，上面綴著人身牛首的明諾陀，是他在克里特殺死這怪獸的紀念。這位常勝的君王就這樣騎行前進，軍中有的是騎士界的精華，一同來到希白斯，在平地上希西厄斯下了馬，看定了這裡可以一戰。簡略說來，他和希白斯王克列翁交戰，他本是公正的騎士，當場殺了克列翁，並將他手下的人都擊潰敗北；又攻下城池，摧毀了所有的城墻房舍。他將那些貴婦們夫君的屍骨歸還了她們，依照當時的葬禮舉行了葬禮。至於貴婦們如何哀悼號哭，火葬屍骨，如何向希西厄斯告辭，如何得了這位高貴的戰勝者的尊崇，這一切敘述起來太冗長了。簡短切題，才是我的眞意。這顯耀的君王殺了克列翁，戰勝了希白斯之後，當天晚上在戰地住宿了一宵，然後依著他自己的意願，處理著這一國上下的事。

在戰爭失利之後，人們忙著在積屍堆中搜羅，剝下死者的繮鞍衣飾；那時他們在屍堆裏看見兩位青年戰士，緊靠著躺在地上，全身傷痕，血肉模糊，兩人所佩的綬章相同，都極華貴；他倆一名阿賽脫，一名派拉蒙。他們既未死絕，也不全活，看他倆楯紋服裝，司紋者一望而知是希白斯皇家兩姊妹之子。刼掠者把他倆拖出屍堆，小心地抬到希西厄斯營幕中來。他立即令送雅典，永遠下獄，絕不接受任何贖金。這君王將這件事辦了，馬上率領全軍回來，頭戴花冠，正是戰勝者應有的氣概。回國以後，他一生愉快而光榮；不用絮述了。派拉蒙和阿賽脫兩人卻幽閉塔中，憂鬱苦痛；金錢也無從換取他倆的自由。

日子就這樣過去，一天又一天，一年又一年，直到有一次，在一個五月的清晨，天色初曉，愛美麗照例已起床，穿戴得整潔，因爲五月的天氣是容不了懶睡的人的。她的美色勝過那綠枝上的白鈴蘭，五月的鮮花也不如她清新，她的兩頰可以與玫瑰爭妍，我不知道花容、人面，兩者之間哪一樣更美。時令激動著每一顆柔心，從睡眠中把它喚醒，說道，「起來，來奉獻自己罷。」因此，愛美麗想要向五月致敬，也就起身了。她穿上新衣，編起金黃色的頭髮，垂在背後，我相信竟有一碼之長；太陽初起，她已在園中來回踱步，隨意採著紅白的花，做著精美的花圈戴在頭上；她還唱著幽美的歌，像天使一樣。❹

那座巨塔，既厚實，且堅固，是兩個騎士被禁的囚獄。這塔本是堡宅的一部分，與花園的一道牆相連。此刻，愛美麗正在這園中遊散。清晨的空氣澄徹，日光明亮，那悲苦滿懷的囚人派拉蒙已起身，得了牢吏的允許，照例在高樓踱步；由此眺望，他可以見到壯偉的全城，也可看到花

---

❹向5月獻祭是古時社會中各階層相同的風尚，有似我國的清明踏青掃墓一般。屆時人人去遊林攀山，終宵不返，次晨才折著青枝，帶回家來遍插廳堂。

園中綠葉滿枝，而樹裡花間，愛美麗正在來去遊逛。他自己訴著冤苦，好多次喊著，「呀，為什麼天生下了我！」那樓窗滿揷鐵柵，每一根鐵條粗而方，像屋椽一樣。穿過這鐵柵，他的視線偶然投射在愛茉萊身上，他呆住了，叫一聲，「啊！」好似心頭刺痛了一般。他這一叫却把阿賽脫驚醒起來，說道，「我的表哥，你怎麼回事了，為什麼如此蒼白著臉，簡直要死的模樣？你叫的什麼？誰傷害了你？為了上天的愛，囚禁獄中還有什麼辦法，惟有忍耐。這是天意給我們的厄運：星宿中射出邪光，或是土星的影響，使我們遭難，任憑你發誓不願，也是無法逃脫的。我們出生時，天體就是那樣排列著；除忍受下去別無他法，這是很簡單明白的事。」

派拉蒙立刻答道，「表弟，老實說，你這個想法太空泛了。並不是這牢獄使我叫苦，其實是剛才我的眼裡中了傷，直穿心頭，致了我的死命。那位女郎的美是我叫苦的根源，我見她正在園中閒散。我不知她是人、還是神；我眞的相信她就是愛神維納斯。」說著，他就跪下禱告，「維納斯呀，如果是你化身來到園中，顯示在我眼前，願你助我這不幸之人跑出囚獄。但如果天命限定了我，要我死在獄中，求你施恩於我的族裔，我們已受暴力摧殘得無餘了。」

阿賽脫聽他說著，一眼看見園中遊散的女郎，她的美容使他也痛上心來，他所受的傷也和派拉蒙一樣沉重，可能更重些；他嗟歎著，苦訴道，「在那邊散步的女郎呀，她的美貌使我一見就中了致命之傷，假如我不得她的憐憫和恩顧，竟不能和她會見一面，我這條命就此斷送了；話也到了盡頭。」

派拉蒙聽他講完，怒目對著他，說道，「你是講的眞話，還是開玩笑？」

「當然是眞話，天曉得，」阿賽脫說。「上天保佑我，我哪裏還有心思開玩笑呢！」

派拉蒙皺起眉頭：「這對你不能算是光榮，」他道，「我是你的姨兄，又立下了誓，眞心做你的兄長，你何能欺騙我，背叛我；我你都已立了誓，直到死去，雖受酷刑而死，絕不爲了愛情或任何其他關係而互相阻撓，可愛的弟弟；反過來你應事事竭誠助我，我也應助你。這是你的誓言，當然也是我所立下的誓願；我深信你絕不敢反悔的。你既立願做我的忠實朋友，你不該驟然背信，愛起我的女郎來，這位女郎是我的心愛，直到我心死爲止。所以，背信的阿賽脫，你不該如此。我先愛上了她，並且把我的痛苦告訴了你，我是把你當做一個忠實的朋友，認爲你是立願助我的一個兄弟。你怎能算得一個騎士；願你還是一心扶助我，否則我只得把你看做背信負義的人了。」❺

阿賽脫傲慢地回道，「你才是背信之人，倒不是我；你就是一個負心人，我老實告訴你。因爲我愛她，視她爲愛人，是在你之先。你能說什麼？你剛才還說不知道她是神、還是人。你的感覺是屬於神靈一類的，而我所愛的是一個人；我把你當做姨兄，結拜的哥哥，才這樣毫無保留地告訴你一切。就算是你先愛了她；你豈不知道古學者有言，「誰能以法律加諸情場中人？」以我的頭顱爲證，愛情就是世上任何人所承認的最高法律。因此人類一切律令都爲了愛情而每天被人破壞，

❺在中世紀，立誓互助，結為兄弟，是不容反悔的，比天生的兄弟還要神聖；這和我國結義的風尚相似。

不論他所居的地位是高是低。一個人要愛就不顧一切。愛也不是可以一死了之的，不論你所愛的是姑娘，或結過婚的，或是寡婦。並且你也不見得此生能蒙受她的盼顧，我也不見得；因爲你知道得很淸楚，你我都已命定了永被囚禁，贖金也賣不出去。我倆就像兩隻狗搶一塊肉骨頭，整天爭奪著却一無所得；正當兩狗搶得認眞，忽而來了一隻鷹，從中掠去了那塊骨頭。所以，在皇家宮廷之中，人人都爲自己打算，顧不到旁人。你要愛就愛；我旣愛了，我就愛下去；老實說，親愛的哥哥，事實都擺在面前。我們還須留此牢裡，還是各聽命運指引罷。」

他倆爭執得好兇、好久，只是我沒有工夫來多講了；現在且說到主題上來。有一天——簡捷地說——一位君王，名叫倍羅希厄斯，希西厄斯自小的伴友，來到雅典看他的老友，這本是常有之事，彼此好藉此聚首消遣。他和希西厄斯情同骨肉，甚於任何世上的人；即使一個死了，他的好友甚至可以去地獄尋找，像古書所載的一樣。但這類的事我不想多談。倍羅希厄斯原來很喜愛阿賽脫，多年前就在希白斯認識了他。經過倍羅希厄斯的請求，希西厄斯就把他無償地從獄中釋放出來，讓他自由，除却下面我所要說的一個條件。簡括說來，有這一點需要阿賽脫同意，假如在他此生中，無論白天晚上，發現他在希西厄斯國境之內，一旦被獲，就要砍他的頭。再沒其他的寬容辦法，他只好辭別回鄉。可是他得警惕，自有他的頸項爲質！

此時阿賽脫只得叫苦！他覺得心頭刺痛。他哭泣呼號，想私下自戕了就罷了。他道，「我生來何苦！我現在的牢獄更糟了；我已永遠被打進了下界，而不是淨界。呀，我爲什麼認識了倍羅希厄斯呢；否則，我還可以繼續關閉在希西厄斯的囚獄裡。那樣我才是有幸福，而不是吃苦。我雖沒有得到愛者的顧憐，但我只要能看得見她就很好了。啊，我的好表哥派拉蒙，在這件事上，你戰勝了我。你是何等幸福，可以居住獄中；在獄中嗎？不是，在天堂，確實是天堂。命運爲你擲下了好骰子，你能看見她，而我却不能了！你既靠近她，你又是一個有勇有謀的騎士，可能命運一轉，你還可以達到願望。但我已被逐，我已沒有福分，沒有希望，無論是水、火、土、氣，哪一成分所造成的生物，都不會給我絲毫解救或安慰，我只得絕望憂鬱而死了；再會了，我的生命，我的快樂所在！呀，人們承受了許多超乎自己能力所及的福分，却不知足，還要埋怨上天或命運的佑護，這是什麼道理？一個人想致富，而因此就釀造了他喪命或災病之源。另一個人想出獄，而在家反遭僕人的暗殺。這裡有數不盡的風險，却不知我們還在此強求些什麼。我們與一隻醉鼠一樣昏瞶；醉漢明知他有一個家，却不知如何走回去，他的路途是溜滑的！的確，我們在這世上的行徑就是如此。我們汲汲然尋求快樂；而事實上我們常走錯了路。我們都會說，尤其是我，滿以爲跑出了牢獄，就幸福了，就十分快樂，可是現在我却由幸福中被驅逐出來。我既再不能見你，愛美麗，我就等於死了；再也無法挽回了。」

在派拉蒙一方面，當他知道阿賽脫走後，他悲號不已，巨塔中充滿著他的囂嚷聲，他腿上的鐵鍊都被他那苦淚浸濕了。「呀！」他道，「我的表弟阿賽脫，我們爭吵的結果是你得勝了，上天知道。你此刻可以在希白斯自由了，再也想不到我的悲哀了。你有足夠的聰明才幹，你可以會集我們所有的親友來攻打這個城邦，機遇或訂約可使你將她娶到手，而我却只得爲她而死。計算可能性，你却佔了極大的優勢，你既有權位，又出了獄、得了自由，我却惟有死在囚籠。我活一天，就只好哀哭著一個囚徒的厄運，只有痛苦看中了我，這實在是倍增了我的苦刑。」這樣，忌妒的火在胸中燃燒，猛襲他的心房，使他臉上發青，像白楊或死燼一般。

一會兒他又說道，「啊，殘酷的天神，你的一句話永遠統治著人世，在石板上刻下了你的法律和諭旨，人類受你的管轄，何如膽怯的群羊一般？人與任何走獸一樣被屠殺著，並幽禁在囚獄中，動彈不得，有時病倒，有時受難，而常常是無辜的！這樣磨折著無罪的人，天理究竟何在？我越想越發痛心，人必須服從天命，爲了神他必須壓制他的意願，而獸類反可以爲所欲爲。一隻獸死了，它的煩惱也就結束了，但一個人死後還須哭泣悲吟，雖在世間他已受夠了憂痛。無疑的，人世間的事就是如此。這些疑題我將讓神學家去作答，不過我很知道，這個人間有的是愁苦！呀！我見過蛇、蟲、賊子、害了許多好人，却仍可自由來去，不受羈束。我碰上了星宿的邪魔和天后的妒火，我就不得不被囚獄中，希白斯的嗣業也都給掃盡，那寬廠的城池都給毀滅。同時，維納斯嫉恨我，害怕阿賽脫，就把我害死。」

說到這裡，我將放下派拉蒙，讓他幽禁獄中，而轉述阿賽脫的遭遇。

夏天過去了，漫漫的長夜倍增了情人與囚徒的痛苦。我不知那一個比較更爲痛苦！簡括的說，派拉蒙已命定了永禁牢獄，死於鐵鏈桎梏；而阿賽脫被逐，永遠不得回來，否則即被處死，因而再也見不到他心愛的人。你們有情人，我現在要問你們一句，誰的情況更苦，派拉蒙呢，還是阿賽脫？一個每天都可見到他的愛人，但必須永禁囚牢。另一個可以自由行動，但永遠不能再見意中人。你們意下如何，你們是聰明人，我將像我開講時一樣繼續下去。

第一部完

* * *

第二部開始

阿賽脫到了希白斯，長年焦思嗟歎，因爲他再也見不到他的意中人了。簡短的說，人世間在過去或未來，沒有一個人會有這麼多的愁痛。他不能入睡，不吃不喝，枯瘦得像一支箭；他的眼睛陷落，看去好可怕，他那菜色的臉蒼白得像冷灰一般。他老是獨自一人，整夜哭泣呻吟。聽見歌聲、管絃聲他就要哭個不停。他的精力衰萎，旁人雖聽得他的話語聲音，却辨別不出是誰。他的神志無定，他不但受盡愛神的摧殘，並且在他腦海中郁結成氣，產生瘋癲病症。總之，這位慘痛的情種，阿賽脫先生，性情和習慣都已翻了一個筋斗。

我何必整天的寫他的愁苦呢？他在希白斯忍受一兩年的苦難，後來有一晚他在床上睡覺，忽而似乎看見雙翅的默格雷站在他面前，囑他鼓起興來。他的手中撑著一支催眠杖，亮晶晶的頭髮上戴著一頂帽；阿賽脫心中想他當初催咒百眼巨人阿格斯入眠時，就是這個姿態。他對阿賽脫道，「你去雅典；到了那裡，你的難日可告結束。」

阿賽脫聽了這話，跳將起來。「眞的，」他道，「不論任何代價，我必須去雅典。我一定要冒死去看一下我的女郎，我愛她，我爲她服役。我不怕斷送我的生命，只要能看她一眼！」說著，他拿起一面大鏡，看見自己的臉色已改，面容已完全換了樣；他心想自己的面貌既已因病而如此變相，很可以降低身分，住進雅典城中，永不令人覺察，豈不每天可能見到他的心愛！於是他馬上換上一套苦力所穿的服裝，身邊只帶一個侍從，令他同樣扮做窮人，兩人心照不宣，抄著近路來到雅典；有一天他來宮廷門口，兜攬著各種低賤的勞役，誰都可以使喚他。不久之後，他由愛美麗的管家那裡得到工作，這管家是個明眼人，知道誰可以做得一個好僕役。阿賽脫能劈柴、挑水，他年輕力強體格魁梧，足夠應從任何人的使喚。他這樣勞作了一兩年之後，被僱用爲美貌的愛美麗的家僮，他自己改名爲弗洛斯屈雷脫。❻宮廷中像他這地位的人都不如他那樣能得人歡心，他又如此俊美，無人不誇獎他。他們都說希西厄斯應該眷憐他，擢升他的職位，給他高級的職守，

❻在薄伽丘的原作中，阿賽脫改名為彭底渥，喬叟不用此名而用弗洛斯屈雷脫，這原是薄迦丘所作另一長詩的命題，該詩亦由喬叟改寫為《特羅勒斯與克麗西德》一詩。弗洛斯屈雷脫本是希臘來源的名字，原意「軍中情人」，薄迦丘將其後半個字與拉丁字「斯屈雷托斯」相混淆，而作「愛的摧殘」解，喬叟在此，也就沿用此意。

那才可以用其所長。時隔不久，對他的好譽傳遍宮中，希西厄斯將他調爲自己內室的家僮，他所得的收入也足夠維持應有的地位。同時，有人還從他自己家鄉私下帶他的租糧來，年年不缺；而這筆錢款他背地裡用於正途，因此也無人得知它的來源。這樣的生活他又過了三年，不論是有戰爭、或是和平的日子，希西厄斯總很愛惜他，甚於任何人。阿賽脫如此幸福，可以暫時放開不提，且說派拉蒙。

七年的歲月，派拉蒙在大牢中，黑暗圍繞著他，苦難消蝕著他。誰還有派拉蒙那樣雙倍的創痛，愛情使他癲狂，愁苦使他惶亂！他做囚徒何止一年，乃是長期關閉著。誰能以詩句譜出他那受難之苦呢？我確是無此詩才。因此只得輕描淡寫，由他過去。

現在是第七年了，在五月的第三天晚上，正如古書裡所詳載的，不知是機遇還是命定（一件事是怎樣發展，就怎樣形成），派拉蒙在午夜過後，有朋友幫他逃出牢獄，他盡力疾奔，離開了城市。原來事先他曾給守牢者吃了痲醉劑，和在希白斯的上等鴉片所泡的一種酒裡，喝了之後，即使有人捶打也不會醒，却通宵睡著。因此派拉蒙盡快地跑出城來。那天晚間很短，不一會就天曉；他必須找一個地方躲藏，戰戰兢兢，緩步潛行，走進了緊旁一座樹林。簡單說來，他預計在這林中可以躲過一天一夜，然後走上去希白斯的大路，再設法到那裡去請求親友幫他向希西厄斯開戰；總之，他準備拚著一死，或者還可拚出命來，好同愛美麗完成良緣。這就是他心中的打算。

現在我再來講阿賽脫，他滿不知道厄難已將臨頭，命運又要把他陷入羅網了。

那勤勞的百鸝，預報著天明，唱著歌，迎接微曦的晨光；旭日上升，東方笑出光輝❼，照到樹頭，綠葉邊滴滴銀露都曬乾了。阿賽脫住在希西厄斯宮中，當著他的主僮，此時他也起身，看見鮮麗的晨光。爲了迎接五月良晨，他心中激盪，乘著馬，火一般地馳出宮廷，一兩里的路到了野外，獨自消遣。他偶而騎進這座林中，摘著嫩枝做成綠圈，不是忍冬，就是山楂。他在明亮的日光下高聲唱道：

五月，你開著花朵，長著綠葉，
你將受到歡迎，鮮美的五月，
我今天願染些媚人的綠色。

他懷著輕鬆的心情跳下馬來，走進森林深處，在小徑裡上下遊逛，那裡派拉蒙恰正躲在一叢矮樹後面，十分害怕，不願被人瞥見。他却全不知道這就是阿賽脫；上天知道，他是無法預測的。但多年前曾有一句話話，非常眞切：

田野有眼，樹林有耳

---

❼「旭日上升，東方笑出光輝」句取自但丁，《神曲》《煉獄篇》第1歌第20行。

一個人最好穩重處世，料想不到的巧遇是往往可以發生的。阿賽脫滿沒有料到他的老伴派拉蒙正在緊近的地方，默坐在叢樹後面，聽得見他的一言一語。

阿賽脫盡情遊散之後，愉快地唱過了歌曲，忽又沉默下來，正是情人們都有這種癖性，時而升起樹顚，時而降落荆叢，一起一落，像井中吊桶一般。恰如星期五這天，有時放晴，有時急雨，那多變的維納斯就這樣擺弄著人們的心；她的日子和她的姿態同樣地變幻；星期五是難得像其他的日子的。❽阿賽脫唱完了歎息，然後又默然坐了下來。「呀，」他道，「我生何不幸；啊，天后哪，你的殘酷的心，你還有多久要續向希白斯城邦開火？呀！加得默斯和恩菲洪傳下的貴裔已被你踐踏殆盡了。我本是加得默斯的後人，他首創希白斯，建立了那個城邦，登上第一個王位；我就是他直系嫡傳，也是皇家血統。可是現在我却成爲一個囚徒，一個奴役，我的主子就是我的不世之仇，而我還做著他的一個可憐的家僮。天后還加以凌辱，使我不敢自認眞姓眞名。我原名阿賽脫，現今却是弗洛斯屈雷脫，這個却不值一文錢！啊，凶殘的馬爾斯！啊，天后！你們的憤怒毀盡了我們親族，只剩下了我，和那倒霉的派拉蒙，他還在受著希西厄斯的催殘，永禁牢獄。在這一切之上，愛神還射出火箭，穿過我的眞實殷切的心房，灼熱地燒著，使我無從自拔，我是命

---

❽「星期五是難得像其他的日子的」是一句成語，意思是說，一星期中以星期五這一天最特殊，是西方沿襲下來的一種迷信。

定要死的了！你的眼睛殺了我，愛美麗；你是我致命之源。我只願能爲你求安樂，其他一切思慮都是不值一文的！」說到這裡，他暈倒了許久才醒。

派拉蒙此刻似乎覺得有一把冰冷的刀驟然刺進了他的心，氣得滿身發抖，再也按不住了；阿賽脫這段話他聽後像瘋人一般跳出叢樹，臉上像死一般蒼白，「阿賽脫，」他道，「你這卑劣的背信之人，現在你被我發覺了，我爲了我的女郎吃盡了痛苦，而你却說你愛她！你本是我一家人，並且彼此發過誓要互守信約，這些話我都對你說過，何止一次；而你却欺瞞著希西厄斯，改姓換名。現在不是你死，就是我亡。你不能愛我的女郎；只有我愛她，沒有旁人的份。我，派拉蒙，就是你的死敵，我雖身邊沒有武器，天觀照我讓我逃出了牢獄，我相信，你不是被我當場殺死，就是放開愛美麗，莫想愛上了她。你自己選擇，現在你跑不脫我的手。」

阿賽脫把他認得清楚，聽了他說的話，狂怒塡胸，像猛獅一般拔出刀來，說道「天上的神爲證，若不是愛火使你病狂，你既身無刀槍，就休想逃出樹林，你一定死我手中。你說我立過誓，受了約束，我現在就推翻。什麼，你這蠢物！你知道愛情是自由的，管你多大權能，我還是要愛她。不過，這裡且接受我的誓約，因你是一個好騎士，你願爲她而決一死戰，我決不負言，同時不讓人知道，明天我必來此原地，以我的騎士尊榮爲證，我將帶給你足夠的甲胄刀槍，你可選擇好的，留下壞的給我。今晚我還送飲食給你，和暖衣給你做被。如果在這林中還是你將我殺死，贏得了我的意中人，你就該得她到手，我也就顧不到了。」

派拉蒙答道，「我同意。」於是他倆各自立誓，分了手，靜待明天。啊，愛神邱比特，你全無憐恤之心；啊，你獨霸著你轄境！一句老話說得眞不錯，愛情和霸主都是不要友伴的；這個道理阿賽脫和派拉蒙也可領會了。

阿賽脫立即騎馬進城；次晨天猶未曉，他私下備好兩套武裝，足夠他倆在野外一戰之用。他猶如才出生時一樣獨自一個人，騎上馬背，武裝放在身前，來到林中，於指定的時間和地點，阿賽脫和派拉蒙會戰。眼見他倆臉色都變了。正如色雷斯國境之內，一個獵人在林中提著槍矛，當著隙地站住，此時被獵的熊或獅，聽見他走近，衝過樹間，連枝帶葉，闖落下來，他心中思量著，「這是我的死敵來了；當然，不是他死，就是我亡，我若不衝過隙地把他殺死，我就得遭殃，被他殺死：」此時他倆就是如此，彼此看得仔細，兩人的臉色確已變了。不說什麼「你好，我好」，不打什麼招呼，不多一句話，不預先試演一下武藝，却彼此幫著穿戴起甲胄，十分禮貌，與好兄弟一般；然後運用尖銳堅強的槍矛，彼此衝殺，爲時很久。你可以想像在這場戰鬥中，派拉蒙就像一隻狂獅，阿賽脫就像一隻猛虎。他倆像野猪般搏鬪，口噴白沫，怒氣衝天；血淹上了脚脛。這裡我丟開一頭，讓他倆對搏著，且講希西厄斯。

命運之神，人世間的主教，處理著上帝所預示的一切禍福，十分威嚴，世人雖發誓違抗，不論或是或非，只要經過相當年月，仍然顯應，千年之中難得重逢。確實，我們在人世的嗜欲，是戰是和，是愛是憎，沒有一件不由上天守視。我想起此番道理，自有希西厄斯的事爲證。他最愛出獵，尤其在五月天氣，正好打逐野兔，每逢曉光照到床邊，他必穿衣起身，準備帶著獵戶、號筒、和獵犬奔跑在前。他最大的樂事就是親自打殺野兔，他崇信戰神馬爾斯之餘，就崇信著獵神戴安娜。

天氣晴朗，我已說過，希西厄斯興高采烈，騎馬出獵，好生威儀，帶了他的美貌的易寶麗塔和穿著綠色衣裝的愛美麗；他來到林中，相隔不遠之地藏著野兔，他向前直進，過了小溪，奔向樹間空地，正是野兔躲藏的所在。這位君王發號施令，指使獵犬前奔，搜索野兔，何止一次。他到達隙地，舉手遮著太陽，却發現前面派拉蒙和阿賽脫二人正在酣戰，像兩隻野猪在惡鬪。那閃亮的刀來去揮舞，好生可怕，隨手一下就可砍斷堅強的橡枝；但他不知這兩人是誰。國王脚踢馬身，奔入兩人之間，抽出刀來喊道，「喝！不准再鬪，小心頭顱！有馬爾斯為證，我再看見誰打一下，就處死刑！但告訴我你們是誰，竟敢在此相鬪，好似在皇家決鬪場上一般，却沒有中人作證？」

派拉蒙立即答道，「君王，何用我多講呢？我倆都是死罪之徒。兩個可憐人，兩個厭生的囚徒，你既是公正的君王和證人，不必再加以眷憐，或讓我們逃生，但請先殺了我，那才是你開恩；再請你也同樣的殺了我這個伙伴。或先殺他，因為你有所不知，他原來就是你的死敵，他就是阿賽脫，已被你明令逐出國境，以他的頭顱為質，所以他也是死有應得；他就是求乞於你門前的人，他自稱為弗洛斯屈雷脫。他已這樣欺騙了你多年。你把他擢升為主僮，而他却一味鍾情於愛美麗。我的死期既已到臨，我全部招認，我就是派拉蒙，曾施用了詭計，逃出囚牢。我也是你的死敵，我也熱愛著明媚的愛美麗，我願死在她的眼前。因此請你賜我一死，終結我的命運。但請把我這伙伴也同樣處死，原來我倆都是死有應得的人。」

這位國王立刻答道，「這是很快的判決。你自己口中供認，已判處了你們自己的罪，我可以作證，不需要上刑了。有紅色的馬爾斯在上，你倆即將處死！」

王后却一副溫柔的心腸，看了不免灑淚，愛美麗和其餘獵隊中的女子也一樣哭泣起來。她們都覺傷心，惋惜著有這樣的事，眼見得他倆同是高尚的青年，皇族的子弟，無非為了愛情而搏鬪。她們看見那血肉模糊的寬闊的傷痕，都齊聲哭道，「看我們女子們的面上，君王，請你發出慈悲！」她們跪下兩膝，寧願吻著他的脚，直到他的怒氣消滅為止，原來一顆善良的心是會被憐憫激動的。他雖一時震怒，但不一會就想起他們的罪過及其起源：雖然他的怒火控告他們有罪，他的理智却寬恕了他們；他這樣想：每個人為了愛情，一定要掙扎到底，設盡方法逃出囚牢。他見那些女子哭訴甚為憐憫，他那偉大的心胸中一面思量，一面就輕聲自語道，「做一個人君豈可不知憐憫寬恕，豈應一味像雄獅一般不分善惡，對於知過能改，惴惴於心的人，或是蠻橫無禮，固執己見的人，豈能一樣看待！處事如不精到，不能分別傲慢與謙讓，那就枉為人君了。」簡短說來，等他怒氣已消，他抬頭一看，目光閃耀著，高聲說道：「愛的神呀，福澤無邊，那是個如何偉大的主宰！在他的權力之下，百事無阻；他有奇蹟，自應被稱為神，他能以他意志創造著每一顆人心。這裡是派拉蒙和阿賽脫，逃出了我的牢獄，很可能在希白斯度著貴族的生活，他倆明知我是死敵，生死捏在我的手中；可是愛情使他倆有眼而不用，投來送死！且看，這豈非高度的愚蠢？除了情人，還有誰是愚者？上天有神，看他們流著多少血，看他們何等慘烈的模樣！他們伺候著愛神，這就是他所給的賞賜！並且不論是何情況，爲愛情效勞的人們總是自作聰明的！而尤足令人叫絕的事就是這位女郎，他倆爲了她要出這樣一套花樣，而她卻與我一樣並不知道感謝他倆；原來她對於這番火熱的爭吵一概不知，和一隻杜鵑或野兔一般！不過，事無好歹，都要一試；人無老少，有時難免要當個傻子。我自己就有過經驗，多年前在我年輕的時候也做過愛的侍役。因此，我既嚐過愛的苦味，也知道誰若投進了他的羅網，他就捏緊不放，使你痛楚不堪，現在我完全饒恕你們，王后和美貌的愛美麗都已跪下爲你們請求了；你倆應立即向我發誓，絕不再侵犯我的國土，或早晚向我開戰，而應盡你們一切的力量和我做朋友。你們這次的錯誤我全都饒恕了。」

他倆都依從了他的話，誠心向他立誓，求他開恩，認他爲君王；他祝福他倆，這樣說道，「講到皇族傳統與家嗣財富，你們都該定時成配，即使是王后公主也是相稱的；至於我的姨妹，你們爲了她引起這場爭端，引動嫉妒，你們自己也知道她不能同嫁兩人，雖然你倆永遠爭鬪下去。總有一個，不管他願不願意，必須拋下希望，到常春籐裡去吹哨；這就是說，不論你們怎樣嫉妒，她也無法嫁給兩個人。所以我向你們提出這個辦法，讓你們各自去碰命運罷，現在且聽我說來。條件是這樣，我的意志是堅定的，不必反抗，你們惟有擁護，只要你們心願；你倆可以各自離去，不要贖金，不受拘束，在五十個星期之後，不多不少，每人帶百名騎士來，全身鎧甲，準備上場戰鬪。我允諾你們，以騎士的信念爲證，你們那一方武力較強，就是說，他或你，和各自的百名騎士，如能把對方殺死，或逐出武場，我就把愛美麗賞給他，他就是命運看中要賜恩的人。這個比武場所就設在此地，上天自會照顧我的靈魂，使我做一個忠誠公正的裁判！你們不要想另講條件，你倆總有一個會斷送性命或敗北被俘。你們如果認爲我說得有理，講出來，承認滿意。這就是對你們的判定！」❾

還有誰的面容比派接蒙更輕快的？誰高興得要跳，若非阿賽脫？有了希西厄斯這樣公正地開恩施惠，誰能道出或寫出當時的喜悅？每一個在場的人都跪了下來，眞誠地感謝，尤其是兩個希白斯騎士謝了又謝。於是他們倆帶著希望和輕鬆的心情，告了辭，轉向古老寬廣的希白斯而去。

第二部完

*　　*　　*

---

❾50個星期就是說1年。在中古時代，比武場上比武是一個很壯觀的群衆性的集會。1390年喬叟自己當公共場所的管理，曾在司密斯非爾建立過兩個比武場。

第三部開始

我想信，人們會怪我疏忽，如果我忘了描述希西厄斯的一筆開支，精心地建築著那比武所用的華貴場所；我敢說全世界也沒有這樣壯麗的一座劇場。外圓周圍長有一公里，一道石牆，牆外有溝。劇場是圓形，四周全是台階，高六十級，坐在前排台階上的人，不致擋住後排人的視線。東面一座白大理石的大門，同樣的一座在西面對峙著；總言之，世界上在同樣有限的空間裡找不出第二所這樣的建築。全國的技師，凡是懂得數學或幾何，或是任何繪圖者或雕刻者，希西厄斯無不享以佳餚，請來設計建造這所劇場。為了祭祀舉禮，他又在東門上蓋起拜殿祭壇，獻給愛神維納斯；在西面，為了紀念戰神馬爾斯，同樣建立一座，花費了大量的黃金。北面牆上築有角樓，希西厄斯也築起一座富麗堂皇的拜壇，用的是雪白石膏和紅珊瑚，奉獻給貞潔的戴安娜。

還有三座塔樓上的壯麗的浮雕、繪畫、花色、紋飾、和塑像等等，我都忘記敍述了。先說在維納斯的廟中，你可在牆上見到，畫的是各色令人嗟歎的形象，如破碎的睡眠和寒冷的喘息，神聖的淚和悲哭，情人失意時火一般的相思苦痛；他們的盟誓；娛悅和希望，渴想和魯莽，美色和青春、歡樂、財富、嫵媚和蠻橫、欺騙、奉迎，狂妄、憂慮和嫉妒，帶著金盞草圈，上面棲著一隻杜鵑；宴會、樂器、歌舞、歡笑和華麗的衣服，以及一切我已講未講的情愛場合，都排列著畫在牆上，我講也講不完。的確，席希龍山上維納斯的正屋，全部都畫上了牆，包括園亭和一切美景。守門者懶漢也沒有遺漏，或古時的美男子納西塞斯，或所羅門王的愚行，或黑勾利斯的大力；默蒂亞和秀爾茜的魔法，妥納斯的堅強凶猛的心，或富有的克雷塞斯，他的被俘與勞役。所以你可以知道，無論是智慧、財富，是美貌、機智，是強力、堅毅，都可當維納斯的伙伴，因爲他能任意指引著整個世界。原來這一切人物都被她網羅著，直待他們苦上心頭，喊著「啊唷」！只消略提一兩個事例就夠了，雖然我可以講出的不下千數。維納斯的裸身雕像，煞是美觀，浮在大海上，從肚臍以下都淹在綠浪裡，像玻璃般明亮。她右手拿著一面弦琴，頭戴玫瑰花圈，新鮮芬芳，十分悅目。她頭上有白鴿飛翔，身前站著她的兒子邱比特，眼睛是瞎的，正如常見的那樣，他肩上有兩隻翅膀。他手中拿著一副弓箭，箭頭非常鋒利明亮。⑩

爲什麼我不同時也告訴你那紅色的大戰神馬爾斯廟中的壁畫呢？那牆間上下左右無處不是彩畫，好像在色雷斯的威風凜凜的馬爾斯大廟內一樣，在那地方，寒冷的霜天，正是馬爾斯坐鎮的處所。牆上首先畫著一派樹林，林中無獸也無人，枯老的枝條，盤曲多結，殘幹斷根。一陣轔轔衝奔之聲，穿梭過去，好似根根樹枝都將被狂風吹折一般。在山邊下，聳立著軍威十足的馬爾斯

---

⑩維納斯廟的這段描寫雖以薄迦丘為根據。卻不完全是模仿的。抽象概念的人格化是中古詩歌中一個慣用的文藝方式，同時喬叟可能親眼見到義大利早期的著名的壁畫，其中有許多就是喻意一類的。本段中所提到的希臘神話中的幾個人物都是常見的，細節可查閱普通參考書。

廟，全部是鋼鐵築成，門牖既深又狹，陰森可怕；狂風吹起，每扇門都震動著。漠漠寒光由北面透進門去，原來牆上並無其他窗洞。所有的門都是堅石做成，永不破裂，橫面和邊緣都綁著鐵，每一根支柱有大樽那樣粗，像鋼鐵般光亮。⑪

在這裡我見到罪惡在暗中的詭計和他的一切籌謀；凶暴的憤恨，像煤火一樣紅；扒手和蒼白的恐懼；哂笑者的斗篷下藏著一把刀；馬廐中冒出黑煙；床上被殺的叛逆無道，和明目張膽的戰爭，負著血淋的傷痕搏鬪，帶著染血的刀和鋒利的威脅。在這個幽森的角落，叫囂充滿了耳。再過去一步，我見到自殺者的頭髮浸沒在他自己的鮮血裡；夜間鐵釘捶進了鬢骨；冷屍朝天躺著，張開了嘴。神殿正中坐著惡運，垂頭喪氣。又過去一步，我看見瘋狂的凝笑，佩有武器的訴苦，叫屈和猙獰的狂暴；叢樹中的屍首，喉頭砍了一刀；千數個被殺者，却非瘟疫所致；暴君強奪著戰利品，和倒塌荒涼的城池。我還看見爭奪中的船隻被焚，獵人被野熊勒住喉頸，牝豚噬食搖籃中的嬰孩，廚師被燙傷，長瓢也不中用。還有一些馬爾斯的凶殘的目光所致的惡果。趕車者被車子碾在輪下。還有馬爾斯的族類，剃頭匠，屠夫，鐵匠在鐵砧上打著尖刀。上面高塔中畫著勝利兀然危坐，他頭上掛著一把利刃，有精巧的繩絡牽住。朱列厄斯·凱撒的殺戮，和尼祿與安東尼所致的死傷都在畫中。雖然那時他們還未出生，但他們所造成的死亡都已經由馬爾斯的威嚇而被

---

⑪古色雷斯在希臘北部，這裡所寫色雷斯的馬爾斯大廟畫在牆上，是根據薄迦丘所寫的原詩。

刻畫出來了。在這些畫中所表現的命運，和天上主吉凶的衆星一樣，誰該被殺，誰該死於愛，都已註明。且舉出古書所載的一二事例就足夠了；即使我想都描寫出來，也不可能。⓬

馬爾斯的戎服塑像站在一乘戰車上，面貌凶惡像瘋人一樣，他頭上照耀著兩顆星，古書上稱爲普厄拉與露白斯；⓭這就是戰神的雄姿。一隻狼站在他的脚前，兩隻紅眼，吞噬著一個人。這些形象都是一支美妙的筆繪畫出來的，顯揚著可敬畏的馬爾斯。

現在講到貞潔的獵神戴安娜的廟堂，讓我盡快地把一切描畫講給你聽。牆上到處畫的是狩獵與羞怯的貞潔的模型。我看見傷心的卡列斯朶，因戴安娜發怒，把她變成了一隻熊；後來又被列爲北極星宿。畫上是這樣，我不能縷述了；她的兒子也是一座星，人們都可以看得見的。我還看到苔納變成一棵樹；我所說的不是女神戴安娜，而是彭納斯的女兒，名叫苔納。我還看見阿克德渥變成牡鹿，因他見了戴安娜的裸身而受此懲罰；我也看到他的獵犬在咬他，因它們已不認得他的主人。還畫著阿他倫塔獵野猪，與梅利亞格等人一起，戴安娜爲此而使他受難。我還看到更多的奇蹟，不想一一提及了。這位女神高高地騎著一隻牡鹿，許多小獵犬圍繞在她的脚邊，她脚下

⓬值得我們注意的是，在這許多取自薄迦丘原詩中抽象人格化的描寫之外，喬叟自己卻加了扒手，嘻笑者和馬廏等實際生活的人與物。

⓭普厄拉與露白斯並非星象學中的名稱，而是堪輿風水中的術名。

踏著月亮，那月亮滿了又將虧損。她的塑像身穿綠衣，手裡拿的是弓，箭囊裡插著箭。她眼睛下垂，一直看進帕路托的冥國。她面前有一個女子正在分娩，她因難產而苦叫產神露新娜，「救救我，你比誰都懂得多。」繪畫者手段高明，十分逼眞，他曾花去多少金錢配上種種顏色。⑭

終究這所比武場全部落成了，希西厄斯自己付出了巨金，築起廟堂、劇場等等，此刻他十分滿意。且讓我再按下希西厄斯，接著說阿賽脫和派拉蒙。

他倆應該歸來的日期快要到臨，這一天，我已講過，每人應帶百名騎士來參加比武；因此他倆都來雅典踐約，帶著百名騎士裝束整齊，準備交戰。確確實實，人人都稱道，自從天帝創造海陸世界以來，沒有見過多少如此威風的伙伴，一個個顯示著騎士身手。每個羨慕騎士氣慨、希冀聲名遠播的人，無不祈求能親身到場，以一睹爲快。入選的人心中是何等痛快！你們都知道，如果明天就有這機會，每個善戰的騎士，深嘗得愛的滋味，那有不想親臨武場的。爲了一個意中女郎而戰，上天祝福，該是何等壯觀的場面！因此，多少騎士跟著派拉蒙而來。有的穿著鱗鎧、胸甲和短襟；有的戴起一雙寬鎧，掩住胸背；有的帶著普魯士式的盾牌；有的裹上講究的護腿，挈

⑭苔納在古作家與賁德的神話故事中為苔孚納，是阿波羅所愛的女郎，後變為一棵桂樹。喬叟名之為苔納，可能是根據法國傳奇。

戴安娜在天為露娜（月），在地為戴安娜與露新娜（產神），在下界為勃洛梭娉。

起斧鉞或鋼錘。沒有一種新奇式樣不是自古相傳的。他們裝束著，如我所說，而各自翻出花樣。

你可以看見在派拉蒙的伙伴中，有色雷斯的大王，列可格斯。黑鬚，雄姿。眼中射出介於黃紅之間的光彩，他環視著周圍，像一隻鷹那樣，頑強的眉間蓬鬆有毛，四肢粗大，硬筋，寬肩，兩膀又圓又長。他沿用他國內的風尚，高站在金車上，拖車的是四頭白身牡牛。馬鎧上所披的不是有紋章的套衣，却是條古老的熊皮，煤炭一樣黑，而光亮的脚趾像黃金一般。他的長髮梳向背後，像烏鴉的羽毛一樣黑亮；頭上戴的是一頂金冠，有臂肱那樣粗厚，十分沉重，嵌滿閃亮精美的鑽石。在他的戰車四圍有二十多隻白獒跑著，大若牡犢，準備追獵獅兔，它們都緊隨著他，各個套有金製項圈，上面銼著缺齒，獒嘴都是鎖緊的。他有百名全副武裝的貴爵們組成一個隊伍，個個懷著堅硬的心腸。

人們在古書上讀到，與阿賽脫乘騎而來的有印度的大王，伊米屈厄斯，就像戰神馬爾斯一樣威風，騎著一匹栗色馬，馬飾是鋼製的，披著勻紋的金錦。他的披掛上綴有紋章，是由韃靼運來的中國絲綢⑮所製，上面有珠寶，又白、又圓、又大。他的馬鞍是用才磨光的金質鑄成。兩肩掛著一雙短披，綴滿了閃著火光的紅寶石。鬈髮上的黃色髮圈在日光中閃耀。他的鼻子高聳，兩唇飽滿，眼睛像香櫞般鮮亮，面容顯出健美的血色，散著幾點黃黑色的雀斑；他向周圍眺望，像獅子一樣。他的年齡我算來應是二十五歲左右；他的鬍鬚開始出現了，他的嗓子像號筒般吼鳴。頭上戴的是綠桂花圈，新鮮美觀；爲了好玩，手上放著一隻馴鷹，像羚羊一樣潔白。他同來的百名皇族也都裝束得堂皇富麗，只有頭部的裝飾稍差。公侯君王都滙集在他們的隊伍裡，相信我的話，他們爲的是增進騎士精神，加強人間的愛。這位君王的四周奔馳著許多馴獅馴豹。

如此，在星期天紅日高照的時分，這些侯王們來到城中下馬。高貴的君王希西厄斯歡迎他們進城，款待住所，按照著每人的位分，他又竭誠歡宴，表示尊敬，上上下下的人想不出更完善的招待款式。席間的照應，歌唱，分送著高低不同的禮品，宮中的華貴裝置，哪個貴婦淑女最美貌，最善舞，誰能歌唱，誰能談愛悅心，誰坐高位，誰坐低席，哪些鷹蹲在頭上，哪些獵犬伏在地下：這一切我都暫時不提：只有把我認爲最可貴的敍述一番。現在說到主題上來；請你們傾聽。

星期天夜間，天曉之前，派拉蒙聽見百靈鳥的歌聲，雖離天明還有兩個鐘點，百靈鳥已開始歌唱了，派拉蒙也不禁歌唱起來。他懷著聖潔的心靈，高度的勇氣，起身去參拜那慈祥賜福的西希麗亞，我說的就是維納斯，她是值得人人崇敬的，在她的時辰內他步行而去，由比武場穿進了

⑮「中國絲綢」一個名稱，在原文中是「韃靼布」，這裡譯為「由韃靼運來的中國絲綢」，說明了當時對於中華古國有一個混雜的印象，而元代成吉思汗以及馬可．波羅（1254～1323）的遊記震動了全歐，因此在中古時期許多由陸路來往的遊歷家和商人，稱我國為Cathay，是由俄羅斯譯名 китай 而來。不過卜迦丘與喬叟無疑的是知道東方有個古老國家，以產絲綢而使得人人嚮往。這裡寫印度大王的披掛紋章，由這個國家的絲綢所製，當然是十分吻合的。

她的廟堂。他跪下來，一副謙卑的姿態，痛苦的心情，這樣祈求著。

「美中之美，穹父之女，伏爾堪之妻，呵，維納斯，我的女神，你鼓舞著席希龍的山頂，眷憐我灼熱的苦淚，願你的慈心領受我這微賤的祈求，爲的是你熱愛阿頓的緣故。呀，我沒有字眼可以表達我這地獄般的愁痛，我的頭腦昏暈，說不出一句話來。但求你恩恕，明亮的女神，你清楚我的心意，看透我的悲苦；顧念這一切，發出憐憫之心，我必然永爲你服役，絕不懈怠，永遠與貞節作鬪爭。只要你支持我，我就立下這個誓願。我顧不及誇耀武藝，或請求明天戰勝，或從戰鬪中取得聲望，或爲了我的功績而播散著空虛的讚揚。我只要完全得到愛美麗，並爲你效勞而死。請你指示一條路；我管不著戰勝他們，或是他們戰勝我，我要的只是意中人入我懷抱。雖然馬爾斯是戰神，你的威力在天上是偉大的，只要你首肯，我就可以得到我的愛。你的廟堂我將永遠朝拜，不論我到那裡，在你的神壇上我定將使聖火永燃不滅，獻著祭品。你若拒絕了我，我的可愛的女神，我就唯有祈求明天讓阿賽脫一槍戳穿我的心。等我死後，我也就顧不到阿賽脫娶她爲妻了。這就是我全部的祈禱，幸福的女神，願你把我的心愛賜給我罷。」

祈禱完畢，派拉蒙十分虔誠地獻祭，非常知禮，不過此刻我也不談他的儀節了。但是，到了最後，維納斯的神象震動起來，顯示著跡兆，他知道那天的禱告已被接受了。雖然那個跡兆暗示著尙有所待，但他心中領會得這場祈求已得到默許，於是欣然回去了。

派拉蒙到了維納斯廟堂之後大約有三個鐘點。太陽高升，愛美麗也起身了，她馬上就來到戴安娜的廟中。她的侍女們都携帶著香火祭服，按照成例，角器內滿盛祭品；至於其他一切祭祀所需，也絲毫不缺。廟中掛滿飾品，焚香薰鼻，柔情的愛美麗用泉水沐了浴；不過她如何盡禮，我就不敢多談了，除非是一般性質的；對於一個心地純正的人並無傷害，多聽些倒也很有趣的：只要能盡情吐露，總是好事。她梳著明亮的頭髮，散垂著沒有結辮，頭上戴著綠橡木的冠冕，煞是可人。她在神壇上燃起兩個火，所舉行的儀節，詳見司德替斯⑯一類的古書上。火點燃之後，她虔誠地向戴安娜這樣祈禱。

「綠樹林中的貞潔女神，你一眼望見了天地大海，你是帕路托的幽深領域的女后，是少女們的護神，多年來你就知道我心所願，望你勿將你的神怒降及我身，像阿克德渥所遭受的苦難那樣。貞潔的女神，你明知我願終身不嫁，或不願爲人所愛，或爲人妻。我是一個貞女，你是知道的，我是你的隊伍中人，愛的是游獵，並在林野間散步，我不願爲人妻，或懷孕生子。我願不與男子來往。女神呀，我求你這三位一體的神援助我，你是有能的，許我這一點恩賜：阿賽脫和派拉蒙都苦愛著我，但願他倆之間樹起和平與友愛，讓他倆的心放開我，熄滅他們的熱望、愛火和苦惱，

---

⑯司德替斯是那不勒斯的詩人(40～96)，是中古時代很受推崇的一個作家，喬叟在他的《特羅勒斯與克麗西德》一詩中，把他與荷馬，維吉爾，與維德等人並列；但他的作品並未提及派拉蒙與阿賽脫的故事。但丁把他和紀元前第2世紀的一個同名的作家或是另一個修辭家相混淆，喬叟也就跟著但丁，未能辨別清楚。

或是轉向別處。如果你不能眷顧我的誓願，而我的命運排定了必須兩者擇一，願你派下最渴愛我的一個。貞潔的女神呀，請看苦淚流下我的兩頰了。你既自己也是一個貞女，你就是我的護神，願你保衛我的貞潔，我將終身以貞女之身爲你效勞。」

在愛美麗這樣祈求的時候，神壇上的火平穩地燃著，但忽然她看見了一個奇觀。一點火光忽而幽暗了又燃亮，另一點火光減弱而全滅了。這點火熄滅之際，嘶嘶作響，正如沾濕的火炬在燃燒中一般，而從這火炬的一端她看見流出滴滴的血。愛美麗大驚，高聲叫嚷，猶如瘋了一樣；她不懂此中涵意何在，只是因恐懼而哭喊，聽來令人傷心。此刻戴安娜顯聖，宛然一個女獵人，手中拿著弓，她道「女兒，不必傷心。天神已有決定，天書說明你必須嫁給他兩人之一，他爲你操盡了心，忍盡了病；至於是那一個，我不能講。再會，我不能多停留。我祭壇上的火，在你離去之前，會啓示你在這場情刼之中的命運。」

說著，女神箭囊中的箭矢互相擊撞，又急又響，而她就立時不見了。愛美麗好生驚奇，說道，「呀！這是何等預兆？我把我自己託付給你，戴安娜，求你佑護，由你處置。」她於是立即回家。這就是大概的經過，再沒有多講的了。

在這之後的一個鐘點，正是馬爾斯的時辰，阿賽脫步行來到凶猛的馬爾斯的廟中，依照著一切異教的祭禮祈告。他誠意虔心，這樣向馬爾斯禱求。

「呵，堅強的神，你在色雷斯的寒國中被尊爲主宰，在各個國土上你掌握著所有戰爭的繮轡，依你的意願處理著命運，願你接受我虔誠的祭禮。如果我的盛年尚有可取，我的強力值得為你效勞，做你手下的一人，願你憐恤我的痛苦，我求你。為了你也曾經燃著欲念的烈焰，受過痛楚，那時你任意擺弄著妙齡鮮艷的維納斯，雖然有過一次你也遭了挫折，伏爾堪曾用繩索縛住了你！為了你那一次心中的愁忿，願你也可憐我的痛苦。你知道我年輕無知，我相信我所受到的愛的傷痛，比世上任何一人還深切，而給我這一切悲苦的她，不顧我下沉或浮起。我很知道在她賞顧我之前，必須我在武場上以武力取決；我很清楚如果沒有你的援助或照顧，我的強力是無濟於事的。願你明天幫我戰鬥，想著當初自己心中的灼火，主宰，和今天燃著我的烈火是同樣的；願你賜我明天得勝。勞力屬於我，光榮屬於你！一切場所中我最尊敬你的大廟，永遠為你的嚴令和喜悅勞役；在你的廟堂上我將懸起我的旗幟和我的各位伙伴的武器，終我此生我將永遠燃著你的祭火。我必守住這個誓願；我將獻給你我的髮鬚，現在它長垂著，從未受到過刀剪的摧殘；我活一天，就一天做你的忠實僕從。現在，主宰，憐憫我的愁苦，給我勝利；我再不請求你其他的事了。」

堅強的阿賽脫祈禱完畢，廟門和門上的鐵環都擊撞起來，響得厲害，阿賽脫煞是害怕。祭壇上的火燃得很亮，照徹了全廟，跟著就是地上發出一陣香氣。阿賽脫舉起手來，拋進更多的香灰，又行了其他的儀節。最後馬爾斯的塑像搖響他的盔甲。阿賽脫聽見在響聲之後，有一個幽沉的嗡嗡之聲，說道，「勝利！」他於是頌拜著馬爾斯。如此，懷著愉快的心情，充滿著成功的希望，阿賽脫回到住所，高興得像光耀的太陽下的一隻鳥。

於是，天庭上為弓賜恩的事起了一陣爭執，一邊是愛神維納斯，一邊是鐵面武神馬爾斯，因此累及天父求比妥竭力從中調停，好生費力；直到後來冷酷的薩頓，⑰根據他多年的豐富經驗，當機立斷，使得雙方都能滿意。俗話說得有理，高年是占優勢的；高年可以帶來智慧與經歷。人們盡可超過老年人的腳步，却不能超過他的智力。薩頓立即想出辦法，可以調和那可怕的爭吵，雖然這是違反他的本性的事。

「親愛的維納斯，我的女孩，」他道，「我的轄區極廣，誰也難於瞭解我的威權有多大。諸如在幽晦的海水中淹沒，在黑暗的茅舍裡囚禁，脖子伸進套索，私語、呻吟，惡漢的反叛，暗中下毒，那一件不在我的統轄之下。我居住獅子星座時，我已施行報復與懲罰。高廈的荒廢，塔牆倒塌在掘壕者和木匠身上，也都是我的事。參孫搖倒大柱時，就是我把他致死。我還管轄著冷酷的痛、暗殺，和一貫的陰謀；我的目光一射，瘟疫就盛行。你現在不要哭泣了，我必竭力讓你自己的騎士派拉蒙得到他的意中人，絕不辜負你對他的諾言。雖然馬爾斯可以援助他的騎士，最後你倆之間仍可和好如初；你倆無非性情不同，致使彼此爭吵起來。不要哭了；我是你的父老，準備依照你的意念做去，使你滿意快慰。」

---

⑰薩頓就是土星；在海王星與天王星未發現之前，土星的軌道是當時認為最大的一個，因此喬叟說他的管區最廣。

現在我將按住天上的神不提，放開馬爾斯和愛神維納斯；且簡明地回到主題上來。

第三部完

*　*　*

第四部開始

雅典城中宴樂好生熱鬧，加之五月天氣明媚，人人興高采烈，在星期一那天從早到晚，比武舞蹈，爲著愛神維納斯，各獻技藝，消遣春光，但每人都要準備早起參觀比武，到了晚上就按時休息了。

次晨天色微明，住宿場所裡只聽得一片馬匹盔甲的擾嚷聲，成隊的王公們騎著大小駿馬來到宮中。這裡可以見到罕有的精緻富麗的甲冑，竭盡鋼、金、錦綉之工致；明亮的盾、馬飾、鋼帽、金盔、鱗鎧、綴紋的披掛；馬背上的公侯，裝束華貴；騎士的家從；以及侍者釘著槍矛，扣上盔帽，掛起盾牌，編穿皮革。有需要處，沒有一隻閒手。吐著沫的馬嚼著馬勒，束裝者踢著馬刺，趕上奔下，運用銼錘；還有不騎馬的鄉勇，和許多城市中人手執短棍，擠來擠去，水泄不通；笛、號、鼓、角，無不在戰鬥的場合吹打出一陣陣肅殺之聲；宮廷內外，人人在攀談著，三五成群，推度著兩位希白斯騎士的事。有人說這，有人說那；有的讚許黑鬍子的人，有的稱揚濃髮的人，有的讚賞禿頭的人，有人說這人面目猙獰，一定善戰；有人說，那個人拿的戰斧準有二十磅重。這樣從日出時分起，宮殿上下一直在議論著，揣測著。

希西厄斯被歌唱嘈嚷之聲從睡夢中吵醒，但仍留在他那華貴的宮中，等候兩位同受尊敬的希白斯騎士進來。希西厄斯坐在窗邊，儼然是一個天上的神。人們擠近去要看他一眼，並向他致敬，聽取他的號令。台上傳令官宣布肅靜，等喧嘩聲停息下來，他才宣告大王的聖旨：

「君王經過慎重考慮，認為這次比武，如果彼此惡戰，爭個你死我活，徒然是喪失了公侯們可貴的血。因此，為了不致喪命，他已改變原意。任何入場的人，不准携帶或拋擲投射武器，或長柄斧，或短刀，否則處死；任何人不准佩帶或使用尖頭的短刃；任何人不准用磨快的槍矛；向對方衝奔以一次為度；但是在馬下為自衛起見，可以刺戳。戰敗者應生擒，不應殺死，應帶到各自指定的樁柱那裡；到了樁邊不得重入武場。如果一方的主要戰士被擒或被殺，比武即告結束，不准拖延。上帝祝福你們，上前猛鬪罷！用錘矛，用長槍，盡力去打。這就是君王之命，現在可以開始了。」

人們的呼聲震天，快樂地高喊道，「上帝保佑仁德的君王，他不願流血喪命！」吹號，奏樂，一隊一隊的騎士齊整地由廣闊的城中騎向武場，市街到處懸掛的並非斜紋嗶嘰，而是錦緞。君王騎在馬上，委實有大王的尊嚴，兩個希白斯騎士騎在他的兩邊；後面是愛美麗和王后，再後又是一隊人馬，各按等級排行。如此他們走出城街，早到了比武場中。希西厄斯坐上高位的時候，還未到辰正時分，而易寶麗塔王后，愛美麗和其他貴婦們都已按次就座。群衆也擠上了他們的座位。然後，阿賽脫和他的百名騎士穿過西邊門，由馬爾斯神廟下進場，揚著紅旗；同時，派拉蒙和他的伙伴們由維納斯神廟下的東邊門進場，揚起白旗，面容嚴正。遍覓全世界也見不到這樣兩隊人馬，如此相稱，不見高低。任何精明的人也說不出那一邊更英勇、更高貴，或年資地位有何差別。兩方裝束都一樣雄壯。將各人的名號宣讀一過，以免在人數上有所欺詐，然後各門都關閉起來，傳令官在高處叫道，「各自努力罷，高傲的青年騎士們！」

傳令官不再上下馳騁了，號筒聲大嘩了一陣；其他不多講了，只說兩方排成戰線，槍矛把穩，尖鐙打著馬身，人們看出誰能乘騎，誰能搏鬪。箭桿在厚盾上顫動，一人覺得刺進了胸骨，槍矛躍起離地有二十尺，銀色的刀劍都抽出了，盔帽被砍，劈開了，血湧著可怖的紅流，大錘摧擊人骨；一人衝過最擁擠的人馬叢中，壯馬顛蹶，騎士的人馬一齊倒地，一人由馬下抛出斷矛，一人撞下了馬，像球一樣滾到馬腿下。一人受傷被擒，保住了頭顱也沒有用，被帶到樁柱邊，他只得在那裡停留，不能犯規脫逃；對方也帶一人來樁邊。希西厄斯不時叫他們養息，隨意喝水止渴。一天之中兩個希白斯騎士對戰，彼此猛擊；彼此都有兩次被打下馬來。嘎卡非爾山谷中的虎，因虎仔被偷而衝奔尋找，也還比不上阿賽脫對派拉蒙那樣毫不留情猛擊。伯爾馬利的獅，在被獵逐之時，或餓得發狂，恨不得一口吮吸著鮮血，可是也還比不上派拉蒙對阿賽脫那樣凶殘。那一來一去的撲擊，陷進盔胄，兩人全身流著鮮紅的血。

凡事都有一個終局。在太陽未落山之前，伊米屈厄斯趁著派拉蒙與阿賽脫對打之際，突擊上來，一刀砍在派拉蒙身上；於是二十個人強拽著他，來到樁邊。列可格斯上來搶救，却被打下來，伊米屈厄斯雖極勇猛，也被打下馬鞍，有一劍之遠，派拉蒙趁著還未全受箝制的當兒，痛擊了他一下。但他已無從自救，被拖到了樁邊。他的雄心也幫不了忙，他已被擒，只有留住不動了，這是強力所致，也是先有規定。這時誰還有派拉蒙傷心？他已不能再入武場了。

希西厄斯見了，向那些繼續搏擊的人喊道，「喝！停手，戰鬥結束了！我必須做一個忠實的裁判者，絕不偏倚。希白斯的阿賽脫得了愛美麗，他的好運使他正當地獲得了她。」立刻人衆歡呼，人聲喧嚷，武場似乎要震塌了。

此時美麗的維納斯在天庭將怎樣辦呢？愛的王后，她說什麼呢？她哭泣，為的是未能如願，她的眼淚流到比武場上。「我無疑會永遠受到嘲笑，」她道。

「放心，女兒，」薩頓答道。「馬爾斯達到了他的意願，他的騎士的祈禱也應驗了，但你不久也將得到安慰，有我的頭腦爲證！」

號筒聲，在高處嚷喊的傳令官，響亮的樂隊，都爲英雄阿賽脫慶賀。但是請你們暫靜一下，且聽忽然來了一個什麼奇蹟。

勇猛的阿賽脫取了下盔帽，露出他的面部，踢著他的馬，奔下寬長的場上，抬頭看著愛美麗。她向他回看了一下，眼中表示好感（原來女子們，一般的說，永遠是跟著幸運而轉移的）。⑱她就是他的一切，她佔領他的心靈。忽然地下奔出惡魔，是帕路托因薩頓的請求而派來的，阿賽脫所騎的馬見了害怕，突然一轉，跳向一邊，這一跳立刻顛躓；阿賽脫沒有提防，撲向前去，正撞著頭蓋。他倒在地上和死了一樣，他的胸膛被鞍穹壓碎；他的臉像烏鴉或煤炭一樣黑，因爲血流進了面部。他立刻被抬到希西厄斯堡宅中，他心中酸痛。有人將他的盔甲剝開，立即輕放床間，那時他還有一絲生氣，不停地叫著愛美麗。

希西厄斯王和侍從們，賓客們，回到雅典城中，氣派何等豪壯。雖遭受這次災厄，他不願打斷他們的興趣。人們說，阿賽脫不會死，他的傷是可以醫治的。他們還說，雖然有些人也受了重傷，有一個人的胸骨被槍矛戳穿了，但誰都沒有喪命。至於其他的傷痕斷骨，有人能施法術，有人會敷藥膏；他們喝著藿香汁和藥草劑，醫療四肢。國王鼓舞著每一個人，竭誠招待著外來的貴賓，終夜狂歡，毫不懈怠。大家都不認爲交戰中有何狼狽，無非是比武演藝；的確，並沒有什麼戰敗的人，不過有人碰得不巧，跌下馬來，二十個騎士制住了一個不肯認輸的人，他單槍匹馬，

⑱原文括弧內2行，說女人永遠跟著幸運轉移，是少數的版本中所有，不能證明喬叟原有此2行；其涵義與愛美麗所應有的性格不符。

被人連臂帶脚拖了出來，強拽到了樁邊，他的馬也被地上的鄉勇童兵用木棍趕走了。這對他並沒有什麼恥辱，也不能稱爲懦怯。因此，爲了防止任何攻訐怨恨，希西厄斯王吩咐宣布兩方都同樣優越，像兄弟般不相上下，按照等級散施禮物，歡慶三天；他竭盡禮節，護衞著君王貴賓，出城遠送，竟日方回。每人分路回家；無非是「再會，一路平安！」這場比武的事我不多說了，現在續講阿賽脫和派拉蒙。

阿賽脫的胸前腫脹起來，心房裡的病也逐漸加重了。那凝結的血塊潰爛，任何療法都告束手，敗血留在身中，輸出血毒，或用杯接血，或飲草藥，都失了效用。腦部的元氣起於肝質，而這種排除惡毒的功能已經喪盡。他的肺管開始發脹，他的胸部和胸部以下的肌肉中了毒，腐爛了。無論是上吐或下瀉療法都無補於事，他的生命已挽救不了。他的這一部分軀體全已碎裂，人體的自然功能也喪盡了。當然，自然功能既已失效，醫藥就無能爲力，唯有準備後事了！⓳總之，阿賽脫是死定了；他請了他親愛的表兄派拉蒙來，也請了愛美麗來，然後對他倆這樣說著：

⓳中古時代醫學認為人體治療的功能有三：自然功能起於肝，生機功能起於心，肉體功能起於腦。自然功能可以引動一種排除惡毒的力量，但惟有肉體功能才可以實行排除的作用。在阿賽脫的情況，肉體功能已喪失了它的排除作用，所以自然功能也就無能為力了。

「我滿心悲傷，無法向你吐露一點苦衷，我最心愛的姑娘；但我的生命既不能延長，我把靈性中的一點忠誠獻給你，我崇敬你高於世間任何一人。啊，苦呀！我為你忍受了多少痛苦，多長的歲月！啊，我死了！啊，我的愛美麗！你我要分別了！啊，我心坎中的王后！啊，我的新娘，我的意中人，結束我這生命的人！這是什麼世界？人們在渴求些什麼？此刻他在愛人身邊，再過一刻，他已埋進了冷墳，一個伴侶也沒有了！再會，我的愛美麗，我的甜蜜的敵人，為了上帝的愛，把你兩隻手膀抱住我，聽我講幾句話。

多年來我和我這位表兄派拉蒙為了愛你而互相爭吵、嫉恨，願天帝顧念我的靈魂，讓我為這位情重的人說句應說的話，十分忠實的話，——忠誠的心、高貴的品格、騎士的風度、審慎、謙虛、崇高的位分與系屬、慷慨等等美德——有上天在我靈魂中作證，世上我找不出第二個人像派拉蒙這樣值得愛憐的了，他全心為你效勞，終身不會改變。你若願結婚，不要忘了這個高尚的派拉蒙。」

講到這裡，他的話停住了，一股冷氣從他脚下慢慢升到胸口，把他壓制住了；他的四肢也失去了生命力。他那創痛的心已死去，他的靈智也跟著消散了。兩眼前面浮起濛霧，呼吸也停止了，但他仍轉動著眼珠，看他的意中人。最後一句話是，「寬恕我，愛美麗！」他的魂魄搬了家，到了一個我沒有到過的地方，我不知道在那裡。所以不再講了，我不是一個占卜的人；在我所根據的這本書裡，沒有提到靈魄一類的事，我也不想複述那些敍述靈魂去處的作家。阿賽脫的肉體冷了，願馬爾斯照顧他的靈魂罷；現在我來講愛美麗。

愛美麗厲聲地叫，派拉蒙大聲地吼，希西厄斯把他暈倒的姨妹從死者旁邊帶開。她整天哭泣，何用花整天工夫來描寫？在這樣情況下，女子們因丈夫死去，如果不能盡情痛哭，她們就會患病，並且會一病不起。

全城老少都不斷爲這騎士傷心流淚；成人與小孩都在哭泣。就是在赫克多被殺後帶進特羅亞城中的時候，也沒有這樣悲慟。啊，悲哀使得人人抓著臉，扯著頭髮！「你爲什麼死呢？」婦女們嗚咽著。「你有的是金錢和愛美麗！」⓴

沒有人能勸慰希西厄斯，除非是他的老父伊吉厄斯，他是懂得世事的變遷的，他見過世途的浮沉，人與人的悲歡離合；他還舉了些事例來說明。「正如任何死去的人，都是在世間活過，佔過一個位置，所以任何活在世上的人，也就必然有死去的一天，」他道，「人間不過是條悲慘的道路，我們無非都是來往的旅客；世間的愁痛以死亡爲終局。」此外他還講了許多類似的話，開導著人們，使他們得到慰藉。

⓴「厲聲地叫，大聲地吼」，等等，以及傷心哭泣等誇張的描寫方法，在中古詩文中，讀時不會有現代讀者同樣的令人發噱的感覺；不可忘記，我們現代的情感表現，已比較複雜深刻。

希西厄斯王費盡匠心，想一個最適當的地方爲阿賽脫建築墳墓，要能配合他的身分。最後，他決定在當初派拉蒙和阿脫賽爲了愛而相鬥之處，就是那綠色宜人的林中，阿賽脫曾在那裡訴愁，發洩過他心頭的愛火，他認爲這裡最好，可以焚香舉祭。他於是發令，砍伐古老的橡樹，排列付焚。手下的士兵聽到命令，就奔走忙碌。希西厄斯派人運到一副棺柩，鋪蓋著最華美的錦緞，阿賽脫身上也穿戴得同樣富麗，手上是白色手套，頭上是綠桂的冠冕，手中拿的是閃亮的利劍。把他放下棺柩，臉部不加蓋，國王舉哀不已，好不令人傷心。白天把屍體搬進大廳，讓大家觀看，全廳震撼著哀聲。

傷心的派拉蒙走來，鬍鬚飄動，亂髮上撒著灰，黑衣上滴著淚；而行列中最哀痛的一個就是愛美麗。爲了使這哀禮壯烈，希西厄斯王下令牽出三匹馬來，裝披著耀目的鋼飾，馬背上陳列著阿賽脫的甲冑。馬色白，馬身高，上面一人拿著他所用的盾，另一人堅執著他的矛，再一人負起他的土耳其弓，他的金質的箭囊和馬飾；緩步前進的而行列哀悼著向林中走去。最英俊的希臘人掮著棺柩，緩步而行，哭紅了眼裡都含著淚，走過城中各條大街，滿處高掛著黑幕。右邊走著老年的伊吉厄斯，左邊是希西厄斯王，手拿純金器皿，內有蜜、乳、酒、血。後面是派拉蒙，跟著是一大隊，然後傷心的愛美麗，拿著火把，按當時的習尙，這是她在執行火葬儀節時所需用的。

葬儀和火葬的舉行都煞費心力，所遵循的儀式也很莊重，葬台上高聳著綠枝，四面撐出有四十臂長之遠；這就是說，四面的樹枝都伸出那樣大的距離之外。先鋪了許多擔草。至於葬台是如何堆起的，用了那些樹木，如橡、杉、樺、楊、赤楊、槲、白楊、柳、檜、篠懸木、梣、黃楊、栗、菩提、桂、楓、山櫨、掬、榛、紫杉、茱萸，以及如何砍伐等事，我就無從細述了。還有神祇們，如水神、林仙和樹靈等，如何離開久住的地方，只顧趕上趕下；在伐木時禽獸如何驚慌而逃竄；久不見日的幽林地如何怕見光亮；火堆底層如何鋪草，上加劈成三片的乾柴和青木，然後是香料、錦緞和珠寶，以及掛著花朵的圈環和麝香與種種熏香；阿賽脫如何躺在這一切的中間，和有些珍寶圍繞著他；愛美麗如何按照成規點起葬火，在焚燒時她如何暈倒，她說的什麼，想的什麼；火焰升起時人們如何將珠玉拋進火中；如何又投進盾、矛，或其他衣飾、滿杯的酒、牛乳及血，餵那燃燒著的巨火；大隊希臘人如何向左繞火三匝，一面高呼，三次擊撞著槍矛；婦女們如何哀哭三次，以及愛茉萊被帶領回家；阿賽脫如何被燒成了冷灰；如何整夜守屍；希臘人如何玩著守夜的遊戲——這一切我都不想多講了。也不講誰搏擊得最出色，他們如何赤身塗油，也不講誰最受得起窘迫；我也不講他們在遊戲結束後如何回到雅典。我將回到正題，終結這篇故事。

這了幾年工夫，希臘人停止了悲悼。我聽說他們同意在雅典召集議會，討論某些問題，其中商談到與些國家建立同盟，如何完全馴服希白斯人。於是希西厄斯請了派拉蒙到場，派拉蒙並不明白是何緣故，却應命而至，仍是一身黑服，滿心愁痛。希西厄斯又請了愛美麗來。他們坐下後，全場靜默，希西厄斯停了一下，在未開言之前，他任意轉動著眼睛觀看，沉下了臉，輕輕嘆了一口氣，然後說出一篇大道理來。

當天地的創始者打成了愛的鎖鏈，那是一件重大的事，他的用意是高遠的；他知道爲的是什麼，也知道其中的意圖何在。他用這副鎖鏈束縛著水和土、火和氣，使它們緊緊聯繫，不能擺脫。這個創始者又在我們這苦惱的人世間，訂下了一定的歲月，使一切生物不能超出這個範圍，雖然他們盡可縮短這個限期。這一點，不用我引證權威，經驗就足以證實，我不過是把我思念所及公開出來罷了。人們也可從這萬物的規律中看出這位創始者是穩定而永存的。除非是一個傻子，人人都知道部分起於整體。因此，自然絕不起源於一個片斷或一個部分，而來自穩定完整的所在，相沿而下，直到敗損爲止。因此，他以他的智慧，布置萬物，使各類各物，都相承相繼，却不能獨自永存。這是確實的道理，你們應能懂得，也是可以親眼看到的。

請看一棵老橡樹，自從它開始發芽，經過悠久的培育時期，伸展起來，繁殖經年，可是到了最後還是不免有一天枯萎凋謝。再看我們脚下堅硬的石塊，我們在它上面踐踏，終歸磨蝕殆盡而被棄於路旁。寬廣的河流也有時會枯竭；我們也看見瑰麗的城市荒廢。因此你們知道萬物都有一個終結。再說世上的男男女女，不論何時，是老是少，總有一天要死去，是君也好，臣僕也好；有的死在床間，有的死在深海，有的死在曠野，這都是人人所能見得到的。這是無可補救的事；一切都走向同一條路上去。我可以說，天下萬物都有一死。

是誰決定了這一切，若不是天神？他是萬物的主宰，他把一切事物歸還到它們的原形。世上的人物，不論高低，誰也無法抗拒這個天理。

所以我想這既是必然之事，最聰明的辦法惟有逆來順受，既是人們的共同命運，且無從擺脫，那就不如樂天安命爲是。誰若怨天尤人，誰就是愚蠢，就是違反了掌握萬物的天帝。一個人取得了令名，爲人無愧於己，也無愧於人，好比開足了人生最美艷的花朶，如果他在這時死去，確是無上的光榮。他死得其時，他的友好正應爲他的哀榮而欣幸，比起衰老無聞，被人們遺忘在一邊，默然而逝，眞有天壤之別了。爲了爭取此生最上的榮譽，最好能死於名聞遐邇的當兒。我們如背道而行，那就是頑固無理。何必憂怨不已呢？我們見了這位騎士之花，阿賽脫，在人生路上功成名垂，辭去了他的骯髒的軀殼，我們又何必爲他沉痛於心呢？他的新娘和他的表兄，你倆原是他所最敬愛的人，你倆見他如此榮幸，又何須這樣哀泣呢？難道他會因此而感謝你們嗎？不會，上帝知道，一點也不會！——只是傷犯他的幽靈，戕蝕你們自身，且於事無補。

我這番話的結論並無其他，只不過願大家能轉悲爲喜，並感謝天神的恩賜。在我們離此之前，我忠告你們把這個雙重的憂傷合而爲一件完美無盡的歡欣。我們且從哀痛最深處開始敷治起來。

「妹子，我的意志已得有全體議會的同意，你應該對派拉蒙發生憐恤之情，他是你自己的騎士，始終全心全力爲你效勞，你應該接受他爲你的丈夫。伸出你的手來，這是我的命令。表現你的女性的慈心。他本是一個國王的親侄，他是一個可憐的青年騎士，多年來經過了種種挫折，仍是忠實於你，我這話是値得考慮的，相信我。一味的講正義是不夠的，還得考慮溫厚的寬恕才是。」

然後他轉向派拉蒙說道，「我相信對你不用講什麼大道理，你就會同意。站過來，接過你的意中人，牽住她的手罷。」

於是他倆在全體議臣之前，結成了姻緣。在祝辭和樂聲之中派拉蒙娶了愛美麗，他付出了那樣大的代價，願創始天地的上帝賜他快樂。派拉蒙從此享盡人生樂趣、健康與財富。她始終敬愛著愛美麗，她也溫存地待他，他倆之間從無一句怨言，或半點不和。這樣結束著愛美麗與派拉蒙的故事。上帝保佑你們各位！阿門。

騎士的故事完

磨坊主的故事

磨坊主的開場語——客店老板和磨坊主的對話❶

在騎士講完了故事之後，一群朝聖客中無論老少，沒有不說這是篇值得稱頌的故事，並且是耐人尋味的；就是說，只要是個品德溫良之人都會作如是想。客店老板笑著賭咒道，「我的好運道，順利得很！口袋打開了，再看該誰講第二個故事，這場熱鬧已開了一個好端。你來罷，僧人先生，且看你能不能講得比騎士更好。」

那磨坊主原已喝酒喝得臉上發白，在馬背上簡直坐不穩，差不多要脫去衣帽，顧不得禮貌了，此刻他就高叫起來，粗大的嗓子像戰台上的暴君彼拉多❷一樣，把人的手、頭和血，拿來賭咒，

❶這是全部作品中第一段插曲，生動，寫實，坎特伯利路上的人物性格由此畢現，是富有戲劇性的故事環節。

嚷道，「我也知道一個好故事呢，包你可以比騎士講的還要好。」

老板見他酒醉了，說道，「等一下，羅賓，好兄弟，讓一個更好的人先講；等一等，我們大家客氣些。」

「上帝的魂！」他道，「我不管！讓我講，不然我就走我的路！」

「講罷，魔鬼當道！」老板答道。「你是個傻子，你的腦筋出了毛病。」

「來，大家來聽！」磨坊主道，「但我先要聲明一句，我喝醉了；聽我的嗓子，我知道醉了。所以我如果說些不該說的話，只怪薩得克的酒；我來講一個木匠和他妻子的故事，他怎樣上了一個讀書人的當。」

「不要亂說！」封邑管家作答道，「你那粗野的酒醉醜話少講些罷。損害人的名譽是很不該的、犯罪的，尤其不該把婦人們牽連進去糟蹋。還有多少旁的東西可講呢。」❸

喝醉了的磨坊主馬上回道，「奧斯瓦，好兄弟，沒有妻子的人才不做烏龜。可是並不是說你就是一個。多少好妻子，一千個好的中間不過一個壞的，你自己也知道的，該不是你的腦筋走了樣。

---

❷彼拉多是中古劇台上的典型人物，在《新約》裡他是判決耶穌死罪的羅馬巡撫。

❸在這裡管家聽得磨坊主要嘲笑木匠，很不高興，因為這位管家就是一個木匠出身，請參看後面管家所講故事的開場語。

爲什麼你要討厭我的故事哪？我和你一樣有個妻子，可是不管我田裡有多少頭牛，我却不會無故懷疑我就是其中的一個，頭上也長出了角。我很相信我不是。一個做丈夫的不該窺視妻子的秘密，正如不可窺測天機一樣，只消他能消受上帝的洪恩，就一切都不用過問了。」

我不用多說，這個磨坊主不讓任何人插嘴，卻不顧一切，講出他那醜陋的故事，我想在此只好照實說來。所以我願每位高尙的人，爲了上帝的愛，不要認爲我有什麼壞意，無非我不得不把他們的故事好的、壞的，都依樣講出來，否則對不起事實。因此誰若不願聽，盡可翻過一頁，另擇一個故事；有的是古來大小不同的事，高尙的作爲，或是道德信仰的文章。你若選擇錯了，不是我的錯。磨坊主本是一個粗漢，你是知道的，管家也是一樣，也還不止他兩個，而他們兩人確是講了一些骯髒話。請你想一下，莫錯怪了我，人們也不可把玩耍的事當眞。

磨坊主的故事❹由此開始

從前在牛津住著一個有錢的漢子，以木匠爲生，同時收留寄膳借宿的客人。一位窮書生住在他家，他讀過文史各科，但最愛研讀星象之學。他能計算某些問題；譬如說，有人問他天象何時

---

❹這篇故事屬於法國流行的短篇古體敘事詩的一類；喬叟在這裡描寫一個牛津學生，一個木匠的妻和一個鄉間教堂的管事，竭盡寫真的妙筆，是他的最成熱最生動的一種筆法。

主旱，何時主雨，或預卜一些事情；我也講不完。

這位書生名叫尼古拉。他很懂男女私情，也極調皮伶俐，看起來卻文質彬彬，像個姑娘。宿舍裡他獨自住一間房，沒有同伴，房裡插滿香花芳草，著實漂亮；他自己也同甘草根一樣甜。托勒密❺關於天文學的宏論和其他大小書本，他所用的觀象儀，計數的算盤，這許多東西都陳列在他床頭一個架上。他的壓衣機上面罩著紅色毛布，紅布上壓著一架弦琴，晚上彈起來，優美的樂曲充滿了全屋。他唱過祈禱聖曲之後，就唱淫調；他的愉快的歌喉不斷地歡唱。這樣，這位有趣的學者度著日子，自己有時掙幾個錢，或是朋友幫忙維持著生活。

這個木匠剛娶了一個妻子，才十八歲，且愛得如命。他心懷嫉妒，把她關得很緊，因為她年輕心野，而他自己年紀已大，很怕做烏龜。他腦筋笨拙，不懂得克多❻所說的話，人應該與相同的人結婚。情況相等才可以成婚，年齡一老一少是不會合調的。不過他既已落進了網，也只好忍痛，像別人一樣。

---

❺託勒密是第2世紀的希臘——埃及天文及星象學家。

❻中古時期一本很受推崇的格言集，作者佚名，一般被認為是第3、4世紀的作品，相傳原作者為克多，但克多有二，一為紀元前第3世紀到第2世紀的羅馬志士；一為紀元前第1世紀的反對凱撒的戰士及作家。格言集的作者當時公認是前一個克多。

這個年輕姑娘長得很美，身段靈巧，像一只伶鼬。繫著條紋的絲腰帶，攔腰一條圍裙，白得和清晨的牛奶一樣，鼓起著一道道的裙折。她的襯衣也是白的，領上前後裡外都綴上烏黑的絲綢；頭罩上掛下的飄帶也是同樣的黑綢，一條寬的束髮絲帶，繫住頭髮上部。的確，她的眼睛是很迷人的；彎彎的眉毛，像李子那樣黑，一部分摘乾淨了，顯得很狹長。看她比才開花的梨樹還要甜蜜可愛，比羊毛還要輕軟。腰帶上掛了一只皮袋，上面有絲織的流蘇和銅珠。世上沒有一個聰明人能想像得出這樣一個姑娘，這樣一個新鮮活潑的可人兒。她的皮色比倫敦塔裡才鑄出的金幣還要光耀奪目，唱起來和穀倉上的燕子一樣婉轉響亮，她又輕佻愛耍，猶如小牛羊追逐母牛羊一般。她的一張嘴甜得像蜜，或蜜酒，或像乾草裡藏起的一堆蘋果。她羞答答地像一隻輕盈的小鳥。低領上戴著一隻胸針，有盾牌上的浮飾那樣大，她的靴兒高高縛在腿上。她簡直是一朵櫻草花，一朵可愛的剪秋羅，可以做任何貴族士紳的小寶貝，或者嫁給一個小富農。

各位，各位請聽，有一天這書生尼古拉和這位少婦玩耍起來了，那天正是她的丈夫到奧司納去了（讀書人常常是詭計多端的），他忽然把她抱住，說道，「除非你愛我，寶貝，我隱藏著的愛要了結我這條性命了。親愛的，現在就愛我罷，否則我就死了，上帝救我！」他緊抱著她的腰。

她像攔在木柵後的一隻小馬那樣向後一跳，扭一扭頭想溜開。「我不吻你，我不，」她道。「讓我走，讓我走，尼古拉，我要喊『救命』！放開手，請你！」

但尼古拉求她可憐他，說得很好聽，一再的要求，結果她答應了他，並且以聖湯馬斯為誓，有機緣的時候她願照他的意思去做。「我的丈夫是妒心很重的，除非你機密，看準時機，否則我只有死路一條了。這件事你必須十分機巧才是。」

「這個不必害怕，」尼古拉說。「一個書生騙不過一個木匠，那就白花了時日讀書了！」

他倆取得了同意，講好等待機會。尼古拉拍著她的腰間，吻著她，拿起他的弦琴，譜出曲調，彈得又久又響。

一天節日，這少婦到鄉間教堂去做禮拜。她額上像白日一般發亮，都是她在事情做完之後洗得這樣乾淨。那教堂裡有一個管事的，名叫阿伯沙龍。他的頭髮捲起，黃金一樣發亮，散開來像一把大扇子，分得清楚均勻；臉上是玫瑰色，眼睛像鵝毛管那樣的灰色。他的皮鞋上有網狀的細眼，好似保羅教堂的窗。他走出來，穿得精巧清爽，紅襪及淡藍的外衣；上面嵌有美觀的厚飾帶，套上件漂亮的袈裟，像枝頭的花朵一樣雪白。我的老天哪，他眞是一個可愛的少年！他善於剪、剃、放血，以及寫地契單據。他會舞蹈，那個時代牛津的二十種舞法他都學來了，兩隻腿梭來梭去；他還會彈三弦提琴曲調。他也能彈六弦琴，有時唱著高音。他爲了縱樂，鎮上每個釀酒房，客店，只消有活潑的賣酒姑娘，他沒有不去的。可是，講老實話，他還是有些拘謹，講話怕羞。漂亮的阿伯沙龍在這個節日帶著香爐，爲教區中婦女熏香，向他們眉目送情。尤其對這位木匠的妻，她確是可喜、迷人，看她一眼就可以給他無上的快慰。我敢保證，如果她是一隻鼠而他是一隻貓，他一定會立刻把她攫住。這位教區管事滿心的情焰，獻款時他不肯收婦女們的錢；他客氣地說，他不願收獻金。

那天晚上月亮照得很美，阿伯沙龍預備爲了愛，通宵不睡，拿著琵琶出去，懷著溫暖的情火，愉悅的心，徑來木匠家，那時剛是雄鷄叫過，他在小方窗外停住了脚。

「親愛的姑娘，你如果有意，我求你對我發出慈悲。」他用微弱溫柔的喉嚨唱著，配合著琵琶聲。

木匠醒來，聽見他唱，對他的妻說道，「喂，阿麗生！你聽見阿伯沙龍在我們的牆底下唱歌嗎？」

「是的，約翰，」她答道，「我一點一點都聽見了。」

這樣下去，夠好了，但誰不想更好呢？一天又一天，阿伯沙龍這樣向她求愛，他憂心忡忡。整天整夜睡不著，梳好了散髮，修飾起來，請中間人去求訴，發著誓願要做她的侍役；他顫抖著嗓子像夜鶯一樣唱；送她蜜糖水、甜酒、香酒，以及火上才拿下的滾燙的薄餅；又因爲她是個市鎭婦女，他還送錢給她。有些人要是厚禮買的，有些要拳頭打的，也有些要用禮貌才能到手。有一次他還在高台上表演暴君，顯示他的本領。但在目前，這能對他有多少幫助呢？她愛的是尼古拉，阿伯沙龍只好去吹鹿角了。他花盡了力氣，而所得的却是一頓嘲笑，她把阿伯沙龍當猴兒耍，他的一副誠心都被她當做笑柄。人們有句成語，也確有三分道理，「身邊有個調皮的，就討厭遠處那個摯愛的。」即使阿伯沙龍發了瘋，但因爲他隔開得遠了，她的眼裡只看見尼古拉。得意的尼古拉，你現在好自爲之吧，阿伯沙龍只有哭著、唱著「啊唷」了！

一天星期六，木匠去奧司納，尼古拉和阿麗生商定，由尼古拉想個詭計，騙那滿懷嫉妒的丈夫上當；如果這把戲玩得好，她就是他的了，這本是他的願望，也是她的願望。於是，不多說廢話，尼古拉不再延遲，却把一兩天的食物茶水輕輕拿進房來，叫她和丈夫說，如果他問起他來，就說她不知道他哪裡去了；說他整天沒有看見他，她相信他生了什麼病，因爲她的女僕怎樣高聲喊也喊不應；天倒下來他也不理。

如是，星期六過去了；尼古拉躺在房裡不動，吃、睡、或隨意做些事，直到星期天夕陽西下時分。這頭腦簡單的木匠覺得尼古拉十分古怪，不懂他是怎麼回事。「聖湯馬斯呀，」他說，「我怕尼古拉有些不對。天曉得他該不會忽然死去吧！現在這個世界確是有些令人莫測的；今天我就看見一個人死了被抬進教堂，星期一那天還見他在工作的。上去，到他門口去喊，」他與小徒弟說，「或用一塊石頭去敲他的門；看看是何道理，馬上來告訴我。」

徒弟毅然地走上去，站在門外，喊著、敲著，像發狂似的：「喂！你在做什麼，尼古拉先生？你怎麼整天睡覺哪？」

但沒有用，他沒有聽見他回答一個字。一會兒他找到一個洞，在牆下面，是貓常鑽的地方；他由這洞中設法看進去，最後看到了他。尼古拉坐在那裡，老是張著嘴，仰著臉，好像在窺視月亮。這徒弟下來，告訴他的主人他所看見的情形。

木匠自己畫著十字，說道，「幫助我，聖弗列茲韋德！未來的事是無從預知的！這個人學習天文發了瘋，或是發了呆；我想他終究會弄成這個結果。人們不該窺測天機。啊，沒有讀書的人是快樂的人，他什麼也不懂，只知道，『我相信』三個字！還有一個書生讀了天文也是如此；他在田野走著看星，觀測未來，却沒有見到地下一個泥潭，跌了進去。可是，聖湯馬斯呀，我眞爲尼古拉擔憂。耶穌天父，我一定要去罵他一頓，不讓他死讀書。給我一根棍子，羅賓，我從門底揷進去，你就把門提起，我相信我們還可以把他從書本裡喚醒過來！」

於是他走到門口。他的徒弟力氣很大，一下就把門從鉸鏈上舉了起來，倒在地上。尼古拉却坐著毫不動彈，像石頭一般，仍舊張著口凝視空中。木匠以爲他已無可救藥了，用力提起他的肩膀，拼命搖拽，狂叫道：「喂，尼古拉！喂，望下看，醒過來，想一想基督的苦難；我爲你畫十字，不讓妖魔上你的身！」然後他念著夜咒，向屋子四角和門檻外念誦：——

耶穌基督和聖本納狄克脫，
祝福這屋，勿使惡魔進來。
晚上的妖靈，白色裴德諾斯陀；
你哪裡去了，聖彼得的妹妹？❼

最後，傷心嘆道，「呀，全世界就要毀滅了嗎？」

「你說什麼？」木匠道，「怎麼啦！應該想念著上帝，像我們做工的人一樣。」

「給我水喝，」尼古拉道，「然後讓我來私下講一件事，是與你我都有關的。我絕不告訴旁人，放心。」

木匠下來，又拿了一大瓶酒上去；各自喝了一些，尼古拉關上了門，讓木匠坐他身旁。

「約翰，我的好房東，」他道，「你在這裡向我立誓絕不把這個秘密告訴任何人；因為這是基督自己的秘密，我來告訴你，但你如果與任何人講了，你就此完了。你若對我背了信，你一定會發起瘋來，這就是你懲罰！」

「呵，基督和他的聖血所不容！」這個腦筋單純的人說著。「我不是一個亂說話的人，雖然我自己這樣講著，但我一向是不亂說的。你講好了，我絕不對一個人說，婦女或小孩，有懲罰罪惡的神作證！」

「約翰，我不會騙你的，」尼古拉道，「我用星象術觀察月亮，從現在到下星期一，將近夜分四分之一的時候，天將下暴雨，諾亞洪水時也沒有這一半大的水。這世界將在半小時以內全部淹沒，那大雨下得如此可怕，全人類將淹死水中。」

---

❼裴德諾斯陀，是拉丁文禱詞的開始；白色或黑色，是念咒時所用的格式。

「呀，我的妻！她也要淹死嗎？」木匠答著，差不多要急得昏過去。「呀，我的阿麗生！有沒有辦法補救呢？」

「呵，有的，上帝在此，只要你聽從忠告去做，」尼古拉道，「但你不可自出心裁。因為所羅門說過，他的話是最可靠的，『行動以忠告為依據，你就不致後悔。』你若聽我的好話，我自然會設法救她，也救你，連我自己在內，不用一根船桅或一塊船帆。你難道沒有聽說，那時上帝也曾預告諾亞，說全世界將沒於大水，而諾亞是如何得救的？」

「是的，」木匠道，「那是很久很久以前的事了。」

「你也沒有聽說嗎？」尼古拉道，「諾亞和他的兒子們要他的妻子上船，那時他吃了什麼苦？他寧願要他所有的黑羊，我敢說，不願她一人獨占了那隻船！你知道該怎麼辦？現在這件事不容遲緩，事情急了，就不能多講道理，不能再等了。馬上去找三隻揑面槽或澡盆來，搬進家裡，我們每人一隻，注意要大的，要能當船一樣用，裡面放好一天的糧食；此外什麼都不要。水將於第二天早晨退出。但不能讓你的徒弟羅賓知道，你的女僕亟爾我也沒法救的；不要問緣故，因為你問了，我也不能洩漏天機。你若腦子還沒有糊塗，你就該知足，像諾亞一樣可以得此洪恩。你的妻，我可以答應你，我一定救。去吧，趕快。你找到了三隻揑面槽，把它們從屋樑掛下，勿讓任何人看見了我們這個辦法。這些事做好了，再把食物放好，還預備一把斧頭，可以在水來時砍斷那繩子，屋尖山牆上還要打一個洞，好通過花園那邊穀倉上，大雨之後我們就可以隨意出去，——那時你就像一隻白鴨趕著公鴨那般高興，在水面浮起。我就會喊道，『喂，阿麗生！喂，約翰！快樂吧；水要退了。』你就回答，『呀，尼古拉先生！天氣好，你好，天亮了！』那時我們就可以統管全世界，直到老死，像諾亞和他的妻一樣！

「但是還有一件事我要嚴格警告你。那天晚上要留心，我們進了槽船之後，一個人都不能做聲，也不能叫喊，一定要默禱。這是上帝的嚴令。你的妻和你要掛得很開，免得兩人胡作非為，不能用眼看，也不能有什麼動作。現在這一切辦法都告訴了你，去吧，趕緊！明天晚上，等旁人都睡著了，我們就爬進槽去，坐著，等待上帝的洪恩。現在你可以去了，我再不多費時間來教誡了。人們說：『派一個聰明人出去，不說一句話。』你很聰明，不用我多教了。去，救我們的命，我求你。」

木匠出來，連聲叫著「呵呀」，「啊唷」，把這秘密與妻子說了。她是機警的，比他還懂得這套妙計用意何在。但她裝著嚇得要死的樣子，說道，「呀！快去，幫我們逃生，否則我們都無救了；我是你的忠實的結髮之妻，去吧，好丈夫，快些救我們的命。」

啊，人的感覺有偌大的影響！想像可以左右人的生命，印象就能這樣深入。這個頭腦簡單的人確實全身發起抖來，他眞以為可以聽到諾亞時候的大水澎湃，會把他的甜蜜的阿麗生給淹死了；他哭泣著，憂慮不堪，一聲聲的嘆氣。他找到一個個揑面槽，一隻盆和一隻桶，偷偷地搬進了屋子，掛上屋樑。他自己做了三個梯子，有梯級可以爬上去，進入槽盆；裡面放好麵包，牛酪和大量的酒，夠一天的用。一面做這些準備，一面派他的僕徒們都去倫敦替他辦事。星期一快到天黑，他也不點火，却關上門，把一切應做的事都吩咐好了；簡略些說，他們三人都爬了上去，坐著不動，倒有差不走半里路的時間。

「現在開始禱告，不要作聲——噤！」尼古拉說，「噤！」約翰說；「噤！」阿麗生說。木匠坐著一點不動，默禱著，傾聽下雨，也許他聽得到。

由於疲乏和緊張，在打暮鐘時或稍遲一些，木匠就酣然入睡了；他精神上的苦惱，使得他呻吟，不一刻打起鼾來，原來他的頭靠得不很舒適。尼古拉却偷偷地爬下了梯子，阿麗生也輕巧地下來了；他兩一聲不作，就上了木匠的床。玩耍歡樂，阿麗生和尼古拉在床上何等暢心，直到教堂裡打著贊課鐘，僧士們開始在聖壇前唱頌的時分。

那教區管事阿伯沙龍被相思苦擾，愛火焚心，星期一這天去奧司納找人交談散心；偶然私下向一個院僧問起木匠約翰。院僧把他帶到教堂外邊。「我不知道，」他說，「從星斯六我就沒有見到他來此工作；我想也許我們的僧院長叫他去取木料了。因爲他常去取木料就在莊上停留一兩天的。否則他就一定在家。我實在說不出他在哪裡。」

阿伯沙龍心上好高興，心想，「這該是我整夜不睡的時候來了，從天亮到現在我沒有看見他在門口走動。呀，到了鷄叫的時候我就偷偷敲窗，那窗子很低，在他房子邊。我就可以對阿麗生講出我所有心中的事，至少我一定要吻她一下；那也是一些安慰。今天我的嘴整天作癢；這就是至少可以有一吻的預兆。昨天一夜我還夢見參加遊藝會。所以我將先睡一兩個鐘點，然後整夜醒著取樂。」

聽得鷄叫一聲，這位興奮的情種就起來了，精心地穿上最漂亮的衣服。先嚼些益智草和甘草根，好使口裡發香，然後梳好頭髮，舌頭下含著愛符，希望因此可以邀得歡心。他漫步地逛到木匠家，站住在窗邊，這窗子很低，只到他的胸部。他輕輕咳了半聲，──「你在做什麼，甜蜜的阿麗生？我的小鳥，我的心愛！醒來，甜肉桂，來同我講話。你簡直不顧我的愁惱，而我到哪裡都渴念著你！我爲你沮喪，爲你心焦，算不了什麼！我像小羊找乳頭一樣哀鳴。的確，我思量得你好苦，像雉鳩那樣咕吟。我吃也吃不下，還不如一個小姑娘吃得多。」

「別站在窗前，走遠些，傻子，」她道，「再不要來唱什麼『來吻我吧』了。我愛上了另一個比你更好的人，阿伯沙龍，沒有錯，去你的吧，我要抛石頭打你了，讓我睡，滾開些！」

「呀！」他道。「天哪，枉費了我一片眞心！那麼至少可以吻我一下，看耶穌面上，我求求你。」

「我吻了你之後，你就馬上走嗎？」她道。

「當然，好心肝，」阿伯沙龍道。

「那麼你就準備好，」她道，「我就來：」她就轉向尼古拉道，「莫作聲，你且看我做什麼，你好大笑一頓。」

阿伯沙龍跪了下來，並說道，「我簡直是登天了：這一下之後，我想還有更好的事要來！心肝，好鳥兒，求你照顧我！」

她馬上把窗子打開，「好吧，」她道，「快來，趕快，別讓鄰家看見了。」

阿伯沙龍趕緊擦乾了嘴；那晚上天黑如漆，她於是將她的下部挪出窗外，阿伯沙龍只是一心一意，全不猶疑，卻把嘴湊上去親了她那赤裸裸的屁股。他向後一退，感覺有些詫異，原來他想起女人哪裡會有鬍鬚呢；他碰到一個毛鬆鬆的東西，於是自言道，「糟了！我做了一件什麼事？」

「嘿嘻！」她笑了一聲，就把窗子關上了。阿伯沙龍只好怏怏而去。

「鬍鬚！鬍鬚！」尼古拉道，「上帝的肉身，這出把戲耍得眞妙！」

這個傻瓜阿拉伯沙龍却一字一句地聽得清楚，氣得只得咬緊嘴唇；自言自言道，「我非報復你一下不可！」這時，還有誰像阿伯沙龍那樣磨擦他的嘴唇，用灰擦，用沙擦，用草擦，用布擦，用木屑擦？且一面叫著，「啊唷！他道，『我寧願把靈魂交給魔鬼，我一定不顧一切要報這個仇！「我，我，我絕不能這樣受人欺弄！」他道。他那一腔熱愛此刻已全部熄滅了；自從他吻了她的屁股之後，他對於愛情的事看穿了，他的相思病竟從此治好了；從此見了情場中人他就激起一股怒氣，像孩子挨子打一樣叫哭起來。

阿伯沙龍輕輕走過街來，找著一個名叫葛維司的鐵匠，正在鍛鐵爐上打著農具，忙著磨他的犁刀鏟子。阿伯沙龍輕敲著門，說道，「開門，葛維司，快些。」

「什麼！你是誰？」

「是我，阿伯沙龍。」

「什麼，阿伯沙龍？天哪，你這麼早就起來做什麼？呀，奇怪！你怎麼啦？上帝知道，穩有哪個輕薄姑娘把你一早就鬧起來了。你懂得我的意思！」

阿伯沙龍滿不顧他的嘲笑，也不回他的話。他的心事不是葛維司所猜得到的，他道，「好朋友，你那火爐裡的犁頭借給我，我有些用；馬上就還你。」

「好的，」葛維司答道，「我是一個老實的鐵匠，即使是口袋裡的金錢，你也可以拿去！可是，見鬼的，你要拿去做什麼？」

「自有用處」，阿伯沙龍道。「明天白天我告訴你；」一面拿起犁頭的冷把。他輕輕走出了門，來到木匠家牆下，先哼一聲，在窗上敲一下，像上次一樣。

「誰在敲？」阿麗生答著，「我想一定是賊。」

「啊，不是的，」他道，「上帝知道，我的心愛，我是你的阿伯沙龍，甜愛。我拿了一只金戒指來給你；是我母親給我的。很好的，刻得也精巧。你吻我，我就送給你！」

尼古拉正要起來小便，也想來湊個熱鬧，讓他也吻一下他的屁股才放他走。馬上來到窗口，偷偷挪出屁股，露在窗外；阿伯沙龍道，「你開一句口呀，好鳥兒，我看不見你在哪裡。」於是尼古拉放了一個大屁，像打雷一般，差不多要把阿伯沙龍的眼睛都給沖瞎了；可是他已準備好了燒紅的鐵犁，向著那屁股中間戳過去。這一下把尼古拉的皮膚燙去了手掌那樣大的一塊；痛得要命。

「救命，水，水！我的天哪！」他像瘋子一樣喊。

木匠從睡眠中被吵醒，聽見有人狂叫「水！」心想，「呀，諾亞的洪水來了」他不作一聲坐起，拿著斧頭就把繩子砍斷，於是那盆和盆裡的一切都墜下地來；直衝地面，好生厲害，他昏過去了。

阿麗生和尼古拉吃了一驚，喊著「救命！」奔向街中。鄰居老少跑來一看，見他昏倒在地，原來他已摔斷了一隻手臂。但他自己還莫名其妙，想開口，又被阿麗生和尼古拉的話壓過去了。他倆向大家說他發了瘋，他瞎想，怕諾亞的洪水來到，昏頭昏腦買了一只捏面糟，掛在樑上；再三求他倆一起坐上去。大家都嘲笑他的荒謬，向屋樑張看，認爲是一件大笑話。木匠說什麼話都沒有用，誰也不聽他，大家宣稱這人一定是瘋了，傳遍了全鎮。人人都笑。如此，木匠被騙去了一個妻子，憑他如何看守緊也是枉然；而尼古拉身上也燙得不輕。這故事完了，上帝祝福你們衆人。

磨坊主的故事完

封邑管家的故事

封邑管家的故事開場語

大家聽了阿伯沙龍和尼古拉的妙事，笑了一頓，各人說著各人的話，都覺得這故事好笑，沒有人感覺什麼不愉快，除却封邑管家奧斯瓦一人。原來他就是一個木匠，他聽後氣在心頭，開始抱怨起來。

「好，我也能好好還你一個，」他道，「我也可以講一個胡作非為的磨坊主怎樣騙人的故事，如果我要搬出一套邪經的話。不過我年紀老了，我不願胡鬧；綠草時期已過，我的秣糧現在都是乾草了；我這白頭證明我是一個老人，我的心也和頭髮一樣枯乾，簡直像枸杞子那樣，愈長愈壞，最後倒進糞堆或枯草裡腐爛。我們老年人，就怕這樣，我們不會再熟，只有腐朽下去。世上人在吹笛，伴著我們跳躍，但我們心中揷著一根刺，因為白頭上還想長出青芽，像一根葱那樣。雖則我們已經無力，心裡卻還想放蕩一下。做雖做不到，嘴裡還愛說一說。從我們的老灰裡以扒出點火來。我們有四根燃著的炭火，且讓我數來，吹噓、撒謊、發氣，和貪婪；這就是老年的四點火星。的確，人老心不老。許多年來我的生命從瓶口流出，可是淫心仍舊未衰。老實說，從我出生以來，死亡就把生命的瓶塞揭開，讓它流，流到現在，瓶子差不多空了。生命的水只在邊緣上滴著。任憑那老舌頭嘮叨著早年的荒唐行爲，老年人所剩留下來的無非是衰弱無能的日子。」

客店老板聽他這樣說經，就擺出他的威風來。「何用這許多大道理？」他道。「我們是不是要整天講經呢？」別白費了時間，魔鬼把皮匠變成水手或醫生，魔鬼也派管家來說教。講你的故事罷。看哪，到了德潑福了，現在是七點半，看那邊就是格林尼治，那是個精幹人聚居的地方！時間還早，正好開始你的故事。」

「那麼，各位，我求你們大家不要生氣，」封邑管家奧斯瓦說道，「雖然我嘲笑了磨坊主幾句。因爲以強力對付強力本是合法的。這個喝醉的磨坊主對我們大家講了一個木匠受欺的事，也許是開玩笑的，因爲我就是一個木匠。對不起大家，我也來還他一個，也用他所用的粗俗話來講。我求上帝，願他保不住他的頭！他看見我眼中的刺，卻看不見他自己眼中的樑木。」

封邑管家的故事❼由此開始

在離劍橋不遠的屈魯賓頓，流著一條小河，河上有一頂橋和一座磨坊，我所講的是一件眞事。

在那裡很久就住著一個磨坊主，傲慢得意，像一隻孔雀。他會釣魚，會修魚網，會在車床上轉出杯碗，能吹笛，角力，和射箭；他腰帶上一把利刀，一把長劍；皮袋裡一把很好的短刀。沒有人敢碰他，怕遭到危險！長襪裡藏著一把設斐爾德的短刀。他的頭頂像猴子那樣光禿，圓臉，短而厚的鼻子。在市場上是有名的能吹法螺；誰要找到他，他就賭咒要對付。他是一個偷麵粉的賊，並且十分機敏，毫不懈怠。他的名字叫蠻漢西姆金。他的妻是好人家的女兒；鎮上的一個牧師是她的父親，他給她的嫁粧中有許多銅鍋；好讓西姆金配得上他那家世。他是在一個修道院中長大的；西姆金說，他不想隨便娶妻，除非她教養得好，並且是個閨秀之女，因爲他本人是鄉紳之輩。她却很自傲，像喜鵲一樣會淘氣。這一對夫婦在節日倒算得一景；他走在她的前面，罩衣的尾段纏在頭上，她在後面跟著，深紅的裙，和西姆金的襪子配得同樣的顏色。誰也不敢不稱她爲「夫人」；誰也不敢走過隨便惹她一下，因爲西姆金的長短劍是不認得人的。嫉妒心重的人是很可怕的；至少他要他的妻子這樣相信。因爲她的名聲不算好，所以她與溝水一樣不好接近，可是還擺出盛氣

❶這篇故事和磨坊主的故事一樣，同屬於古體的短篇叙事詩。總引裡面所寫的磨坊主和這篇管家的故事裡的磨坊主很相彷彿，讀者可以對照一下。這裡所講的磨坊，至今還可以看到一點遺跡，在劍橋南去倫敦大路旁，離大學區不遠，當初當然是小路，現在磨坊附近仍有一個現代小鄉村，磨坊下溪流潺潺，四周仍看出是原有的沼澤平原地。

凌人的樣子。她認爲自己是上等人家的人，並且在修道院中受了教育的，婦女們都該來奉承她。

他兩生了一個女兒，已是二十歲了，沒有其他的孩子，除却一個六個月的嬰孩，睡在搖籃裡，已長得很有個模樣。那女兒健壯高大，臀部很寬，兩乳圓而突出，鼻子短而厚，眼睛灰色像玻璃。頭髮很美，我不否認。爲了她可愛，鎭上的牧師預備讓她承嗣動產和房屋，對於她的婚姻因而非常苛求；他想爲她做門好好的親事，要找一家高貴的人家。神聖教會的產業必須爲神聖教會的後裔所承受；因此他要榮耀神聖的血統，即使吃光神聖的教會也在所不惜。

這個磨坊主從四鄰交來磨麥的主顧身上搜刮了大量的麥粉。主要的是劍橋一所大學院裡日光膳廳的麥子麥芽，都由他磨。有一天，學院的伙食管理員病了；人人都認爲他不會好了。於是這磨坊主偷刮了百倍的麥粉；以前還是客氣的，這一下却肆無忌憚地大搶起來。校長發脾氣，大事追查，可是磨坊主滿不在意，厚著臉硬說並無其事。

學院中有兩個年輕的窮學生；敢作敢爲，最愛玩耍，他們力求校長特許臨時給假，去磨坊守視磨粉，爲的是看個究竟；他們決意不讓磨坊主再施任何伎倆，偷半斗糧食，也不由他用武力劫奪。最後校長准了假。他兩一個叫約翰，一個叫亞倫。兩人是同鄉，都是北方斯乞羅塞的人，我却不知道那是什麼地方。

這個亞倫準備了一切應帶的東西，把一袋麥子摔上馬背，與約翰一起上路，腰佩刀劍和盾牌。約翰認得路，不用領路人，到了磨坊門口，放下麥袋。亞倫先開這道，「好嗎，西姆金，眞的好！

你的妻子和美麗的女兒都好?」

「亞倫,歡迎得很!」西姆金道。「還有約翰哪!怎麼啦,你們來屈魯賓頓有什麼事?」

「西姆金,」約翰答道,「天知道,『需要』高於一切。賢者說得好,人若沒有助手,就得自己動手,否則就是傻瓜。我相信我們那位伙食管理員性命保不住,牙床在他頭裡動搖了。所以我與亞倫來磨麥,磨好了運回去。請你爲我們趕一下,盡快趕一趕。」

「好的,照辦就是,」西姆金道。「磨的時候你們做什麼呢?」

「我就在這漏斗旁,」約翰道,「好看麥子怎樣進去。我的爸爸,我還從沒有見過漏斗擺來擺去呢。」

「你要那樣?」亞倫接道。「那麼,我的頭兒,我就在下面,看麥粉怎樣落進槽去;我就這樣好耍。的確,約翰,我也同你不相上下,一樣是個糟磨手。」

磨坊主見他兩這樣孩子氣,只覺好笑。「這些都不過是槍花,」他想道,「他們以爲就沒有人能騙得過他們了。我却可以賭個咒,不論他們學識怎樣高明,我還是能迷過他們的眼睛。他們愈是要玩手段,我就愈偷得多些。我將給他們糠麩,休想我給麥粉,『最大的學者不見得就是最靈巧的人,』牝馬曾經對狼這樣說。我才不在乎他們的本領呢!」

他偷偷地湊個時機跑出門去。上下一看,找到這兩個學生的馬,拴在磨坊後面樹下;他輕輕走過去把馬繮取了下來。馬鬆了繩,「啂嘻」而去,一直到沼地那邊,和其他的野馬一起奔跑。

磨坊主回進來，不作一聲，照舊做他的事，和學生們打趣著，直等麥子全都磨好。麥粉裝了袋繫好，約翰走出來才知道馬跑了，於是叫喊起來。「快來！我們的馬不見了！亞倫，快走一步，快出來！校長的馬跑掉了！」

亞倫焦急，什麼麵粉都置諸腦後，也叫喊道，「什麼！它跑到哪裡去了？」

那磨坊主的妻跳著趕過來。「呀！」她道，「你們的馬去沼地找野馬做伴了，跑得好快。倒霉的手，扣繮繩都扣不好。」

「糟了！」約翰道。「亞倫，把你的刀放下，和我一樣。我可以像鹿一樣跑得輕快。他媽的，它不要想逃脫了我們的手。你爲什麼沒有把馬關進倉裡呢？倒霉，亞倫，你才是個傻瓜呢。」

兩個學生拼命向沼地奔去。磨坊主見他們去了，就拿了半斗麵粉出來，叫他的妻搓成面塊。「我相信學生們也許會懷疑我要這槍花。可是一個磨坊主，」他說，「總能賽得過學生的伎倆；好了，讓他們去趕罷！看哪，他們跑到哪裡去了。不要想輕易趕得馬回。好，讓這些孩子們去耍罷！」

兩個學生跑上跑下，「呼！呼！呼！停！哈！看著後面！你吹唿哨，我來兜住它」，簡單的講，直到天黑，用盡了力，還是趕不到馬，它老是狂奔，最後在一道溝裡把馬兜住。

濕了，累了，像淋了雨的牛馬一樣，約翰和亞倫帶著馬回來。「眞倒霉！」約翰道。「我們只好讓人笑了。我們的麥子也一定被偷了；人家還要說我們是傻子，校長、我們的朋友，尤其是磨坊主。倒霉的日子！」約翰一面牽著馬繮，沿途向磨坊走來，一面這樣埋怨。他們再也走不動了，找到磨坊主坐在火邊，原來已經是晚上了，只得求他看上帝面上給他們住下休息，他們算錢。

「只要有地方，」磨坊主答道，「就有你們的份。我的屋子很小，不過你們是讀過書的，你們能把二十尺說成一里。且看這屋子夠不夠住，或者照你們學生的辦法，把它說成一所大屋。」

「好，西姆金，」約翰道，「你老是會講笑話，有聖克塞波脫在此，你回答得眞好。我聽說人有時只能兩者擇一，『無法改變，將就目前』。不過求求你，好主人，弄些東西來吃喝，給我們一些安樂，我們一定照規矩付錢，絕不短少。空手捉不到鷹，看這裡我們有銀子可以花呢！」

磨坊主叫他的女兒去鎭上賣酒，買麵包，爲他們燒了一隻鵝，拴好了他們的馬，不讓它再跑。在他自己房裡預備了一張床，鋪好被單，毯子，離他自己的床不過八尺遠。他的女兒的床也在這間房裡，靠很近；沒有辦法，因爲全屋再沒有其他的房間了。他們一起吃著、談著、玩耍著、酒愈喝愈多，睡時差不多已半夜了。

磨坊主頭裡充滿了酒，喝得臉上發白，才去睡覺。他打呃，由鼻孔講話，像是傷了風，腫了喉嚨。他的妻子也上了床，輕鬆得像鳥一般，她的喉頭被酒潤濕得差不多了。搖籃放在床脚邊，搖起來方便，也好餵孩子吃奶。那一屋的人都醉了，女兒也上床去睡，亞倫和約翰也睡下。誰也吃不下了，誰也不用麻醉了。磨坊主喝夠了酒，打起鼾來，像一隻馬一樣。他的妻湊成低沉音調，也相當堅強；這一曲鼾樂在一里路外也還聽得見。女兒的鼾聲也配合了上來。

亞倫聽著這美調，推著約翰道，「你睡了嗎？你聽見過這樣的歌曲嗎？當他們都在唱晚禱的時候，讓烈火降在他們身上！誰曾聽見過這樣的妙事？願他們歹運上加歹運！這個長夜我不睡了；也無妨，結果總是好的。約翰，我願得福，講道理我們也該暢快一下。法律上說，一個人在某處受損，得在他處取得補償。我們的麥子無疑是被偷了，整天的不順利；既是過去的事無從彌補，我就來舒暢一下，補償損失。還有什麼更好的辦法呢！」

「當心，亞倫，」約翰答道。磨坊主是個狡猾傢伙，萬一他睡中醒來，他會報復我們兩人的。」

「我才沒有把他放在眼裡，」亞倫答道，他一面就爬了起來，爬上那女兒的床，這姑娘正仰臥著，睡得很熟，不知不覺，他已靠得很攏，來不及叫喚，簡單的說，他們已變爲一個人了；要你的吧，亞倫，讓我且講約翰。

約翰躺著不動，約有走半里多路的光景；於是他開始自己埋怨起來：「呀；這才是一件妙事呢；而我卻做了一個傻瓜。我這位同伴把磨坊女兒抱進了懷裡，也是該他苦盡甘來。他冒了危險，才得如願以償，而我只落得像個渣滓口袋，躺在這裡，不起一些作用，將來有一天談到這段佳話的時候，我惟有被人稱做蠢物，視爲一個沒有出息的傢伙了！不成，我非得起來，也冒一下險；俗話說很好，「遇事畏縮，不得快樂。」他於是輕輕起來走到搖籃邊，將搖籃小心地移到自己脚邊。

不一會兒磨坊娘子打過一聲鼾，醒來出去小便，進屋來却找不到搖籃，摸上摸下，只是摸不著。「糟得很！」她道，「我差些走錯了床位，險些爬上那學生的床去了。呃，我的天，那才是笑話呢。」她於是走過去找到了搖籃。她的手向前摸著，認爲萬無一失了，既是搖籃在此，當然不會有錯，夜裡漆黑，她哪裡知道自己在什麼地方，她就此安心樂意地爬上了學生的床，躺著不動，還想再睡一覺。可是過了一下，約翰翻轉過來，就向娘子身上肆意放蕩起來，她從來沒有感覺得這樣愉快過；他就像瘋狂了一般。

這兩個學生盡情求歡，直到公鷄叫了三遍。亞倫通宵未眠，到了天曉之前很覺疲乏；說道，「再會了，瑪玲，甜蜜的人兒，天快亮了，我不能多逗留了；但是從此以後，無論我到哪裡，我總是你自己的人，我可以這樣保證！」

「親愛的，你去罷，再會了，」她道。「但是在你走之前，有一件事我要告訴你。你回去經過磨坊，在出口的門後有一塊乾麵，是你自己的半斗麥粉搓成的，我曾幫同父親偷出來的。好朋友，上帝救助你！」說著她差些要哭出來。

亞倫起身，一面想著，「我要天明之前爬回我的同伴床上去！」他的手碰到了搖籃。「怪事，」他想，「我完全走錯了；這一夜我的頭好昏哪，走都走不直了。我記得很淸楚，搖籃是在磨坊主夫婦床邊的，我走錯了。」

碰到了鬼，他走到磨坊主所睡的床邊；一心以爲爬上了約翰的床，却鑽到磨坊主身邊，抱住了他的頸子，輕言道，「你這豬頭，約翰，醒來，聽我講件妙事。有那聖雅各作證，我在這短短的一夜裡，竟三次睡上了磨坊女兒的身子，而你却嚇得像個懦夫。」

「好，壞蛋！」磨坊主道。「啊，沒良心的東西，不要臉的書生！上帝為證，你死定了！」他扭住亞倫的頸子；亞倫也用力抓住他，一拳打上他的鼻子。血流下磨坊主的胸前，他兩就在地上打滾，像袋子裡兩隻豬一樣，鼻子和嘴撃撞，流著血。他倆起來又倒下，後來磨坊主碰著一塊石頭，向後倒到他妻子身上，她却沒有知道這場惡鬪是怎麼回事。這才嚇一跳，起身大叫「救命，救命！上帝救我！醒來，西門，魔鬼降臨了，我的心都嚇碎了；救命！我要死了，有人壓在我的身上和頭上；快來救我，西門；那兩個壞書生在打架呢！」

約翰馬上起身，暗中在牆邊來摸去，找一根棍子。她也起來了，因她比約翰更熟悉，在牆邊找到了棍子。她從那洞中透進的一絲微顫的月光中，看見兩人在地上，却分別不出誰是誰。她瞥見一個白色的東西，想到一個書生戴了一頂睡帽的，就走近一些，拿起棍子一下，想給亞倫吃一棍，那知一下打中了磨坊主的禿頭。他倒了下去，叫道，「救命，我被打死了；」兩個學生便痛快地把他打了一頓，讓他躺著，各自穿上衣服，找著了馬，帶著麵粉走了出來。過磨坊時，還帶走了他們的半斗麵塊，已經烤熟了。

這個傲慢的磨坊主被痛打了一頓，搜刮的麵粉也沒有到手，亞倫和約翰所吃的一頓晚飯全是他代付的錢。這就是一個壞磨坊主的下場！所以這句古話確實不錯，「作惡別想得喜報，害人終究害自己。」上帝在天，救我們大家，不論地位高低。我講這個故事，就是還報了磨坊主。

封邑管家的故事完

廚師的故事

廚師的故事開場語

管家還未講完，倫敦來的廚師聽得高興，抓住了他的背。「哈哈！」他道。「上帝知道，這個磨坊主爲了一夜留客，倒受了一番教訓。所羅門說得好，『不要隨便讓人進門來』，晚間留宿是危險的。一個人應該多多考慮帶人回家。自從我名叫賀奇以來，還沒有聽到過一個磨坊主吃過偌大的虧；他在黑地裡確遇到了一些惡作劇。不過上帝不容許我們就此停止！所以，假若你們願意聽我一個故事，我將盡我的能力講一個，我是一個窮漢，讓我講這段笑話，是我們鎮上的一件事。」

客店老板回道，「我同意，講罷，羅傑，❶講一個好故事來。你已做過很多肉餅享客，已經冷

---

❶賀奇是羅傑的綽號。

了又熱有兩次了，好幾個肉餡麵餅到了晚上還要滲出油水來。許多朝聖客詛咒過你，因爲們他吃了你的肥鵝，肚子壞了；你的店鋪裡蒼蠅亂飛。好，講罷，好羅傑。我講的是一句笑話，請你不要生氣；笑話中間往往也可以有些道理的。」

「你說得很對，」羅傑答道。「正如法蘭德斯人所說，『笑話眞，笑話假，』所以，哈利・斐萊，你勿生氣，我的故事就是講一個客店老板。我暫不說穿，在我結束之前，你就可知道了。」

他笑了一頓，很高興地開始他的故事。❷

廚師的故事由此開始❸

從前我們城裡有一個學徒，是屬於糧商協會的。他活潑新鮮，像林中一隻金翅雀，短小精幹，皮色深黃有如乾果，頭髮梳得整潔。他跳舞很靈活，因此被稱做縱樂波金。他是個風流種子，好比滿窩蜂蜜，哪家姑娘遇到了他就夠甜了。每次婚宴總有他的唱舞；他愛酒店甚於他的店鋪。奇白賽街上如有什麼游藝會，他溜出了店就去；如果他沒有從頭看完，跳夠了舞，絕不回店。他往往會集一群嗜好相同的人跳唱遊耍，有時還約定去巷子裡賭博。鎭上沒有一個學徒能比得波金還

---

❷客店老板名哈利・裴萊。

❸這篇故事在所有喬叟稿本中都無完稿；有許多稿本在這裡插入一篇葛默林的故事，恐非喬叟所作。

善於擲一雙骰子的，在背地裡他向來不怕花錢。他的師父常常查出他的賬目，常常看見他錢櫃空了。的確，有了這樣一個愛耍的學徒，不斷地照顧著姑娘，玩骰子，過著荒唐的生活，那師父的店鋪就難免要遭些殃，雖然他自己並不參加。無論他這學徒是個怎樣出色的琴手，荒唐却容易變爲偷竊。

這個終日嬉戲的學徒跟師父直到出師爲止，早晚不免挨罵，有時還被送進新門監獄，軍樂隊在前面領路。有一天，他的師父翻閱契約，想起一句名言，「爛蘋果最好剔出，莫爛了其餘的果實。」一個荒唐的學徒也是如此；開除了他一人爲害有限，帶壞了其他僕徒就爲害不淺了。因此師父給了他停學證書，叫他離去。於是這學徒脫了身，他即使通宵狂歡也無人過問了！

律師的故事

律師的故事前引——客店老板對各位朝聖客的一番話❶

我們的老板看見太陽已走了這一天的四分之一，還多過了半個鐘點；他雖沒有多深的學識，却也知道已是四月裡第十八個早晨，這就是五月的前驅。他看出樹蔭和直立的樹身長度相等；他腦中計算，那光亮的太陽攀上了四十五度，因此這一天在這緯度，應是十點鐘了。他立刻勒住了馬。

「各位，」他道，「我警告你們大家，這一天已過了四分之一。為了上帝和聖約翰的愛，我們再不能荒廢時光了。各位，時間日夜耗損著我們；我們醒著的時候，如果偷打瞌睡，或是疏懶，

❶客店老板計算時間，說明了這天早上還沒有人講故事，因此他覺得大好風光糟蹋了可惜，向大家勸誡一番。

它就躲開我們，好似山溪流到平原，不再回頭。辛尼加和許多旁的哲人都爲時光的喪失而傷感，比箱中金子失散了還要可惜，因爲『實物失落了可以補償，而時光一旦消逝了，我們就要驚惶起來』，他說。的確，光陰與馬姑娘的處女膜一樣，在荒唐之際損壞了，就再也恢復不了。所以我們不要因懶散而生上了霉。律師先生！」他道，「你既希望得福，爲我們講個故事來，原是大家所贊同的事。你們自願聽我的吩咐；現在請你履行諾言吧。至少你也盡了你的責任。」

「老板，」他道，「我當天發了願贊同這件事；我不想破壞前言。諾言本是一筆債，我很願償清我的一份；我也沒法講得再好聽了。任何人以法律加諸旁人，他自己爲公正起見，也就不得不遵守；這是一包老話。不過，此刻我却一時想不起一個於人有益的故事。而喬叟，許多人知道，雖則他不善於運用詩節，配合韻脚，也曾講過一些故事，現在說來已有多年了，他那文字也就很難爲他了。好朋友，你知道他若不在這一本書裡講，就會在那一本書裡講。他所記載的情人們比奧費德在他的舊詩箋中所提到的還多。我何必來重複呢？在他年輕時就寫了基尤克斯和阿爾古容妮的戀愛史，後來他還提及了每一個佳人才子的風流韻事。誰若翻閱其中一本厚書，名爲《愛神的聖徒傳》，就可以讀到許多英雄美人的善德善行……❷

❷此段後面提了十六、七個古代相傳的「善良女子」，名字太多，從略。前面所說基尤克斯和阿爾古容妮的戀愛史是喬叟早期作品《公爵夫人之書》一詩中的一部分。《愛神的聖徒傳》即喬叟所作《善良女子傳奇》一詩。

「不過他却對於肯納西愛上了自己的親兄弟那段罪惡的故事一字不提——我說，這類傷風敗俗的事是要不得的；——還有阿波龍尼厄斯的故事中，這暴戾的恩替渥格斯國王害了自己的女兒，把她摔倒在地——這眞是個可怕的故事。因此，喬叟立意正確，不談這類敗行，我也就不提了。❸

「至於我的故事，我今天來講個什麼呢？我不願學斐厄路斯的女兒們想比詩靈，我不能高攀喬叟的詩才。不過，我雖只有烤野果，遠趕不上他，却也顧不得多少了。我用散文講，讓他去寫詩好了。」說到這裡，他面容端正起來，開始講他的故事。❹

律師的故事開場語

啊，可恨的是人生的苦難！啊，貧困，貧困與飢渴寒冷是分不開的！你不願厚著臉去求助於人，然而不去求助，窮苦又使你的創傷遮掩不住！你自己壓制不了，只好去偷竊、乞求、借貸、

---

❸這段中所提及的兩個罪惡故事是喬叟同時代的詩人高渥所寫；至於為什麼喬叟要在這裡提出批評，是不是這樣表示不滿會影響兩位詩友的情誼，都是很有趣而未能解決的問題。這裡所說的肯納西，並非喬叟的侍從的故事中所講的肯納茜公主，兩者不可混淆。

❹《奧維德詩》中說裴厄路斯的女兒們想與詩靈比高低，因而被變為喜鵲。

以維持你的生計。你責難基督，怪他把世上的財富分配錯了。你不顧一切，非難鄰友，說你的太少而他却富有。「的確，」你道，「他有時應該火燒上身，那是他應得的代價，因爲他不肯救濟窮人。」請聽賢者的訓誡：——「貧困而生，不如一死；窮人沒有尊榮可言，連你的鄰人也要來奚落你。」賢者又說，「窮人所過的日子是愁苦的。」所以，當心，不要到了那個年頭後悔不及。「你若窮了，你的兄弟都會恨你，你的朋友也遠離你。」但是，各位富商啊，你們何等舒適；你們才是尊貴聰明的人！你們的錢囊是滿的，你們擲骰子老是碰到好運，你們在聖誕節跳舞何等快活！你們航海行陸，盤剝取利，你們似乎很聰明，知道世界各國的內幕；你們傳播著和平或戰爭的消息與事蹟。但我本來講不出任何故事來，幸而多年前有個商人曾爲我講了一個故事，現在且讓我來講給大家一聽。❺

律師的故事❻由此開始

古時有一班富商住在敘利亞，嚴謹公正，向各地廣銷香料，絲綢和五顏六色的綢緞。他們的

---

❺這篇律師的開場語，讀來不甚連貫，且與故事本身不易配合。照我們看，既有了前面律師對老板講一段稱頌喬叟的話，並已準備開始講他的故事，何必另加一個開場語呢？研究喬叟的學者們也覺得無從解釋，因為各版本都有這一段，並無例外。

貨色又新又好，人人都願與他們交易，也願把貨物賣給他們。他們中間首要的幾個人準備去羅馬，爲的是貿易或遊玩；不派旁人，却親自出發，經營；到了羅馬，住在適當的處所。

這班商人住了相當時日，逐漸耳聞皇帝公主康絲頓司的美名，這其中細節很多，讓我慢慢說來。人人都說「我們羅馬皇帝，願上帝保佑他！有這樣一位公主，美貌令德，是天地創始以來未見其匹的。我求上帝永遠寵幸她。她應做歐洲之后！她有高貴的品德，無虛榮心，有青春，不愚昧也不粗邪；她的一切行爲都以道德爲依歸，謙遜使她拋棄了驕態，她眞是禮讓之鏡。她的心就是神龕；她的手是施捨的執行者。」這類的傳聞都是萬分眞實的。現在且講這些商人。他們的船隻又一次載滿了貨，在見過這位幸福的公主之後，他們高高興興回到叙利亞，依舊辦著他們的事，過著富裕的生活。至於有關他們其他的事我就不多講了。

---

❻這是中古時代通行的傳奇式故事，與喬叟這一篇相同的故事至少有20餘種，喬叟同時的詩人高渥就另有一篇，兩人同是取材於前半世紀中一個英法傳記作家。我們現代人讀來，有時可能感覺冗長，或不合胃口，譯者曾略作刪節。

故事中的蘇丹，即伊斯蘭教國王。

厄拉，見英國史，與羅馬教皇格列高里一世（590～604）在羅馬見到英格蘭奴隸在市上出賣，因而派人去英開始傳教的一件史實有關。

這班商人很能得敘利亞的蘇丹的寵顧，每次他們由國外回來，總要款待一番，一再詢問些各國的情況，聽他們講些奇聞妙事。在縷述許多其他事蹟之餘，商人們特別提到高貴的康絲頓司，詳盡地頌讚了一頓，蘇丹聽得高興，上了心事，願意終身傾心愛她。

可能在天上以星宿繕述的巨書上，已注定了他此生要死於愛情！原來星宿註明人的生死比明鏡還照得清楚，只消人們能觀察出來。古來多少聖賢豪傑，都由星象預定吉凶。不過人們的聰明不夠，未能完全瞭解罷了。

蘇丹請了他的樞密大臣來，把心事都告訴了他們，並說，除非他能於短期內求得了康絲頓司，他的生命就等於完了，所以他們應千萬設法，趕緊救他這條性命。大臣們紛紛議論，爭辯了許久，提出許多巧妙的意見，也談到用魔術欺詐的方法，最後公認除非正式完成這段婚姻，沒有其他妙法。可是因爲信仰不同，不免會有很大的困難。他們說，據他們所知，「沒有一個基督教的君王願將自己的孩子改信穆罕默德的教義的」。

「我寧願接受基督教的洗禮，」他答道，「却不能錯過了康絲頓司。我非屬於她不可，再不能另擇旁人。請你們不要再辯論了。救我的命，努力做去，我的性命已掌握在她的手中，我再不能繼續忍受這個痛苦了。」

何必絮述呢？訂約，派遣使者，請羅馬教皇和教會與騎士界全體人士來從中調解說項，寧可毀滅穆罕默德的宗教，顯耀基督的信仰，且聽這條款是怎樣；蘇丹和他所有臣下都應受洗，然後結婚，至於送去多少黃金我就不知道了。這條約由雙方立誓保證。現在，美麗的康絲頓司呀，願上天領導著你！

或許有人要我描述國王出嫁公主時所有的嫁奩，以及如何排場煊赫。但誰也知道這樣一件大事絕非三言兩語所能講盡的。派去的主教已經指定，還有公侯貴婦們，有名的騎士們以及許多其他的人物。全城宣布著人人應該祈禱基督，請求祝福這段婚姻和途中的安全。

她應離家的日子到臨了，這是她憂痛的一天。再不能遲延了，每一個指定的人都要準備出發。康絲頓司起床來，面色蒼白，愁上心頭，預備辭別，她知道已無法挽回了。就這樣遠去異國，離鄉背井，而投奔於一個聞所未聞的異俗人的懷抱，難怪她要悲哭了。自古來做丈夫的也有好的，做妻子的自可明白，——但關於這個問題我不多說了。

「父親，我的母親，」她道，「你們是我無上的快慰之泉，除却天上的基督，你們的可憐的孩子康絲頓司向你們誠意求恩，因爲我馬上就去叙利亞，我再不能見到你們了。你們既已打定了主意，我就不得不去這凶蠻的國中。願那救我們靈魂的基督眷顧我，讓我完成他的意志，即使犧牲了我這卑賤的一個女子也無不可。女子生來就是受奴役，受痛苦，受男子的管轄的。」

在特羅亞，在依列厄姆被焚之前，斐洛斯毀去了城牆，或在希白斯城中，或在羅馬當漢尼拔三次擊敗了羅馬人，那幾次的哭聲震天，却還比不上這次她離家之前全家人如何傷心悲號。但是，憑她怎樣哭泣，她也不得不離去了。

啊，殘酷的原動天體，你在自轉中永遠推動著萬象，由東而西地急轉著，依照自然的運轉，就該變轉方向，免得在這不幸的出行時候，讓歹星挫折這段婚姻。在凶厄的盤旋扶搖中，那首座轉進了最暗的十二天庭。呀，惡毒的星！呀，微弱的月，你的軌道落入了惡運！你聯結之處，無從接應；你應得庇護之時，却又遠避。啊，輕率的羅馬國王！你全城竟沒有一個星象學者嗎？難道除却這個凶日就沒有一個婚期了嗎？上路的日子就不能另訂嗎？尤其在你這高貴的人家，本人的出世星象，應已了然？啊，人們太愚蠢了，太疏懶了！❼

這位美麗而傷感的公主被簇擁著上船，十分排場。「耶穌基督看顧你們衆人！」她道，只聽得一片「再會，美麗的康絲頓司！」的呼聲。她勉強擺出一副笑容；這裡我們且按下不提，讓她在海中航行，先講叙利亞方面。

蘇丹的母后，罪惡之泉，見她兒子立意放棄固有的教儀，立刻召集衆人商議，大家應召而來，她坐下開言道，「公侯們，你們都已知道我的兒子準備拋棄神使穆罕默德所頒賜的可蘭聖典。可是我在此向眞主發誓，我寧願捐棄這肉體的生命，却不能讓穆罕默德頒布的經典脫離我的心靈。這個新教能給我們些什麼？無非是肉體上的桎梏和信念上的罪孽，最後被拽進地獄，因爲我們脫離了我們的教主穆罕默德。公侯們，你們願不願向我保證，同意我的策劃，使我們永生得救？」

---

❼星月主吉凶是中世紀很普遍的信念；這裡的歹星和惡毒的星都指火星而言。

他們都立誓應允，每一個人都情願和她同生死，並盡力集合各人的親友來共襄義舉。於是她宣布她的計謀道：「我們在開始時將假裝接受基督教義，冷水傷害不了我們，不過稍感不適罷了！然後我將廣設華筵，在狂歡中使蘇丹領受他的教訓。任憑他的妻后受了怎樣純潔的洗禮，她仍須濯去血跡，雖有她帶來的一盆聖水也是枉然。」

啊，蘇丹母后，你這悍婦，罪惡之根，你是西米拉米后再世了！女面蛇身，猶如幽禁地獄的毒蛇！惡毒的婦人，你用惡計摧毀美德與天眞，你就是一切罪惡的巢穴！啊，撒旦魔王，自從你被逐出了我們所承襲的天國以來，你一向在覬覦著，你熟悉那爬進婦人心中的老路！是你使夏娃把我們送入了奴役的苦境；現在又來摧殘這段依從基督的美緣。呀，你利用婦女做你害人的工具。

這個蘇丹母后辭退了她的臣僚。何必把故事拖長呢？有一天她來找蘇丹，說她願捐棄她的信仰而讓教士親手為她行洗禮，自悔在如此悠久的年月中信奉了異教；請准她延邀基督徒們來集宴；「我將盡力使他們歡樂」。蘇丹答道，「我必照辦，」他跪下感謝她的美意，心中充滿了喜悅，說不出話來。她吻了兒子就回來了。

第一部完

*　　*　　*

第二部開始

基督徒們來到敍利亞，隨伴衆多，煞是堂皇。蘇丹派了人員，先通知母后，然後宣告全國，傳令新后已經到達。他請求母后去迎接，以昭鄭重。敍利亞人和羅馬人會見時，十分擁擠，場面也極富麗。母后穿著華貴，接住康絲頓司，滿面笑容，正如慈母見了愛女一般，然後慢步高騎，進入最近的一個城池。魯根所誇耀的朱列厄斯的勝利也不比這個場合熱鬧堂皇。❽但是，在這一切外表之下，却藏著這個罪惡的蛇蝎似的母后，正預備毒咬一口，雖然她滿面春風，奉承不已。蘇丹隨後親臨，說不盡的威風，滿心欣慰，歡迎新后。這裡我暫按下不提，讓他們繼續歡欣著，我所要講的是最後的結果。過了相當時候，人們覺得應該停止歡樂，從事將息了。

老母后所安排的宴會日期已到，所有老少基督徒們都來赴宴。這盛大的筵席，山珍海味，不是我所能說得盡的。然而在他們離席之前所付出的代價却太大了。啊，世上歡樂之後往往跟著就是劇變的悲哀，歡欣中夾雜著愁苦，這是我們勤勞的終局！苦惱結束我們的快樂。爲了取得安全，請聽取這個忠告：人在幸福之中不可忘記躲在身後的災害或痛苦。簡單說來，蘇丹和所有的基督徒，除康絲頓司在外，每一個都在席間被刺，或被斬。這可惡的老婦人，爲了要掌握國政，藉助

---

❽魯根是第1世紀的羅馬詩人，事實上並未誇耀過朱列厄斯的勝利，喬叟可能間接得自其他詩人。

於她的親信做下了這場罪孽之事。所有改信了的叙利亞人，或是做了蘇丹的謀臣的人，沒有一個不被殺戮，沒有一個脫網。康絲頓司立刻被劫上了船，一隻無舵的船，上天知道！聽她去學習航海由叙利亞漂盪而去義大利。她所帶來的一部分財寶和大量的食糧衣飾，都爲她存放船中，如此她在大海上航行著。啊，仁慈的康絲頓司，國王的年輕愛女，願幸運之神做你的船舵吧！

她自己畫著十字，用愁慘的嗓子向基督的十字架哭訴道，「啊，光明的幸福的神壇，聖潔的十字架，你被洗濯世上罪惡的神羊之血染紅了，願你佑護我，在我淹入海水的一天，勿讓魔爪攫取了我。勝利的樹，信者的庇護，只有你能負起鱗傷的天帝，被矛刺傷了的白羊，你是男女心魔的驅逐者，你伸出手臂庇護他們，求你拯救我，給我力量，以改善我的生命。」

過了多少年月，這不幸的人航過希臘的海，到了摩洛哥海峽，聽憑命運的主宰。她吃過了多少頓的惡劣的膳食，常常面臨死境，那猛烈的海浪追逐著她。人們要問，她從何而掙扎得生命？是誰在維持她的飲食？我可以回答，誰維持了但以理，他在恐怖的洞窟裡，老少都被獅子呑食了，而唯有他一人得救？原來只有上帝占領了他的心靈。上帝也就會在她身上顯出奇蹟，使得我們大家可以看到他的偉績。基督是一切災難的最靈驗的救護者，學者們都知道，他常常會運用某種方法以達成某種目的，是人們的腦力所不能明瞭的；我們太無知了，不會懂得得他的神意。她既沒有在宴會席上被害，現在她就沒有淹死海中，這都是誰救了她呢？

她被逐出了大海，最後海浪將她沖上了諾林伯蘭的一個堡寨，寨名我記不得了。她的船陷在沙泥中，許久不能擺動；堡塞中的巡吏下來看那劫後的船隻，搜尋艙間，發現了這個疲勞愁困的婦人和她的珍寶。她用她自己的語言請賜以一死，了結這條苦命；聽起來她的語言像是變相的拉丁，勉強可以聽懂。巡吏尋視一番之後，把她帶上了岸，她跪下感謝神恩，但她究竟是誰，她却堅決不肯告人；她說在海中沖昏了頭腦，記憶力全都消失了。巡吏夫婦十分憐恤她，她流著同情的淚。她在寨中殷勤勞作，以求取人人的好感，凡是見到她的容顏的人無不喜愛。

巡吏和她的妻賀門基爾德以及附近一帶居民都是異教徒，但賀門基爾德愛她如命，康絲頓司且日夜哭禱，居然使賀門基爾德改信了基督。在那地區內的基督徒原不敢集會；他們害怕異教徒，都逃走了，異教徒於是占領了那北部沿海各地。舊有的不列顛基督徒逃往威爾斯，將那裡暫作他們避難之所。但是暗中還有少數人崇拜基督，異教徒並未察覺。離堡寨不遠就有三人，其中一個是瞎子，他却能用一副靈眼看到外界，這本是瞎子唯一的本領。那天正是赤日當空的夏季，巡吏夫婦和康絲頓司向海邊走去，散步消遣。

「有基督的榮名爲證，」這瞎眼的不列顛人道，「可敬愛的賀門基爾德，求你賜我恢復眼力。」這夫人聽了這句話，害怕她的丈夫會因她篤信基督而將她處死。但康絲頓司鼓起她的勇氣，促使她以一個基督教的女兒的身分而行施基督的意志。

巡吏心中自覺慚愧，說道，「這是怎麼一回事？」

「長者，這就是基督的威力，」康絲頓司答道，「他能救人脫離魔鬼的陷阱。」她於是爲著基督的信念力辯，終究在天黑之前，把巡吏也改信過來，崇奉基督。

這區域並非由這個巡吏管轄，不過多年來在諾森伯蘭國王厄拉的手下他分治著這裡的居民；人們都可在古書上讀到厄拉王是在擊敗蘇格蘭人的戰事中一位聰明勇敢的人物。現在讓我再回到故事上來。

撒旦魔王日夜不停地陷害我們，這時見到康絲頓司如此美滿，就陰謀施害。他促使城中一個年輕騎士來熱愛她、覬覦她，這騎士寧可不顧自己性命，一味只想弄她到手。他向她哀求，但她卻兀然不爲所動，絕不委棄自己的清白。他於是一變而恨她入骨，設下計謀，要使她羞憤而死。他窺伺機會，趁著有一天夜晚巡吏外出，他就偷偷爬進了賀門基爾德的臥室。那時康絲頓司與賀門基爾德兩人都因守禱倦了，酣然入睡。他受了撒旦的引誘，輕輕移近床邊，把賀門基爾德的喉頭砍斷，然後將他那把刀留在康絲頓司身旁；這樣他就跑了。

一會兒，巡吏隨從國王厄拉回來，發現他的妻被殺，大哭起來，絞扭著手，十分哀慟；忽在康絲頓司床邊看見血刀。呀，她能說什麼話呢？她只是悲痛欲絕。這慘禍報到了厄拉王面前，於是國王才知道她當初如何在船上被巡吏發現，他見到這位溫柔的女子，十分純潔可憫，像一隻羔羊，現在又遭遇苦難，被人控告。人民中間也都悲憤在心，不肯相信她會做出這樣狠毒的事來。他們見她一向善良，對賀門基爾德也恩情深厚；一家上下人等，除却眞犯之外，沒有不爲她作證。國王思量此中必有原委，一心要繼續訊查，以求眞相。

啊，康絲頓司呀！你沒有一個爲你洗冤的勇士，你自己又不能自衞！但願那普救蒼生，打倒了撒旦的神，現在可以爲你爭榮！除非基督顯出奇蹟，你就唯有含冤而死了。她跪下禱告，「不死之神，你曾洗雪過蘇珊娜的冤，我向你祈求，還有慈愛的瑪利亞，聖恩娜之女，在你神子之前，天使們唱著『和散那』的讚美詩歌，如果我是無罪的人，願你救我；否則我就唯有一死了！」❾

你們見過大群人中間一個蒼白的臉被解去就刑的嗎？在許多臉龐之中，如果看到這樣的臉色，你就知道是一個遭難者，而那時的康絲頓司就是這樣，她站在人群中向四周觀看。呀，貴后夫人們，你們在安樂之中，應該對她這困厄起些憐憫之心。她也是一個國王的公主，却獨自站著，四圍看不到一個可以求憐哭訴的人。啊，你是皇家子女，當你處於患難中，你的親友却離你太遠了。

厄拉王滿心悲憫，正如所有仁義爲懷的人一樣，他眼中的淚流注下來。「快去取一本書來，」他道，「這騎士如肯發誓，說出她如何殺了巡吏夫人，我們才請人來作公正的裁判。」有人遞過一

---

❾蘇珊娜的故事載《舊約》偽經，是中世紀流傳很廣的一件事，蘇珊娜受人誣告姦淫，被石擊，而但以理為她力辯洗冤。

「和散那」，希伯萊文原意求救祈禱，也有頌讚之意；參閱《新約》《馬太福音》第21章第9節。聖恩娜為聖母瑪利亞之母，見《聖經》偽經。

本不列顛文字的福音書，騎士在書上發誓說她有罪。此刻忽然一隻手在他頸後將他重擊一下，他立即像一塊石頭一樣倒在地上，大家都目睹他雙眼從額中爆裂出來。衆人聽見空中有個聲音說道，「你誣蔑了聖教中一個無辜的女兒。在國王面前你竟敢如此；但我願緘默無言。」

衆人見了這奇蹟，十分驚異，除却康絲頓司一人，全場都呆住了，人人害怕遭受報應。凡是錯疑了無辜的康絲頓司的人，個個膽戰心驚，後悔莫及。由於這個奇蹟以及康絲頓司從中開導，國王和許多人最後都誠信了基督的教義。厄拉王裁決把那害人的騎士立即處死；康絲頓司却仍爲他傷感著。後來，耶穌恩顧，使厄拉王和這位聖潔美麗的公主結了婚，婚儀十分莊嚴熱鬧。於是，康絲頓司被尊爲一國的王后；基督的恩澤無邊！

我說句老實話，這時還有誰比國王的母后朵納基爾德懷恨更深的呢？她爲人凶惡，最不願他倆成婚。她見兒子這樣行事，氣得心都要破裂了；認爲同這個異族之人聯婚，是一件極不光榮的事。這故事中的枝節，無足輕重，可以省略不談。我何必多講皇家行婚禮時種種排場，也不必提什麼事前是誰吹著喇叭、誰奏著號角等等了。我要講的是故事的中心；他們吃著、舞著、喝著、唱著、慶祝著。新婚的人雙雙上床，正是理所當然；原來妻子雖是聖潔之身，到了夜間，她必須忍耐，讓那個以婚戒結褵的人盡情歡樂，她的潔身聖心只得暫時收斂起來，這是無可奈何的事。康絲頓司爲厄拉王懷了孕，他那時要去蘇格蘭作戰，就把她交託給他的主教和巡吏。這時和善的康絲頓司懷胎多日，不出房門，等候著基督的意旨。到了時候，生下一子；洗禮時題名爲麥列斯。

巡吏派了一個使者，送信給厄拉王告訴他這個好消息，以及其他附帶的事。使者拿了信走出來，心想爲了圖自己的方便，不如先來見母后，行了禮，奉承她道，「老夫人，你應欣喜，感謝上帝。王后已生了兒子，是全國的一件喜事。且看這裡還有一封信，我將趕緊送去。你若想對國王講什麼話，我必遵命傳達。」

「沒有什麼話，」朵納基爾德道：「不過，我想你可以休息一夜，明天或可有話請你轉達。」

使者留宿，狂飲了一頓，酣然入睡，像一隻豬一樣，那時他的信件就從匣中被偷去了；另換了一封假造的信，內容惡毒，就算是巡吏寫給國王的。信中說，「王后生下一個非常可怕的怪物，誰都不敢留它在堡寨中。這個生母是個妖物，因魔幻之力而來，誰也不願接近她。」

國王見信，愁上心來，但不向任何人傾吐苦衷，親自回了一信說，「我現已誠信基督，永遠歡承著他的意志。上帝，願你的意念降臨；我的一切願望都由你主宰。我的家人侍臣必須守護著我的妻和子，不論他們是美是醜，等我回家再作道理。當基督回心轉意的時候，他自然會賜我一個比較愜意的兒子。」他獨自悲痛著，封好了信交給使者，叫他立即送回。

啊，醉酒的使者，你的呼吸急促，你的臉變了相，你的兩腿顛跛。你守不住任何秘密，你的頭腦昏聵，你和鳥鵲一樣喋喋不休。酒喝醉了，自然就洩漏機密。啊，朵納基爾德，你的殘暴沒有文字可以描述！唯有將你交給魔鬼，由他去宣揚你的罪行吧！滾開，禽獸；不，我說錯了，滾開，妖魔！我敢說，你雖在地面上行走，你的靈魂已貶進了地獄。

使者回來，仍舊先到母后宮前下馬，她十分高興，竭力使他高興快樂。他喝著酒，把腰帶都脹緊了，整夜和豬一樣睡眠打鼾。他所攜帶的信件又被偷了，換上的假信這樣寫著，「國王命他的巡吏立刻驅逐康絲頓司出境，至多停留到三天，多一小時也不行，否則處以絞刑；他必須將她和孩子以及她自己的一切物品放進原船，航海而去，不准返回。」呀，康絲頓司，難怪在朵納基爾德捏造文書時你心中發顫，你的夢囈都充滿著悲吟了！

第二天使者醒來，逕自投向堡寨，把信件交給巡吏。他見了這殘忍的內容，不斷叫苦，「基督，這個人世何能久存？」他道，「世上多少犯罪的人；上帝啊，你既是公正的，你怎能聽憑無辜之人死亡，而讓惡毒的人得意掌權？啊，善良的康絲頓司！要我來親手加害於你，否則我就遭受冤死，這是何等慘痛的事。但是我又有什麼辦法呢？」

堡寨中人聽到國王信中所言，老少同聲悲泣起來。第四天康絲頓司蒼白著臉來到船邊；她忍受著基督的意願，跪在岸邊訴說道，「上帝，你的意志惟有永遠順從！在我和你們各位同住陸地上的時候，天意拯救了我，使我不受誣告，不受陷害，所以在大海中天意一定會同樣賜我平安，不受殘害與侮辱，雖然我不懂得事理的究竟。他與過去一樣具有威力。我信託他和他的聖母，她就是我的帆舵。」她的嬰兒在懷中哭泣，她悲痛地跪訴道，「不要作聲，孩兒，我不會害你的。」她拉下頭巾，遮掩著嬰孩的眼，撫慰他入睡。然後她仰視天空，說道，「聖母瑪利亞，聖潔之光，的確，由於女子被誘，人們失去了樂土，永遭死亡；而你的人子被釘上了十字架，遍體鱗傷。你的聖眼曾見到他受盡酷刑；那是任何人未受過的苦痛。你還親眼見到你的人子被殺；而此刻我的孩子却仍健在。聖母呀，受難的人都向你求援，你是女子的光榮，躲難的所在，白晝的明星，願你憐恤我的孩子，以你的神靈憐憫每一個可憐憫的人！呀，孩子！你是無辜的，你有何罪？爲什麼你那殘酷的父親要毀滅你呢？啊，救救我，好巡吏！讓我的孩子留下和你同住吧。但你如果不敢救他，以他父親的名義吻他一次罷。」她回頭向岸上看了一眼，說道，「再會了，無情的丈夫！」然後站起來走下海岸，上了船。大家跟她走著，她撫摸著她懷中哭泣的孩子，向衆人告別，一面自己虔誠地畫著十字，走進船去。

船上食糧很多，夠她維持很久；其他必需品也有不少，感謝上帝。願上天控制風雲，送她回家鄉吧！如此，她飄過大海，我不多講了。

第二部完

*　*　*

第三部開始

過了不久，厄拉王回到堡寨，問到他的妻兒。巡吏心中打顫，只得把一切經過講了；並給國王看他的字跡和印鑒。「君王，你既命令我，不從就要處死，因此不得不照辦。」使者上了刑，一五一十都招認了，說出他一夜一夜住在那裡，於是用盡智巧，詳細查究，他們猜中了惡計的來源。信件的筆跡和一切罪惡的行動都查明了；不過查驗的經過我也無從得知。結果是，人們可以在古書上讀到，厄拉殺了他的母后，因爲她背叛了當初的誓言，這樣，老朶納基爾德結束了她那罪惡的生命！但厄拉日夜爲他的妻兒悲痛，那是任何巧舌的人也說不盡的。現在我回到康絲頓司。

上天命定，她在海上漂泊了何止五年，千辛萬苦，最後到達了陸地。海水將她母子冲上了岸，岸上是一座異教徒的堡壘。普救衆生的天帝沒有忘記康絲頓司。堡壘中走出多少人來觀看。簡單說來，一天晚上堡主的管家，一個違反信仰的惡棍，獨自來到船上；說他要向她求歡，不管她願不願意。那時這可憐的女子確是傷心無地；母子倆悲號起來。可是聖靈的瑪利亞立予救護，當她使勁掙扎的時候，惡棍忽被推進了海水，也是他罪有應得，淹死水中。這樣，基督保住了康絲頓司的潔白之身。

啊，惡濁的淫心！這就是你的結局！你不但染汚人們的心意，並損害人們的肉身；你的一切勾當都起於昏瞶，而結果是愁慘。許多人得過經驗，不但在這類的行動中可以戕害自身，就在這意念發動時，已經腐蝕了心靈。這位柔弱女子怎能有偌大的體力，竟能擊退了這個惡棍呢？啊，歌利亞呀，你豈不是一個巨人嗎？大衛年紀弱小，武器卑劣，他又如何能將你打得翻不了身呢？他如何膽敢正視你那獰惡的臉呢？人們可以知道，無非是神的力量幫助了他。又是誰給了朱狄司一顆堅強的心，去營幕中殺死賀洛奮斯的呢？她居然能將神的子民救出了苦難。所以我說，正如上帝在他們憂患之中賜予神力，因此他一樣可以給康絲頓司相當的力量。如是，她的船通過休達和直布羅陀之間的峽口，東、南、西、北、被風浪吹逐著，不知過了多少無情的歲月，直等到聖母——願她得福——洪恩降臨，結束了她的苦難。⑩

現在我們暫且放開康絲頓司，而講到羅馬國王。從敍利亞的來信中，他得知基督徒被屠殺，他的女兒受盡摧殘，那惡毒的蘇丹母后在席間殺盡了大小賓客。爲了向敍利亞人興兵問罪，他下了聖旨，派去一位大臣和許多將領。軍馬到處燒殺，連日摧毀，大勝而歸。在他們凱旋返國的途中，大臣在海上瞥見一艘船隻，飄泊著煞是可憐，而康絲頓司就坐在這船中。他全不知道她是何人，也不知究竟；她不肯說出她的身分，寧願一死。他將她帶回羅馬，把這母子交給他自己的夫人；在這裡住了相當時日，她行著善事，光耀上帝。大臣夫人原來就是她的姑母，但她並不知道。這裡我們暫將康絲頓司交在大臣夫人的庇護之下，且回到厄拉王，當時他正爲妻兒悲哭不已。

厄拉王殺了母后，到了一天，自覺悔恨交加，決心來羅馬，求得懺罪。他把大小心事都要交由羅馬教皇代爲裁處，並祈求耶穌基督寬恕他一切惡劣行爲。騎卒做著前導，在羅馬城中傳示厄拉王親來朝拜。大臣和從者都騎馬出迎，這本是當時的儀節，一面排陳盛服，一面表示對一國君王的敬意。大臣熱烈歡迎著厄拉王，互相表達了念慕之情。不到一兩天，大臣宴請厄拉王，簡言

---

⑩朱狄司殺賀洛奮斯的事見《聖經》僞經，讀者可參閱後面僧士的故事中賀洛奮斯一段。

之，如果我沒有講錯的話，康絲頓司的兒子也同到宴會。有人說是康絲頓司請大臣帶他去赴宴的。我不能一點一滴地細講。總之，他到了宴會；他母親叮囑他在進食的時候，站著細察國王的面容。厄拉王見了他心中十分疑異，因問大臣道，「這個站在那邊的俊美孩子是誰家的？」

「上帝和約翰在上，」他答道，「我不知道！他有一個母親，但不知他有父親；」於是他簡單陳述了這孩子被找到的經過。「上帝知道，」大臣續道，「他的母親品德超群，是世上婦女中我所從未見過、或聽過的。我敢說，她寧願刀尖刺進胸膛，卻絕不肯做一個罪惡之人；誰也不能勉強她的意志。」

這孩子和康絲頓司十分相似，天下找不到另一個。厄拉心中銘刻著她的容顏，沈思著，猜測這孩子的母親也許就是他的妻。他暗地嘆息，馬上離開了席間。「我的天呀！」他想，「我的腦海中浮起了一幅幻影。照理說，我的妻應已沈溺海底了。」可是他又反覆推論著，「我怎能知道不是基督又將她送到此地，正如他曾將她從另一個遠國送給了我一樣呢？」

午後，厄拉同來大臣家中，想證實這件奇事。大臣十分尊敬，立即吩咐康絲頓司出來赴會。老實說，她已料到請她是何用意，馬上她的腿都站不穩了，如何還能參加舞會呢！厄拉見了妻子，殷切地打著招呼，忍不住哭泣起來，人人見了也無不傷痛。他一眼就認識了她是自己的妻子。但她悲上心頭，呆立著像木鷄一般；她想起他的殘忍，痛苦鎖住了她的心，在他面前昏倒兩次。他哭泣著爲自己苦辯：「願上帝和所有的光明聖徒賜福，饒恕我的靈魂，你的苦難和與你面容酷似的莫列斯所遭遇的災厄，都不是我所招致的。不然的話，願讓魔鬼當場把我攫去！」

許久，他倆哭泣著，不能平靜下來；人人聽了無不同情，他倆反因而更加悲痛無已。我求你們大家恕我，我不能整天講他們如何傷心，愁痛使我也疲竭了。到了最後，眞相已明，並非厄拉造成了她的苦難，因此他倆擁吻何止百次。他倆的幸福，除卻永生之樂以外，是天地間誰都沒有見過的，以後也永遠不會再現。

她於是溫和地請求她的丈夫，爲了使她可以擺脫多年的苦痛，約定一天，專邀她的父親來赴宴；還求他不可對她的父親提起她是何人。有人說是那孩子莫列斯去送信給羅馬國王的。但我相信厄拉不致如此愚蠢，派一個小孩去見一國的帝王，一個基督教國的主要人物；還是說他自己去邀請爲是。羅馬王非常謙遜，應允赴宴，我在古書上看到，在席間他曾注視那孩子，心中想著女兒。厄拉來到寓所，盡力籌備一席好菜。到了次日，厄拉和他的妻準備接待帝王，高高興興騎馬出迎。她見了父親，就下馬跪地。「父親，」她道，「你的小女康絲頓司已完全不在你心上了。但我就是你送去敍利亞的那個女兒康絲頓司。父親，我就是當初被你放出海外聽人戕害的女兒。現在，親愛的父親，我請求你憐憫我。再不要送我到異國去了，感謝這位善良的人，我的主子。」

三人骨肉重圓，苦盡甘來，誰能說得盡他們的喜悅？但我的故事應該結束了；時辰過得好快，我不該再拖長了。這幾位仁心慈腸的人就座進餐，我將讓他們去竭盡天倫團聚之樂，那是我所難以道其萬一的。

那孩子莫列斯後來被教皇封爲羅馬帝王，做了一個好基督徒，擁護著基督教會。但這些事我不講了，我這個故事講的是康絲頓司。在羅馬史上大家可以讀到莫列斯的一生事蹟；我想不起了。厄拉王到時候帶著他的聖潔的愛妻回到英格蘭，過著快樂平安的生活。

可是世界上的快樂是不能持久的，大家該知道；時間是不停留的，日日夜夜在變動著。誰能過著完全滿意的一天而不受到良心的譴責，或活在恐懼中、烈情或嫉妒、忿怒或驕矜、慾望或怨恨中？我講這些話，爲的是厄拉和康絲頓司的快樂生活過得太短了。無情的死亡在一年之後就把厄拉搜去；讓我們爲他的靈魂求神賜福！康絲頓司爲他舉哀，最後回到羅馬。她見到她的親友都還健在；她就這樣結束了這多難的一生。她重見父親時跪在地上，心中悲喜交加，不禁哭泣起來，她讚美上帝的威力，何止萬次。父女兩人爲善到老，終其天年，再沒有分離。

再會了，我的故事終結了。偉大的耶穌基督在悲哀之餘送來幸福，願你加恩，保佑我們這些人。

律師的故事完

* * *

律師的故事收場語

我們的客店老板站起在馬鐙上，說道，「各位請聽我說。這是一篇於人有益的故事。堂區神父先生，為了上帝的神骨，講一個故事來聽，是你同意過的。我敢以上主之名說，你們這些讀過古書的人肚子裡裝的好貨是不少的。」

堂區神父答道，「上帝祝福我，你這個人是怎麼回事，這樣不怕罪過，亂賭著咒？」

我們的老板回道，「嘿，約翰金，你在那裡嗎？我聞到風中洛拉徒的異味了。怎麼啦，各位等一下，聽哪，為上帝所受的苦難，我們要聽他說教了。這位洛拉徒要教訓我們一番呢！」⓫

「去他的，我的爸爸有靈，」船手道。「不要他在此說教，也不要他來講解什麼福音。我們都信一個唯一偉大的神；而他老是要來找麻煩，或在麥田裡撒稗子。⓬所以，我讓你預防，我是個好玩的人，由我來講一個故事，我將打起響鈴，把大家喚醒來！不是什麼哲理、或醫學，也不是莫名其妙的法律文字。我肚子裡的拉丁文是不多的！」

⓫這裡因為堂區神父不願聽賭咒，老板和船手都叫他洛拉徒；原來洛拉徒就是當時宗教改革家威克里夫的信徒。

⓬「在麥田裡撒稗子」的原意與「良莠不齊」相似，出自《新約》《馬太福音》第13章，第24節至30節的一段寓言。

巴芙婦的故事❶

巴芙婦的故事開場語

「經驗，在世上雖算不得什麼權威，但做爲我談論婚姻煩惱的根據卻已經夠了；因爲自從我十三歲以來，諸位，我感謝永生的上帝，在教堂門口我已接待過五個丈夫，我已結婚五次之多，——他們各人的地位和情況雖然不同，倒也各有千秋。但不久以前，我曾聽人說起，基督只參加過一次婚禮，在加利利的迦拿地方；由他這個例子看來，他是教我不應結婚到一次以上的。羅，且

❶這一長段諷刺式的自白，一方面是根據一連串的諷刺作品的結晶，一方面十分鋒利地、毫不掩飾地顯露出一個中世紀社會中有血有肉的婦女典型。全篇中許多引證是取自第4、5世紀的一個拉丁教會長老聖哲羅姆所著諷刺作品，內有一部分是希臘作者希奧夫拉斯塔的《婚姻寶庫》的翻譯。

聽，神凡合一的耶穌在井邊，責備一個撒瑪利亞的婦人，話說得何等嚴厲：『你已經有五個丈夫，』他道，『你現在有的並不是你的丈夫，』他確是如此說的。他究竟是何用意，我不能說；但我卻要問，爲什麼那第五個不是這撒瑪利亞婦人的丈夫呢？她應該和幾個人結婚呢？在我一生中還沒有聽說過一個確定的數字。人們盡可上下猜度，我只知道上帝曾命我們滋長生育；關於這一點的經典，我是十分明白的。我並且知道他還說過，我的丈夫應該離開父母而來就我。不過他沒有講明數字，再婚兩次，或八次；人們又何必詬罵這件事呢？」

「羅，請看所羅門先生，那位賢明的國王；我相信他不只一個妻子。願上帝准我有他半數的滋潤機會！他有那樣多的妻妾，是何等天賜的幸福啊！現今世上的人已沒有一個比得上他的了。天曉得這位高貴的國王，我猜想，和每個妻妾在新婚之夜，都有過無限的快樂，他眞的好幸運！祝福上帝，我也結了五次婚！他們都是經我選擇出來，在體力方面和金錢方面是最美滿的。學府進得越多，學問越完善，在不同的工作上愈多操練，確可造就出盡善盡美的技匠來；經過了五個丈夫，我也成爲這一門的學問的專家了。我歡迎第六個來，不論何時。」

「老實說，我不願完全守節。我的丈夫辭別了世上，馬上又一個耶教信徒來娶我，像聖徒所言，到了那時，上帝自會讓我自由改嫁。他說，結婚不是犯罪，出嫁比讓慾火攻心好些。人們說起拉麥重婚，罵他無恥，可是這與我何干？我知道亞伯拉罕和雅各都是聖人，據我所知，他們就有兩個以上的妻子，還有許多其他聖徒也是一樣。你們何曾見過天神明白禁止結婚？我求你們告訴我。或是他在哪裡規定了童貞這一條的？我和你們都一樣淸楚這一層，當聖徒論貞潔時，曾說他提不出什麼戒律來。也許有勸女子守身不嫁的，可是規勸並非律令。他是讓我們自主的，因爲上帝如令女子守貞，那就是說他禁止結婚。而事實上，假如不下種子，處女又何由得生呢？保羅未得他主子授命是不敢頒令的。貞節的錦標樹立著，誰能奪取，誰就可得到手，只看誰跑得快。可是這句話也非任何人都可引用的，唯有神賜的天才方能取得。聖徒是貞潔的，我很淸楚，可是他雖寫著願每個人都學他的模樣，這句話還不過是規勸貞操的意思。他卻給了我嫁人的自由；所以我不怕害羞，也不怕人責我再婚，我的配偶死了，我就可改嫁。男人能不與女人接觸就最好，因爲把火與痲屑放在一起是很危險的：你們該知道這是譬喻的什麼。總而言之，這聖徒認爲守貞勝於不穩固的婚姻。可是我把一切婚姻都稱爲不穩固的，除非夫婦能夠終身禁慾。」

「我承認，把守貞看得比重婚勝過一籌，我並不反對。她們願將身心同樣保持潔白，我也不必誇耀我自己的實情。你們也知道一位貴爵的邸宅內不能每件器皿都用金製，也有幾件是木質的，而且也可以有它們的功用。上帝的呼喚各有不同，各人的天賦也有參差，有人是這樣，有人是那樣，全憑上帝的意志而分配。貞潔和誠心的節慾都是很高尙的道德，但基督是美德之祖，他卻並未叫每個人把所有的一切都變賣，分給窮人，以跟隨他的踪跡而去。他的話是對那些能有高遠造就的人講的；可是，請諸位原諒，我卻不是其中的一個。我願將我的生命之花奉獻於婚姻中的動作與果實。」

「請你告訴我，人們傳種究竟是爲了什麼？——爲什麼要製造一個人出來？當然造成一個人絕非無的放矢。由你怎樣支吾其辭，轉彎抹角，造出人來爲的就是淸除精液，我們男女可以彼此賞識，並沒有其他的奧妙：你能說不是嗎？經驗告訴我的就是這回事，願道學先生們不要生氣，我說，造人出來爲的是兩件事，這就是說，爲了一個任務，也爲了取樂，這並不會忤犯神意的。爲什麼人們要在書上寫著，男子應向女人還債呢？他倘若不利用她的工具，他又如何付債呢？因此做一個人必須淸除液汁，也必須行樂賞趣。」

「我卻也不是說人人既有那樣的配備，因而人人都應結婚，這樣講來貞操豈不失去了意義？基督雖變成人形，卻仍是貞潔的，並且自從天地初創以來，多少聖者也都是如此。我對於貞德全無菲薄之意；它是提煉了的麥子做成的麵包，讓我們這些出嫁的婦人被喚做大麥麵包好了；可是《馬可福音》中講到我們的主耶穌卻用大麥餠飼養過多少人呢。在上帝召喚時我是什麼身分，我必守住，我是不頑強的。爲妻的工具我必依上帝所賜而儘量利用。我若矯情作態，願上帝給我愁苦！我的丈夫想付債時，無論早晚都可放肆。我絕不退讓；我要一個丈夫做我的債戶與奴從；在我做他的妻子的時期中，他的肉體上將受到相當的苦難。我活著一天，我就可以控制他的身子，他卻不能控制我。聖徒所傳授給我們的正是如此，並令我們的丈夫善愛我們。這一切說法我是很能聽得進耳的。」

那賣赦罪卷者立即跳起來揷嘴道，「主婦，上帝和聖約翰知道，在這個問題上你確是一個了不起的傳道師！我正想娶一個老婆；可是，我何必讓我的肉體遭受這麼大苦難呢？我今天還是不娶妻吧。」

「且等一下，我的故事還沒有開始呢，」她道。「在我結束之前，你還有一大桶的酒喝呢，而這桶酒恐怕就不如麥酒好喝。等我把我的故事講給你聽了，等你聽到了在這婚姻生活中所受的考驗——我本人就是這中間的毒辣手——你再去評量抉擇，願不願意喝一口我打開的酒樽裡的東西。當心，趁你還沒有陷得太深；我還有上十個事例要講哩。誰若不能把旁人做前車之鑑，旁人便會把他做前車之鑑了；這句話是托勒密講的，讀他的天文學論著就知道了。」❷

「主婦，」賣赦罪券者道，「我求你繼續發揮你的宏論，不要饒過一個人，把你的經驗拿出來教導我們年輕人。」

「好的，」她道，「只要你願聽。可是我卻要請大家不要錯怪了我的意思，我這樣任性談著，無非是我秉性好玩。現在，我再繼續講下去。如果關於我的幾個丈夫，我揑造了任何假話，我願再嚐不到一滴麥酒。我說，他們中間有三個是好的，兩個是壞的。三個好人，富有而年高，他們差不多不能實行對我的條件；你們懂得我的意思罷！上帝助我，我想起晚上如何逼得他們可憐，不免好笑！我認為沒有佔到他們的便宜。他們給了我產業財寶；我不用再花力氣去博取他們的愛

---

❷參閱〈磨坊主的故事〉註❺。

或去奉承他們了。他們十分愛我，所以我就不再珍視他們的愛了！一個明達的女子老是在沒有愛時就努力求愛，但我既掌握住了他們，取得了他們的一切財產，我又何必再花心機去求歡呢？無非爲了我自己的利益和快樂？我控制著他們，許多晚上，他們嘆息！我想厄色克斯的鄧摩地方償給新婚和諧夫婦的醃肉不見得會給他們領到手。❸我訂出規條來管住他們，使他們十分和順，每一個都由街市上帶漂亮東西給我，並且無不覺得是幸福愉快的事。我若和顏對他們，他們就很高興了，因爲上天知道，我罵起來是凶惡不可當的。

請聽哪，聰明的婦女們，且聽我對付的方法是何等狡詐。你們該這樣講話，該這樣咬緊他們，說他們錯了，反正男子是比不上女人那樣善於發誓撒謊的。我這句話不是爲賢明的妻子而言的，不過她們有時也有不夠賢明的地方，因此不妨一聽。一個賢明的妻子如知道怎樣抵制丈夫，應能使他相信饒舌鳥已發了瘋，且拉起婢女來證實；現在請聽我是怎樣應付的。❹

「你這老糊塗蛋，這就是你的勾當嗎？爲什麼鄰家妻子那樣好看？她到哪裡都受人尊敬；而

---

❸厄色克斯的鄧摩地方有這樣一個風俗：夫婦新婚一年之後，如能發誓說他倆一年來沒有吵嘴，彼此婚後絕無後悔之意，即使兩人再初次相識仍可結婚，他倆就可拿到一塊醃肉，以作慶賀。

❹饒舌鳥是指一個妒心很重的丈夫所養的一隻能說話的鳥，以監視他妻子的行動，妻子要自辯就說這隻鳥發瘋胡說，結果丈夫把鳥殺死了。參看《天方夜譚》，以及後面伙食師的故事。

我卻沒有好衣飾，只得困守家中。你去鄰家做什麼？她就那麼美？你愛上了她？你對婢女私語些什麼？天有眼！你這貪色老漢，莫開玩笑了！我無辜地接待著朋友閒談，或去他家玩耍，你卻像魔鬼一樣咒罵我！你醉得像一隻老鼠回來，還坐在凳上教訓人，魔鬼找到你！你告訴我，娶了一個窮女人眞倒霉，不划算，可是她若有錢有勢，你又說受不了她的傲慢。她如果好看，你說貪色之徒都要來找她；你這壞蛋。你說女子四面受圍攻是不能久守貞潔的。你說有人要我們的錢，有人爲我們的身段，有的因爲我們的美貌，有的因爲我們能歌舞，有的因爲我們的姿態和戲狎，有的還爲我們的嫩手和細膀：這樣，依你說來，一切都以魔鬼爲最終目的。你說一座城堡四面受敵，久而久之，誰也把守不住。如果女子醜陋，你就說她看見男人就垂涎三尺，像一隻小狗般向他撲去，直等她找到人和她講價爲止。你說沒有一隻灰色鵝下水不追逐配偶；又說一件人人不情願的事是很難勉強的。」

「你這不中用的老東西，你上床的時候這樣說，聰明人不必結婚，想進天堂的人也可不必。你這老朽的頭顱該被轟雷閃電擊成兩半！你說漏雨的房子、薰煙，以及謾罵終日的妻子，都會逼得男人跑出家去；呀！天觀照！這樣一個老頭兒竟如此惡罵起來。你說我們做妻子的老是遮掩我們的缺陷，除非逼緊了才肯透露出來——這簡直是一個壞蛋所用的口頭禪！你說牛、驢、馬、狗常常要先驗一下，然後出錢買來；其他盆、盥、匙、凳、壺、布、衣等家常用品，也無不如此；可是人們卻不先把妻試一下然後再娶回家來，老壞蛋！你說，如能那樣，我們的醜惡豈不都顯露出來了！」

「你又說我心裡不會高興，除非你老是稱譽我美，熟視著我的臉上，到處稱我「美麗的夫人」；除非你在我的生日開個宴會，給我艷麗的新衣穿；除非你優待我的保姆，我的侍婢和我父親家中的人——你這些話，簡直是一個陳腐的桶，裝滿著謊話。」

「你還懷疑學徒荆納金，以爲他故意捲起金亮的頭髮，因他前前後後侍候著我，可是你猜測錯了。我不會要他，哪怕你明天就死去！你且告訴我，你這倒霉蛋，爲什麼你把箱子鑰匙藏起不給我知道？天曉得，你的那些東西，同時也是我的！爲什麼你要欺瞞一家的主婦？有我的主聖雅各在此，管你怎樣發狂，你總不能又控制我的身子，又管轄我的財物；你雖長著兩隻腿，這兩件中間，你必須放棄一件才是。」

「爲什麼你老在探察我、窺視我？我看你簡直想把我鎖進箱子去才好！你該說，『妻子，你願去哪裡就去，趁你自己的高興，我不會聽信謠言。我知道你是一個眞心的妻，阿麗絲！』男子如果專事留心我們的行踪，我們絕不會愛他，我們願有自由。那位聰明的星象家托勒密先生，願他得福，在他的書中寫著這名句道：

他若不管誰在世上稱霸，
他的學問就算是到了家。

這句名言的意義是說，你既一切都有了，他人怎樣享受，於你有何相干呢？因爲老實說，你這老糊塗，我的一切，你已佔有了。誰若不讓人在他的燈上點燭，未免吝嗇過分；天曉得，人家何嘗減少了你半點燈光呢？所以你自己滿足了，就不用再埋怨了。」

「你還說，我們如果穿得漂亮講究，我們的貞操就有危險；可是，你這倒霉的，你應該引出聖徒的話來說明一下：『願女人廉恥自守，以正派的衣裳爲裝飾，不以編髮、黃金、珍珠和貴價的衣裳爲裝飾。』你自己的那些規章可不在我眼裡。你又說我像一隻貓，因爲誰若燙了貓的皮，它就留住在家，再不走了；但如果它的皮毛光潤美觀，它絕不肯停留半天，在天明之前，就要去出風頭喵叫起來。這就是說，混蛋東西，我若好看，我就會跑出去賣弄風騷了。」

「老糊塗蟲，你窺探我有什麼用呢？即使你請了阿格斯，百眼看伺著我，可是非我心所願，他絕難於看守得住，我還可設法矇蔽他呢！」

「你又說，『世上有三件東西害人，而第四件是無人抵擋得了的。』啊！好個壞蛋，願耶穌縮短你的壽命！你卻老在高談著，說女人就是這件禍害之一。難道你沒有旁的引證可以闡明你的道理嗎？就非把一個不幸的妻子拖累進去嗎？」

「你還把女人的愛譬做地獄，或乾枯的荒地。你譬做野火，燒得愈熾，愈放縱狂焚，直到一切都燒盡爲止。你說妻子就像蠹樹的蟲一樣，蠶食她的丈夫；這是一般受女人束縛的人都明瞭的。」

「諸位，我就這樣咬住我的年老丈夫們，說他們在酒醉時講了這些話；其實都是我揑造的，可是我引出荆納金來，還有我的侄女，替我做證人。啊！上帝哪！我給他們嚐過多少苦頭，卻全是無辜的；十字架上的神啊！我可以像一匹馬那樣咬齧和哀鳴。我會訴怨，雖然我是罪人，卻不得不如此，否則我就無以自救了。誰先到磨坊誰推磨，我先著手訴苦，一場鬥爭才就此告終。他們根本沒有做過這些事，卻立刻討饒求恕。我可以誣說他們和淫婦來往，其實他病得站都站不穩。他以爲我很愛他，撩得他心上發慌！我誓說每夜出去，是窺視他和淫婦求歡，藉了這個題目我耍得他打轉。這些聰明都是生來的，欺騙、哭泣與饒舌，是上帝賜給女人的性能，她活一天就要玩一天這套把戲。」

「所以我有一點是足以自誇的，到頭來各方面總是我佔便宜，無論是用狡詐，或用強力，或用某種圈套，如不斷的嚼舌埋怨等法術。尤其夜間在床頭，我若覺察著他的手臂伸過我的身旁，我就馬上起床，那時我就罵個不亦樂乎，他們再也不要想能快活一下，除非他付清了新舊各債之後才會饒他。所以我把這話贈送給每個男子，誰有本領盡可得彩，每件物品都是有定價的。空手引不出老鷹來。爲了要獲利，我聽其所欲，假裝高興，其實醃肉的美味我從未嚐過，不管是鄧摩來的，或是旁處出產；我反正想罵他個不休。就是有教皇坐在他們旁邊，我還是不能讓他們安頓進餐。我一個字也不放鬆，願天神助我，即使此刻訂下規約，我仍是不會欠他們一個字。我詭計多端，逼得他們非投降不可，否則就永無安寧。雖然他長得像一隻猛獅，最後他終歸是失敗的。」

「我就這樣說道，好心肝，你看我們的羊兒維爾金是何等柔順！走近些，我的郎君，讓我親你的臉！你應忍耐和藹，心上放寬厚些；你既常常提起約伯，稱他能忍。你講得這樣好，就應能耐煩到底；除非你能做到這點，我們還得提醒你，情願妻子安靜爲妙。的確，我你兩人中間，總得有一個屈服才是，而男子既比較講理些，你當然就得委屈一下。你何必這樣怨聲唏噓呢？是不是你想取得我的一切呢？那麼，一切都交給你好了！彼得！我要詛咒你了，除非你愛得眞誠；我若出賣我的心，我盡可像鮮花那樣搖擺；但我仍是專爲你保留著呢。老實告訴你，是你錯了。我們中間曾有過這樣一段談話。現在我來講一講我的第四個丈夫。」

「他是一個無賴，這就是說，他有一個情婦，我那時還年輕，活潑，健壯，像喜鵲一樣快樂。我能配合著琴調跳舞，像夜鶯那樣歌唱，只要能喝到一口甜酒。默德利斯那惡棍、畜生，他拿起棍子就打死了他的妻，因她喝了一點酒，可是這嚇不倒我，我還是要喝我的酒，即使我做了他的妻！酒後我就想維納斯，因爲天寒自然降雹，嘴裡嚐夠了酒餚就可以引起淫慾。女子醺醉了就無法自制，縱慾的人是知道的。啊，上天，上天！我想我曾一度年輕快活，我心底裡都會作癢。直到今天我覺得曾經及時行樂過，想來不免滿心快慰。可是，光陰的侵蝕，毒害了一切，把我的精力和美貌都給消磨了。算了，再見罷！讓魔鬼跟著跑！麵粉已飛散了，再也集不攏了；現在我惟有把糖麩賣個好價錢出來；可是雖然如此，我還是要尋求快樂。」

「現在談到我的第四個丈夫。我說他喜愛另一個人，我心上十分怨恨。但有上帝和聖約翰爲證，他卻償清了債！我用了同樣的木材做一根棍子打他的背；並不是醜態畢露地犧牲我的身子，卻是激動他的怒氣和醋意，讓他在自己的油裡煎熬，人人看得喝采。天哪！我簡直是他在人世間的滌罪所，爲此我希望此刻他的靈魂可以進入天堂了。上天知道，他的鞋子夾得他痛的時候，他常常只好坐著歌唱。除掉上帝和他自己，誰不知道我害得他苦。我從耶路撒冷回來時，他就死了，躺在禮拜堂裡；他的墳墓建得並不好，遠不如希臘畫家阿巴利斯所設計的大利烏王墓；花錢去葬他，本是可惜。讓他去罷，他已進了墳，入了土，願上帝安頓他的幽靈。❺」

「現在我要講我的第五個丈夫了。上帝莫把他的靈魂降進了地獄；可是他卻待我最惡；我想起來就覺得筋骨都排成了一行，直到生命的盡頭爲止。他在床上最是新鮮活潑，很能花言巧語哄我，雖然我每根骨頭都被他打到了，卻馬上又可騙回我的愛去。我相信我最愛他，因他對我最吝惜他的愛。老實講，我們女人在這件事上很古怪；專看那樣東西不易到手，卻偏要終日渴求，泣訴不已。不讓我們到手，我們反熱望著；勉強我們收納，我們卻要跑開。怠慢我們，我們就老本都要搬出來；市場上人擠人，物品就值錢了，價錢便宜，就無人過問；這是每個聰明女子都知道的。」

---

❺聖約翰是布列塔尼的一個聖教徒。

鞋子夾得痛就是說暗中吃了苦。

大利烏是波斯王；他的墳墓是有名的瑰麗。（紀元前第5世紀）

「我的第五個丈夫，上帝祝福他的靈魂！我嫁給他卻是爲了愛，不是爲了錢。他原是牛津的學員，離校後住在我同城的教母家裡；願上帝看護她的靈魂！她的名字叫做阿麗生。她最懂得我的心思，比區教士還要淸楚些。我一切事都和她商量。就是我從前的丈夫在牆上撒了尿，或犯了一件命案，我把他的秘密都照實告訴她，另外我還告訴一個有身分的婦人，和我所最喜歡的侄女。上帝知道我是常常這樣做的，常使他急得臉紅，羞得發熱，自悔不該把這麼大的秘密讓我知道。」

「所以有一次，在復活齋節的時候——我常去看我的教母，因我一向愛熱鬧，在三、四、五月裡由一家串到一家，聽些長短的消息，——學員荆金，教母阿麗生和我自己去田野遊逛。齋節許多天，我的丈夫老在倫敦，我就更有工夫玩耍，出去觀看形形色色的人們，自己也好出些風頭。誰知道幸運在何時何地會降臨呢？於是我去齋戒，到巡會，參加祈禱和朝拜，看會戲，賀婚禮，身上穿戴著深紅衣帽。說也奇怪，這些衣帽一點也沒有被蟲蠹損害，你知道是何緣故？原來是我用得小心。」

「且讓我來講那天的事。我說，我們在田野遊玩，學員和我兩人後來談得高興，我假定那一天丈夫死了，他可以娶我。我並不是自誇，對於婚姻或任何事，我向來就有預知的本領。我認爲一個小鼠的心眼兒最沒有出息，只知道鑽一個洞，這個洞鑽不進就一切都失敗了。我使得他相信我受了他的誘惑，——原是我的教母傳授給我的法術。我說我通宵夢見他，似乎我仰臥在床上，他要來殺我，滿床流著血；我卻盼望他會帶好運氣來，因爲有人告訴我，血暗示金子。其實這些話都是我揑造的，我何曾做了這樣的夢，這全是教母教我的，此外她還教了我許多旁的把戲。」

「但是，現在，諸位，我來看看，再講什麼呢？阿哈！天哪！又有了。我第四個丈夫躺在棺材裡的時候，我哭個不停，滿臉愁容，做妻子的都不得不如此，那是風俗，我所以也把布巾蒙著臉。但自從找到了一個新的配偶，我就哭得很少了，這是實話。早上鄰人們把我的丈夫抬到禮拜堂去，他們都為他哀悼；其中有一個就是學員荊金。願上帝助我，我見他跟著棺材走，覺得他的一雙脚和腿好生潔淨嫩美，我的一顆心整個就為他傾倒了。他才二十歲，而老實講我已有四十；可是我生性輕薄，我的牙齒是裂開的，這於我倒很合適；我有的是聖維納斯的胎記。上帝助我！我很健旺、長得不壞、有錢、年輕、得意；的確，我的丈夫們都說過，我有一個最好的寶貝。無疑的，我的情腸屬維納斯（金星），我的心田屬馬爾斯（火星）。維納斯使我放蕩，馬爾斯使我堅忍；我出生時火星高照金牛宮座。啊，愛情何嘗是罪惡！我一向依從著我的星宿；因此我的閨房抵不住任何好男子。同時我的臉上和腰間都印有馬爾斯的胎記。我始終不肯循規蹈矩，老是從心所慾，不論他是高是矮，是黑是白；只消他能滿足我，就顧不著他的貧富，或是地位的高低了。

何用我多說？一個月過了，這可喜的漂亮學員荊金娶了我。一時很是排場；我把旁人給我的所有地產財物都交給了他。但後來我很是懊悔，他滿不按照我的心意而行。天哪，他有一次居然打上我的臉頰，我於是撕去了他的一頁書，我的耳朵竟被他打聾。我像母獅一樣固執，我的三寸舌頭掉轉起來和開了話匣似的，與以前一樣，我由一家走到一家，他雖已立誓不准，我也不管；

他常常說經講教，把古羅馬史事譬給我聽，敍述該勒斯如何脫離他的妻，一生拋棄了她，並不爲什麼事，只爲了他有一天見她未蒙頭就向窗外探視了一下。他又引了另一個羅馬人也離開了妻子，因爲她沒有通知，擅自參與了夏令遊藝會。他還在《聖經》裡找出傳道教士的一條箴言，嚴禁讓妻子出外遊玩。他竟還這樣誦讀著：

誰若全用柳枝編成屋，
或在休耕田上騎盲馬，
或讓妻子去進香趕路，
他就該被吊死在絞架。

可是全不相干，我沒有把他的箴言經典聽進半個字，根本不受他的規勸。誰指點我的錯處，就惹起我的恨；上帝知道，我們女人中許多人都是這樣，不只我一個。這使他對我生氣，我卻並不能因而讓步。❻」

❻中世紀學校中多用某種史話作拉丁文教本，所謂羅馬史事並非正式歷史。這裡的傳道教士的箴言乃引自僞經的一部分。四行詩句乃取自古諺。

「聖湯馬斯在上，現在我要講爲什麼我撕了他一頁書，以致我的耳朵被他打聾。他有一本常念的書，日夜捨不了；書名《伐勒利司與希奧夫拉斯塔》，他讀著就要笑個不休。還有從前羅馬有個學者，名聖哲羅姆，是一個主教，寫了一本攻擊佐維寧的書；此外還有妥徒林、克列西潑斯、屈羅徒拉、及藹洛伊絲，巴黎附近的一個女教士，以及所羅門的寓言，奧費德的《愛的藝術》等等，這許多書籍合訂成一册。每天他外面的事做完了，有空暇就沈溺在這本笑罵惡婦的書裡，他所知道的惡婦故事比《聖經》所載的良妻還多。靠得住，要書生來稱揚婦女是不可能的，只有聖徒的傳記可以除外。告訴我，是誰畫獅子的？天哪，假若史書由女子編述，像教士們保藏在經堂裡的那樣多，她們所寫的男子的罪惡，恐怕所有亞當的子孫，都還償不清呢。默格雷和維納斯的子孫，行爲是恰巧相反的；默格雷愛智慧學識，維納斯愛奢靡淫逸。因爲兩方性情不同，彼此就褒貶互異了。在魚星座裡默格雷（水星）被壓，維納斯（金星）上升；而默格雷上升時，維納斯就降落。所以沒有一個女子會得書生的好評的。書生老了，無力侍候維納斯了，就只得坐下，屈身伏案，寫些女子不遵婚誓的書，嚕囌不完。[7]」

「現在讓我講到原題上來，爲了什麼當時我撕了他的書而被打的！一天晚上，我的丈夫荆金在爐邊看書，先談夏娃，怎樣因她的罪而使人類降入了苦境，怎樣耶穌基督因而被害，怎樣他又以心上的血贖救我們。啊，這件事證明女子是喪失神恩的起因。他談參孫的情婦如何通敵，趁他在熟睡時，剪了他保命的頭髮，被敵擄去，將他兩眼挖了。他又讀給我聽關於黑勾利斯和他的德勒納拉的故事，她怎樣使他自焚。他沒有遺忘了蘇格拉底吃過兩個妻子的苦，色娣巴怎樣將尿澆了他滿頭。這位聖人竟安坐如石，把頭上擦乾，只敢說一句話道，「雷電未停，大雨已降！」

「他眞可惡；克里特王后派西佛的妙事他認爲最有味。呸！不必談了——簡直不成話——她那荒淫縱慾的事蹟。至於淫火攻心殺害親夫的克麗德納絲脫拉，他也越讀越有勁。他還告訴我，恩菲奧拉司怎會死於希白斯，也因他的妻曷麗弗爾做了奸細，把她丈夫藏金飾針的地方，私下告訴了希臘人，於是他在希白斯就遭受了厄運。他講麗維亞和露西利亞都謀害了丈夫；一個爲恨，

❼《伐勒利司》是12世紀作家瓦爾陀．曼帕所著書信集。《希奧夫拉斯塔》亦屬論婚姻問題之書，聖哲羅姆書中有長段轉載，參閱巴斯婦的開場語註。妥徒林是第2、3世紀拉丁長老作家。克列西潑斯非作家名，可能仍由聖哲羅姆書中而來。屈羅徒拉是撒列諾派醫學方面的著名女流人物。藹洛伊絲以《致阿伯拉德情書》得名，為中世紀以來有名人物，情書中言明不能嫁與阿伯拉德的種種理由；阿伯拉德（1079~1142）乃法國經院哲學家。

「誰畫獅子？」回答是「人畫獅子」，不是獅子自己畫自己。寓言來源傳自伊索，參閱18世紀英國作家司蒂爾《旁觀報》11期，內有獅子對畫家說：「如果我們畫起來，就可以有上百的人被獅子噬死，而非一人殺一獅而已。」

默格雷和維納斯的子孫是指在這2個星宿的潛應之下所出生者而言。

一個為愛。麗維亞在深夜懷著恨把丈夫毒死；露西利亞耽於淫慾，想要永遠把她的丈夫佔領，給他吃了春藥，未及天明他就死了。起因雖異，而慘局是相同的。」

「他又講，拉圖米厄斯向他的朋友阿列曷斯哭訴，說在他花園裡長著一棵樹，他的三個妻子都吊在樹上尋了短見。『啊，好兄弟，』阿列曷斯道，『送我這棵幸福樹上折下的枝條一根，我好在我的花園裡也栽植起來。』他又讀了許多近代妻子的故事，有的趁著睡眠時下手，屍首一夜僵臥地上，而她已擁抱了情夫。有的見丈夫熟睡，把釘子錘進頭去；有的用毒藥謀命。他所說的命案之多，實在不是臆想所能及的。至於他所知道的諺語，比世上的草葉還多。

「他道，『屋裡有個潑婦，不如與獅蛇同住。』又說，『屋頂下有惡婦，不如在屋頂上高臥；她凶暴蠻橫，凡是丈夫所愛，必是她所惡。』又道，『女子脫下了襯衣，就丟開了羞慚之心。』還說，『婦人有美沒有德，譬如金環掛豬鼻。』誰能夢想到我心中是何等痛恨！我見他通夜不肯放鬆這本邪書，不由得我不冒火，立即搶撕了三頁，並一拳打在他臉上，他向後仰倒在火邊。於是他站起來像一隻怒獅，拳打我的頭，我倒臥地上，像死了一般。他見我不動，心上害怕想逃，我不久卻醒了。『啊，你這賊子，你殺了我嗎？你為了田產要謀我的命嗎？』我道，『未死之前我還要吻你一下呢。』他走近來，溫和地跪下，說道，『親愛的阿麗絲，上帝助我，我絕不再打你了。剛才實在是你惹起來的禍。饒恕我，我懇求你！』我卻又打了他的臉頰，說道，『賊奴，我已報了仇，現在我可以死了，我也不多說了。』」

「後來經過了許多磨折，我倆又言歸於好。他給了我房產的主權，還有他的口和手的支配權，我要他立刻把那本書燒了。如是我用了巧妙的手腕，克服了他的一切，他說道，『我忠實的妻，從此以後，你要怎樣就怎樣；你將永保你的名譽和我的身分，』——此後我倆從未再有口角。上帝助我，我爲他的愛妻，對他忠篤，由丹麥到印度，找不出第二個來；他對我也是一樣。我祈禱光榮的上帝，憫恤爲懷，祝福他的靈魂。現在諸位如願聽，我來講一個故事。」

宗教法庭差役和托鉢僧的談話

托鉢僧聽完了之後，笑著說道，「主婦，我願得福，你的故事前奏確實不短哪！」那宗教法庭差役聽見托鉢僧叫喊，就說道，「嘿，上帝的手膀！托鉢僧是慣於插嘴的。各位呀，一隻蒼蠅和托鉢僧一樣，都是受落進菜碗去，最愛多事的。你在講些什麼前奏後奏的？管你奏呵、走呵、坐呵、驅呵，你這樣就打擾我們的遊興了。」

「好，你眞要來一下嗎，法役先生？我的神哪，」托鉢僧道，「在我離開之前也要來講一兩個故事，關於法役的事，讓大家笑一頓。」

「托鉢僧，你那鬼臉，」法役道，「我也要詛咒我自己，除非在我們未到錫丁坡之前，我也來講一兩個關於托鉢僧的故事，讓你傷一傷心，我相信你的耐心也會到頂了。」

「不要講了，馬上停止！」我們的店老板叫道：「讓那婦人講下去。你兩人好像吃醉了酒似的。好，主婦，講下去吧，這樣最好。」

「我都準備好了，先生，只聽候你吩咐，」她道，「這位托鉢僧讓我講了吧？」

「當然，主婦，」他道，「你講你的故事，我一定靜聽。」

巴芙婦開場語完

* * *

巴芙婦的故事❽由此開始

在古代負有聲望的亞瑟王的時候，仙妖充滿了林野。仙后和她的女伴們常在綠草地上戲舞。我在書中念到，這確是當時一般的信念；不過這已是幾百年前的情形了。時到今日，誰也看不見任何妖魔了，因為目前有許多化緣的僧士們，佈滿了各地域，各河流，像日光中的微塵似的，他們散施和祈求，祝福著樓台亭閣，城鄉村落，倉棚院舍——因此妖魔再不出現了。仙妖常到的地

❽從這篇故事起到鄉紳的故事止，成為一個有機的段落，總名可以叫做：婚姻問題討論集，其中心論點是：夫婦之間誰應取得統治權，如何才是夫婦間最理想的關係。巴芙婦將這個問題提出，主張妻子應該統治丈夫；牛津學員回答：妻子應該完全順從丈夫；最後鄉紳的故事說明夫婦應該互敬互愛，才是合理的婚姻生活。

方，僧士也早晚必來，讚美傳誦，托鉢乞施。現在的婦女們也可在任何叢荆茂林中大膽往來；除僧士而外已無其他惡靈，而他們卻不會侮辱她們的。

那時亞瑟王宮中有一位年輕騎士，有一天，他從河上騎馬而來；恰巧看見前面一個少女孤獨地走著，他竟上去把她強迫玷辱了一頓，也眞讓他倒了霉，爲了這件侮辱的案子，有人在亞瑟王面前喧嚷請願，這騎士依照法律被判處死刑；他的腦袋保不住了——當時的刑法恐怕是這樣——但王后及宮中其他貴妃再三爲他求情，國王終於赦了他的死罪，把他完全交給王后去處理。王后誠心謝了王恩，等到一天，她湊個機會向騎士道：

「你此刻所處的境地，並沒有完全脫離性命的危險。我可以饒過你這條命，只要你能告訴我，女人最大的慾望究竟是什麼。小心，提防那鐵刀架上你的頸骨！我卻准許你十二個月零一天，讓你出去探訪一個滿意的答案；你在離去以前，還得保證回來交出你的軀體。」

騎士聽後心中悲痛，哀嘆了一陣；可是，如何是好呢！他已是身不由主了。最後，他決定出去，等一年之後，且看上帝會賜給他什麼好答案；於是告辭上路。他到每個地方每家住宅去探訪，希望碰見好運，可以找出女子最大的慾望所在；但是走遍四海卻沒有聽到兩個人對於這問題有相同的意見。有人說女人最愛財富，有人說光榮，有的說娛樂，有的說華麗的衣服飾物，有些說淫慾，有許多人還說願一再做寡婦後再醮。有人說我們女人的心受了阿諛就覺舒暢。這些人倒差不多抓住眞情了，我不是撒謊。男子要取得我們的歡心，最好是用奉承的方法，不論高低的女子，只要你能體貼入微，自然就可垂手而得。也還有些人說我們愛任性，爲所欲爲，有錯誤不願受人指責，卻一味愛聽人頌揚我們聰明能幹，不說半句批評我們愚鈍的話。老實說，我們女子沒有一人能夠被人捉住了短處而不發怨言，而認他爲誠實率直的。只要一做嘗試就可知道底蘊；因爲我們無論怎樣敗絮其中，表面上卻還要裝得漂亮，不肯露出半點瑕疵。有人還說我們最喜歡被人認爲是穩定可靠，意志堅強，男子所透給我們的消息絕不會泄漏。這個說法卻不值半文錢。天有眼，我們女子就是藏不住話；有麥達斯爲證，——你們願聽這個故事嗎？

奧費德寫過許多故事，其中有一個講麥達斯頭上長出了兩隻驢耳，掩蔽在長毛裡，這醜相他盡力要掩飾，除他的妻子之外還沒有一個人知道。他最愛她，並且十分相信她；求她務必爲他包含著這個缺憾。她向他發誓道，「絕不會講。」就算她能征服全世界，也不願犯這罪過，而使她的丈夫蒙受罪名；爲了自己的體面也絕不會做出這無聊的事來。可是後來她覺得要長久嚴守這秘密實在按捺不住；她似乎心頭欲裂，不傾吐出來就簡直活不下去；她既不能向任何人洩露，只得趕下附近的草澤中去——心裡像火一般燃燒，一口氣跑到那裡——就像一隻蒼鷺在泥潭中呻吟，她把嘴低伏水面，訴說道，「水呀，你潺潺作聲，千萬不可洩漏了我的消息呵；我告訴了你之後也再不向旁人申訴了；我的丈夫生了兩隻驢子的長耳！現在我已說出來了，我的心恢復了常態。我實在是留藏不住了。」由此可知，我們女子雖保守得一時的秘密，但終究是要透露的；永久緘默我們是辦不到的。至於這故事的結局如何，讀奧費德自然就會明瞭。❾

回到我的原題。那騎士眼見得找不出這個答案，究竟女人最喜歡什麼，他胸中憂悶非常。他再不能多逗留；限期已經滿了，必須回來。途中他騎著馬，正在憂心惶惑，來到一座林邊，忽而看見二十四、五個女子在那裡舞蹈；他抱著滿腔希望趕上前去，以爲可以增加一點智慧。可是在他未到之前，那舞蹈的女子卻全都消散得無影無踪了。他看不見一個人，唯有草地上坐著一個老嫗——世上再沒有比她更醜陋的東西。騎士走近時，老嫗起立，說道，「騎士，這邊的路走不通。老實告訴我，你想尋找什麼？說出來也許是爲你好；年老人知道的事是很多的。」

「老婆婆，」騎士道，「我若回答不出女人最大的慾望是什麼，我的命就活不成了。你如能指教我，我必重謝你。」

「捧著我的手發一個誓願，」她道，「你若盡你所能辦到我所要求你做的第一件事，我今天就可告訴你這個答案。」

「我在此保證，」騎士道，「我同意。」

「好，」她道，「我敢擔保你這條命出了險；有我的靈魂爲鑑，王后的意思必然與我的相同。朝廷上任何一位頭戴網巾的人物，都不敢反對我這意思。我們向前走，不必多講了。」她就在他耳邊低聲說了一句話，囑他放心，不必再懼怕。

---

❾奧維德原作中這段故事的洩漏秘密者並非麥達斯的妻而是一個剃髮匠。

他們來到朝廷，騎士說他按期到了，實踐了諾言，準備作答。許多貴婦們都會齊來聽，許多處女，許多寡婦，她們智力都很高，也都來了。王后自己坐在上面裁判；然後遣人引騎士出來。命令發出叫上下肅靜，再叫騎士當場宣稱，世上女子最大的慾望是什麼。騎士未作片刻的沈默，卻慷慨陳辭，上下無不聽得清晰。

「我的主后，這世上所有的女子最願能控制得住她們的丈夫或情侶，做他們的主宰。這就是你們最大的慾望。你們盡可因我這句話而置我死地；我在此全憑你們的遺調，你們要怎樣，我只有聽從。」

庭上任何已嫁未嫁的婦人或是寡婦，沒有一個反對他的，都說他應可得赦。正說著，那騎士所遇見的老嫗站了起來。

「求你開恩，主后呀！」她道，「在朝會未散之前，我要求得一公正的待遇。是我教了這騎士這樣作答的；我對他的條件是他應盡他所能，辦到我所要求他做的第一件事，他已立誓絕不食言的。現在我求你，好騎士，娶我為妻；你應知道我是你的救命恩人。我若撒了一個字的謊，你不妨否認，你的良心是證！」

騎士答道，「啊，苦呀！我承認這確是我當時的諾言。但愛護人類的上帝在天，求你另擇一個請求吧！把我所有的財產都搜去好了，卻讓我得這軀體的自由。」

「不成，」她道，「我只有詛咒你我兩人，我雖醜陋、貧窮、衰老、我卻不需要地面上下的任何寶藏，但願做你的妻，得你的寵愛。」

「我的愛？」他道，「我的永劫罷了！我生何不幸，竟應如此錯配著呢！」

可是沒有法想，結果是，他無從擺脫，非娶她不可，他收留了這個老妻，一同進房去。

也許有人不免要說我沒有詳述那天宴會上的歡樂和一切的排場。我不妨簡單地說明：那天的聚會中根本沒有什麼喜慶；只有無限的愁悶。他就在一天早晨暗中和她結了婚，妻子那樣醜老，他滿腹憂傷，像梟一樣躲藏著，過了那一整天。

騎士心中苦痛不堪，在床上躺著，左右翻動，不能安眠。他的老妻卻永是嘻笑，說道，「呀，願上帝保佑，親愛的丈夫！是不是個個騎士對他的妻子都是你這樣的？亞瑟王宮中有這樣的法規嗎？他的騎士都是這般生疏冷淡的嗎？我已是你的妻，你的愛，我救了你的命，並且我實在沒有侵害過你；爲什麼今天新婚之夕你就這樣對我呢？你竟像一個神經失了作用的人了。我究竟犯了什麼罪過呢？告訴我，上天有愛，我若能辦得到，一定還可以補救。」

「補救！」騎士道，「呀，沒有辦法了！永遠不能補救了。你如此醜老，出身又如此微賤，我這樣翻覆不安有何足怪呢。啊，上帝，我的心要爆裂了！」

「這就是你不安的原因嗎？」

「當然，有什麼可驚疑的。」

「丈夫，」她道，「我盡可在三天以內補救過來，只消你待我好就是。但你提起家世富有，出身高貴，認爲這就算有了地位，你這般自恃誇傲實在値不得半文錢。凡是那不論公私都以德道爲上、一心要做出高貴的事來的人，方可算得最可尊崇的人。基督啓導我們應以他爲高貴之源，不可依仗著富足的祖先，就有恃無恐。因爲他們雖有產業名位傳給我們，但使他們成爲高士的德行，卻絲毫不能傳與，而需要我們模仿學習。佛羅倫斯的賢明詩人，名叫但丁，他曾有名言，請聽他的原詩：

人們的權能並不來自渺小的人生，
上帝的恩澤無邊，天意指示了我們，
讓我們知道一切才德都由他造成。

「原來所謂祖先的遺業，無非是塵世間的俗物，易於捐棄。誰也和我一樣都懂得這個淺顯的道理，如果德性是大自然培育而且可以世襲的話，那麼，同一氏族的人，無論在公私方面，就該永保高尙的行爲，全無敗跡惡行才是。點燃著星星之火，放在從這裡到高加索山之間的一所最幽暗的屋子裡，然後關上了門走開，這一點火終可蔓延熾盛起來，以致萬人共睹；我敢以生命爲賭，這火將聽憑自然的燃燒，直到熄滅爲止。因此你可知道高貴的品格並不來自祖傳，它並不能像那火一樣由人們去聽其自然地繼續發展演變。天曉得，人們常見有名門子弟，行爲惡劣，玷辱門庭；

我們尊敬一個人，因他出身貴族，祖上顯赫，有令德，但是假若他本人不能繼承祖德，端正爲善，哪管他是公是侯，凡屬行爲卑下的都是小人。所謂權貴，不過是你祖宗的令德令名，與你並不相干。你的權貴全由上帝而來。這是神恩所賜的眞正品格；並不和凡俗的地位同時賦予的。

伐勒利司曾敍述杜列斯・霍司底利斯由貧困中掙扎出來成爲一時權顯，那是何等令人敬仰的人物。讀辛尼加和波伊悉阿斯的書，可以知道他們闡述凡人要做高貴的事才算得高貴，說得何等簡潔中肯。所以，親愛的丈夫，我的結論是這樣：我的祖先雖然寡陋，可是上天有神，我願他賜給我美德，行爲端正。那麼，我既能棄邪務正，豈不就高貴了麼！❿

你還嫌我貧窮；可是我所信仰的上帝，卻自願爲我們而變得貧窮。無論男女都知道，耶穌並不願在行爲上有所差錯。的確，樂貧方爲可尊；辛尼加和其他學者都是這樣說的。誰若貧而知足，我認爲他就是個富翁，縱然他沒有一件襯衣遮蔽他的身體！誰若貪多就是窮漢，因爲他在要求他能力以外的東西，而一個人能貧困自守倒是眞正富有，雖然你可把他當做僕役看待。正當的貧窮者最善於引吭高歌；朱文那關於貧窮說得好：

❿伐勒利司，見前。辛尼加，羅馬第一世紀哲人。波伊悉阿斯，參看〈女尼的神父的故事〉註❻。下段朱文那，羅馬第1、2世紀諷刺詩人。

窮人在路上遊蕩，
不怕賊，放心歌唱。

貧窮雖然可恨，卻是一個好友，且能使人摒除愁慮，我相信。對於能忍的人，它還是一個悔過從善的良師。這一切都是貧窮的功能，雖然看起來似乎可厭，它卻是無人爭奪的財寶。在一個受了打擊的人，貧窮往往可使他思念上帝，反省自己。我想貧窮好比一面明鏡，它可以反照出眞心的朋友來。所以，丈夫，我求你不用擔憂，不必再爲了我窮而責備我。

丈夫，你還嫌我年老。的確，古書上雖未載明，但你們有身分的人都說，對老年人應該尊敬，應以父相稱，才是禮貌；關於這點，我想可以找得出古訓。你說我又老又醜，但這不是省得你做奸婦之夫嗎？醜貌與老年，老實說，都是守貞的護符。不過我旣懂得了你的心願，我將滿足你這個浮俗之念。

「隨你選擇吧，」她道，「你還是願意我醜老，卻一生做你忠誠謙和的妻，絕不違拗你的心意呢，還是願意我妙齡美貌，卻說不定爲了我的緣故，你要在家中或其他地點偶爾忍受些煩擾？現在你不妨任意選擇好了。」

騎士自忖，憂嘆著，最後這樣說，「我的夫人，愛者，我的好妻子，我把我自己交託給你，聽你的調遣；請你決定，只看那一種於你最爲合適，最爲正當。我不管是那一種，因爲你覺得合適，我也就認為滿意了。」

「那麼，我對你豈不有了主宰之權，」她道，「可以選擇，可以任意支配了?」

「是的，當然，妻子，」他道，「我認為這最適當。」

「吻我，」她道，「我倆不再爭吵了；我將兩者同時做到，就是說：又美麗、又和善。我若不像天地初創以來任何妻子那樣溫和，願上帝賜我瘋狂而死。我若在晴光之下，看來不像世上任何后妃一樣美貌，我這條性命盡可由你吩咐。現在你且揭開簾帳，看看是怎樣。」

那時騎士一看，見她確已變為美麗妙齡的一個女郎，他高興得兩臂把她抱住，他的心在幸福中沐濯。凡能為他取樂的事，無不順從。如是他倆同偕到老，十分快樂。

願耶穌基督給我們和順、年輕、活潑的丈夫們，並賜恩於我們，使我們能比他們活得更久。凡是不肯聽從妻命的人，願耶穌不讓他們長壽；而那些強霸吝嗇的老鬼們，願上帝讓他們都趕快暴死。

巴芙婦的故事完

托鉢僧的故事

托鉢僧的故事開場語

這位僧士是在限定的區域內的一個遊乞者，他聽著巴芙婦的故事，卻一直對那宗教法庭差役沈著臉，爲了面子，並沒有再開口衝撞他。最後，他對那婦人道，「主婦，願上帝給你快樂！也願我可以興旺；你這裡提起了一個很困難的問題，是應由學院中去研討的。你講了很多，也講得很好。但是，主婦，我們既是在途中遊騁，最好講些有趣的事；上天知道，我們讓教士、學者們去引經據典好了。如果大家願意，我將講一段關於法役的笑話。我的天哪，提到宗教法庭差役這個名字，我們就知道講不出什麼好事來——但願不要有人不高興。一個差役原是慣於跑出跑進，爲著男女通姦傳來喚去，每到一個市街盡頭不免就要被人痛打。」

這時我們的客店老板說道，「呀，先生，你該客氣一些，你也有你的地位的。我們中間不應互相爭吵。你講你的故事，不要牽涉到宗教法庭差役了。」

「不，」那法役道，「由他講好了。輪到我的時候，我的上帝，我就可以一點一點都還淸他。我將告訴他當一個遊乞於限區的僧士是如何神氣十足，以及他的職守是怎麼一回事。」

「好了，不再嚕嗦了，」我們的老板道。他轉向托鉢僧道，「講你的故事罷，我的先生。」

托鉢僧的故事由此開始

從前在我的家鄉曾有一個教區長，權威很高，對於姦淫、巫術、誹謗、和誘惑靑年男女等事，都大刀闊斧，嚴厲懲處；還有修道院執事的過犯、破壞遺囑契約、怠忽聖禮和其他罪惡行爲；以及重利盤剝和買賣聖職等等，他也都不放鬆。尤其是淫蕩之徒逃不了他的手。一旦他們被拿住，就只有叫苦了！凡是拖欠什一稅的人，若被牧師提訴上去，就得吃些苦頭。罰款是一種辦法，不得輕易放過。獻金太少或什一稅付得不足，也不是好玩的事；因爲教區長的簿子上登有名字，主教就帶著圭杖來捕拿。他的權限已有規定，可以辦罪。他身邊有一個差役，全英格蘭沒有比他還詭詐的人；而他手下還有一群狡猾的探子，報告他有關占人便宜的事，他只要運用一兩個光棍，就可再多引二、三十個人來入伙。這個法役像三月裡的野兔那樣狂妄，我不免要儘量洩露他的敗行。我們托鉢僧不在他的權力之下，他管不到我們，他到死也沒有辦法。

法役插道，「彼得！妓院裡妓女也一樣不在我權力之下呢。」

「不要講話，黑魔抓住你！」我們的老板道。「讓他講他的故事。好，講下去，我的好先生，不管他，雖有法役在叫喊，你還是講你的！」於是托鉢僧繼續著——

這個賊子，這個法役，他手頭老是有幾個娼主供他隨時使喚，像英格蘭的老鷹被飼鷹者任意誘來手中一樣，他們來時就告訴他一切秘聞。他們和他交往已不是一天兩天的事；他們在暗地裡做著他的經手人，他就從中取得不少好處，他的主子也不知道他究竟獲取了多少贏利。他能逮訊許多無知的人，以逐出教會作爲他的利器，他們就只好盡量孝敬他，讓他把錢囊都裝滿了，還請他上酒店大喝。正如耶穌的門徒猶大也一樣是一個賊子，他也有自己的錢囊，他的主子只拿到應收得的半數。如果我要給這個差役一個充分的讚揚，應該叫他爲賊子、鴇主、和差役。娼女們都由他指使，在他的耳邊講羅伯特先生、休先生、約克，或雷爾夫，說他們都各自去住過夜。所以他同娼妓是同伙的。他於是僞造一張傳狀，把嫖客和妓女一起帶到牧師會堂上，卻將那嫖客的錢財搜刮一空，然後放娼女回去。他對那男客道，「朋友，我看你的情分，願把你的名字從黑簿子裡取消；以後你可以自由行事。我是你的朋友，到處要幫你一手。」老實說，他那訛詐的方式要我講兩年也講不完。世上任何獵犬跟著聲音追逐一隻受了傷的鹿，還比不上這個差役那樣善於尋找一個嫖客、一個奸夫、或情夫，他就有那樣準確迅速。這既是他詐取錢財的最好來源，他就專心一意地在這上面用功夫。

有一次，這個貪婪成性的差役乘馬去找一個老寡婦，假裝有事，其實想訛詐她。碰巧在他前面林邊有個活潑的鄉士也在騎馬前進。他身邊一副弓，和尖利明亮的箭，穿著一件綠色大氅，頭上戴一頂黑花邊帽子。

「先生，」差役道，「你好，趕上你了！」

「歡迎，」鄉士答道，「好人都是朋友！你在這綠樹林邊騎向哪裡去？今天要趕遠路嗎？」

「不，」差役道，「我就到附近，為我的主子去收一筆賬。」

「那麼你是個管家了？」

「是的，」他道。他不敢講他是個差役，那個名字又髒又醜。

「我的天！」鄉士道。「好兄弟，你是管家，我也是管家。這個鄉間沒有人知道我。我願同你結交，拜個同行兄弟，只要你願意。我的箱子裡有的是金銀；你如果有事來到我的州郡時，我的財物就是你的。」

「好天爺，」差役道。他倆彼此伸出手來立誓，結為兄弟，到死不變。於是並騎而行，很高興地談著話。

差役本像一個饒舌害人的鳥一樣，最愛多方打聽，——「兄弟，」他道，「你現在家住哪裡？那一天我想來找你。」

鄉士溫和地回答他，「兄弟，」他說，「遠在北方，我希望有一天可以再見到你。在你我分手之前我將詳細指點你，好讓你穩可找到我的住處。」❶

「那麼，兄弟，」差役道，「我請求你，我倆一面騎馬前進，一面教我一些門道，你同我既都是管家，該可以真心指導我一下，如何才能在這一行裡占得最大的便宜。不要管他什麼良心或罪

---

❶中古時代，根據《舊約》，認為魔鬼是居留在北方的。

惡；請你像弟兄一樣告訴我你是如何做法的？」

「老實說，好兄弟，」他道，「我與你講眞心話。我的薪金很微薄。我的主子對我十分嚴格，我的職務非常艱苦；所以我就依靠勒索過日子。的確，我能弄到多少就吞下多少；至少，我所花費了的，我非用欺詐或強暴的手段來逐年收攏抵補不可。我實在無從掩飾起。」

「眞話，我也如此，」差役道，「上帝知道，除非是太重或太燙的東西，否則我就沒有一樣不要。只要能有方法暗中竊取，我就絲毫不顧良心問題。我不從中勒索，我就沒有了命；這套把戲我也不會懺悔，聽懺悔的長老牧師沒有一個不在我所詛咒之列。上帝和聖雅各在此，你我兩人眞是碰得巧！但是，好兄弟，你且告訴我你的姓名吧，」差役道。

這時鄉士微笑了一下。「兄弟，」他道，「你想知道嗎？我是一個魔鬼，我的家就是地獄。我騎馬到此，想搜刮一些東西，試看人們會不會給我。我的搜刮就是我的收入。奇怪，你原來也爲此而來，你想弄些進賬，卻又不知道從何下手。我也做這勾當；我將找遍全世界，要抓到一個東西到手就好了。」

「呀，天哪！你說的什麼？我還以爲你眞是一個鄉士呢，」差役道。「你卻有個人形，像我一樣。那麼你在地獄中是不是也有一個一定的外形，那裡是你顯出原形的地方哪？」

「不，」他道，「在那裡我們沒有形體。我們想到怎樣就可變出怎樣的形象來，或至少可以使你看來好像有個形象，有時像人，有時像猴，有時像天使。這也不算什麼稀奇；一個醜陋的魔術家都能騙住了你，而我的本領還比他高明得多！」

「那麼，」差役道，「你爲什麼出行時要變上各種各樣的形象呢？爲什麼不守住一個樣子呢？」

「因爲，」他答道，「我們要變形以便抓住我們所要抓的東西。」

「何必花這樣大的工夫呢？」

「有很多緣故，親愛的差役先生，」魔鬼道。「每一件事都有它一定的時會。日子太短，現在已過了辰刻，而我今天還沒有任何收穫。我寧願多花些腦筋去謀利，不必嚕嚕囌囌來解釋其中的奧妙。即使我與你都講了，你的智力也太短，無從領會，我的兄弟。但是你問我爲什麼要花這樣大的功夫；原來有時我也爲上帝服役，依從他的意志，用各種方式，變各種模樣，去處理他的人類。的確，沒有上帝支持我們，我們也就沒有力量。有時我們祈求，我們就被特許去害人的肉體，卻害不了他的靈魂。請看約伯，我們曾經讓他吃過苦。有時我們也有權力控制靈肉。有時讓我們去試探人類，使他的靈魂受些折磨，而又傷害不到他的肉體；而這一切都是爲了至善。人如果能拒絕得了我們的引誘，他就可以得救，雖然我們的原意本想抓住他，不讓他得救。有時我們也可以做人的奴役，如對主教聖鄧司頓那樣。我也是耶穌門徒的奴役。」❷

「但是還要請你實告我，」差役道，「你的各種新的形體，是否都用物質做成？」

魔鬼答道，「不；有時我們假冒，有時借屍體而顯出各種形態，說起話來入情入理，好像撒母耳對隱多珥的巫婆那樣。有人說這不是撒母耳的事；我不管你們神學裡那些玩意兒。不過有一件

---

❷約伯見《舊約》。主教聖鄧司頓是第10世紀坎特伯利主教，至於他如何控制魔鬼的故事，無從查考。

事我要警告你，我不是同你開玩笑的。你現在雖很想知道我們如何顯形，卻總有一天你將用不著來打聽我的事了，親愛的兄弟。你不妨用你自己的經驗，在教壇上講起教義來，你可以比維吉爾或但丁在世的時候講得更有理。現在我倆騎快些吧；因爲除非你丟棄我，我是不會拋開你的了。」❸

「不會，」差役道，「我絕不會丟棄你。我是一個鄉士，大家都知道的，我可以向你發個願。因爲，你雖是魔鬼薩生納斯，我還是要對我的兄弟保持信用，我你都已立了誓，結拜爲忠實的弟兄。我倆同路去搜刮。人們給你的利益由你拿，我就拿我的一分。這樣我你兩人可以同時活下去。如果那一個多得了一些，他就分一些出來。」

「我同意，我立這誓願，」魔鬼道。

說到這裡，他倆向前騎去。當他們來到差役要去的城鎮近郊，看見一輛車，滿載乾草，車夫在路上趕著。泥潭很深，車子走不動；車夫用力加鞭，口裡狂喊道，「用力！白羅克！司各脫！不要放鬆，魔鬼來抓你，連肉帶骨，你們眞像懷了小馬在肚子裡了！我爲你們受盡了罪！魔鬼來拿去，馬啊，車啊，乾草啊，都拿去滾！」

差役說道，「我們在這裡有事好做了；」他偷偷挨近魔鬼，裝著無所謂的樣子，在他耳邊低語道，「聽哪，兄弟，快聽。你聽得車夫講的什麼嗎？他已經都交給你了，你上前去抓住他，他的乾

---

❸隱多珥的巫婆見《舊約》《撒母耳記》上，第28章。羅馬詩人維吉爾和義大利詩人但丁均有地獄的描寫。

草，車子和三匹馬，都是你的了。」

「不，」魔鬼道，「一點也不能拿，上帝知道：他不是這意思。你若不信，你自己去問他，或等一下，你就知道了。」

車夫拍著馬的後身，他的馬低下頭向前一拖，車子動了。「來，起來！」他道。「耶穌基督祝福你們，和一切他所創造的東西！拖得好，好灰色兒！我求上帝和聖洛哀救護你們！現在車子拖出了泥潭，感謝上帝！」❹

魔鬼說道，「兄弟，我說的什麼？你因此該知道，這粗漢口裡講的是一回事，心裡想的又是一回事。我們往前走吧。這裡我得不到好處。」

走出了市鎮，差役向他的兄弟低語：「兄弟，」他道，「那裡住著一個老寡婦，她一毛不拔，寧可腦袋都不要，卻一個銅幣的東西都捨不得。我非要拿她十二個銅幣不可，管她發瘋也要，否則我就把她提到法庭裡去，雖則我找不出她有任何罪過，上帝知道。但是我看你在我們這地段不懂得如何求生，且看看我的榜樣。」差役打著老寡婦的門。

「出來，你這老婆子，」他喊道。「我相信你一定藏著一個僧士在家呢。」

「誰在打門？」寡婦道。「祝福！上帝救護你，先生，你有何指教？」

他道，「我這裡有一張傳提狀。明天你得去教區長面前當場答覆一點事，否則當心要被逐出教

---

❹聖洛哀也是馬蹄鐵匠、鐵匠，及趕車夫等的護聖，與女修道祈求聖洛哀時用意不同。

會。」

「啊，唷，」她道，「願上帝耶穌基督眞正救我，我不能去呀！我生了病，已有多天了，」她道：「我不能騎馬或步行，走得這樣遠，去了我就會死，我身旁發痛。我能不能拿到一張訴狀，法役先生，請一位狀師，代我答覆任何被控的事哪？」

「可以，馬上付出錢來，」差役道，「讓我看，——十二個銅幣，我就可以放你過去。我得不到什麼好處，好處是我主子的，不是我的。快些，十二個銅幣，我要馬上走的，不能等候。」

「十二個銅幣！」她道。「願聖瑪利亞把我救出罪過，救出煩惱！我到處找遍了也沒有十二個銅幣哪。你很知道我不過是一個老東西了。請你對我寬恕些吧！」

「不成，」他道，「如果我放鬆了你，讓那臭魔鬼來抓我去，你就是死了也是枉然。」

「啊呀！」她答著，「我沒有犯罪，上帝知道。」

他道，「付我錢，否則，瑪利亞在此，我就把你的新鍋拿走，抵償你所久欠的債，你當初害你丈夫做烏龜，我代你付了你的罰金的。」

「救救我，你撒謊！」她喊著。「我一生之中，當妻子，當寡婦，從來沒有被傳到你的法庭上去過，直到今天也從來沒有不忠於我自己的乾淨身子！你那本身我看是該交給魔鬼了，連同我的鍋子，讓那黑而粗的魔鬼來拿去吧！」

當魔鬼聽到她跪著眞心發咒，他說道，「梅白麗，我的親愛的主婦，你所說的話是眞誠的嗎？」

「願魔鬼抓他去，」她道，「在他未死之前，鍋子和一切都拿去，除非他知過悔罪！」

「不，老婆子，我沒有意思悔罪，我拿你任何東西也不自悔，」差役道。「我還要拿你的襯衣和所有的衣服呢。」

「現在，兄弟，不要生氣，公平交易，你的身子和這隻鍋子是應分屬我所有了，」魔鬼道。「今天晚上請你與我一起進地獄去，到了那裡你就可以更懂得一些我們的秘訣，比任何神學家還來得高明。」說著，這個惡魔一手把他抓住；連肉體和靈魂，跟了他來到了差役所應到的地方。

上帝照他自己的形象創造了人類，願你領導我們大家，讓這個差役成爲一個好人！各位先生（托鉢僧道），如果差役肯讓我充分地講的話，我還可以根據《聖經》和其他聖徒行傳，告訴你們多少苦刑，使你們聽了發抖；我雖講上一千個冬天，沒有一張嘴說得盡那罪惡重重的地獄中的痛苦。但是我們還是避免那幽地吧，還是小心翼翼，祈求耶穌仁恕，保佑我們，勿讓那誘人的薩生納斯來抓了我們。請聽著這句話，提高警惕罷。猛獅永遠在候著撲殺無辜的人；安排著你的心靈，抗拒魔鬼，他是要奴役你的。他不能超過你的能力來試探你，因爲基督會做你的佑護者。願這些差役們在魔鬼還未抓住他們之前，懺悔他們的敗行。

托鉢僧的故事完

宗教法庭差役的故事❶

宗教法庭差役的故事開場語

法役高高站起在馬鐙上。他對托鉢僧的滿心憤怒使他一身發顫，好似楊柳葉一般。「各位，我只要求大家答應我一件事，」他道。「我請你們原諒，你們既已聽到了這個無恥的托鉢僧撒了一大陣謊，讓我也來講一個故事！托鉢僧誇言說，他知道地獄的事，這也不稀奇，上帝知道。托鉢僧和魔鬼沒有多少分別。你們常聽說，天曉得，在一篇幻想的敍述中，托鉢僧的幽靈被捉進了地獄，天使帶著他看地獄裡的種種慘狀，他卻找不到任何托鉢僧在那裡，雖然其他受苦難的人卻不少。

---

❶這法役在二、三十位朝聖客中可以說是一個最醜陋的角色，可參讀〈總引〉中那段寫照。他所講的這篇故事也是相應地猥褻，許多資產階級學者認為不堪卒讀，其實詼諧諷刺，寫實深刻，殆為罕有之作。

這托鉢僧就對天使道，「先生，是不是托鉢僧有這樣的好運道，沒有一個被送到這裡來的呢？」

『有，好幾百萬！』天使道，說著就把他帶到薩生納斯那兒。『薩生納斯呀，』他道，『你那尾巴比船上的帆還大呢。站起來，薩生納斯，』他叫著，『讓這托鉢僧來看看這地方的托鉢僧窩在哪裡吧！』於是在走不到半里路的時間中，從那魔鬼的座位下面一窩蜂似地湧出兩萬個托鉢僧，佈滿了全地獄，一忽兒又都集攏原處，一個個爬了進去；他就將尾巴蓋上，安坐下來。托鉢僧看夠了這個慘境，上帝照看他，又把他的幽靈還進肉體，他就醒了過來；不過他還在嚇得發抖，那魔鬼的洞穴老留在他的腦海中，一心想著那就是他世代的去處。上帝拯救你們大家——除卻這個托鉢僧在外；我就此結束這個開場語。」

宗教法庭差役的故事由此開始

各位，約克州有一帶沼澤地區，名叫賀爾多納斯，在那裡有一個限區托鉢僧，說教告乞。一天，托鉢僧正在教堂依照他自己的方式說教，爲的是要煽起聽衆付出一月中每天的供養費，爲了上帝，來捐助建立聖堂，以便進行祈禱，不使聖教的獻禮糟蹋了；不需要的地方我們不必捐獻，如牧師們已有了相當的給養，感謝上帝，他們是很富有的了！「三十天的供養費，」他道，「盡夠救你們老少朋友的靈魂，不使他們受到苦難，——而一個教士卻不怕人家詬罵，說他專事尋歡求樂，一天只趕著唱完一次讚美歌，就算了事。快救出他們的靈魂來罷！那肉鈎、鐵錐、或是炮烙等刑，都不是容易忍受的。爲了基督的愛，趕快捐獻吧。」

托鉢僧把他心裡的話講完，祈禱結束，衆人各盡所願供獻了，他也就不再停留，走了出來，他的法衣高高疊起，帶著乞袋和一根包頭手杖。他開始去各家探望，獐頭鼠腦，討些肉、牛酪或麵粉。他的同伴拿著一根包著牛角的拐杖，一對象牙書板，一枝磨光的尖筆，老站在一邊寫上捐助人的姓名，裝出準備爲他們祈禱的模樣。「給我們一斗麵粉、麥芽、或裸麥、一個小神餅、一塊乳酪或任何東西，我們並不要自己來挑選；一個小神錢或彌撒錢，或你那雄豬肉，假如有的話；毯子給我們一條，好主婦，好姊妹！我可以寫下你的名字；或者給些你省下的醃肉、牛肉之類。」

在他們後面跟著一個壯漢，是他們修道院中的僕役；他背上有一個布袋，人家捐獻的東西都裝在裡邊。托鉢僧走出門來，馬上就把書板上所有名字一起擦掉；他所說的一切都是騙人的假話。

——「呸，」那托鉢僧喊了起來，「你撒謊，你這差役！」

——「別嚷！」我們的老板說道，「看基督的聖母面上！講下去，不要省略。」

——「好的，」差役道，「我就這樣講下去——」

他從一家走到一家，最後到了一個人家，他在這裡可以搜括得比許多人家還多。家主生病，躺在床間。「上帝在此！啊，托馬斯，我的朋友，今天你好！」這托鉢僧溫和地打著招呼。「托馬斯，上帝照顧你，我常在你這裡叨擾；就在這張凳上我吃過多少頓好飯。」他趕走了凳上的貓，把帽子、手杖、乞袋都放下，然後輕輕坐下。他的同伴和僕役先去城中找客棧準備過夜。

「啊，親愛的主師，」那病人道，「從三月初以來，你一向好嗎？我已半個多月沒有見到你了。」

「上帝知道，」他道，「我忙於工作，尤其為了你的靈魂得救，禱告了多次，也為其他的朋友，上帝祝福他們！今天祭禱的時候我到了你的教堂，以我的淺見講了一篇教義，不完全是根據聖書；因為我相信那是你們不容易懂的，所以為你們做了些解釋。聖書的頁邊詮釋是了不起的；因為文字有生殺之權，我們的學者們有這句話。我在那裡教他們多做善事，應花費的時間就必須花費。我看見你的主婦也在那裡；啊，她現在何處？」

「我想她在那邊院子裡吧，」主人道：「她馬上要來的。」

「呃，主師！聖約翰在上，歡迎歡迎！」他妻子道，「你好嗎？」

托缽僧客客氣氣地站了起來，緊抱著她，溫存地吻她，像鳥雀一般做出唧唧之聲。「夫人，」他道，「我很好，仍舊是你的忠實僕役。謝謝上帝，他給了我們靈與肉，在整個教會裡我還沒有見過你這樣美的夫人，願上帝救我！」

「真的？上帝補救任何缺陷，先生！」她道。「不管怎樣，你是受歡迎的。」

「感謝之至，我倒還常受歡迎的呢。但是，很對不起，夫人，你若允許，我想同托馬斯談一下話。這班教堂裡的牧師太不負責，從不仔細檢查人家的良心。我卻花盡功夫說教，研讀聖保羅和聖彼得的教義；我走出來救基督徒的靈魂，為了替耶穌基督收回他的債，我專心宣傳他的教訓。」

「那麼，好先生，請你好好責訓他一番，」她道，「為了三位一體的聖愛。他雖已達到了他一切的願望，仍是和螞蟻一樣愛生氣。我晚上爲他蓋好被，使他保暖，我用我的手臂抱著他，他卻像豬圈裡的公豬一樣嘆息。我得不到他任何好處，我怎樣也無法使他快樂。」

「啊，托馬斯！我告訴你，托馬斯！這是魔鬼在搗蛋，這一定要改正。脾氣是上帝所不容的，讓我來說幾句話。」

「主師，我去有事，」主婦道，「你要吃什麼菜？我去準備。」

「夫人，我老實告訴你，」他道，「我若有閹鷄肝，和一點你做的軟麵包，然後紅燴豬頭（可是不要爲我殺豬），我就很足夠了。我是一個食量很小的人。我的精神營養取自《聖經》；我的肉體專用在虔誠祈求上面，不顧吃苦，因此腸胃受了損失。我求你，夫人，我這樣勸告你們，請不要介意，我是把你們當朋友看待的。上帝知道，我並不是對人人都講這些話的。」

「先生，我還有一句話，講完就走，」她道，「我的孩子最近兩星期死了，是你離去本城後不久的事。」

「我在我的住所已得有啓示，早知道他會死的，」托鉢僧道。「願上帝永遠領導我，我敢說在他死後半小時內，我在幻想中已看見他被送進了天國。我們修道院裡的執事和病房護士也看見的，他倆都是五十年來的老僧士；他們在院服務已經滿期，現在可以隨意出院行動了。我兩頰流著淚由床上起來，全院的人都起身，在靜默中不打一聲鐘，專唱著讚美歌，惟有我祈求基督，感謝他給我啓示。你們可以眞誠相信我，先生和夫人，我們的祈禱是比較有效的，我們所見到的基督的默示多於任何一個凡俗人，即使國王也見不到這樣多。我們的生活是貧苦的、有節制的，而凡俗的人可以驕奢淫逸。我們把這些俗慾都不看在眼裡。窮人和富豪的生活顯有不同，因此也就得著不同的報償。誰若祈禱，必須齋戒、貞潔，使靈魂豐腴而肉體瘦弱。我們像門徒所說：有衣有食就夠了，並不要講究。由於我們托鉢僧潔淨戒食，基督才接受我們的祈求。

「摩西在西乃山上曾經齋戒過四十晝夜，然後全能的上帝才下來和他講話。他空著肚子，戒食許多天，接受了上帝親手所寫的律例，還有以利亞，你們是知道的，在何烈山也多天不吃不喝，專事默禱，然後上帝才與他說話，才給了他生命之力。亞倫掌管祭壇，當他和其他的祭司們都來到壇前爲衆民祈禱獻祭的時候，不喝一滴酒，就是說，不喝醉人的酒，卻齋戒、守拜、以免死亡；注意我所說的話。爲衆民祈神的教士必須清醒，務必當心這點；好了，我也說夠了。我們的主耶穌，《聖經》上載著，也齋戒祈禱，爲我們做著榜樣。所以，我們托鉢僧士簡樸爲生，脫離不了貧窮、節慾、布施、謙卑、悔罪、爲了正義而忍痛、哭泣求恕、純潔自守。因此，你可以看到，我們的祈求——我所說的是，我們托鉢僧的——是神所易於接受的，而你們一般人桌上放著酒餚，祈求起來是不會這樣有效的。我說眞話，最初，人的始祖被逐出樂園，就是爲了貪食犯下的罪；而留居樂園的時候確是純正的。

「請聽我講哪，托馬斯。我此刻雖沒有經典可查，但我相信我們親愛的主耶穌在這句話裡的涵義，與我們托鉢僧是有關的，他說：『虛心的人有福』。全部福音，你可以看得清楚，究竟是指我們這行業的人而言，還是指那些富有的人而言。他們講排場、他們貪吃貪喝、他們荒淫無度、都是要不得的勾當，全不在我眼裡！我想他們正如佐維寧所比擬的一樣，像鯨魚那般肥大，像天鵝那樣蹣跚；簡直就是伙食房裡盛滿了酒的瓶子。他們祈禱起來好生虔敬；爲了他們的靈魂，他們背誦著大衛的詩篇，『啊，』他們說，『我心裡湧出美辭！』可是除了我們這般謙卑、貞潔、窮苦的人，還有誰能眞正依從基督的教訓和他的道路呢？我們是行道的，不是單單聽道的。所以，正如老鷹一躍而飛入雲霄，貞潔助人的乞僧禱音上升，很迅速地就打動了神聽。托馬斯！托馬斯！以我的生命和聖愛扶作證，你如果不是我們的兄弟，你就再也不要想興旺！在我們聖堂裡我們日夜祈求基督，馬上恢復你的健康，讓你可以重新行動自如。」

「上帝知道，」他道，「我卻一點沒有感應！基督援救我，幾年來我在各式各樣的托鉢僧身上花過多少金錢，可是我並沒有感到有何改善。老實說，我的家業都已消耗完了；金錢已去，不再回頭。」

「啊，托馬斯，你原來是這樣做法？」托鉢僧答道。「你何須找不同的托鉢僧呢？有了一個完善的醫生，何必又去城中找其他的醫生呢？有了一個完善的醫生，何必又去城中找其他的醫生呢？你不能專一，因此上當了。你以爲我，或是我的修道院，還不夠爲你祈禱嗎？托馬斯，你這些把戲沒有絲毫價值；你的毛病就是由於我們拿到太少了。『分幾斗裸麥給這個修道院』，『分二十四個銀幣給那個修道院』，『給那個托鉢僧一個銅幣，讓他去』。不對，不對，托馬斯，這不是辦法。

一個小錢再分十二分還值得什麼呢?因此,一件東西合在一起比分散了總要堅強些。我不會奉承你;你不要以爲可以不花費一點就能得到我們的工作,托馬斯!上帝,創造天地的上帝也說過,在做工作的人身上是值得花費的。」

「托馬斯,我自己並不要你任何財物,不過爲了我們全修道院都兢兢業業爲你祈禱,爲了要建造基督自己的聖堂。托馬斯,你只要懂得如何協助教堂的建立,你就知道這是有益的事,且看印度的聖湯馬斯的生平就明瞭了。你現在躺在這裡,滿肚子的怨氣,都是魔鬼使你燃起了心火,於是責罵你眞實無辜的妻子,殊不知她是如何溫和耐性。所以,托馬斯,爲了你自己的好處,你若相信我,再不要與你的妻子吵鬧。記取這句話;賢者有言,『不可在家中當一個雄獅;不可壓迫你手下的人,不使相識的人見到你就要跑開。』托馬斯,我再囑咐你一次,觀照那睡在你身邊的人。當心那草中偷爬的蛇來暗中咬你。耐心聽我講,我的孩子,有前車爲鑑,千萬人爲了和妻子家人爭吵而滅亡了。托馬斯,你既有了這樣聖潔溫柔的妻子,爲什麼還要爭吵呢?你如果踏了一條蛇的尾巴,那就最爲惡毒,再沒有更厲害,或一半可怕的東西;而你惹起了女人的火氣,也就是如此。到了那時,她們就一心只想報復了。」

「忿怒是罪惡,是七種罪惡中一大罪惡,是上帝所厭棄的;對於人本身也是有摧毀之力。任何無知的牧師也會講給你聽,忿怒能產生殘殺之罪。的確,忿怒就是驕矜的工具。我可以講到明天,也講不完忿怒之害。所以我日夜祈求上帝,願他不給惡脾氣的人掌有威權。讓他掌了權,就為害無窮，是很不妥當的事。」

從前有個性情凶猛的官府，辛尼加說：在這個人稱霸的時期，有一天，兩個騎士出征，而命運各有不同，一個騎士安然回來，另一個卻一去不返。於是這一個騎士就被帶到官府面前，他對這騎士說，「你殺了你的同伴，因此我判你死罪。」他就命令旁邊一個騎士說，「去，我交託給你，把他帶出去處死。」事情湊得巧，當他們正向刑場走去，那個被認為已死了的騎士卻回來了。他們商定最好將兩個騎士都一同帶回官府面前。他們說道，「官府大人，這騎士並未殺死他的同伴；請看他已在此活著，毫無變動。」「你們都該死，」他道，「一個，兩個，三個，都莫想逃脫了。」他對第一個騎士說，「我宣判你的死罪；不管在任何情形之下，你不得不死。至於你，因為你，造成了你同伴之死，所以你也該斬首。」他又轉向第三個騎士道，「你沒有聽從我的命令。」這樣，他把三人都殺死了。

再講坎拜栖茲，性情惡劣，終日醉酒，只知道做事害人。一天，他手下一位正直的官員與他在一處，就趁這機會勸誡他道，「一個有權位的人如果存心惡毒，就無可救藥了；醉酒也是一樣，任何人被人稱為酒徒，就是一件可恥的事，而一個身居高位的人尤其如此。他的四圍都是耳目，在注意他的言行，而他卻並不知道。看上天的面上，少喝一點酒吧！酒的為害很大，能使一個人喪失腦力，四肢無用。」「你馬上可以看到相反的作用，」他答道，「讓你自己來欣賞一下，你就知道酒並沒有這等禍害。我的四肢和眼睛並不會受到酒的摧毀。」他於是惱羞成怒，反而大喝了一頓酒，比以前竟有百倍之多。這橫蠻的惡霸立刻把那官員的兒子叫來，站在他面前；拿起一支弓，拉緊了弓弦，一箭把這孩子射死。「現在，請看我的手力穩不穩？」他道：「我是不是喪失了我的體力和腦力？酒摧毀了我的眼力沒有？」我何必再講那官員的回答呢？他的兒子被殺了；沒有什麼好講的了。所以，與有權勢的人講話必須小心。還不如唱一段讚美詩的好，我自己就是這樣做的，除非對一個窮人才可以不同。對窮人說明他的缺點是應該的，可是對權貴千萬不可，即使他要降入地獄，也只得由他去了。

還有那波斯的塞拉斯也是蠻不講理，爲了他出征巴比倫，他的馬淹死基遜河中，他就把這條河流都搗毀了！河床因此減窄，隨處都可涉水而過，即使婦女過河也無任何困難。

「請聽那位良師所羅門說的什麼？『好生氣的人，不可與他結交，暴怒的人，不可與他來往，免得後悔不及。』」

「算了，」那病人道，「有聖西門在此！今天已有一個牧師來聽我悔罪的。我曾把我全部情況都告訴了他。用不著再說了，除非我不怕自己低微。」

「那麼，你就拿出金錢來建造聖堂，」乞僧道，「爲了這座建築，我們吃過多少淡菜，多少蚌肉，而人家卻吃得講究。但是房基還沒有完成，至於鋪料，牆上的磚瓦都還沒有。石頭還差四十鎊錢。所以，托馬斯，慷慨捐助吧，爲了受難的上帝面上！否則我們的聖書都要出賣了；如果你們沒有我們來說教，全世界的人都要被滅盡。因爲，上帝救我們，托馬斯你也該懂得，誰若把我們從世上消除，他就是偷去了太陽。誰還能像我們這樣說教行善的？並且這也非一朝一夕的事了，」他道，「自從以利亞、以利沙兩位先知以來，托缽僧就一向是助人不倦的，感謝上帝！——這是我所讀到的，有書爲證。來罷，捐助一些，托馬斯，爲了神聖的仁慈起見！」他說著，就跪下了地。

這病人氣得要發狂。他願這托缽僧在火中焚燒，他那種虛僞欺詐，實在可惡。「我所有的東西，」他道，「我將盡量捐助出來，此外就沒有了。你看我該算得你的兄弟了吧？」

「的確」，托缽僧道，「信得過了；我把有印鑑的字條交給你夫人吧。」

「還有，」他道，「我還有一些東西捐獻給你們的修道院，你可以親手來拿；不過有一個唯一的條件，好兄弟，你拿去之後必須公平分配給每一個托缽僧。這一點你必須立誓，不能欺瞞詭辯。」

「我發誓，」托缽僧道，「誠心立誓！」他把手放在他的手上：「我眞誠到底，盡我一切的所能！」

「現在，把你的手摸下我的背，」這個人道，「好生摸下去；在我屁股底下，你可以找到我私下藏著的東西。」

「呵，」托缽僧忖道，「這個我也做得！」

他把手探著縫口，以爲可以拿到一個禮物。病人覺得乞僧在洞口摸索，正好在他手心中，他就放下了一個屁。拖車的馬所放的屁也沒有偌大的聲音。

托缽僧立即驚起，像一隻狂獅一樣：「呵，你這壞蛋，」他道，「上帝的骨頭，你簡直是故意侮慢我！爲了這個屁，你得負責，並且說對不起。」

家中的人聽到他倆吵鬧，跳進來把托鉢僧趕了出去。他一肚子怨氣跑出來，找到了他的同伴，這時同伴正在守住那一天所收穫的東西。他像野豬一般磨著牙齒，氣不堪言。三脚兩步來到一所莊院，那裡一個富有聲望的人是托鉢僧的悔罪信徒。他本是村中主戶。托鉢僧發瘋似的跑進來，主人正在吃飯。托鉢僧氣得說不出一句話，最後只好講了一聲，「上帝觀照你！」

主人抬起頭來說道，「祝福，祝福！怎麼啦，托鉢僧約翰？近來好嗎？我看你有些什麼事吧？你那模樣好像林中出了盜賊。坐下來，講一講你心中的苦痛，在我能力之內總可以幫你解決。」

「我今天受了汚辱，願上帝恩顧你！」他道，——「就在你們這市鎭上；任何低微的人碰見了這件事都會痛恨入骨。而這個老傢伙，一頭的灰白頭髮，居然還褻瀆我們的聖院，這是最使我傷心的事。」

「主師，」那主人道，「我求你告訴我是怎麼一回事。」

「不是『主師』，」他道，「而是『奴僕』了，——雖然在學院裡我倒受過那個尊稱的。上帝不願意我們被稱爲『師』，不論是在市街中或在會堂上。」

「不管那些，」他答道，「把你的寃屈講出來。」

「先生，」乞僧道，「今天有一件很可惡的倒霉事臨到我們的教團和我自己身上來了，所以『因而』（拉丁），也就臨及了每一個聖教上下各級的人，——上帝快來補救吧！」

「先生，」主人說，「你知道該怎麼辦。不要自己太激動了。你是我的悔罪師；你是世上的鹽，世上的味。爲了上帝的愛，容忍下來！講出你的苦惱來。」

於是他把一切經過都講了一遍。那家中的主婦一直默坐在旁，聽完了托鉢僧的故事，「呀，上帝的聖母！」她道，「老實的講，還有什麼沒有？」

「夫人，」他道，「你看這情形該怎樣辦？」

「我看嗎？」她問道。「我看是一個壞東西耍了一套壞把戲，願上帝使我昌達。我怎麼說呢？上帝莫讓他昌達！他那病了的腦袋裡裝滿了空想；我看他有些瘋癲。」

「夫人，」他答道，「上帝在此，我不撒謊；除非我有旁的方法報復他，我唯有去到處誹謗他，這個壞傢伙，瀆神的人，——魔鬼來捉他去！」

主人坐著不動，像發了呆似的，心中打轉；「這個傢伙怎麼會想得出這樣一個題目給托鉢僧去做的！我從未聽見過。我相信一定是魔鬼教他的。在數學裡也從來沒有找到過這樣一個公式。誰有這個本領，能想出一個方式，使得幾個人平均分配一個屁，連那聲音和氣味都要分勻？啊，這個膽大心細的傢伙，他媽的！」

他於是正色地說道，「誰曾聽見過這樣的怪事！要每個人平均分攤？且問有何辦法？這是不可能的，辦不到的！呵，這個狡猾東西，願上帝詛咒他！一個屁放出來，就無非空中震動，反響傳音，逐漸地就在空中消失。我看誰也想不出任何妙法可以拿來分配均勻。啊，這傢伙今天對我的悔罪師竟如此無禮！我想他簡直就是一個惡魔！你還是坐下吃一點東西罷，讓這壞蛋去胡鬧他的，他自然會取得他應得的報應，滾他的！」

主人桌旁站了一個侍從，爲他切肉，上面的話他都字字聽得清楚。「主人，」他道，「請你不要生氣；我可以說出一個道理來，只要賞我一件衣料，請托鉢僧先生不必發怒，聽我講這屁如何可以在你修道院中均分。」

「講罷，」主人道，「有上帝和聖約翰爲證，我必賞你一件衣料。」

「我的主子，」他道，「趁著一個好天，沒有風，空中沒有任何騷動，拿一個車輪來，放這廳堂上，輪軸必須是完整的。普通車輪都有十二個輪軸。然後叫十二個托鉢僧來，爲什麼呢？原來據我所知，每個修道院總有十三個托鉢僧的。這位聽罪者，因爲他有品有德，當然可以湊成這個數目。讓他們每個跪下，將鼻子湊緊在每個輪軸盡頭。這位聽罪僧，上帝保佑他，就抬起他的鼻子，湊在輪心底下。準備妥當，把那壞蛋帶來，他的肚子應像一面緊鼓一樣；將他放在輪上中心，讓他對準輪心放屁。我以生命擔保，你們就此作一個示範實驗，那屁聲屁臭都必平均順著輪軸傳到盡頭；唯有這一位聽罪高僧按理應得風氣之先；這也是乞僧中的禮節，尊貴的人就多受尊敬。他今天在教堂曾教誨我們，得益不少，所以我敢保證他一定可以頭一個聞到那屁味，而其他乞僧也絕不致向隅。」

於是主人、主婦和每一個人，除卻托鉢僧自己，都說這侍從精於計算，不亞於古時的歐幾里德或托勒密的高深數理。至於那個壞東西，他們都說，也難爲他調皮透頂，竟而想得到這樣擺佈人；他倒不是個傻子，也不是魔鬼。侍從獲得了一件新衣料。——我的故事完了，我們也快到前面的市鎮了。

宗教法庭差役的故事完

學者的故事

牛津學者的故事開場語如下

「牛津的學者先生，」我們的客店老板說道，「你在那裡騎著馬，默不作聲，羞答答地像一個新娘坐在席上一般。這一整天我沒有聽見你講一句話，我想你大概在研究修辭學吧；不過所羅門說得好，『每做一件事都應合乎時宜』。上帝知道，臉上應顯得高興一點，這不是讀書的時候；講一個好玩的故事來大家聽聽。任何人要進局打牌，必須懂得那牌局的規矩。不過不要說教，像大齋中的托鉢僧那樣，要我們把舊罪都搬出來痛哭一番；也不要講得使我們都睡著了。講些好玩的事情——把你的那些名詞、色彩、和隱喻，都暫時收起，等到你寫大文章時再拿出來，譬如向帝王書的那類東西。我求你現在簡明說來，我們好懂得你所講的是什麼。」

學者親切地答道，「老板，我在你掌管之下。現在你可以指揮我，因此我應在合理的範圍內服從你。我來講一個從帕多亞的某學者那裡聽來的故事，由他的所言所行可以知道他是一位值得尊敬的人。他現在已經死了，釘進了棺木——我祈求上帝給他靈魂安息！弗朗西斯·佩脫拉克是這位學者的姓名，他是個桂冠詩人。他的華麗的詞藻把全義大利照耀成一個詩國，正如列納諾的約翰在哲學、法學和其他高深學問方面一樣的地位。不過，死亡只讓他們在世上停留一霎那的時間，已把他們兩位帶去了，還要把我們大家都給帶走。」❶

且繼續談談這位教我這一篇故事的詩人：我先要說，在他沒有講到故事本身之前，他寫了一篇瑰麗的序，序中描寫皮德夢特和薩路卓那個地區，還講到亞平寧山脈，那是圍繞著西倫巴底的

---

❶義大利第14世紀的詩人佩脫拉克、但丁和薄迦丘，是文藝復興時代的文壇三傑。這裡牛津學者所要講的格麗西達的故事本是中古及近代文學中著名的資料，我們所知道的最早的一篇就是薄迦丘《十日談》中第10天第10個故事。佩脫拉克曾把這篇義大利文的作品譯為拉丁文，這個可能就是喬叟的藍本。喬叟到帕多亞見到過佩脫拉克沒有呢？學者討論這問題的很多，卻無定論。列納諾的約翰是14世紀波倫亞大學的法學教授，可能喬叟曾同他會過面。關於後面這篇學者的故事，佩脫拉克曾對他的友人說過一句話：「我們不應把我們自己的有限度的性格來衡量書中的人物。」這故事本是民間相傳的一篇童謠式的記載。喬叟所作原詩用的是詩人所喜愛的7行韻節，每節以ababbcc韻脚組成，全篇共計1120行，這詩格與喬叟另一首敘事長詩《特羅勒斯與克麗西德》相同。

高山，他特別講到維蘇路司山嶺，那裡波河發源於溪泉，向東流去，抵達伊彌利亞，菲拉拉，和威尼西亞各地；這一切要描述起來很長。據我看與本題是不相干的，他無非要說明這個背景。下面是他所講的故事，請你們聽吧。

牛津學者的故事由此開始

在義大利西部，維蘇路司高山的脚下，有一片肥沃的平原，糧產豐饒，那裡你可見到城市亭閣，非常可觀，都是古代的建築，這地方叫做薩路卓。在這裡從前有一位國王，世襲顯位，統治著許多大小家臣，個個爲他驅使，不敢違抗。如是，他過著快樂的生活，眞是幸運的驕子；他的臣民對他都敬畏、愛慕、一無怨言。講到世第，他是倫巴底最高貴的人家出身，漂亮、健壯、年輕，最顧體面、最講禮貌；是一國的賢君；可惜有幾點是可指責的。這位年輕的國君名叫窩爾忒。

我指責他的是：他完全不顧將來，只是沈溺於當前的行樂，如到處去射獵之類。差不多任何思慮他都放開一邊。而最可指責的一點就是——他對婚事竟完全置之度外。只這一點，他的臣下最感焦慮。有一天，他們結隊來朝見，其中有一個德高望重的——或是最善於進言，而能轉達民意的——這樣向國王陳述著：

「啊，尊貴的國王，你的仁慈使臣等於必要時得以冒昧陳詞，以達下情。現在，請你接受臣等這次的苦心，願你賜聽臣言。臣雖與同來的衆人意見無異，但因你歷來恩賜特厚，所以敢於請求俯聽片刻，陳詞完畢後，主君盡可任意發落。的確，臣等對你個人和你的功績，一向稱頌，誠不知更有其他的幸福所在，在你的治下，臣等的生活十分愉快；卻有一件事，主君，但願你能立意娶后成家，那樣，你的臣民就都可額首稱慶，坐享太平了。人們所謂的婚姻生活，卻是一種幸福的羈絆，實爲主權的伸張，並非服役。主君處世向稱縝密周到，請一思此生於無形中消逝，雖每日夜眠早起，馳騁遊樂，但韶光匆匆去了，不再回頭。此刻你的青春固然正蓬勃著，殊不知年齒已在暗中偷換，像鐵石一般無情，死亡威脅著老少，毀滅了貧富，誰也逃脫不出它的羅網，我們人人明知必死，卻難料定哪一天死。臣等向未違抗過你的意思，願你此次能接受臣等的忠諫，願主君俯允臣等在短期內爲你遴選一位王后，由國內最高的貴門大第中挑擇出來，以求符合於上帝和國主的尊嚴。臣等心中惶惑，渴求主君完成婚事，有天神爲鑑！人事是不可預測的，願上帝賜恩，但是如果一旦君祚斷絕，繼承者不得其人，那就苦了全國生民！所以臣等跪乞，願你趕緊完婚續嗣。」

國王見了衆人苦求，心中憐憫。「我的好臣民，」他道，「你們要求我這件事，我卻根本沒有想到。我所喜愛的是自由，結婚後就再難享受了，我這閒散之身就要受到束縛。可是我知道你們是忠誠的，我相信你們也有眞知灼見，我一向也是如此信託你們，因此我自願應承你們的請求，決定盡早成婚。至於你們今天所說要爲我遴選一位王后，我卻願免了你們的操心，關於這一點不必再提了。上帝知道，子孫多不肖，福澤全由上帝所賜，並不由祖先遺傳。我信上帝是全德的，所以我的婚姻和一生的安樂都以他爲依舊；他有他的心願，他支配一切。讓我選擇我自己的妻——這責任由我來負。可是請你們以生命爲保證，任何女子我娶來做王后，你們應永遠尊崇她，尊崇她的一切言行，無論她在哪裡，敬她如帝王的公主一般。你們還須立誓，我做任何選擇，你們絕不發怨言或有所反抗，因我旣爲了你們的請求而放棄自由，你們就不得不由我依照自己的心願而擇配；這一點你們若不同意，我就勸你們不必再提這件事了。」

他們於是誠心發誓，應承了這一切，沒有一人有異議的；在告辭之前他們又求他開恩，訂出成親日期，愈早愈好；原來他們心想可能國王仍不打算成婚。他擇定了婚期，應允了他們的請求，並說他所以做這件事，全是將就了他們的願望。他們謙恭跪拜，敬謝了他的厚恩，見了要求旣已成功，都退回家中去了。他於是傳令臣下，籌辦筵席，吩咐手下侍從，按步遵行，他們個個樂從，都竭力籌備盛會。

第一部完

* * *

第二部開始

堂皇的宮廷中準備著婚宴。在相隔不遠的地方，有一座村落，風景清幽，在那裡窮苦的人住著茅舍，餵著牲口，以勞力耕種，換取生活。在這窮鄉僻壤裡有一個公認爲最窮的人，但高天的神也有時會眷顧到畜牛的小棚，這個窮漢，村人叫他荆納古拉，身邊一個女兒，卻是年輕貌美，名叫格麗西達。談起她德性上的美，眞是天下無雙；由於她出身微賤，心中沒有絲毫邪念。她飲著清泉之水，力求身心的修養，躬身勞役，不肯疏懶。年齡雖輕，而在她那處女的心胸中，已是遇事很有把握，且十分敬愛可憐的老父。她在田間一面牧羊，一面紡紗，不到睡眠時間不肯休息。回家時就採些菜蔬，切細煮熟，作餵羊之用，夜間疲竭就寢，卻沒有輕軟的床褥；然而她日夜照料著老父，眞算得世上子女的楷模。

這個可憐的女郎格麗西達卻已不止一次受到國王注目過；大約是因爲他騎獵的時候常經過此地；每次看見她，他並沒有存一絲邪念，卻正視著她的容顏，心中稱賞不已，在外貌上與行爲上，他沒有見過如此年輕的女郎而有如此完美的貌與德。一般人雖難於透視德性的眞僞，但他能看準她的品格是異常高貴的；所以他已打下主意，如果要成婚就非她不娶。

婚期已屆，可是誰也猜不出誰是新娘；爲了這個暗謎，許多人心中疑奇，私下說著，「我們的主君難道還不想放棄他的迷夢嗎？他還不願娶親嗎？呀，他何必這樣欺矇我們、欺矇他自己呢？」

可是爲了格麗西達，國王準備了胸飾和戒指，金盾和琉璃，嵌著寶石，找了一個身段相仿的女子來，量尺寸，做衣裳，且製就了一切婚禮時需用的飾品。婚期的那天早晨，時已近午，婚禮應舉行了，宮殿廳堂都已布置就緒，貯倉裡積滿了美餚，是全義大利各地方蒐集來的。這位高貴的國王穿戴得十分華麗，他那一行王公貴婦，凡是延請赴宴的，以及手下的少年騎士們，都歌樂飄揚，向這座村莊浩蕩而來。格麗西達，上天知道，滿沒有理會得：這一切鋪陳，都是為了她，卻照常去井邊汲水，她趕緊回家，因她也已風聞國王那天要結婚，假若運氣巧，她也很想看看熱鬧。她想道，「我將站在家門口，和我的女伴們在一起，見識見識新的國中主后，我必須把家務早些趕完；然後才有一刻空閒，等候在門口，也許她會經過此地去到宮中。」

她正要進門，國王已走來叫她，她立將水桶放在門邊牛棚裡，慌忙跪下，收斂著臉容，不敢移動，專候國王吩咐。國王考慮周到，嚴正地對這女郎說道，「你的父親在哪裡，格麗西達？」她必恭必敬地作答道，「主君，他就在這裡。」她就立刻進去，引了父親出來拜見國王。

他牽著老人的手，帶過一邊，向他說道，「荊納古拉，我再不能掩蔽我心中的喜愛了。你如果應允，在我離去之前，我將娶你的女兒為終身的伴侶。你生為我的臣民，敬愛我，我是很知道的；我敢說，凡是有能使我喜悅的事也都可以一樣使你喜悅，所以對於這一件事請你給我一個定奪，假如你願意，請你認我為婿。」

這話來得突然，老人驚奇得臉上發紅；羞慚無地，站著滿身發顫；他不知道應如何是好，只能這樣說著：「主君，你的意志就是我的意志，我絕不違反你的心願，你是我所敬愛的主君，你要怎樣處理這件事就怎樣處理好了。」

「可是我還想，」國王溫和地說道，「最好在你屋裡，我、你和她，一同會談一下。你知道為什麼呢?原來我要同時問她自己願不願意做我的妻,願不願意一切聽我的擺布。這都應該在你面前講明白,我不願背著你說。」

當他們在屋內談話的時候,衆人在茅舍外見她誠心誠意服侍父親,都稱道不絕。格麗西達滿心驚訝。她從未見過這樣的排場。這樣一位貴客臨門,是她生來第一遭,也難怪她要驚奇;她手足無措,停眼看著,臉色發白。但話歸正題,國王向這忠誠溫柔的女郎這樣說著:

「格麗西達,你知道你的父親和我願意我娶你爲妻,並且我猜想你應可同意。但我先要問你幾句話。這件事既是突然而來,你究竟是此刻就答應,還是要再考慮考慮?我且問你,你是否滿心願意一切都順從我,喜怒全聽憑我的心意,不論朝夕,你絕不會埋怨半句,我說『是』,你絕不說『否』,無論是言語上表達,或臉面上傳情?立個誓願,我好就此宣誓,和你結下終身之盟。」

她聽了這話,好生驚惶,顫慄不已,說道,「主君,你恩顧於我這卑賤之身,我何敢承受,不過你的意志當然就是我的意志。我即此立誓,無論在行爲或思念上,我永遠不敢違悖你,我雖不願輕易放棄生命,但對於你,我卻不惜以死爲報。」

「這就很夠了,我的格麗西達,」他道。

他於是嚴正地走出門來,她跟在後面。他向衆人道,「站在我這裡的就是我的妻。我願每個敬愛我的人也敬愛她。我沒有旁的話講了。」

她的一切破舊衣著一概不用帶進宮中,他令貴婦們就地爲她更換;她們並不很樂意接觸到她的舊衣。但她生來一副麗質，被她們從頭到脚換上新裝，顯得十分鮮艷。她們又為她梳著蓬亂的頭髮，用細柔的手指為她戴上了婚冠，大小首飾都妝配妥當。何用我多說呢？這樣煥然一新，她變得如此華麗，誰也認不出她是誰家的女兒了。

國王把一隻帶來的戒指給她，訂了婚約，然後讓她騎上白馬，緩步而去，在衆人的歡騰之中，擁進王宮，大家宴樂起來，直到日落方始停當。

簡括說來，上帝的恩澤賜於這位新后有如此豐厚，以致誰也不信她出身卑賤，不信她曾生長於茅舍牛棚之間，只當是個深宮中的閨秀。在一般人的眼中看去，她似乎是一天比一天令人敬愛，那些親眼看見她一年年自小長大的人，也都難相信她就是荆納古拉的女兒，簡直敢於誓稱她是另一個人。她固然是一向德性純美，但她那優越的性格更是日見增進，她的愼言淑行，無人不心悅誠服，見到她就不免心中起敬。不但在薩路卓城中個個稱道，她的美名確已播揚遐邇了；一人讚，人人讚，男女老幼都不遠千里要來薩路卓瞻仰她。

窩爾忒由窮陋的鄉間娶得這樣高貴的女子是何等幸福，度著安樂的生活，眞是天從人願，無限歡欣，因他能在微賤中選拔賢能，人人稱他的眞知灼見，確是世間罕有的。格麗西達生來絕頂聰明，不但處理家務有條不紊，且在必要時還能協謀公衆的福利。國內如有糾紛，她雖未嘗過問，卻能不慌不亂，處分得合情合理，個個悅服。丈夫有時出行，朝臣貴爵如因故相爭不讓，她常從中調解，辭婉言切，處理公正，人民都稱她為天使下降，來人間濟弱洗冤。

格麗西達結婚不久，生了一個女兒，雖她很想得子，國王卻心中高興，臣民也都稱賀，因為她既先得女兒，可見她必能生育，當然還可生子無疑。

第二部完

*　　*　　*

第三部開始

後來，也是常有的事，當那嬰孩還在母親懷抱的時候，國王存心要嘗試她能否忍耐，心中盤旋著一種試妻的妙想；天知道，他這樣憑空來驚擾她，委實有些過分。他已用過其他方式試過數次，並未找出她什麼缺陷，照說又何必試了又試呢？雖然有人稱為妙計奇謀，我卻認為在不需要時試妻是很不妥當的，徒然使她煩惱恐懼罷了。國王卻因此之故，竟這樣進行著：

有一晚上他單獨來到她的臥室，正言厲色地向她說道，「格麗西達，那一天我把你領出困境，授給你顯貴的地位——你該還沒有忘記吧？我是說，格麗西達，我所給你的榮華，不應使你將我當初救你脫離窮困的往事全置之度外，你現刻雖極安樂，你該知道你原有的處境。留心記取我所說的每一個字，因為這裡只有你我兩人聽到。你很明白你是如何進宮來的，為時還不太久；雖然我很愛憐你，但我的臣民並不如此。他們都說做你的侍從是不光彩的事，因你原是鄉村中人。尤其自從女兒生了之後，他們這類的議論更多。我卻願與從前一樣和他們可以相安無事，現在這情形我已不能忽視，我不得不設法安置你的女兒，並非我所心願。實在民意不可不顧，上天知道；我得先向你說明，希望你能同意。你在訂婚約的那一天所應許的容忍，此刻要以事實來表現了。」

她聽了這些話，在言語上，精神上沒有絲毫驚動，幾乎看不出她有半點愁慮。她道，「主君，我一切唯有遵從你的意志，我的小孩和我自己都爲你所有，不敢違拗；你對你自己的屬物自有生殺之權，你願怎樣做就怎樣做好了。願上帝救我的靈魂，你所願意的事絕不會使我不滿，除你以外我沒有任何需要，也不怕拋棄任何其他東西。這就是我的意志，且將永遠如此，天長地久以至死亡，都不能毀滅這一點，也不能動搖我這顆堅石的心。」

她這回答，國王聽後暗中喜悅，可是仍裝著不樂；他走出臥室時似乎心情很沈重。不久他把一切主意都私下告訴了一個人，遣他去見王后。這人是一個警衛官，有重要的事件時，他是向來忠實可靠的；這類的人爲善爲惡都一樣可以辦得周到。國王知道他很敬愛自己，所以放心。聽了吩咐之後，這警衛官輕步走進屋來。

「夫人，」他道，「我受君命而來，願你原諒我。你是很聰明的，你知道君王們的意志是無法違避的，雖則實行起來令人痛心，可是我是下屬，我躲避不了，我所得的命令是來取走這個小孩，」——他不多講一句話，卻很殘忍地擎起小孩，厲色厲聲，好像在帶走之前，就想把孩子殺害似的。格麗西達只得忍受一切，順從一切，像小羊一樣默坐著，聽憑他如何處理。這個警衛官的惡名是主凶的，他的面容是主凶的，他所說的話，和他辦理這件事的時辰也都包藏著凶兆。啊！她深怕他會立即將她這心疼的女兒殺死。然而她仍不哭泣，也不懊喪，國王之命她唯有依從。最後她卻開言了，卑躬地向那警衛官祈求，因他既是一個上等人，不妨允許她和她的孩子做末次的親吻。於是她把孩子抱進懷裡，臉上十分鎮靜，吻著，撫慰著，祝福著。她柔聲地對她說，「別了，我的小女兒！我不能再見你了。但我既已為你祝福，畫了十字，願你得到那為人類犧牲的天父賜福，你的小靈魂我已呈獻給他，為我之故你今夜就要死了。」

我相信奶媽看了這幕慘劇，一定也心酸淚滴，天下的母親哪個不要痛呼欲絕！可是她竟忍受著這個打擊，神情堅定，低聲向警衛官道，「這小女孩我交給你。去吧，依照主君的命令辦去；但還有一件事，除非主君有禁令，請你務必將她葬在一個妥善的地點，莫讓鳥獸撕食她的屍體。」

他沒有接話，取了小孩就走！

警衛官回報國王，把格麗西達的措辭表情，都一點點簡明地陳述了一遍，又將他親生的女兒獻上。國王聽了，臉上不免有些憐憫，但是君王們主意已定，往往不易放棄。他囑咐警衛官暗中把小孩輕輕包好，放進一個小箱或布包，但絕不可被人覺察，否則他腦袋不保；從何處來，向何處去，都不能洩漏，一直送交波倫亞地方國王的姊姊，那時她是朋納哥的伯爵夫人，告訴她一切，請她將這女孩小心撫養起來！要她嚴守秘密，勿說出這孩子的來源。警衛官依命而去，一一照辦。

現在我們再來講國王。他是故意要試探妻子，看她在舉止言語上是否有任何激動，可是這次試探之後，見她仍是鎮定溫柔。她侍候他、敬愛他、照舊勤快樂從，且一字也不提及女兒。看不出她有絲毫憂愁表示，不論是在談笑中或正式談笑時，她從不提起女兒的名字。

第三部完

* * *

第四部開始

這樣過了四年，她又懷孕了，這一次她卻為窩爾忑生了一個兒子，眞是天意，生得清秀可愛。消息傳來，不但國王自己，且全國上下無不歡欣，向上天祝謝稱頌。兩歲的時候這小孩斷了奶；國王心念一動，又想一試他的妻子。啊，這樣一再嘗試，實在沒有必要了！可是有妻室的人遇見容忍的伴侶，竟可以任性所為，而無止境。

「妻子，」國王說道，「你已聽說過我的百姓不贊成你我的婚姻，自從這男孩生後，尤其指責得厲害。他們的怨聲刺進我的心，鑽進我的耳，騷擾我的心靈。現在他們這樣說著：『窩爾忑死去後荊納古拉的血裔將繼起為我們的主君了，因為除他之外我們沒有承嗣的人。』他們的確是如此說法。我當然不能不理會這類浮言，雖不是當面對我講，我卻很擔憂。我願度些安頓的日子；因此我將在晚間暗中把這孩子處置掉，和處置他的姊姊一樣。我現在預先告訴你，免得你突然受驚，我勸你還是要容忍才是。」

「我這樣說過，」她道，「且將永遠這樣說：我絕不存任何奢望，或做任何其他的事，除非是你所心願。只要是你的命令，我的子女都被殺死了我也不會埋怨。我生兒育女並沒有盡什麼力，不過當時患了一場病，後來受了些痛苦。你是我們的主宰，你可以任意處理你自有之物，不必問我，我來此時已把一切衣物留棄在家，我也就照樣拋開了意志與自由，穿戴了你給我的衣飾，所以我求你依著你的心願去做，我唯有順從。並且我若能預知你的好惡，也一定要盡力遵循，現在我既知道了你的意願，我自當立意照辦，我若得知你願我死，我也就樂於從命，以死爲報。我的死是無法和你的愛相比的。」

國王見妻子節操如此堅定，竟能這樣忍受，他垂下兩眼，驚異不止，雖面色肅然，心中卻十分喜悅。那可惡的警衛官，正如他前次攫取她的女兒一般，或更加凶猛些，又將這淸秀絕頂的男孩也提走了。她卻照樣容忍著，一無憂色，吻著小孩祝了福，無非要求他深埋他兒子的屍首，莫讓他的嫩手弱腿給鳥獸撕啄了。他一聲不答，逕自走出，似乎全無心肝；但事實上他卻謹愼地把他送到了波倫亞。國王見她如此能忍，十分驚奇，假若他不是確實知道她眞心疼愛兒女，還會認爲她如此鎭定，也許是出乎狡詐、殘酷、或存心惡毒；但他確知她在這世上，除他以外，最愛的就是自己的子女，那是無疑的。

現在我要請問：女子既忍受了這麼多次的嘗試，是否足夠了？一個硬心腸的丈夫，繼續殘忍下去，究竟還能想出什麼更苛酷的方法去試探妻子的德操和耐性？可是世上竟有這類人，走上了一條路，似乎就不能回頭，好比被綁住在木樁上，再也放不開他的初意。這位國王就是這樣打定主意要盡量試驗他的妻子。他窺視她的言行是否忠實到底，並未看出有絲毫變更。她的心地和面容都是始終如一，她年歲愈大，愛他的心愈眞切，伺候愈辛勤，他倆似乎只有一條心，窩爾忒的意向就是她的寄托所在。感謝上帝，這結果是十分圓滿的。她充分表現了：一個做妻子的，遇見任何風波，都可不必自出心裁，只要以丈夫的意志爲準則。

不久，窩爾忒的惡名播揚了出去，大家說他因爲娶了一個貧婦，竟暗中把他兩個小孩都殘害了。這謠言傳得普遍，也不稀奇，原來百姓並未聽說小孩的去向，無疑是被殺了。他們從前對他敬愛的心，也就因有這些浮言而一變爲怨恨。被人稱爲殺人的凶手，那是何等惡劣的名聲！但是不知是眞是假，他始終不肯停止他那殘暴的行爲，一心只想試探他的妻子。

他的女兒已是十二歲，他遣使去羅馬教廷，而暗中他事先已去通報了他的計畫，爲了要平息人民的怨聲，派人揑造教皇的訓旨，下令國王另娶。他說我派他們去假造敎旨，說明依照敎皇聖意，須得休棄原妻，以免國內君民間起紛爭，這個詔書他們就宣布周知了。一般人民都認爲是眞的。這消息傳進宮中，我相信格麗西達未免心痛。可是這柔順的女子卻仍堅忍如昔，願承受一切厄運的擺布，靜待國王的處理，她已將身心完全貢獻了給他，他就是她在人間的依歸。

簡言之，國王寫了一封專函，說明眞意，暗送波倫亞去。他特請朋納哥伯爵以堂皇的儀式把兩孩送回。如有人問起他倆是誰家的，千萬不可洩漏，只說這姑娘不久將嫁給薩路卓的國王。伯爵一一照辦，到了日期，他來到薩路卓，有許多貴爵們一路同來，十分排場，護送著這位姑娘，她的弟弟騎馬相從。這位鮮麗的姑娘，穿戴著新婚的衣飾，珠寶滿身，閃耀奪目，她的弟弟已七歲，也穿得華麗。如是浩浩蕩蕩，向薩路卓路上緩進。

第四部完

*　　*　　*

第五部開始

在這時候，他種種惡行都做到了家，卻還是不肯放棄那試妻的心念，要看她的德性究竟能保持到一個什麼程度，於是有一天他居然當衆向她厲聲說道，「格麗西達，我自從娶你爲妻，也曾得了相當的人生樂趣，因爲你賢德忠誠，其實不因你有什麼世第或財富；但時到今日，我仔細想來，知道爲一國之主，即是多方面的服務。我並不能像一個農夫那樣自由。我的臣民無日不在喧擾，迫我另娶，教皇爲了要消除民怨，也宣示同意，老實說，我的新夫人已在路上了。願你堅定心志，讓位給她，你所帶來的嫁奩，你可以取回，做爲我的恩賞。你可回到你父親家裡去，因爲誰也不能永享安樂。我勸你要堅忍，接受命運的襲擊。」

她鎮靜地作答道，「我的主君，我知道，一向知道，誰也不能以你的榮華來和我的貧窮相比，那是沒有疑問的。我從未自認配做你的妻子，不，即使做你的婢女也還不夠。在這宮中你竟將我升為王后，——我願上天為證，願神賜我靈魂上的安慰——我向未以王后或主婦自居，不過承你的厚恩，一向認為能當你的的婢役就是高於世上衆生，終我此生不會改我初衷。你如許年來恩遇我這微賤之軀，賜我以不應得的光榮顯貴，我願向上帝和你拜謝，我祈求他厚賞你，我再沒有可說的了。我必潔身守貞，全心全節。我既以處女來歸於你，做了你的一誠無二的妻子，你這樣一個主君之婦如果變節改嫁，上帝不能容！至於你娶新后，上帝洪恩，當賜你以安樂與富貴！我一向享受的房室自當讓出，我的主君，我的一度的心靈所寄，現在你既願我去，我心依照你的心願而去。

「但是你賞給我原有的妝奩，我很清楚，那不過是我的破爛衣服，現已不易尋得。啊，上帝，我們當初結婚的那一天，你的音容是何等仁慈！可是說眞實話——至少我認為是眞話，因為在我已經證實了，——舊愛不如新歡。但是，主君，我已把這顆心全交給了你，不論命運如何乖戾，我到死也不會在言行上後悔。我的主君，你知道，在我父家你曾脫下了我的破舊衣服，那時你恩遇我，讓我穿上富麗的服裝。我沒有帶任何東西來給你，唯有忠誠、赤身和童貞，現在我還給你衣飾和結婚指環。其他的珍寶，我敢請你放心，都在你屋內。我赤裸裸走出父親的家舍，我仍赤裸裸回去。你一切的意志我願樂從，但我希望你不致於情願看我一件襯衣不穿而走出你的宮廷。

這個身子曾孕育過你自己的兒女，如果竟赤裸裸地走過你臣民的面前，太不近人情，你該不會肯做；所以我求你不要讓我像一條爬蟲那樣走著。我的好夫君，我雖無足重輕，但請你回念我曾做過你的妻。爲了償還我帶來而不再帶回的童貞起見，願你允許我套上一件常穿的襯衫，庶幾這個曾經做過你妻子的身體，好有些遮蔽。我不敢多煩擾你，我的夫君，現在就告辭了。」

「你穿在身上的襯衣，」他道，「不必脫下，穿著去好了。」但他心中悲憫，話說不出來，只好走出屋去。

她當衆脫下衣履，留著一件襯衫回到父家，頭脚都是光的。衆人灑淚送行，一面詛咒無情的命運，但她卻眼中無淚，一言不發。她父親聽見這事，詛咒著天生他的時日。這老人一向對於這件婚事疑慮在心；自始就想到國王一旦如願以償，自然就會感到門第太不相當，不免要及早休棄。他趕出去迎接女兒，原來他已聽到人聲，知道是她回家，他哀哭著，爲她披上她的舊衣；可是實在穿不上身了，那布質粗糙，且自她出嫁以來，這衣裳更加破損了。

如是過了相當時日，這朶賢妻之花伴著她的老父居住，泰然自若，在人前或是獨處，從不懊喪埋怨。似乎她已忘卻了當年的榮華。也是情理中事，富貴之日她未嘗耀誇得意，向來卑躬自處，從沒有嬌生慣養的習氣，總是忍耐、謹愼、正直，對丈夫溫柔忠貞。

人們談到謙和的美德，往往提起約伯，學著尊他爲人類之聖，雖然人們少有稱頌女子的忠良，但世上未見一個男子比得上女子的謙遜，或有女子那樣一半的忠誠，除非晚近有那個德高望重的人物出現。

第五部完

* * *

第六部開始

朋納哥伯爵由波倫亞來，這消息傳遍了全國，百姓都聽說他帶來了新的王后；那場面的闊綽是倫巴底西部所從未見過的。國王定下計謀，在伯爵未到之前，遣人去找那貧窮的格麗西達，她應命而來，和悅謙卑，心頭沒有半點怨氣，卻跪下向他小心請安。

「格麗西達，」他道，「這位女郎將為我的夫人，我決定明天正式接進宮中，人人都有一定的職守、地位和規格，但我確找不到一個女人能前後照料，如我心願，所以要你來為我照顧一切。你多年來很懂得我的好惡，你雖衣著襤褸，不堪入目，但至少你知道如何盡心去做。」

「主君，」她道，「我不但願意此刻聽從你，且願盡我一切的能力為你服役，以求永得你的歡心，並且我絕不畏避，我的心魂將不顧難易，忠誠愛你到底。」

說完，她就動手收拾房屋，擺桌鋪榻，帶領婢僕趕緊打掃整理，唯有她的行為最為勤快，外廳內室，到處布置，毫不懈怠。

近午時分，伯爵到了，這兩位男女公子同來，衆人趕著觀看，服飾的富麗炫耀奪目，大家議論著，說國王究竟眼力不同，娶得了這樣鮮艷無比的新娘。人人都說她較格麗西達更美，年齡也輕，出身又顯貴，結合的成果當然是更加完美。她的弟弟也是容貌俊秀。大家看得稱奇，讚賞著國王聰明能幹。

「啊，暴風雨般的民衆！像屋頂的風標一樣只顧轉動，沒有定向，不顧忠信，愛聽新的雷鳴，新的奇聞，和月兒那樣時缺時圓！你們稱長道短，其實値不得半文！你們的批評不足靠，你們的忠誠不能持久，誰若信托你們，簡直就是愚蠢了。」——城中有心肝的人這樣講著；然而一般群衆到處擁擠，觀看熱鬧，原來他們專趨新奇，有新后到臨就興高采烈起來。這且按下不提，先說格麗西達如何忠貞，如何勤奮。

格麗西達忙著籌備婚宴。她的衣服雖粗陋破損，她卻滿不在意；她面呈喜色，和衆人一起去門口歡迎新后，繼而又做著她的工作。她接待賓客，知情達理，和悅可親，誰也看不出有半點欠缺；人們見她衣衫襤褸，卻如此明察有禮，煞可稱羨，卻不識她是何人，都驚疑無已。她還不斷地眞心讚賞著新后和她的弟弟，誰都不知她稱揚得周全。

最後貴爵們就席，格麗西達正在廳堂料理事務，國王叫她進來。

「格麗西達，」他似乎打趣著說，「你覺得我的新娘德貌怎樣？」

「好極了，主君，」她答道，「我是眞心話，我從未見過比她更美的人物。我祈求上帝賜她安樂，並給你倆終身的快慰。不過我要勸告你一件事，千萬不可酷待這位鮮嫩的夫人，像你待遇旁人那樣，因她嬌養成人，我想不見得能像貧窮人家女兒那樣經得住挫折吧。」

窩爾忒見她能忍，且意態釋然，雖屢受刺激，而她不懷一點怨念，她猶如堅石一般鎮定，永留著童貞的心，這殘忍的國王，憐憫她那眞誠的婦德，也不免有些不安了。

「這很夠了，我的格麗西達，」他道，「不必再怕懼，不必再操心。我已試夠了，你在貧困或優裕中都是一樣忠貞仁慈，天下沒有一人經受過這種試探的。現在我深知你的意志堅定了；親愛的妻。」——他伸臂擁抱她，親吻她。她十分驚訝，沒有聽淸他的話，似乎才從睡夢中醒覺，直待她一陣驚奇漸漸安定下來。

「格麗西達，」他又道，「自有那爲我們犧牲的上帝爲證，你是我的妻，我並沒有旁人，也從未有過，上帝救我的靈魂！這就是你的女兒，你以爲她是我的妻；這男孩將爲我的後嗣，本是我預定的主意，你的胎裡孕育了他。我曾私下送他們到波倫亞養大到現在，此刻重新接他們回來，你再不能說你失落了你的兩個孩兒。我警告懷疑我的人們，不可認爲我存有惡意，或居心殘酷，無非想試驗你的婦德，我並未殺害我的兒女，——上帝不容！——不過暗中把他倆收養，直等我查驗出你的眞心來。」

她聽了這話，哀憫驚喜，不禁暈倒了，醒後叫她兩個孩子過來，她哭泣著抱著他倆溫柔地親吻，眞是一個慈母，滴滴眼淚流注在他們的頭髮和臉上。看她那樣暈倒，聽她柔弱的語調，令人生憐！「謝恩了，主君，」她道，「我感激你救了我的親生兒女！此刻我馬上死去也很甘心了；我既仍能蒙受你的恩愛，何愁我的靈魂隨時消失！啊，我的嫩弱的親愛的孩兒！你們的母親一心以爲你們已被殘犬害蟲戕蝕了；但上帝洪恩，父親仁愛，將你們小心守護到今天。」說到這裡她又暈倒了。她卻緊抱著她的兒女；人們好不容易把他們由她懷中拉開。旁觀的人流下無限同情的淚；差不多不忍多看。

窩爾忒撫慰著她，勸她快樂，她醒來自覺羞慚，人人都爲她鼓舞，她重新鎮定起來。窩爾忒盡力求取她的歡心，人們見了他倆重舊歸好，恩愛如初，誰都會稱奇不已。宮中婦人們湊了一個時機，引她進入內至，脚下她的破舊衣服，換上錦袍，閃耀奪目，又爲她戴著嵌滿珍寶的冠冕，擁出廳堂，人人向她致敬，也是她所應受。如是這愁慘的日子終於獲得喜樂的結局，大家盡情求歡取樂，直待星光照地才罷。衆人看來，這天的筵席比往年婚宴更爲豐盛奢靡。

此後多年，他倆富足安樂，同偕到老。國王將女兒嫁給了義大利一個富有的貴爵，他又將岳父判納古拉奉養宮中，安康終老。格麗西達的兒子繼承父業，太平無事，結婚也很順利，卻並未苦試他的妻子。

現在世上人心不古，這是無可諱言的，請聽的原作家所說的話。這篇故事的主旨，並不在求天下做妻子的都去學格麗西達那樣卑順，因爲學她未免不近人情；只是奉勸世人應像她一樣在遭遇不幸的時日中堅定意志。佩脫拉克以卓越的文體寫出了這篇故事。一個女子既能容忍世人，我們就應如何接受上帝所賜，因爲他若試探他自己所造之物，豈不是理所當然。但他絕不會誘惑我們這些由他贖救的生靈，如聖雅各所言，不妨一讀他的書札，然而，無疑的，他是隨時試探著世人，讓我們受盡千辛萬苦，用種種方式鞭罰我們，並非要發覺我們的品質，因爲我們這弱質是他已經知道的，他其實是鍛煉我們。他的統治是爲了至善；我們應以磨練德性爲生。❷

各位，還有一句話，然後就結束了；在今天整個一城之中不容易找出三個格麗西達來，或者兩個。原來如果也把她們試驗一下，她們內心中雖含有金質，卻與粗銅混合，看來漂亮，易於折斷，而無韌性。所以，爲了巴芙婦人起見——願她和她的同樣的人得有上帝的照顧，永遠控制著、掌握著夫婦間的威權——我現在爲你們唱一隻歌，我相信我的心是活躍而愉快的；讓我們把嚴肅的事暫時放開。我的歌是這樣，請聽吧：

---

❷在某些稿本中，故事在此結束，這後面跟著有客店老板的一小段話，有些學者認為是合乎喬叟最後定稿的計畫的，茲照譯如下：——

學者講完他的故事之後，我們的老板賭咒說道，「上帝的骨頭，我寧可少喝些酒，卻讓我家中的老婆可以聽到這個故事，這真是一篇好故事，至於我是什麼用意，你們應可知道了；不過凡事既不能稱心如願，也就只好將就了。」

喬叟的詩跋❸

格麗西達死了，連同她的一片真誠，
都已葬進了義大利的土壤；
因此我要向衆人高呼一聲，
願天下做丈夫的人不論怎樣頑強，
不可試探他的妻，或想找到
第二個格麗西達，那是不可能了。

❸原詩韻律頗難移植；全詩6段，每段6行。每段2、4、6行押韻，18行一韻到底，1、3押韻，13行一韻到底各段第5行又屬一韻，可謂一氣呵成，數百年來的英詩中未見其匹。第二段末行「瘦牛」是指古法國寓言中一隻巨大瘦牛，專呑卑順的妻子，愈呑愈瘦，後來另有一牛卻改變方式，專呑卑順的丈夫，得以維持肥壯到底。

啊，高貴的妻子們，聰明的妻子們，
勿讓謙卑釘緊了你們的舌尖，
勿使學者們有所藉口，
再來寫這樣一篇奇事
像溫順的格麗西達一樣，
當心瘦牛把你們吞下肚子。
學習回音女神，她是永不停舌的，
她在山間谷底永遠回話傳語；
莫太天真，或由人欺侮，
堅決掌握著治家之權。
深深記取這個對人們的教訓，
為了人人的利益，自可不必疑慮。

你們悍婦們，永遠捍衛著自身，
你們像一隻駱駝那樣健壯；
莫讓男子們欺凌你們。

你們瘦小的妻媳們，經不起一擊，
學習那印度的猛虎，
我勸你們，像風車一樣作響。

不要害怕男子，不要禮敬，
雖然你的丈夫滿身甲冑，
你那詆譭的舌箭，會刺進
他的胸膛，擊中他的面盔，
再用嫉妒把你丈夫繫住，
可使他們偃伏，像一隻鵪鶉。

如果你長得美，你不妨到處遊逛，
你可以擺出你的容貌和衣飾；
如果你長得醜，花錢應慷慨
盡量結交朋友，不要緊縮。
放鬆你的心情，像樹顛一葉；

由他們男子去激怒、絞腸、和哭泣。

牛津學者的故事完

商人的故事

商人的故事開場語❶

「哭泣與呼號，煩惱與愁苦，我都受夠了。」商人道，「無論早晚，生活總是苦的，我相信其他結了婚的人也都如此；我自己是確是這樣的。我有一個妻子，再惡也沒有了；即使魔鬼和她結了婚，我敢發誓，她還可以超出他一籌。我何必把她的惡處一一講出來呢？一切的一切，她是一

❶商人聽了格麗西達的事非常感慨，原來他自己是新婚，而兩個月的經驗已使他心傷過度說不出口了，為了履行諾言，就講了下面冬月老人被騙的故事。不過這篇故事從內中所運用的超脫諷刺的風格等等看來，與商人的開場語不甚吻合。

印度的聖湯馬斯並非坎特伯利的聖湯馬斯；可參讀《馬可・李羅遊記》英譯本卷3第18章。

個惡東西。格麗西達的溫順和我妻的無比凶殘相比，那就有霄壤之別了。一旦我得了自由，我的天哪，我絕不再自投羅網！我們結了婚的人永遠是煩惱愁苦的；任何人不妨一試就可以知道，有印度的聖湯馬斯爲證，我的話是不錯的。大多數的人是如此，我不說全是如此；上帝保佑！呀，好客店老板！兩個月來的結婚生活，啊，我的天，還沒有超過兩個月呢！可是我相信，一個終身沒有結婚的人，雖把他的心撕碎了，也說不出我此刻所能講的這許多惡妻的恨事！」

我們的老板道，「好了，商人，上帝拯救你的靈魂，你旣懂得此中許多底蘊，我求你講一部分出來聽聽。」

「很好，」他答道，「但是我自己所受的痛苦，因我心傷過度，所以不多講了。」

商人的故事由此開始

從前在倫巴底地方有一位高貴的爵士，生在巴維亞城，十分富足，但六十歲尙未娶妻。爲要滿足他的肉慾，趁他的興致所趨，找著許多女人，正如世上一般俗人一樣。他活了六十歲，倒想非結婚不可——是由於他老糊塗了，還是爲了聖功，就不得而知了——他日夜不息，到處探尋對象；祈求上帝讓他過一下夫妻的幸福生活，想嘗試一下上帝當初所給予男女的神聖結合。

「任何其他生活方式，」他道，「都不值一文。唯有結婚的生活是自然而純潔的，是人世間的天堂。」這位一向聰明的老騎士這樣說。

也是眞事，正如上帝就是天上的主宰一樣眞切，娶一個妻確是光榮的，尤其到了年邁髮蒼的時候；這時有個妻子就如珍寶中的明珠。他應該娶個年青貌美的少婦，好生個兒子；過些快樂幸福的生活；而曠夫們卻唯有乾叫「呵唷」了！原來有時他們情場失意，那就簡直是孩提似的空幻世界一般。老實說，曠夫本該多吃些苦；他們在脆薄的地層上建屋，想的是堅實，得的是脆薄。他們度著自由的鳥獸般的生活，不受拘束；而在另一方面，結婚的人過的是有秩序的幸福日子，在婚姻的羈絆中得到安定；他的心當然應該充滿著快慰。誰能有一個妻那樣順從？誰能像一個終身伴侶那樣忠誠，那樣體貼入微，不論是有病或無病的時候？安樂或愁煩，她總不拋棄他。她不倦地愛護他，即使他在床間病了，死了，還是一樣。可是，有些學者，希臘的希奧夫拉斯塔也是其中一個，是不同意這說法的。然而希奧夫拉斯塔偏要胡說，又有何關係？他說，「不要娶妻，可以節省家中的費用；一個忠實的僕人比你自己的妻還善於處理家業。她和你在一起生活就是想占有你的一半財產；你如果生病，有上帝爲證，你的眞心朋友或僮僕照顧你可以周全得多，而她卻老等候著取得你的產業。並且你若娶了一個妻回家，你就很容易當起烏龜來。」這位先生這樣講著一套讕言，讓上帝詛咒他的骨頭！不要去聽他；拒絕希奧夫拉斯塔，聽我的話。

的確，一個妻眞是上帝的恩賜。其他的恩物，如田畝、房屋、牧場、公地或動產，無非都是幸運的贈品，我敢說，就像牆上的陰影那樣一下就不見了。但是，無疑的，如果我明顯地講，一個妻子是永留在家中的，可能還比你所心願的時日更久一些。婚姻是一個偉大完善的聖儀；誰若沒有妻，我就認爲他是個喪失了靈魂的人，孤苦無援，——我講的是教士以外的人們。爲什麼呢？——我並非信口亂說的；原來女人被創造出來，就是做男子的後援的。崇高的上帝創造了亞當，見他孤獨一人，赤裸著身子，上帝發了慈悲，說，「讓我爲這個人再造一個同他相似的人，做他的配偶。」他於是爲他造出了夏娃。因此你們可以明瞭，一個妻子就是男人的助手，男人的寄託，是他在世間的樂園，也是他的消遣處所。她馴善嬌媚，兩人自然可以結合得很美滿。兩人成爲一體；據我所瞭解，成爲一體就是同一條心，哪管是安樂或是苦惱。

妻子！呀，聖瑪利亞！天祝福！有了一個妻子的人還能有什麼不滿意的事呢？我卻講不出來。夫婦之間的幸福是說不完、想不盡的。他窮了，有她幫助工作；他的財物有她觀照，一些也不會靡費。丈夫所喜愛的，她也喜愛。他說「是」，她不會說「不是」。他說，「這樣做」；她說，「已準備好了，丈夫」。啊，多麼幸福的制度，多麼珍貴的結婚生活，你是如此快樂、完善、值得稱許推崇的事，每一個卑微不足道的人都該整天跪謝上帝，因爲上天賜了一個妻子給他，或者祈求上帝趕快讓他娶一個妻子，和諧到老。只有這樣，他的一生才有了保障。我相信，凡是聽妻子的話的人絕不會受騙；妻子是忠實謹慎的，你盡可昂步前進，無憂無慮。所以，你要想做得聰明，唯有聽從妻子的忠言。

羅，學者們說，雅各聽了他母親利百加的忠言，把羔羊的皮包在頸項上，因而他眼睛昏花的父親就給他祝福。還有朱狄司，正如書上所載，也是聽了忠告，救出上帝的子民，趁著賀洛奮斯睡著的時候把他殺死了。再看亞庇該如何忠告她的丈夫那巴耳，救了他的命；再有以斯帖拯救上帝的子民脫離困厄，使亞哈隨魯王擢升了末底改。

所以辛尼加說，天下再沒有比一個馴良的妻子更加可貴的了。克多說的：接受你妻子的話。她發令，你就答應，有時她也很懂道理，會來遷就你，順從你。一個妻一定專心照料家務；生了病的人而沒有妻子看護，那就只有獨自哭泣。我警告你，如果你明白事理，必須善愛你的妻，正如基督愛護他的教會一樣。如果你愛你自己，你一定會愛你的妻；沒有一人恨他自己的肉體，唯有天天撫養著，所以我勸你珍愛你的妻，否則你就永遠不會昌達。不管他人如何譏笑，世上的人唯有夫妻倆才是走著穩妥安全的道路；只要兩人結合得緊，就不會發生任何危險——尤其在妻子這方面。

這樣，我所講的這位老年爵士——名叫冬月老人——思念著這個愉快的生活——完美、安靜、甜蜜的結婚生活。到了一天，他請了朋友們來對他們傾吐了心事。

他嚴正地對他們說，「朋友們，我已蒼老，上帝知道，已經到了墳墓的邊緣；我該考慮到我的靈魂問題了。我的肉體被我貽誤在一些蠢事上面，但祝福上帝，還可以補救一下；我要完成婚姻，馬上，盡可能的快。我求你們幫我立刻成婚，娶一個妙齡美女，我不願再等待了；我自己也將趕緊尋找這樣一個對象。但你們人數較多，你們比我更容易得到結果，更容易爲我找到一個合適的配偶。」

「不過有一件事要請注意：我絕不要一個年老的妻。說具體一點，她不可超過二十歲；我願意老魚配新肉。小梭子魚不如老梭子，而老牛肉卻不如小牛肉，」他道。「我不要三十歲的婦人；這種婦女等於是豆殼乾草。還有，上帝知道，那些老寡婦，——她們懂得許多此中奧妙，她們知道多少應付的手段，我若和一個寡婦同住就永遠不得太平。一個人換過了許多學府就成爲一個善於取巧的學生；女人也就比得上這樣半個學生了。的的確確，駕馭一個年輕人就好比烘熱了的蠟可以放在手裡隨心揑扭。所以我簡單明瞭地對你們說，我不要一個年老妻子，這就是我的理由。因爲萬一運道不巧，我不能取得歡樂，那還不如荒唐一生，到頭來直截了當交給魔鬼完事。我若不能生個兒子；我告訴你們大家，我寧願被野狗吞了，卻不願讓旁人坐享我的遺產。我並非老了說糊塗話，我很懂得結婚是爲的什麼，我也知道有哪些人根本不懂爲什麼要娶妻，還不如我的家僮明白，卻偏偏要侈論婚嫁的大道理。假如一個人不能端正做人，就該誠意地娶個家室，也好生兒育女，爲了尊崇上帝，不該沈溺於情慾；因爲這類人正應避免荒淫，在該償債時就應淸償債務，互相援助，像兄弟姊妹一般，做個端莊聖潔的人才是。然而，對不起各位，我卻不是這樣一個人。感謝上帝，我感覺我的四肢還健壯，還可以當得起一個壯年男兒，我自己的能力我自己很淸楚。雖然我年紀老了，頭髮也白了，我卻像一棵樹，先開花，後結果，一棵開了花的樹並不是枯乾的樹。我不過是頭上髮白，我的心和四肢卻如桂樹一般，常年綠葉。你們既已聽到了我的心裡的話，現在我徵求你們的同意。」

於是各人講著與婚姻有關的不同事例。有的反對，有的稱揚，爭論起來；最後，正如朋友們往往會因一個問題而互起爭端，他的兩個兄弟，一個叫帕萊西波，一個叫朱斯丁納斯，彼此激辯，不肯罷休。

帕萊西波說，「啊，我的冬月老兄，你是我所敬愛的主子，你實在不必來徵求我們這班人的意見，你自己十分明達，盡可放心，不致違背所羅門的教訓。他曾這樣教導我們：『任何事都該聽取人們的忠告，才不致後悔』，但所羅門雖有這個論調，然而我的老兄，我的主子，我仍認為你自己的主張最為合適，我願上帝拯救我。因為，老兄，我的宗旨是這樣：我曾在顯宦場中混了一生，雖沒有什麼成就，卻也和高官達人來往，備受寵遇，從未有過任何齟齬。老實說，我向來不違背他們的意願；我很知道我的主子比我懂得多；他說什麼我都認為很妥善，也就跟著他講同樣的話。一個臣僚在他的主子面前，如果自以為是，大言不慚，想把自己的意見越過他主子的頭上，這樣一個人我認為是最愚蠢的。主子們哪個是蠢才呢！今天你自己所表現的，已可見得你智慧高超，並且順天應人，所以我聽了完全同意，我和你沒有一個字的分歧。上帝是鑑，全城，甚至全國，也找不出一個人比你講得更妥貼；基督自己也會聽得高興。的確，一個年高之人願娶一個年輕妻子是說明他雄心未衰；有我的父親在天之靈，我說你還正是大有可為呢！你盡可按照你的意願做去，我認為這樣是再好沒有了。」

朱斯丁納斯坐著聽，一直沒有作聲，此刻卻對帕萊西波說道，「我的哥哥，我求你且慢一下，你既講過了，就聽我說來。辛尼加說過許多聰明話，其中有一句是：誰若要把田產給人，應該三思而行。如果交財物出去應多加考慮，把自己身體交付給人豈不更應審愼；我要警誡你，娶一個妻絕不是一件兒戲的事。我覺得我們應該查問淸楚：這婦人是明理、是穩重，還是好酒、驕矜，或是潑辣，或善於揮霍，是富有、還是貧寒。雖則世上並無一個十全十美的女子，那本不是人間的產物，可是一個妻子總該長處多於短處才行。而這一切是需要有充分的時間去查詢的。上帝知道，自從我結婚以來，曾有多次暗中灑淚。儘管有人誇揚結婚的生活，我卻只知道有浪費和煩惱，還有多少嚕囌事，並沒有半點幸福。可是，上天知道，我的左鄰右舍，和成隊的婦女們，都來說我的妻子是人間最忠誠、最卑順的一個。只有我自己知道，我的鞋子夾脚，突竟痛在哪裡。但是，不必管我怎樣，你願意怎樣就怎樣去做；你年事已高，在未娶之前，你自然會再三思考，尤其要娶一個年輕的、美貌的嬌妻。自有那創造天地萬物之神爲鑑，在我們這一群人中間，任何一位最年輕的人，都在忙於如何管束他的妻。你無法在三年之中使她事事滿意，這就是說，如何取得她的歡心。有了妻子就是最傷腦筋的事。我願你不要討厭我的話，不要對我誤解了。」

「好了，你講完沒有？」冬月老人說。「你那套辛尼加的格言少拿出來，那一籃子的陳言濫調滿不在我的眼裡；比你更聰明的人已有同意我的，你們大家都已聽見過了。帕萊西波，你怎麼說？」

「我說，」帕萊西波道，「誰若阻止婚姻就是一個應受詛咒的人。」說了這句話，大家都站了起來，一致贊同這老人的意思，他若想結婚就結婚，想和誰結婚就和誰結婚。

於是日日夜夜，冬月老人的心靈上浮起種種結婚的憧憬，打量著精密的盤算。誰若拿一面鏡子放在市街中心，他就可以看見形形色色的人閃過鏡面；同樣的，冬月老人從他附近的女子一個一個想去，他不知道該停留在哪一個人身上才好。一個美貌；另一個卻受盡人人的稱羨，都說她溫柔文雅。有的富，可是名聲不好。最後，在似眞非假之間，他想定了一個，就把其餘的人全都推出了他的心，他自動地選中了她；原來愛情本是盲目的。當他躺在床間，他的腦海裡摹畫出一個新鮮美艷的人，她那細腰，那纖長的四肢，她那樣的賢明穩重，她的風度和品德。他決定要她之後越想越好，覺得不能再好了；他一旦主意打穩了，似乎任何旁人的腦力都不如他，再也不能影響他了；這樣他獨自臆斷著。

他立刻邀請他的友人們來做一番商量，他要向他們說明一切，免得大家煩心，他道，現在可以不用到處去尋訪了，因爲他自己看中了他的對象，他看中了就是看定了。

帕萊西波馬上來到，其他的友人也都到齊，冬月老人首先就請他們大家原諒，不必再提什麼相反的意見；他所決定的事是順天意的，也是他的幸福所在。他說，城中有一位有名的美女，雖然出身微賤，但有她那妙齡和姿色，對於他已可十分滿足了。他說，他願娶這位女子，願從此度著安樂虔敬的日子；他感謝上帝讓他將她的身心收爲己有，不讓任何旁人分享他這幸福；他請求大家爲他努力，使他得如願以償；只要他們肯這樣去做，他就安心了。「如果照著這樣做成了，」他道，「我這一生就別無他求了，卻只有一件事，使我的良心上不得安寧，請讓我向大家講來。我早就聽說過，一個人絕不能同享兩種美滿的幸福——人間的歡愛和天上的極樂。一個人可能避免了七大罪惡，和那罪惡之樹的每根岔枝，同時在婚姻中又獲得了最完善快樂的生活，我卻深怕在我這老年時期享盡了人生的甜蜜，無憂無慮，竟把天堂移到了人間。原來眞正的天國是經過懺悔苦痛才贖回來的，像我這樣安樂，極盡人生的快事，又將如何踏進基督永生之境呢？這使我惶恐不已，你們兩位兄弟有何高見，請爲我一解此疑。」

朱斯丁納斯本來就不滿於他那愚蠢的行爲，用著譏嘲的口吻，也不引經據典，卻一針見血地作答道，「老兄，如果你所說的是唯一的障礙的話，上帝自然會特別照顧你，爲你行出奇蹟，在你還未接受教儀之前，讓你懺悔你的結婚生活，哪管你看不出其中的苦惱和矛盾。上帝絕不致如此殘忍，一個單身漢既有機會懺悔，結了婚的人一定更有百倍的機會！因此，據我所知，最好的忠告就是：你儘可不必失望，務必記取你有了妻室，也許就是進了淨界。她可能就是上帝派來給你的磨難使者；到了那時，你的靈魂或將一躍而穿進了天國，比弓上發出的箭頭還快。我看上帝將使你今後逐漸地明瞭結婚的生活並無偌大的幸福，並沒有偌大的好景在前面，阻礙不了你的靈魂得救，因此你應該好自爲之，對你的妻室不可過於苛求，必須合情合理，不必對她過分矯情溺愛，並應小心翼翼，不犯其他的錯誤才是。我的話到此爲止，因爲我的智力有限，不過你也儘可不必因而害怕，我的親愛的老兄。」——（我們暫且擺過這個問題。巴芙婦關於婚姻的道理已講得十分透徹，只要人們聽懂了她的話。）——「再會了，願上帝保佑你。」

講完之後，朱斯丁納斯和帕萊西波各自告辭，然後彼此分手而去。他們見事情既非照辦不可，便去為他說頭，竭盡媒人的能事，把這位名叫春月的女子急急忙忙和冬月老人結成良緣。我怕細講起來太耽誤你們的時間，我還得講她如何領受產業，一張地契、一件證書，以及她那豐盛華麗服裝等等。且說，到了一天，他倆同去教堂參與聖禮。牧師頸掛聖帶走出來，囑她要學利百加或撒拉，忠於婚誓，明白為妻之道；然後照著成規讀了禱文，用十字架畫押，祈求上帝祝福他倆，一切聖儀都做得圓滿。

結婚的儀節沒有絲毫欠缺，宴席間他倆坐上高壇，和其他貴客們在一起。宮廷上喜氣洋溢，所有義大利的樂器和佳餚海珍，應有盡有。在他們面前擺滿種種樂器，即使希臘的奧費斯，或希白斯的恩菲洪，也都沒有演奏出那樣美妙的曲調來。每上一道菜就是一陣嘹亮的樂聲，約亞的號角也從未吹得如此動聽，塞渥達馬斯攻希白斯城國的時候也沒有如此熱鬧。酒神白格斯在他們左右灑著美酒，愛神維納斯對每個人露著笑容，原來冬月現在已是她的騎士，願在已婚或未婚時磨練他的性格；她手中持著火把在新娘和衆客面前揮舞。我敢說，婚姻之神海門也從未見過如此暢懷的新郎。啊，詩人馬西恩，你描寫學術神和商旅神的婚宴，詩神們唱著歌曲，請你們停止罷；你的一支筆和你的歌喉都太小了，摹擬不出這樣盛大的場面。當青春和彎背的老年結合，那種無窮的樂趣是筆墨所寫不盡的；你若不信就請自己嘗試一下，自然會承認我沒有撒謊。

春月坐在上面，那溫柔的表情，你只要向她一看就會被她迷住；她顯得十分和順，從前以斯帖王后看著她的國王的時候也沒有這樣溫存。我也無法描寫她的美色，只能說，她簡直是明亮的五月清晨，眞所謂春滿人間了。冬月老人每看到她的姿容，喜愛欲狂；心中卻只顧要打她的主意，準備當天夜間如何緊緊地擁抱她，比當初巴黎斯抱海倫時還要使勁。可是，他想到這一夜他將對她十分侮慢，又覺得於心不忍，私忖道，「呀，柔嫩的可人兒！願天照顧，使你可以忍受我的心火，那是何等猛烈啊；我害怕你會吃不消哪！上帝不許我使盡我的全力！我願黑夜趕快來臨，並願這黑夜永遠繼續。我願這許多賓客都馬上告辭罷。」最後他盡他所能，設法示意，只要不喪失體面，催促他們離席。時間到了，應可散宴了。人們跳舞、喝酒、滿屋撒著香料，人人都極盡歡樂。只有一個侍從，名叫達米恩，一向爲爵士在桌上切肉的，他卻是一個例外。他看了新的主婦春月，一見傾心，苦痛欲狂；他差不多站立不住，愛神維那絲持著火把舞蹈時，竟將他的心燙傷了。他只好立刻上床養息；我們暫時按下不提，由他去盡情叫苦，直待新鮮的春月爲他發出憐憫。

啊，從床間草荐發火是何等危險！家人做了仇人！啊，叛逆的家僮，表面上忠誠，猶如心腹中爬出了狡詐的惡蛇，——上帝保佑我們！啊，冬月老人，你沈醉於新婚的歡愛中，單看你的達米恩，你自己的侍從，他竟蓄意破壞你了。願上帝開恩，讓你發覺你家中的仇人。世上再沒有家中仇人那樣兇殘，他永遠在你的面前。

太陽已轉過了穹弧；它不能久留天際；黑夜的粗幕罩著半邊地球。赴婚的賓客向冬月老人告辭、道謝。人人興高采烈，盡歡回家，到了時候都去就寢。這位等候得心焦的冬月恨不得立刻回房。他喝著檸檬乳湯，甘露甜酒，加有香料，還有糖漿，凡是那可詛咒的僧士君士坦丁所著性書中提到的，他每種都喝了。他對親近的朋友說道，「爲了上帝的愛，趕快讓大家好好地空出這屋子給我吧。」他們於是照辦了。人們喝了酒，窗幔遮沒了；新娘被帶進了房，躺著全不動彈；牧師祝福了新床，每人都離開了新房。

於是冬月抱緊了新鮮的春月，她就是他的天堂，他的伴侶。他撫摸著她，他的厚而硬的鬚毛刺著她的臉，一再吻著，原來他才剃過鬍子，那皮膚像鮫皮一樣，和荆棘般刺得發痛。他摩擦著她的嫩腮，這樣說道，「呀，我對你不起了，我的妻，到了時候我就會下來。不過，你該知道，沒有一個工匠，不管他是誰，能同時做得好又做得快；只有閒空時才做得完美。我倆玩耍該有多久都不相干；我倆已眞正結合在一起了；祝福我倆這個束縛，這行動不算是什麼罪惡。一個人不會害他的妻，正如他不會用刀傷他自己；因爲我們是得了法律的允許的。」

直到天色破曉，冬月老人吃著浸了清涼美酒的麵包，從床上坐起，高聲歡唱，吻著新娘，癲狂起來。他輕佻得像一只喳喳的斑鳩。他唱的時候，那喉頭的松皮配合著發抖。但是上帝知道，新娘春月心上是如何想法，她見他穿著襯衣，戴著睡帽，伸出乾瘦的頸脖，她絲毫沒有把他放在眼裡。他說道，「我要休息了，現在天色已曉，我再不能守夜了。」倒下頭去，他一直睡到午前時分。冬月老人到了時候起身；但按照那時習慣，新娘春月，未過三天，不能出房。人都是一樣，如果沒有一定的休息，就不能維持很久——不論是人、獸、魚、鳥，凡是動物，一概如此。

現在我要講到可憐的達米恩，他正是相思成病，因此我對他這樣說，「啊，不幸的達米恩！請你答覆我，你將如何傾吐你的苦心，如何讓你的意中人知道？那新鮮的春月，她會說，『不成，』即使你吐出了苦衷，她也許就洩露出去。願上帝助你！我不能說得更好了。」達米恩纏綿病榻，維納斯的火焚燒著他，奄奄一息，他千思萬想，只得孤注一擲，因此偷借了一副紙筆，將心中苦痛寫成一張情書，用怨調的詩式，向意中人訴苦。寫成後放進掛下襯衣的絲結口袋裡，貼緊在他胸前。

那月兒，在冬月新鮮的春月結褵的那天，正值金牛宮座第二度，現已移進了巨蟹宮座；春月遵守貴門家規沒有越出洞房一步；新娘不到第四天不能來到廳堂進餐，至少也要過了三天；三天滿了她才開始參加正餐。由中午到中午整整四天過了，彌撒做完，冬月坐在堂上，春月在一邊，像明媚的夏晨一樣新鮮。老人想起他的侍從，說道，「聖瑪利亞！怎麼我的侍從達米恩不來侍奉我呀？他病了嗎？還是有什麼事？」站在他身旁的其他侍從們都為這位同伴解釋，說他病了，不能做事，並無旁的理由。

「這倒使我很不安呢，他是一個溫雅的侍者，」冬月道。「他如果病死了，那就很可惜；在他那階層中他是個最聰明小心的人，大方知禮，是很有希望的。餐後一定要趕緊去看看他，我自己帶著春月去慰問一下。」

人人聽了這些話都祝福他，說他貴人仁心，一個侍從病了還去慰問。「夫人，」冬月說道，「餐後，你和婢僕出堂進房的時候，記得去看看達米恩，好讓他高興。他是一個好人家子弟；告訴他等我休息好了就去看他。快些去，我等你回來。」

春月和她的婢僕一同來到達米恩這裡。她坐在他床邊，和善地安慰他。達米恩看準機會，偷偷把一個小袋放在她手中，袋中有他所寫好的情書，一面只是嘆氣，輕聲向她道，「求你恩恕，不要暴露了我。這件事讓人知道了我就沒有命了。」

她把口袋藏在胸前衣服裡，就走了；這次的會面講到這裡，我不多說了。她回來輕輕坐到冬月床邊。他抱吻著她多次然後躺下睡了。她假託有事出房了，讀完了情書，撕碎後偷放在一個妥善的地方。

此刻還有誰比春月的心事更加沈重呢？她回到冬月身邊睡下，他咳嗽醒來；就求她脫下衣裳；他說，他想和她玩耍一場，她的衣服實在有些礙事；她哪管是心願、還是厭煩，只有順從。可是過分精明的人切莫生我的氣，我未敢交代這時春月心中，究竟認爲是天堂、還是地獄；現在我且讓他倆去，直到晚禱鐘響的時分他們只得起身。

我不知是命定、是機緣、是神妙、是天理，或是星象的影響，那時天體排列適當，時會合宜，爲了維納斯的光榮，正好遞送情書，可以博得青睞（學者們說，凡事都有一定的時宜）；天帝在上，他知道事事逃不出一個機緣，讓他去裁決一切，我不再絮叨了。老實講，那一天春月接到情書，心生憐憫，病榻上的達米恩在她腦中留下了深刻的印象，總想給他一些安慰，放不下心。「眞的，」

她私忖道，「我顧不到會得罪了誰，我可以向他保證，我愛他甚於任何人，哪管他身上只有一件襯衣。」請看，柔軟的心是很容易對人發生憐憫的。在這裡你可以看到女人的心地，經過了揣度考慮之後，卻是十分開朗的。有些暴君，其實有很多，心腸硬似鐵石，竟可以眼看著他死去，絕不眷顧，甚至傲然自喜，親手殺了他，也會無動於衷。

溫良的春月滿腔柔情，親自回了一封信，信中對他表示十分鍾情；專等決定時日和地點，好與他相會，單看他想出什麼辦法。到了一天，她見有機會去看達米恩，機巧地把她的信塞進了他枕頭底下；單看他會不會拿起來讀！她牽他的手，輕輕捏了一下，誰也不知道。口頭表示願他早癒；當冬月來請她回去時，她就辭別而去。

第二天達米恩一早起床，一切的病和愁都煙消雲散了。他梳了頭髮，按著他心意中人的心願修整一番，並且在冬月老人面前十分馴良，幾乎像一隻狗那樣。對於其餘上下人等他也能眉飛色舞（原來一個能耍一套伎倆以討人歡喜的人，一耍起來就渾身都靈活了），因此人人都稱他好；他完全取得了他所心愛者的歡心。我且放開達米恩，由他去幹他的事，現在把故事繼續下去。

有些學者認為人生最高的目的就是尋樂；如果這是眞的話，這位冬月老翁可算得一個知道享受至樂的高士了。他的家常起居與公侯的生活一樣高貴，處處以取得至上的賞心樂事為目標。他的邸宅中不但一切設備非常妥貼，還有一所石牆圍繞的花園；如此華美的花園我從未聽說過。無疑的，我確信那寫《玫瑰之歌》的詩人也無法描寫其中的美景；就是帕葱布斯，他雖是花園之神，也還不能說盡那園景，以及那棵常綠的桂樹下的清泉。在這水濱上，帕路托和他的美后常常帶著仙妖們遊唱舞蹈，相傳是如此。

這位高士冬月老翁最愛去這個園中欣賞，他自己收藏著小門的銀匙，高興就去開門，絕不讓旁人拿這鑰匙。到了炎夏天氣，他想向愛妻求愛的時候，就帶了春月進園，兩口子放蕩起來，平時在床上演出的那一套，都搬到花園裡去了。如是，這一對老夫少妻度著許多快樂的日子。可惜，這世上的快樂不能永久，不論是冬月或任何人都一樣受著這個限制。

啊，突如其來的機遇，啊，無定的幸運，你欺詐成性，好比蛇蠍一般，你的頭在諂媚，你的尾卻在毒刺；你那含毒的尾巴就是死亡。啊，脆弱的快樂！啊，甜美而奇特的毒物！啊，妖物，你善於隱蔽你的本領，表面上穩定，因而蒙詐過多少大小人物！你何必欺瞞冬月老人呢，他是一向認你做眞友的呀？你現在竟把他雙眼剝奪去了，使他傷心欲絕了。

說也可憐！這位高貴的冬月老人正在過著得意甜蜜的生活，忽而雙目失明了。他傷心痛哭，深怕他的愛妻會因此而做出對不起他的事來，他滿心的嫉妒燃燒，差不多寧願夫婦同死，免得時時放心不下。不論在他生前死後，他都不願有人愛上了她，或和她結婚，即使他死後也願她穿上黑色衣服，像失了伴侶的鴿子，永遠當他的寡婦。可是，過了一二月之後，他心中的悲哀終於平伏了一些；他也知道已是無法挽救，不得不忍耐下來，只有這顆嫉妒之心還是放不開。不管是在堂上、室內，或在其他地方，他不讓她單獨行走，老是一只手扶住她身上。因此，春月不免痛苦落淚，心中熱愛著達米恩，看看難以如願，就寧願一死了之。她天天只是等待心頭破裂，以了此願。

達米恩也就成了世上最傷心的人，他日夜找不到機會和春月傾吐衷腸，只因冬月總不離開她一步，手扶著她不放。但既有情書來往，或是私下做些記號傳達，兩人心事還不致彼此生疏。啊，冬月老人，即使你的眼力仍能看到出海船，又有何用？與其睜著明眼被人欺騙，還不如瞎了眼受人愚弄。請看那百眼怪物，雖它極盡了窺察的能事，終究還是被人矇騙了，而上天知道，還有些人卻認爲事實不是如此呢。不過，多講惹人心煩罷了。

卻說那美艷的春月把冬月所收藏的花園門匙，壓進熱蠟，做出模型，達米恩懂得她的用意，配了一把鑰匙。何必多說，到了時候，因有這把仿造的鑰匙卻引起一場風波，各位且靜聽我講來。

啊，尊貴的詩人奧費德，上帝知道你說得很有理！哪有一種手段，不管時間多久，爲害多深，一旦遇見情場熱種，還會想不出辦法對付嗎？人們且看辟拉莫斯與希絲庇就可懂得，他倆到處受人監視，又久又緊，可是仍能彼此通氣，由牆隙中私談；誰也沒有覺察。

現在話歸正題。還沒有過到八天，七月來臨，冬月老人經愛妻慫恿，渴想去園中遊散，除他兩人之外，不讓任何人來打擾。一天早晨他對春月道，「起來吧，親愛的好妻，聽那雉鳩在園中唱歌了；冬天的寒雨已不再來了。來吧，你那鳩眼是何等媚人！你那胸乳和甜酒一般，眞是令人陶醉！花園有四圍的高牆；來吧，明媚的妻子；你射出了愛的箭，我的心已被你射傷了！我知道你是潔白無瑕的，讓我們來歡樂一番。你確是我的妻，我的安慰所寄。」

他講著這些陳辭爛調；她就打著一個記號給達米恩，要他用那鑰匙先進花園。達米恩於是開了園門，閃了進去，人不知，鬼不覺，靜靜地坐在叢樹之中。冬月老人，雙眼齊瞎，手牽著春月，來到鮮麗的園中，進了園就隨手把門關上了。

「好了，妻子，」他道，「現在這裡只有你我兩人，而你就是我所最寶貝的人。自有上天知道，親愛的忠實妻子呀，我寧願死於刀下，卻不願傷害了你。你知道我當初選上了你，絕不是有什麼貪婪之心，卻完全是愛你的緣故。我雖年紀已老，又雙目失明，你必須忠心於我，讓我來告訴你此中的道理。因爲，只有這樣你才可得到三件東西：第一是基督的神愛；其次是你的自尊；還有我的所有產業，如庭院樓閣等等。我交給你這一切，你可以如意地立出字據；在明天日落之前寫好，然後我的靈魂才得安然上天。爲了我，你要立下這個誓約，先吻我一下，我雖嫉妒，願你勿責備我。你的模樣已深刻在我心頭，當我想到你的美貌，以及我這條不順利的老命，我寧願一死，卻不願你一時一刻離我身旁，這是爲了愛，確是眞實無訛的。妻子，現在吻我一下，然後我們在園中遊散。」

春月聽了這些話，溫柔地作答；不過先已流下淚來。她道，「我也同你一樣有個靈魂，也有名譽需要保持，還有這朶妻道的鮮花，在牧師把我的身體交付給你的時候，就已由你掌握了。所以，我的親夫，我祈求上帝作證，如果我做了任何不貞的事，見不得人，對不起自己，勿讓太陽照著我，勿讓它見到我和無恥的婦人一樣活下下。我若犯了這過失，讓我衣不蔽體，裝進麻袋，淹死在最近的河流中。我是一個有身分的女子，不是一個淫婦。你爲什麼講這些話？男子們老是不忠實，而女子們反受不完你們的責難；你們雖沒有任何藉口，我想，卻喋喋不休，懷疑我們、責咎我們。」

講到這裡，她一眼看見達米恩正坐在業樹下，她咳了一聲，用手指著叫達米恩爬上果樹，他立刻就上去了。的確，他懂得她的心意，懂得她所做的手勢，比她自己的丈夫還懂得多。因爲她早就在信上告訴過他，教過他如何動作。我且讓他坐在梨樹上，冬月和春月隨處遊散著。

那一天風和日麗，蔚藍色的天空，太陽投下金光，它的溫暖烘托著每一朶花嘻笑。那時，我相信，日神費白斯正在雙子宮座，離開他在巨蟹宮座的降角不遠，且正値木星高昂。在這個明媚的早晨，冥國之王帕路托從花園盡頭進來，同著他的仙后勃洛梭娉，後面跟著許多仙女，排成一行。——你們不妨一讀克洛第恩的詩曲，講到他如何將她搶進了他那可怕的獵車，那時她正在草場上採花：——這時，冥國之王卻在綠草如茵的河邊坐下，對他的女后這樣說著。「我的妻呀，」他道，「誰也不能否認，事實證明了女子是慣於陷害男子的。你們這一套水性楊花的有名故事我可以講上十萬個。啊，聰明富裕的所羅門，你既有學識，又享盡人世的榮華，你所講的話是値得每個明白人記取的。他這樣贊揚著男子道：『一千男子中，我找到一個正直人，但衆女子中，沒有找到一個。』這位君王很知道你們的罪惡，這就是他說的話。至於西拉克之子，耶穌，我相信，也是難得說你們一句好話的。今天晚上，讓野火和瘟疫降在女子身上！你看見這位高貴的爵士嗎？呀，爲了他年老了、眼瞎了，他自己的侍者都要讓他當起烏龜來了，看哪，他坐在樹上呢，這浪子。現在我要運用我的威力，趁這老人的妻子正在做那見不得她丈夫的事的時候，我將讓這個高貴的瞎眼老頭恢復他的視覺。讓他親眼見到她如何淫蕩，對人對己她都要丟盡臉。」

勃洛梭娉道，「你這樣做，我以我的外祖薩頓爲證，我必讓她回答一句合情合理的話，以使後來的女子都可因她而得爭回體面；從此以後，女子雖有任何不正經的行爲而竟被發覺，仍可不顧一切說出一個道理來，把對方壓倒。不讓她們任何一個爲了短於言語而羞慚以死。任憑你們男子雙眼看得多麼清楚，可是我們女子必將一無顧忌，哭泣、賭咒、狡辯、辱罵、弄得你們男子莫名其妙，像隻呆頭鵝一樣。我哪裡管得著你什麼經典作家？我很可想像到你那位猶太人所羅門，在我們女子中一定碰見不少傻瓜。他雖說沒有看到正直的女子，可是許多旁人卻曾遇到過不少女子，都是忠實正經的。且看那些在基督門下的女子們，她們都能捨命殉難，堅貞到底。羅馬史上也載著多少忠誠妻子的事蹟。可是，丈夫，你也不必生氣，他雖說沒有一個正直女子，我求你要瞭解他的用意何在；他是說，講到最高的美德，只有那三位一體的上帝才具備。」

「啊！眞神只有一位，你何必把所羅門抬得這樣高呢？他雖造了一所神廟，又怎麼樣？他雖有榮華富貴，又怎麼樣？他還不是他造了一所拜偶像的廟堂嗎？還有比這件事更違反神意的嗎？由你怎樣爲他粉飾，他仍舊是個好色之徒，是個偶像崇拜者，在他的老年，他還放棄上帝。《聖經》

上這樣說，若不是爲了他父親大衛的緣故，上帝早就要將他的國奪回。你們男子所寫的一切羞辱女子的話，我卻滿不放在心上，我看去不如一隻蝴蝶的價値。我是一個女子，我就不得不說話，否則我的心房都要氣破了。他旣說我們女子是喋喋不休的，我就連一根頭髮也不能損失，對於侮慢我們的人我絕不能對他客氣。」

「夫人，」帕路托說，「不要再發氣了；我也不再與你爭論了；但我旣已發誓要恢復他的視覺，我老實告訴你，我的話是無法收回的。我是一個之王，不能講話不算數。」

「在我這一方面，」她道，「我是一國之后。我將使她仍有適當的言辭作答；我倆莫再爭吵了。我也不再來反抗你了。」

現在我們回到冬月老人來，他正在花園中和他的美麗的妻子一同歌唱，比鸚鵡還唱得高興。唱的是：「我最愛你，永遠愛你，再沒有第二個人。」他在小徑中散步很久，最後來到那梨樹底下，達米恩正高高坐起，在鮮綠叢中何等欣悅。鮮艷的春月卻嘆了一口氣，叫道，「喔，我的腰呀！丈夫，我看見樹上有梨子，我非吃幾個不可，否則我就完了，我眞想吃那小小的綠梨。快些救命，有天后在上！老實告訴你，我這樣的女子有時渴想果子吃，假如吃不到的話，就會送命。」

「那麼怎麼辦！」他道，「這裡卻沒有一個小孩可以爬上樹去！糟得很，我的眼睛又是瞎的！」

「喲，丈夫，」她道，「不礙事；你如能抱住那棵梨樹（因爲我很知道你是不相信我的），我只要能踏上你的背，就很容易爬上去了。」

「好的，」他道，「只要有辦法，我願把心都給你。」

他彎下腰，她站上他的背，拉住一根樹枝，爬了上去。各位婦女們，我請你們勿生氣：我是一個粗人，我不會牽強附會。馬上達迷恩就接住了她，把她的裙子掀起。

當冥國的帕路托見了這個罪惡勾當，他使冬月的眼睛忽而復明，他竟可以見物如初，心中何等喜悅。但他一心只想到妻子，舉起了兩眼，向樹上一看，見那裡有達米恩和他的妻兩人，正在不知幹些什麼，我若照實講出來，未免有些不體面：他於是高聲大叫，好像母親死了兒女一樣：「快，快，救命，不得了！」他喊著。「喔，你這大膽無禮的婦人，你在做什麼？」

她答道：「你做什麼啦？你該耐心一些，腦子裡想一想。是我幫了忙，要醫治你的盲眼，最好是我與一個男子在樹上玩耍。上帝知道我是一番好意。」

「與一個男子在樹上玩耍！」他道，「我已看得清清楚楚！讓上帝不給你倆好死！他汚辱了妳，我親眼看見了，該死的！」

「這樣說來，」她道，「我的治療法失效了；因爲你如果看得眞切，你就不會對我這樣講；你一定是看模糊了，眞正的好眼力還沒有完全恢復。」

他道，「我兩隻眼看得很淸，感謝上帝！的確，我想我所說的是眞話。」

「你昏了頭，好丈夫，」她道，「你該知道感謝我，是我給你恢復眼光的！喲，我爲什麼要有這好心腸！」

「啊，夫人，」他道，「我們不追究了。下來，我的心愛，如果我講錯了話，上帝保佑，反正我已受了懲罰。我的天哪，我似乎看見達米恩摟著你，你的裙子蓋著他的胸部。」

「好，丈夫，」她道，「你要怎樣想就怎樣想吧；不過，一個才從睡夢中醒來的人是不能馬上明瞭一切的，也不會一下就看得清白，總要等到完全習慣正常了才可。一個長期瞎眼的人也是一樣，不能馬上看得眞切，和看了一兩天之後的人不同。在你恢復眼力之前，還有許多事物會使你模糊受騙呢。我勸你要小心；有上天聖母作證，許多人以爲看見了一樣東西，而實際上卻完全是另一回事。誰若看錯了，誰就會想錯。」

說著，她由樹上跳下來。這時還有誰像冬月老人那樣高興呢？他吻她、抱她許多次，輕撫著她，把她帶回了高堂。現在，各位，我願你們大家愉快。我所講的關於冬月老人的故事完了，上帝和他的聖母祝福我們！

商人的冬月老人的故事完

* * *

商人的故事收場語

「呃！上帝有心！」我們的客店老板說道。「願上帝勿給我這樣一個妻！羅，女人的把戲眞多！

她們與蜜蜂一樣忙著欺我們這些頭腦簡單的人，她們老是撒謊，這位商人的故事就可以證明了。我有一個鋼一樣堅貞的妻子，不過無疑的，她在其他方面卻很糟；她的舌尖胡謅得兇，還有一大堆旁的缺點。——不管她，不提了。可是，你們知道嗎？我們私下講，我和她的結合實在是痛苦的。但是，我若把她的短處一點點都說出來，恐怕太傻了；我講這話是有緣由的，可能你們中間有人會去告訴她；至於是誰，也不必說了，反正女人是會把這類的事講出去的。我的能力有限，也說不了許多。只好講到這裡為止。」

侍從的故事

侍從的故事前引

「侍從，走過來，你如果已經答應了的話，就來講一個愛情故事；你當然比得上任何人，是很懂得那一套的。」

「好的，先生，」他道，「我很願意盡我的力來講一個故事。我絕不違反你的意願。如果我講得不好，還請原諒；我的動機是好的。請聽吧。」

❶英國自喬叟以來，在文壇上所引起最大興趣的一篇《坎特伯利故事》就是這個未完的傳奇。米爾頓在他的沈想詩中特別提到；史賓塞曾擬將此故事續完。

侍從的故事由此開始❶

在韃靼國中薩雷地方曾有一個國王，稱兵攻打俄羅斯，因而許多勇士都戰死了。這位國王名叫成吉思汗，在他那個時期，他的聲譽和才能，超過了任何一國的帝王。凡是帝王所應有的一切品質他都齊備。他出生於那一教就始終誠信著，立誓遵奉；他又勇敢、賢明、富有、守信、遇事仁愛、公正、生性穩健，像大地的中心一般；他又年輕、活潑、堅強、善戰，如朝廷中任何一個騎士。一表人材，是幸運的寵兒，永遠保持著他的高貴地位，舉世無匹。這位韃靼王成吉思汗和他的王后愛爾菲達生了兩個兒子，長子名阿爾加西夫，幼子名成巴爾。還有一個女兒名叫肯納茜，是最小的一個。我沒有這個口才和本領描述她的美貌；我不敢擔負起如此高超的任務，我的文字也不夠好；必需一個詞藻名家，懂得文章的精奧，才能寫出她的姿色。我不是這樣的人，只得盡我所能罷了。❷

成吉思汗掌握王權已有二十年，在薩雷城中宣告，規定他的誕辰為每年三月十五日。這時太陽神費白斯正是歡欣明亮，昂然高懸於熒惑星座之上，進入了燥熱的白羊宮宿。天和氣新，鳥兒

❷薩雷是當時韃靼帝國（即中國元朝）西部的首都，位於伏爾加河上，在十三、四世紀是歐洲頭等華麗的城市。關於故事中的東方色彩，喬叟大都取自《馬可·孛羅遊記》，可參讀該書英譯本卷2第14章。

在日光中對著柔綠的季節高唱情曲；它們感得已有保障，再不怕寒冬的厲刃降臨了。

成吉思汗穿戴起皇冠盛服，高坐宮廷，華筵禮慶，世上再沒有這樣華貴的了。若要我詳敍起來，恐將佔去長夏的一整天呢。至於筵席上的菜餚，孰先孰後，也無庸絮叨了；我也不講那珍饈美味，如天鵝、嫩鷺之類。還有一些在我國認爲低賤的，他們卻尊爲稀珍。這一切我將不多談了，此時已是辰刻，我不能讓這時光流轉而並無所得，因此回到故事上來。

不料，在上過第三道菜之後，騎著一匹銅馬，手中拿的是一面寬大的玻璃鏡。大指上戴了一只金戒，身旁掛著明劍。他逕自騎到高席前面。這時全庭無聲，大家都被這騎士驚呆了；老少人等個個睜眼看著他。

這位騎士除了頭部，全身是華麗的戰服，他向國王及王后致敬，然後依次對各位公侯行禮，言辭姿態都十分恭敬，雖古時哥溫騎士從仙國歸來也比不上他。他的聲音宏亮，用他的語言說出他的來意，一字一音沒有絲毫差錯；爲了使他的話易於接受，他的表情也跟著字句顯示出來，全不苟且，正如講究修辭的人所指點的一樣。我無從重複他的詞體，也跨不過這個文字的高圍，唯有憑藉記憶將他的大意講出來，以便使大家明瞭：❸

❸「高圍」在原文有「華麗的詞藻」之意。
哥溫騎士在喬叟時代原是亞瑟王傳奇中最高貴的一個騎士。

「我的主公，阿拉伯和印度的君王在這節日僅向你致賀，派我來領受你的一切指示，贈送給你這匹銅馬，這匹馬能由你的意願，在一天一夜之中，不論風晴雨雪，到處馳騁，絕不傷人；你若願意鷹一般高入雲端，你儘可安然乘騎，即使睡著休息，也無妨礙，到了你所希望去的地方，在轉瞬間又可回來。造馬的人熟諳其中巧妙；在他的創造過程中曾等待過許多星象的運轉，他懂得許多魔幻的秘訣。」

「還有我手中這面鏡子，它能顯示襲擊你的國境或個人的任何敵人，簡言之，它能為你分清敵友。尤其是，如有明媚的女子將她的心交給了一個情郎，她能看見他的行動，他若有異心，就能看見他如何變心，如何求取新歡，和他的一切詭計，鏡中顯得十分清楚，任何事也遮掩不了。因此，在這快樂的時節，他命我將這面鏡子和這只戒指，在你的面前，送給你的善美的公主肯納茜小姐。這只金戒的效能是這樣，請聽我說來；她如戴上大指，或放入袋內，空中百鳥之語她都能懂得，且能用鳥語作答。每一支有根的草能醫治何人，不論他的傷痕如何沈重，她也都能知道。」

「我身旁所掛的這把明劍有這樣的效能：你若拿起向人砍去，就能戳穿厚如橡樹的盔甲；受傷的人再也無法治癒，除非你饒恕他，在他傷處用劍的平面拍擊；就是說，只有在原傷上用原劍平面重拍，那傷口才可合攏。這都是眞的，一點沒有誇張；你一天留住這寶物，就有一天的功用。」

騎士說完，騎著馬出庭，然後下馬。這匹像日光一樣照耀的銅馬屹立院中。於是有人招待騎士進去，脫了盔甲，請他在席間坐下。那些禮物，劍和鏡由指定的侍從送到高樓，金戒交給坐在席上的肯納茜正式戴上。的確名不虛傳，銅馬站在地上像膠著的一般，再也動不了。無論用絞車或滑輪去拖，一動也不動；無人能猜透其中奧妙，這也是情理中事。大家只得暫時站開，等騎士來教他們移動的方法；關於這點且讓我慢慢說來。

衆人蜂擁著都來看這匹不動的馬；馬身高大而寬長，配合得勻稱，顯出健壯的身材，有似倫巴底種；和一匹眞馬無異，那眼睛轉動敏捷，好似亞浦利亞的駿馬一樣。人人都認爲這匹馬從頭到尾沒有絲毫缺陷，無論天工人力都無法予以增減。但大家都驚異著想看它如何行動，尤其是一匹銅質的馬。他們想它一定是仙國的產品。衆人議論紛紛，像蜂群一樣，言人人殊，有多少頭腦就有多少想法，他們背誦著古詩，說是像神話中的飛馬，可用兩翼騰空；或如古書所載希臘人擊敗特羅伊人時所用的大木馬。有一個人說，「我心中有些害怕了，也許有戰士們躱藏在內，陰謀著攻打我們這座城池。最好小心爲是。」另一人低聲向他的同伴道，「他胡說，我看這好像是魔術所形成，是在熱鬧場所演出的把戲。」他們如是喋喋不休，各自推測，恰如無知之人，對於他無法瞭解的事物，超出他的認識能力，因而只得胡思亂想起來。他們往往是越多猜測、越發錯誤。

那鏡子雖已藏起，有人卻問起其中道理何在，想不出爲什麼它能照出那些東西來。有一人解答道，可能是自然的角度和精妙的反照所致，據說羅馬就有同樣一面奇鏡。他們談著阿爾哈生、維得羅和亞里斯多德等人曾論及奇鏡與投影、反光等原理，凡是讀過他們的書的人都是知道的。

其他的人又覺得那把劍能戳穿一切，確是奇特；於是談到德列夫斯王，以及阿基利斯的槍矛，也都能邊傷邊愈，同這把劍有相似的效能。他們談及種種方法能使金屬堅硬，有哪些藥料和如何在一定的時間內使其變硬；這許多都是未知之事，至少我是不懂的。❹

然後他們談到肯納茜的金戒，大家都說從未聽到一只戒指有這奇效，除非摩西和所羅門王相傳有過這樣的技能。人人這樣議論著，這裡一團，那裡一堆。有些人說，把風尾草燒成灰，做成玻璃鏡，確是很奇特的，而玻璃和風尾草灰卻是迥然不同的東西；因為人們早已懂得這類技藝，他們的好奇心不一會就過了，不再議論了。有些人卻談到雷聲的來源委實令人猜測不已，又談到潮汐的起落、晴空的遊絲、霧氣，和其他東西，推敲著究竟。大家討論、解說，喧擾不已，最後國王從席間站了起來。

這時太陽已離開了子午線，高貴的獅子星座帶著他前爪邊的怪蛇星仍在上升，正值國王成吉思汗從席間高座上起立。響亮的樂隊在他前面引路，他來到朝見堂上，那裡樂隊繼續奏著不同的曲調，好似天上的仙樂一般。愛神維納斯高坐雙魚宮座，喜逐顏開，看著她的青年侍從們舞蹈。

高貴的君王坐上了寶座，令將外來貴賓請上前來，於是騎士和肯納茜都參加舞會。那熱鬧情況絕不是一個笨拙的人所能描寫的；他必須懂得愛情情場的格調，還應有春光一樣活潑的心，才

---

❹阿爾哈生是阿拉伯最偉大的科學家（965～1038），他的《光學論》由波蘭物理學家維得羅譯成拉丁（13世紀）。德列夫斯是密細亞的國王，被阿基利斯的槍矛所傷，仍用同一槍矛救治。

能擬出此中妙處。誰能講得出舞蹈中的姿態，那種罕見的、愉悅的動作，那種流轉的秋波和防人嫉妒的掩飾？或許只有騎士朗司洛，而他卻早已不在人間了。因此我只得省略過這個歡樂的場面，卻講到他們的夜宴。

在樂曲演奏之中，家宰吩咐著趕送香料和酒。侍者和隨從都趕忙出來取酒和香料，送上堂來。他們吃著、喝著；完畢後，依照成例，來到廟堂。禮拜過了，趁著天色未黑，就進晚餐。何必絮述一切的陳設呢？誰也知道君王宴席上佳餚豐盛，我懂得有限，不能一一說明。

餐後國王來看銅馬，後面跟隨的都是公侯后妃。他們看見銅馬無不驚奇，自從奇馬攻進特羅亞曾引起一度驚羨以來，還沒有見過同樣的事。最後國王向騎士詢問這馬的效能，並請他講出駕馭的方法。騎士拿起馬繮，只見那馬顛步舞動起來，他說道，「國王，不用絮說，只須在乘騎時把馬耳中一隻針轉動，讓我來向你一人說明。你應告訴它你願去何國何地，到了之後，告訴它從空中降落，轉動另一隻針，全部機巧只在這一點，它自能服從你的意願，安然停住。那時，即使全世界人要逼它移動，也不會挪動一步。或者你要它離你自去，只要轉動這隻針，它就立刻不知去向，誰也看不見，而回來時，不論是晝是夜，只要你一聲吩咐，至於如何吩咐，稍候一刻我自會單獨告訴你。你何時要騎即何時可騎，並無任何麻煩。」

國王聽了騎士指點之後，心中已有幾分把握，十分高興，回去宴樂如初。馬繮收進了樓閣，和他的一切珍寶保管一處。銅馬已不見了，我也不知是怎麼回事；我講不出一個道理來。這裡我暫放下成吉思汗，讓他去和公侯們歡宴取樂，直到天色將破曉時才停止。

第一部完

*　*　*

第二部開始

睡眠，好比消化過程中的一個護士，這時對他們閃霎著眼簾，提示他們說，在酒醉疲勞之後必須休息；它打著呵欠吻他們，告訴他們臥睡的時候已到，因為血液是個主要的成分。「保存你的血液，它是自然之友，」它道。他們於是打起呵欠，感謝它的好意，三三兩兩按著睡眠的指示，都去安息了；他們知道這是最合適妥當的事。至於他們做了什麼夢我就不講了；他們頭中醞滿了酒霧，確會引起許多無名之夢的。他們大都睡到白日高照的時分，除卻肯納茜一人。她喝酒有度，女子一向如此；天黑未久她已向父親告辭就寢了。她不願臉上臉發白，或晨起時還顯出倦容。她睡過了一覺就醒了；她想到那奇戒怪鏡，心中興奮，臉上色變何止十幾次。那奇鏡在她腦海留下深刻印象，因此她做了一場夢。在太陽尚未高升之前，她就叫著身旁的褓姆，想要起身。褓姆本是一個聰明年長的婦人，作答道，「公主，這一清早你起來往哪裡去呢？大家都還是睡著的。」她道，「我不想睡了，我要起來出去散步。」

褓姆就喊起了十來個侍婢。肯納茜起床，像清晨的太陽一樣紅亮，它已推進了白羊宮四度；她穿著妥當，太陽還未高起。她慢步出來，穿的是輕盈的衣衫，她去迎接那活躍溫和的時光，遊散取樂，後面跟著五六個家人。她在園中走下一條樹間小徑。由地面上升的水氣推擁著又大又紅的太陽；風光十分宜人，時和氣清，人們的心情歡躍起來，她聽到鳥兒在唱，立即懂得它們的內心意念。

一篇故事的中心如果推得過遲，聽衆的興趣就會冷落下去，拖得愈冗長，意味也就愈索然了。所以我想應該立刻拉回中心，而把她們的散步告一段落。

肯納茜正在遊逛，忽然在她頭上的高樹頂上，有一隻蒼鷹，像石灰一樣又乾又白，正在哀聲叫喊，響徹全林。它猛撲兩翼，鮮血由棲處流下。它一面高叫，一面啄毀著自己，即使林中有猛獸看見，也要生憐憫之心，爲它哭泣。而這隻鷹確很美觀，我若善於描畫一隻鳥的話，我該說世上沒有人見過它那樣純淨的羽毛，罕有的外形等等。它似乎是一個異國的產物，漫遊來此；它此刻在樹枝上，因流血太多，暈了多次，差不多要墜下地來。

美貌的公主手上戴著那奇特的戒指，懂得所有的鳥類的語言，也能用它們的語言作答，她聽見蒼鷹的訴說，十分傷感。她馬上走來樹下，哀憐地看著它，把長裙展開，因她知道這蒼鷹如果又暈一次，必然下墜。她守候了許久，最後向它這樣說道：

「你是爲了什麼如此兇猛地殘毀自己？請你講給我一聽。」她又續道，「是不是爲了死去的伴友而悲哀，或是喪失了情侶？據我所知，這兩件事往往易使柔腸感受苦痛。不必多提其他的慘事了；因爲你在戕害你自己，可見若非爲了戀愛，就是爲了恐懼。我既不見有人在逐獵你，爲了上帝，你就不該毀滅自身。這有什麼用呢？我還沒有見過任何鳥獸，無論是在南天北地，像你這樣痛不欲生的。我同情你，差不多要與你一樣悲痛。爲了上帝的愛，請你下樹來；我既是一國的公主，只要我知道你的煩惱所在，而我有此能力，一定要在今天解脫你的愁痛，願天神助我！我必找出許多藥草使你的傷痕可以立癒。」

於是蒼鷹更加高聲慘鳴，墜下地來，暈倒過去，像死了一般，肯納茜將它拾起放在膝上，候它醒轉來。不久它醒了，用鷹語向她說道，「憐憫能喚起同類者的同情，本是常有之事，眼前的眞事和聖賢書上所載都可以證明；溫良的心腸必然反映出溫良的行動。我看你，美麗的肯納茜，生來就是一副女子的純良品德，你同情我的厄難，因此，我雖不想擺脫我的苦境，卻願聽從你的恩示，且可通過我的經驗，好讓旁人得到教訓，猶如一隻獅子，因見狗受了處罰也可得到警惕，——就爲了這些，我將利用有餘的時間，向你訴說一番。」

在它訴苦的時候，公主灑淚不已，好像噴泉一樣。還是蒼鷹止住了她的哭泣。它嘆了一口氣，然後傾吐它的心事：「我當初在灰色的大理石岩中出生長大——啊，那是不幸的一天！——我本享著十分的溫暖，一無煩憂，不懂得什麼叫做災厄，這樣度著日子直到能在天空飛翔。後來，一隻雄鷹住在我的鄰近，表面看來竟是崇高品德的源泉；他在所有陰險虛僞之上，披著謙和眞誠的外衣，誰也看不出他有偌大的本領，竟深深地躲藏在保護色澤之下。正如花下躲著一條毒蛇，伺機咬人，他也一樣能假意殷勤，凡是愛情所需的表面文章他都做得盡善盡美，儼然一位愛神。正如一座墳墓，外表裝璜瑰麗，卻誰都知道裡面是一具屍首，這個道學先生就是這樣；外面熱，裡面冷，這就是他完成他的意圖的法門，只有魔鬼才知道他的眞心。

「他向我苦求，多年表示著鍾情不變，而我這顆赤心、這條柔腸，全不知道他那內心的惡毒，我深怕他會因相思而死，我聽他發誓立願，在公開的場合或私地裡他都聲明著絕對尊崇我的品格和名譽；這就是說，我完全信託了他的才德，而許願了我的終身，全心全德，無條件地，和他訂下了金石之盟，我把我這顆心去換取了他的心。」

「可是，俗語說得好，『日子過久了，一個正直的人和一個賊子是不會有同樣的思想的。』當他看到事情發展下去，我已把我的愛完全交給了他，並且正如他的盟誓那樣，說他的心已屬於我，我就信以爲眞，把我的一顆眞心完整地給了他，這時這個口是心非的壞蛋居然卑躬屈膝地跪了下來，表面上十分溫存，眞像個情場的幸運兒，自古來從拉麥最初愛上了兩個女子，直到詹生和特羅亞的巴黎斯，❺沒有哪一個學得上他那口才的千萬分之一，至於他的假仁假義的本領也沒有人

❺拉麥，見《舊約》《創世紀》第4章第23節。
詹生和巴黎斯，均希臘神話中英雄，曾拋棄初愛。

可以和他比擬，甚至爲他解鞋帶也不夠資格，誰都不能像他對我那樣恭維入耳的了！任何女子見到他的舉止就好像上了天一般愉快，他的一字一句，一舉一動，都修飾得恰到好處，任憑你是何等聰明的女子也會被他迷住。因此我愛他如命，他只要有小小的不快，我就心痛要死。這樣發展著，我的意志竟做了他的意志的工具；就是說，在任何事物上，我必聽從他的意願，只要是在情理之內，而無損於我的自尊。他是我最親愛的，上帝知道，在我的心頭再沒有第二個人了。」

「這樣過了一兩年，我看不出他的任何缺陷。但最後，命運決定了他必須離我而去。我是否痛心，那就不必問了；我也無法描述。我卻敢大膽地說，由於他要離開我而所致的悲痛，我就可以想像到死亡的痛苦。到了一天，他向我告辭了，他也表示著十分痛心，我聽他對我所講的話，看他的表情，當眞認爲他是和我同樣的感覺。我還眞以爲他是忠誠的，想他會在短期內回來，實在是爲了他的功與利不得不暫時別離，因此我也就不得不善意地忍受著。在他的面前我盡量不表現愁煩，卻只顧牽住他，以聖約翰爲誓，對他說道，『哦，我已完全屬於你了；過去我對你如何，將來也不會改變。』他的回答不必重複了；還有誰比他善於講話的？可是在實際行動上卻又有誰比他做得更可惡呢？他把好話都講完之後，就按照他的意志而實行。所以我聽說過這樣一句話——『與魔鬼一起吃飯，就該預備一把很長的湯匙。』

「於是他別我而去，飛到了他所要去的地方。在那裡他安心住了下來，我相信他心中記取了這句俗話，——『任何東西能重返本性，自然就會如魚得水一樣高興起來。』人的本性是厭舊喜新的；正如一隻餵在籠裡的鳥一樣，任憑你怎樣日夜飼養著它，把軟絨鋪在籠裡，拿牛奶麵包給它吃，還給它蜜糖，可是一旦你開了籠，它就馬上踢翻了飼杯，飛去林中，啄食野蟲，它愛的是新奇的食物，本性就是好變的；即使它出身權貴，也無從使它接受約束。這位雄鷹就是如此！他雖是貴族子弟，英俊活潑，謙恭大方，可是有一次他見了一隻鳶在飛翔，他立即移愛於她，把我完全置諸腦後，我們的盟誓也就拋得一無踪影了。這只鳶佔住了我的愛，我就此被遺棄無地了！」說罷，蒼鷹又厲聲一叫，昏倒在肯納茜身上。

肯納茜爲它十分悲慟，侍婢們也同時傷感不已。她們都不知應如何安慰它才好。肯納茜將它裹進衣裙，帶了回家，輕輕用膠布把它的傷處縛好。從地上挖出藥草，把許多罕有的鮮色的花卉製成軟膏，爲它敷治，朝夕不停。肯納茜在床頭做起一架籠子，用藍色絲絨遮蓋，標幟著女子的貞操。籠外上了綠色，畫上許多背信忘義的鳥類，如鷗鷯、雄鷹、梟鴟等等，旁邊還有鵲鳥做著嘲笑的模樣。

現在我暫時放開肯納茜，由她去看護蒼鷹；也暫且不提她的戒指，且候著一天蒼鷹和她的情郎重圓，那時再來講到雄鷹是如何痛改前非，正如古書所載，原來還是王子成巴魯出面調停的結果。我要先講一下許多戰事，以及一些聞所未聞的奇蹟。我將敍述成吉思汗如何攻克城池；再講到阿爾加西夫如何與希渥朶拉結婚；他如何多次冒著危險，全靠那銅馬得力；最後講到成巴魯在比武場上爲了肯納茜和兄弟二人決戰，才獲得了肯納茜。講完這些之後，我才能回到蒼鷹的事上

來。❺

第二部完

*　　*　　*

第三部開始

日神阿波羅驅車已遠，辰星宮中那狡猾的——

下接鄉紳對侍從、和客店老板對鄉紳所講的話

「的確，侍從，你講得眞不錯，也是一篇合乎你的地位的故事。你年紀這樣輕，卻已很懂得些道理，應該受到讚揚，」鄉紳說道。「我很欣賞，先生，你講得頗有感情！我看起來，在這許多人中間，在你長大之後，恐怕沒有一人能敵得上你的口才呢。願上帝祝福你，讓你能繼續知情達理，我聽了之後很覺滿意。我有一個兒子，願三位一體的神照顧他，讓他也能和你一樣賢明，我

---

❺成巴魯既為肯納茜的哥哥，當然不能和她結婚，但她的哥哥似乎叫成巴爾，所以可能不是一個人；但「他與兄弟二人決戰」，這句話也令人不解，曾引起許多學者的討論。

現在雖有些田地，每年出租可值得二十鎊，但我情願他長大成人後能像你一樣。除非一個人自己有道德學識，單有產業是沒有用的！我常責訓我的兒子，因爲他不學好；他老愛賭博，把他所有的錢花完、賭完。他又愛和童僕談笑，卻不與上等人來往，學得文雅一些。」

「什麼文雅不文雅！嘿，地主！」我們的客店老板道：「你很知道，你們每人必須講一個故事，否則就是違約。」

「我知道的，先生，」鄉紳道。「請你不要責我，我無非是與這位先生講了幾句閒話。」

「好了，講你的故事吧。」

「很好，店老板，」他道。「我聽從你的話。現在請聽我的故事。只要我有這能力，我絕不違背你的意志。願上帝使你喜歡我這個故事，是好是壞憑你判斷了。」

鄉紳的故事

鄉紳的故事開場語❶

古時候的不列頓人彈唱過不少往事陳跡，用了古代的詩韻；這些歌詞他們唱起來配合樂器，有時朗誦著，爲的無非是取樂。我知道有一首長曲，現在我將盡力講述出來。不過我是一個粗俗的人，在未講之前，求你們饒恕我粗俗的言辭。的確，我沒有學過修辭；我講起來一定是很簡陋的。我沒有在詩國的帕納塞斯山上受過熏染，我也沒有讀過詞章大家西塞祿。文章的色澤我不懂，這是實話；我只知道田野的自然色彩，或者人造的各種顏料染色罷了。修辭中的五顏六色對我是

❶不列頓人即布勒塔尼地方的人，布勒塔尼為古法蘭西的西北一省。布勒塔尼的彈唱詞現已不存，這篇鄉紳的故事很可以代表這類詞曲的一般內容和特點。

太微妙了，我的靈感不夠。但你們若願意，就請聽我講來。

鄉紳的故事由此開始

在阿瑪利亞地方，——也叫做布勒塔尼——從前有一個騎士，曾愛上了一位貴婦，對她竭盡殷勤。他花了許多心血，許多工夫，才贏得了她的心。這貴婦美色無比，出身高貴，騎士自從落進情網，一向不敢向她透露心事，痛苦非常，直到最後她心中發出憐憫，覺察他人品高超，能體貼入微，因而應允和他永結良緣，終身相託。為了生活的幸福，他按照騎士的風尙，向她立誓，自願此生遵循她的意志，絕不嫉妒，如任何丈夫一樣，除卻為了體面而保持夫權的名義以外，一切都為她的意願效勞到底。

她也就向他道謝，謙遜地說著，「你既如此明達，自願給我支配之權，上帝不許我犯下差錯而使你我之間發生任何爭執。我也願意永遠成為你卑順的妻；我將向你立願。」

這樣他倆心中都覺十分安定。各位，我敢說這一點，——朋友交好，若要情誼持久，就必須彼此謙讓體貼。愛情是受不住壓制的；壓力來了，愛神就撲翅而飛，不再返回了！愛情和任何靈魄同樣自由。女子的天性是要自由，不願像奴役那樣受到束縛；男子也是如此，如果我沒有講錯。只要看誰能在愛情中最有耐心，誰就有最大的成功。確實，忍耐是一種高尙的美德；因為古學者有言，它能克服嚴酷所克服不了的東西。人與人之間不應對於每一句話、每一個字加以譴責。當學習耐心，否則，我敢說事到臨頭，哪管你願或不願，你還非忍耐不可呢。原來世上的人總不免有時講錯一句話，或做錯一件事。憤怒、疾病、星象、酗酒、悲哀、身中汁液不和，都可使人言行有差錯。我們並不能把每一點過錯都算清，一點不含糊；每人都應看具體情況安排他的生活，都必須中庸適度。因此，這位騎士，爲了要彼此和睦，保證對夫人一定容忍自克，她也向他立誓，同樣地對待他。這是一個融洽互讓的表現。她所得的是一個順從的侍者，一個可尊崇的主子——愛情上的侍從，婚姻中的丈夫；他得有威權，同時也受了束縛。束縛嗎？——不，他仍掌有威權，因爲他既娶得了妻，又贏得了愛；他的夫人、妻子，和一個接受了愛情律的配偶。❷

帶著這樣愉快的心情，他與她回到家鄉，這裡離彭馬克不遠，在家中他度著安樂的生活。若不是一個結了婚的人，誰能說得完那種夫婦之間的歡樂和幸福呢？這種歡幸的生活繼續了一年多，直等他——他名叫阿浮拉格斯——準備去英格蘭住一兩年，爲的是在武藝場中求取榮譽。原來他是一生致力於武藝的。因此，正如古書所載，他在那裡住了兩年。

現在我將放下阿浮拉格斯，且談他的妻子朵麗根，她愛她的丈夫像心頭的熱血一般。他不在

---

❷在喬叟之前一百多年通行著一種愛情律，包括男對女的態度和求愛的方式，當時這種情愛關係是與婚姻無涉的，喬叟時代已有不同的社會風尚，因此這裡阿浮拉格斯和朵麗根已將從前的愛情律與近代的婚姻關係合而為一了。

家時她哭泣哀嘆，像每個高貴的夫人那樣思念著丈夫。她守著他，爲他減食添愁；她渴想他回來，覺得世上萬事都索然無味。她的朋友們知道了她的心事，都來勸慰她，說她這樣的生活無異於自殺。她們努力安慰她，要她心上放寬。

你們大家知道，一塊石頭如果繼續不斷地磨刻，一定可以留下深印。所以，在她們日夜不停地勸慰她之後，居然觸動她運用一些理智，引起了一點希望，她們的話給她留下了一些印象。她的悲痛慢慢減輕了；她不能永遠癡癲下去。在她的愁痛的日子裡，阿浮拉格斯也曾帶信回來，報告平安，還說不久就可以回家；假如不是這個信息，她的心都要破裂了。朋友們見她愁容稍減，跪求她出來和她們一同遊散，消遣心中的鬱悶。最後她只得同意，覺得只有這樣最好。

原來她家堡宅築在海岸緊旁，爲了消遣，她常和朋友在岸上散步，看那海中大小船隻來往。可是這情景又引起了她的傷痛。她常自語道，「啊，這許多船隻難道就沒有一隻可送我丈夫回來嗎？唯有他乘船歸來，我心頭的傷痛才能治癒。」

另有一次，她坐下沈思，由岸上看下海去，見到岸邊峥嶸的黑岩，她心中悸動，不禁嚇得站不住脚。她坐在草地上，憂傷地凝視海水，一面悲嘆道：

「永生的上帝，你以自然規律掌治萬物，人們說，你從不白白創造一件東西。但是，上帝，這些猙獰的黑岩，看來似乎在你的全美全智的創造物中，竟是一種醜怪的混亂現象；——爲什麼你會造出如此不合理的東西來？這類東西並不能產生任何人類或鳥獸，也不能指示東南西北的方向；我看去，它沒有絲毫用處，徒然令人生厭。你看見嗎，上帝，它是毀滅人類的東西呵！岩石上曾沖死過千千萬萬的生命，雖然我一時算不出究有多少；而這些被害的人們，卻是你仿照你自己的形象所造成的完美作品。你對人類似乎應有十足的喜愛；爲什麼又用這些有損無益的方法去陷害人類呢？我很知道學者們會強辯著說，一切都是爲好，但我卻看不出這個道理。願創造風雲的上帝保佑我的丈夫！這就是我最後的要求；一切詭辯的能事我唯有交給學者們了。我但願這許多黑岩都沈進地獄中去，爲了我的丈夫的生命！這些岩石眞夠使我嚇得心驚肉跳呢。」

她這樣自言自語，傷心落淚。她的朋友們見她如此，在海邊並不能散心，不能消愁，反而擾亂了她的心神，於是又帶她到旁處去。她們引她去遊逛山川勝地；帶她去跳舞、下棋、玩牌。有一天早晨，她們同去附近花園中整天遊玩，帶著食物和其他用品。這是五月裡的第六天早上；柔雨洗染了園中的紅花綠葉。的確，人工把這座花園裝飾得那樣美麗，除上帝的樂園外，人間沒有第二個了。花卉的馥郁和園中的新鮮景色，確能令人心曠神怡，除非他愁病重重，看不到那無窮的美景。宴罷，人們開始跳舞，只有朵麗根在舞會中不見她的意中人，仍是嘆息不已。當然，她雖懊喪，卻也不得不靜待時日的遷移，心頭保留著希望，等候愁煩消逝。

舞會中男子很多，其中有一位青年，新鮮活潑，勝於五月的天氣。他的唱歌舞蹈是沒有人能和他相比的。以一句話來描寫他的話，只有說他是世間得天獨厚的一個人；年輕、健壯、富有、知禮、一身高貴的品質，無人不愛，無人不敬。簡捷地說，反正事實總是藏不住，這位奥蕾利斯，愛神維納斯手下的一位青年，早已傾心於朶麗根，而她卻全然不知，兩年多來他不敢向她吐露任何心事。他喝的是相思的苦酒，只是缺了一隻酒杯。❸他失望，但除了在歌詞中表示一般的愛慕而外，不敢有任何表現，他說，他愛，卻沒有被愛。關於這些，他譜過許多短曲、兩韻詩、訴歌、循環詞等等，在這些詞曲中，他說他不敢發洩他的隱痛，只能像怨仇女神被禁閉在地獄一般；他說他只好像山林女神愛水仙神那樣，爲了相思太苦，唯有一死了之。除此而外，他唯有偶而在舞會上，趁著這個青年人們顫動心弦的場合，向她投射著深情的視線；可是她卻絲毫不瞭解他的心意。

他原是朶麗根的鄰居，又是一個被人器重的人，她一向是知道他的，所以在沒有離開舞會之前，他倆就交談起來了，奧蕾利斯慢慢引到他的題目上來，就見機說道，「夫人，有萬物的創造者爲證，我在你的阿浮拉格斯出門過海的那一天，也就應該出門而去，不再回來；因爲我敬慕你，卻至今是一場空，我所得的酬償無非使我心傷欲碎。願你憐憫我的痛苦，夫人，只要你一句話就可以生我，或殺我——願上帝賜我葬身於你的脚下。我此刻不能多講，求你寬恕我，親愛的，否則就讓我死去！」

她眼看奧蕾利斯說道，「你心中原來是這樣的念頭嗎？你是眞的這樣講的嗎？我從未知道你

---

❸「喝酒缺一隻杯」是俗語，意思是「吃了虧」。

心裡的事：奧蕾利斯：願那給我生命的上帝勿使我在知覺健全的時候在言行上做一個不忠貞的妻子。我的終身已許給了他，我已歸他所有。這就是我所能給你的最後答覆。」但是，後來她對他卻講了一句笑話：「奧蕾利斯，上帝在天，我或許還可以愛你，因爲我看你如此傷痛；哪一天你如果能把這海岸邊的岩石一塊塊都搬走了，勿使任何船隻受到阻礙，——我說，你若能把這些岩石都清除得看不見了，我就可以愛你了，並且超過任何人。這一點我可以向你保證，只要我辦得到。」

「你就不能再寬恩一些了嗎？」他道。

「不能了，」她道，「有給我生命的神在上！我很知道這是不可能的。你心中早些排除了這種癡想吧。一個人愛上一個有夫之婦有什麼意味呢？她的丈夫隨時在左右著她的身心呢。」

奧蕾利斯連聲嘆氣。他聽了這話，只得淒然作答道，「夫人，這是一件不可能的事！我唯有慘痛而死了。」他說著就轉過身來。她的朋友們正在小徑裡走上走下，全未知悉這段經過，馬上又開始各種遊戲取樂；直到太陽西沈，天色黑了才罷。他們個個開心滿意回到自己家中，除了奧蕾利斯一人！他抱著沈痛的心回去，眼見得自己已絕了望，覺得心頭冷上來。他向天空舉起雙手，露出膝頭跪在地上，瘋瘋癲癲祈求著；他傷心已極，神志恍惚，也不知道口裡說些什麼；他含著一顆苦心向神明祈禱，先向太陽神訴說著：

「阿波羅，」他道，「花草樹木的主宰，你依照你宮座的傾度，或南或北，給了自然界一切適當的時季，費白斯，願你眷顧我這可憐的奧蕾利斯，否則我就無路可走了。主呀，我的意中人已宣布了我無辜的死罪，除非你的仁慈能觀照我這垂死的心。我知道，費白斯，除我的心愛之外，唯有你最能援救我，只要你願意。現在請聽我講你如何能救我。你幸福的妹妹，明亮的露新娜，❹海洋之后，雖然納潑瓊統治著海水，她卻仍是那海面的后王；你知道，日神，她的意願是由你的圓鏡而取得光明的，因此她緊跟著你，由此之故，海洋才依從著她的吩附，原來她就是大小海流的女后。所以，費白斯，這就是我的禱詞，——顯示出這個奇蹟來，否則我的心就破裂了；下一次在你們的天位對峙的時候，應是在獅座之中，我求她漲起大潮，使阿瑪利亞的不列頓海邊最高的岩石也至少淹過五潯之深，並使這大水維持到兩年。那時我就可以對意中人說，『履行你的諾言，那岩石都已不見了。』費白斯，我求你顯示奇蹟；求她不要比你跑得更快；我是說，求你的妹妹勿在此兩年中超過你的速度。讓她總是月圓，且春潮日夜升漲不退。除非她肯這樣恩賜於我，讓我得到心愛，把每塊岩石都沈進帕路托的冥國去，不然的話，我就永遠無望了。如能這樣，我一定赤脚步行，朝拜你在德爾斐的神廟。費白斯，請看我兩頰淚，可憐我的痛苦罷。」

說著，他就暈倒了，躺著很久，不省人事。他的弟弟本知道他心中的愁煩，把他移到床上休息。這裡我暫且將他放開，由他去躺著失望，心坎上受著苦刑。他是願死還是願生，只得由他自

---

❹露新娜即露娜，月亮的詩名；月亮與海潮有關，是合乎科學的。

己去選擇，我是無能爲力的。

阿浮拉格斯來到家中，帶來許多勇敢壯碩的騎士，都是騎士界的精英，也是負有盛名的人物。啊，朵麗根，現在你眞快樂無窮了，你可以擁抱著你的丈夫，他既是堅強的騎士，又是勇壯的戰士，並且他又愛你如命。他完全沒有懷疑到在他離家的時期中會有人和她談愛，他沒有這種疑慮。他根本不加注意，只是跳舞、比武，爲她取樂。這樣我暫放下他倆，由他們去度著幸福快樂的生活，且談那病中的奧蕾利斯。

不幸的奧蕾利斯在病榻上受苦，消磨著時日，有兩年多的工夫，此後他才開始下床來，移動著沈重的步子；這時，他得不到任何安慰，除了他的弟弟，一個書生，他是知道他這一切愁痛的，他實在不敢對任何旁人談起。他心中所積鬱的事，比起朋費勒斯爲了愛加拉蒂亞所隱藏的心事，還要守得緊密。❺他的心胸在外表看來雖是完整，卻是有一支利箭永遠刺入心頭。你們都知道，在外科醫術中，如果單治傷患處的外面是有危險的，非把箭頭取出，或診治那受傷的深處不可。

他的弟弟躲在一邊哭泣，最後他卻想起當初在法國奧爾良的時候——青年學者往往愛鑽研魔術，尋遍各地去學習，——此刻他記起在那裡曾有一天，他見到一本魔術書，是他的一個同學，當時的一個大學學士，私下放在桌上的；那時他自己卻讀另一門課程；在這本書裡講到許多關於

---

❺朋費勒斯是一個詩人；他愛加拉蒂亞的事，見13世紀一首拉丁詩。

天體對人的影響，還有月宮的二十四座和其他一些無聊的東西，我們今天看來實在是抵不上一隻蒼蠅的價值了。——我們信崇的是神聖的教義和眞誠，我們不會讓虛構荒誕的東西來貽害我們了。可是他一想起這本書，心裡鼓舞起來，私下自忖道，「我的哥哥馬上就可以病癒了；因爲我深信確有某些人爲的法術，能假造出許多幻影，好似靈敏的戲法家所要的那樣；我常在宴會上聽人說，在一座大廳上，戲法家能變出河水，並有船隻在廳堂中上下划盪；有時一隻猛獅走了出來；有時草原上長出鮮花；有時一棵葡萄藤上掛著紅白的葡萄；有時一座堡宅的石塊上塗著石灰。當這戲法家心念一動，馬上又能將一切消滅；但人人卻可以親眼看得清楚。

所以，現在我可以得出這樣一個結論：如果我能找到奧爾良的同學，懂得月球的宮座或其他魔術，他就可以使我哥哥的愛情成功。學者用魔術能使人們看不見布勒塔尼海邊的黑岩，且幾天內只見船隻在海上來去，覺察不出其中的異象。如能這樣，我的哥哥自可病癒了；她不得不履行諾言，否則也至少可以使她下不了台。❻

我何必多講呢？他走到哥哥床邊，鼓勵他去奧爾良走一趟，因此他們出發，希望解除心中的愁煩。他們到了離城約半里路光景，遇見一個年輕的學者正在獨自遊蕩，向他們很客氣地用拉丁語打著招呼，並講了一句奇怪的話。「我知道你們是爲什麼來的，」他道。他們一同走著還沒有幾

---

❻奧爾良大學在中古時代享有盛名；當時學者往往研究星象之學。

步遠，他已替他們道出了他倆的來意。這布勒塔尼的學者就問他從前有些同學到那裡去了，他答說他們都死了；他聽了不免流了很多淚。奧蕾利斯下了馬，跟著那魔術學者回去，受到他殷勤的招待；只要是他們愛吃的食品都拿出享客。奧蕾利斯一生也沒有見過這樣整齊的人家。

晚飯之前，魔術學者顯示出許多東西給他看：森林和園地，充滿了野獸；還有長角牡鹿，是他從未見過的大鹿。他看見這樣的鹿有幾百隻都被獵犬噬食，有些中了箭傷而流血。不一會，這些野鹿不見了，他又看到在一條美麗的河邊有些獵鳥的人，放逐獵鷹去撲殺蒼鷺。後來又見有騎士們在場中比武。此後，這魔術家爲了給他一些心情上的快慰，讓他看到他的意中人在跳舞，連他自己也在內。魔術家見時間已久，便拍一拍手，忽而全都不見了，形形色色的世界在轉瞬之間消逝殆盡。其實，他們雖看見這些奇蹟，卻一步也沒有離開屋子，仍是在他那間滿陳書籍的房中，除了他們三人之外，別無旁人。

這時魔術家叫他的侍者過來問道，「我們的晚餐準備好了沒有？我敢說，差不多在一小時前，我請兩位貴客去書房時，我就叫你備飯了。」

「先生，」侍者道，「已預備好了，現在就可請用餐了。」

「那麼我們就去吃吧，」他道，「這最好，這兩位情場中的貴客還該有些時間休息呢。」

餐後他們談起要請魔術家把布勒塔尼沿海從吉倫特河到塞納河口所有岩石全都搬光，需要多少錢。他提出了一些難題，且發誓非有一千鎊不可，即使有這筆款子，他還不很樂意答應呢。

奧蕾利斯立即高興地答道，「管他什麼一千鎊！人們說這個世界是個大圓球，我也可以全部送給你，只要是我在掌管全球。❼這價錢就此說定，我們同意。我以一言爲定，你穩可拿到這筆款項，我不會失信。不過請你不可把我們留過明天，請你趕緊，不可懈怠。」

「不會，」魔術學者道，「我向你立誓。」

奧蕾利斯到了時候去就寢，整夜睡得很好。管他曾經花了多少心機，抱了多少希望，這一下他的愁煩卻得了解脫。到了第二天天明時分，他們上路向布勒塔尼而來。到了目的地，奧蕾利斯和魔術家都下了馬。書上告訴我們，這時正是十二月的寒霜時季。太陽在盛夏的傾度能射出金黃的光輝來，可是這時它卻衰老了，顏色像黃銅一般；它落進了冬至的摩羯宮中，可以說是暗淡無光了。嚴霜和雨雪毀折了場地上的綠草。正月的兩面神❽長著兩套鬍子坐在火邊，用牛角喝著酒；在他的面前掛的是野豬肉，每個壯士都喊著「聖誕佳節！」

奧蕾利斯一味地對他的導師表示欽佩，使他心悅，求他施展一切能力，救他跳出苦鏡，否則他就唯有自己一刀刺死算了。因此這位聰明能幹的學者懷著憐憫之心，盡其所能，趕緊工作，日夜不停，等候著一個巧合的時機；這就是說，要造出一個現象，用著幻景或其他妙術——我不懂

---

❼地球圓形之說在哥倫布發現新大陸之前早已為學者所知。

❽正月神在羅馬神話中是兩面的——一面對冬，一面對春。

得星象學家的術語——使得她或任何人看了都會心裡想，或口裡說，布勒塔尼的岩石全沒有了，或是沈進了地面。最後湊著機緣，做著圈套，運用那害人的迷信法術表演起來。他拿出他的多勒多式的計算表，算得精確；還有種種工具，如百年計，周年計，紀元根等等……❾在一兩星期之內，他把所有的岩石似乎都給搬光了。

奧蕾利斯正在失望的邊緣掙扎，不知他能否從心所願，還是終究落空，日夜期待著奇蹟到臨。當他聽說已沒有阻礙了，岩石已都不見了，他立即跪在導師腳下，說道，「我，奧蕾利斯，可憐的人，現在向你道謝，向我的意中人感恩，你已把我從冷酷的憂鬱中救了出來。」他於是來到廟中，他知道在這裡他可以見到他的意中人。他湊個機會虛心地向他靈魂的主宰致禮。他說道，「我的唯一的最可敬愛的人，全世界中你是我所最怕得罪的人——如果不是爲了我渴念著你，甚至隨時都可死於你的脚下，我就再不敢向你伸訴我的苦衷了。我無辜地爲你吃盡了痛苦，我的生命要爲你而斷送了。但你雖可以不顧我的生命，願你不致違背你的諾言，還請你再加考慮。爲了上帝，在你置我於死地以前，願你先自悔過。你該記得你所承諾的話；我並不是說我有什麼權力來抓住你的話柄，不過是要求你恩顧。在那花園中，就正是那個地點，你記得你所給我的諾言，你向我許

---

❾多勒多是西班牙古城，此種計算表當初用來計算多勒多的緯度，故名。這裡原詩有10餘行用了很多中世紀星象術語，從略。

願，可以愛我甚於任何其他的人；上帝知道你是這樣說的，雖則我不值得你愛憐。夫人，我為了你的威信而講這些話，也並不完全為了要救我自己的生命；我已做到了你所吩咐的事，只要請你去一趟。看你怎樣決定；不要忘了你的諾言，是死是活，在那花園中的一番話不是我揑造的。一切都在你的手中，我的生死全由你支配。——我所知道的是那些岩石已不見了。」

他說罷就走了，她卻呆站著，臉上全無一點血色。她從未想到會如此陷入圈套。她道，「啊，事情怎會轉變成這樣的！我哪裡料得到有這樣的奇蹟出來呢，怎麼會有此可能呢！這是違反自然的事！」

她滿心憂慮，回到家中，再也不敢移動一步；在一兩天當中，她哭泣暈眩，煞是可憐。她不對任何人講出這滿心愁煩，阿浮拉格斯又不在家。她只顧蒼白著臉，愁眉不展，自語自訴著。她說道，「呀，命運，我向你訴求，你趁我不備，竟把我束縛住了，我已無法逃脫，不是死，就是受辱；兩者之間我只能擇其一。可是我寧死也不願身子受到羞辱，或損失名譽，或自感欺瞞了人。我深知，唯有一死才可以避免一切。」

「從前不是有過多少貞潔的妻子少女，不願辱身而寧可自殺的嗎？真的，許多古人書上都可證明。在雅典有三十個可惡的霸主，於筵席上殺了菲頓，他們存心險毒，竟發令要將他的女兒們逮捕，一絲不掛帶來姦污，逼令她們在父親的血地上跳舞；願上帝降以災厄！這些可憐的女兒們心中恐懼，各自在受污之前，乘機投井而死；這都是書上記載的。還有墨西拿的人們搜捕了斯巴達的五十個處女，要想在她們身上發洩獸性，可是她們不甘屈服，都一一被殺，她們寧可一死而不願喪失了童貞。那麼，我又何必怕死呢？」

「請看，暴君亞列斯托克萊底司。他愛了一個叫做絲丁姆法麗司的女子。一天晚上她的父親被殺，她逕自來到黛安娜廟中抱住偶像不肯放手。誰都拖她不開，直到被殺於偶像之旁。女子們既都有如此堅強的意志，絕不讓男子任意污辱，我想爲妻者也一樣不能受辱，應可視死如歸。」

「再看哈斯狄巴的妻又怎樣呢？她見迦太基將被羅馬攻陷，就和她的兒女們一同跳入火中而死，卻不肯受羅馬人的凌辱。魯克麗絲在羅馬受了塔崑的姦污，豈不也自殺了？她知道喪失貞操是一件可恥的事。米利都的七個貞女，不肯受高盧人蹂躪，也都惶恐哀痛而死。關於這類的事，我相信還可以指出上千數的史實。即如阿帕雷答第被殺之後，他的愛妻就自殺，且讓她的血可以流進丈夫深而寬濶的傷痕中去，一面說道，『至少我還能保持貞操，不致受到污傷。』」

「我何必多舉事例呢，許多賢妻淑女不也以一死而保持了貞德嗎？所以我的結論是：最好自殺，絕不受辱。我一定要爲阿浮拉格斯忠誠到底。否則寧願設法了結我這性命，像堅貞的德莫形的女兒那樣。啊，塞答塞斯呀，你的女兒們也爲了貞德而犧牲了，那事蹟讀來令人何等痛心！希白斯的女子要免遭尼坎諾的毒手，也同樣自殺了，這件事恐更加可悲。還有一個希白斯的女子；因爲馬斯頓的人姦污了她，她也就以身殉節。至於尼塞拉托的妻因同樣的處境而自殺，這又何必再提呢？那個忠於阿爾西白底的人，不肯讓他的屍骨暴露，寧願死節，那又是何等堅貞！請再看，阿爾色絲底又是何等可敬的一個妻子！」⑩

朶麗根這樣苦訴了一兩天，決心要自殺。可是第三天晚上阿浮拉格斯回到家中，問她爲什麼這樣愁哭。她就更哭得傷心。

「啊，我不幸而生！我確是對他這樣說的，」她道，「我立了這個誓願，」——她把一切都告訴了他；那經過我已講過，不必複述了。

她的丈夫卻和顏悅色地答道，「就沒有其他的辦法了嗎？」

「沒有了，」她道，「願上帝救我；我實在受不了。」

「是的，妻子，」他道，「凡事安定下來了就不必再去驚擾它。大概今天還可以沒有事。你的諾言是必須履行的！願上帝饒恕我，正爲了我愛你，我寧願被利刃刺進心房，卻不願你對人失信。眞誠才是人生最高的美德。」說到這裡他湧出淚來，說道，「我永遠不許你把這件事告訴旁人，以你的生命爲證。我將盡我所能忍受苦痛，絕不放在臉上，免得人家知道了而貽害於你。」

他於是叫侍從一人和侍女一人來對他們說道，「馬上陪著朶麗根到某地方去。」他們於是告辭，一路跟她走著，卻不知道爲了什麼。他也不告訴任何旁人。

---

⑩這段下面繼續提及許多貞節的妻子，如彭尼洛貝、勞答米亞、保希亞、阿娣米希亞、杜塔、別麗亞、羅獨根、伐勒麗亞等等，譯文從略。原詩累載事例，不厭煩瑣，本是中世紀文章家及詩人所慣用的體材。

可能你們各位會認爲他是個蠢漢，竟讓他的妻去遭受困難；但請你們繼續聽我講，且慢爲她叫屈。也許她還可以遭到好運呢；等你聽完故事之後再做斷語。

奧蕾利斯一心想著朵麗根，湊巧在城中最熱鬧的市街上碰見了她，她那時正在履行諾言向花園走去。他也正是要去花園；原來他是一向注意她的行動的。總之，不論是巧遇，還是命運，他倆相遇了；他很高興地打著招呼，問她何處去。

她似乎神志不清，胡亂答道，「花園裡去，是我丈夫所吩咐的，要我履行諾言，——唉！——唉！」

奧蕾利斯心中詫異，十分同情她的悲哀，又覺得阿浮拉格斯如此高貴，能責成她履行諾言，不讓她失信。他於是非常懊喪羞恨，一再考慮，自覺應該收斂他的慾念，在高尙的品質之前不能做出如此惡劣的行爲。因此，他講了幾句話：「夫人，告訴你的丈夫阿浮拉格斯，我已看見了他對你是如何純正高尙，以及你如何愁痛，他寧願自己忍辱，卻不願你對我背信，我衷心受到感動，我情願永遠受苦，實在不願破裂你倆的愛。夫人，現在我放棄你對我所有的保證和諾言，你對我所講過的話我現在都交還給你，全部取消。我立誓絕不以你的任何諾言做根據而譴責你。你是我有生以來所知道的一個最完美、最忠貞的妻子，現在我向你告辭。不過，每一個女子講話都該小心；讓她至少要記取朵麗根的事而警惕。你也可以看到，我雖是一個侍從，卻也能和一個騎士一樣做一件善行。」

她赤露著膝向他跪謝，回去向丈夫講了這經過。我說不出他是如何高興，其實又何需絮述呢？阿浮拉格斯和朶麗根度著幸福的生活，從此兩人之間再沒有任何隔膜。他總是把她當王后一般看待，她也忠誠於他。關於他倆的事，我講到這裡爲止。

奧蕾利斯白送了許多金錢，詛咒自己。「啊！」他道，「我何其不幸，我還答應了魔術家要給他一千鎊，怎麼辦呢？我看我的一切都完了。我只得出賣所有祖產，出去行乞。我再不能留在此地，只有帶給親友恥辱，除非能請魔術學者照顧我。我去找他，請他讓我分年按期繳款，並表示感激。我必須守信，不能欺騙。」

他心中沈重，從箱子裡取出五百鎊，來找魔術家請他寬恕，並定期償淸餘款，說道，「導師，我敢自誇我從不失信。欠你的債我一定還淸，不管我的遭遇如何，即使鶉衣蔽體，行乞於途，也在所不惜。你能否答應我交出抵押，寬限兩三年，到那時我就好了。否則我就唯有出賣祖產。我再沒有可說的了。」

魔術家聽後嚴正地答道，「我難道沒有履行契約嗎？」

「你當然履行了，並且做得很好，」他道。

「你難道沒有達到你的願望、沒有得到你的意中人嗎？」

「沒有，沒有，」他道，一面傷心嘆息。

「是什麼緣由呢？你能講給我聽嗎？」

奧蕾利斯於是把一切經過又講了一遍，你們都聽見了，不用我重複。他道，「阿浮拉格斯有崇高的品德，寧可悲痛而死，不願他的妻子不守信實。」他還講了朵麗根的愁悶，如何不肯做一個不貞的妻，寧願當天死去，當初她是無意之中發出了那個誓言。「她從未聽見過什麼魔幻之術，因此我心中不忍。正如他自動將她交給了我，我就同樣自動地把她交還了給他。這是眞情，我沒有可以多講的了。」

魔術學者因而答道，「好朋友，你們每人都彼此做了一件善行。你是一個侍從；他是一個騎士。上帝有能，上帝不容，難道一個學者就不能像你們任何一人，也做一件善行！先生，我放棄你的一千鎊，只當是你沒有認識我，好似你才從地下鑽出來的一般。我的一切法術、一切精力，都不要你任何酬報。你已維持了我一個時期的生活；夠了。再會。」他騎上馬就走了。

各位，現在我要請問大家一句話：你們且想一想，他們這三個人，哪一個可算得器量最大？且慢向前走，請你們答我這一問。我的話完了；我的故事也就此結束。

鄉紳的故事完

醫生的故事

醫生的故事如下

有一位騎士，史學家李維講起過的，他名叫浮金尼厄斯，正直高尙，廣交富有。他的妻生了一個女兒，沒有其他孩子。這女孩十分美貌，「自然」在她身上特別加工，似乎在說，「請看！我，自然，當我有這意願的時候，是很足夠造成一個人的，我加上美色，誰能比擬得了？就是辟格梅龍，任憑他如何冶鑄錘煉，雕琢著色，也不中用，阿巴利斯與茹克錫斯若想學我，我敢斷言，也會心勞日拙，一無所成。原來那位型造之主已派定了我做總教司，專管世人的造形和繪色，我有單獨處理之權；每一個月兒圓缺下的萬物都由我觀照。我不用聽取任何人的意見；我的主子和我是志同道合的，爲了尊榮他，我造成了她，正如我造其他的人物一般，不論何種色彩形象。」「自然」大概在這樣的講，據我揣想。❶

這女孩當年十四歲，「自然」對她很感興趣。好比「自然」把水仙上了白色，玫瑰上了紅色，就把她的臂腿各部，在她出生之前，已加上了最適當的色澤。費白斯用他那火熱的金光染著她的頭髮，像他在水面照耀一般。若說她是十足美麗了，她的品德更是千倍地完美；她身上沒有哪一點不受著賢明之輩的誇獎。她身心貞潔，就像花朵一樣在閨中招展，她的姿態言行，無非是謙和、節制、賢淑和嫻靜。答話的時候也十分愼重。我敢說她有帕拉絲那般賢達，出言大方，世上任何女子也不能超過，同時她的一言一語又從不故意造作，或賣弄聰明。她絕不忘記她的地位，每講一句話莫不溫雅善良。她有處女應有的羞嫩，且能毅然摒棄懶散的陋習。酒神白格斯左右不了她的口腔，因爲醇酒和青春孕育著愛神維納斯，就如人們在火上加油。如果有多人相聚，她爲了保持自己的品德，深怕出言超出範圍，寧可借病躲避，原來這些場合，如宴樂、舞蹈，都是荒淫的起點。這類習尙往往使童年早熟，我們可以知道，那的確是很危險的，並且自古以來就是如此。原來一個女孩到了成人出嫁的時候，她自幼學來的一套就會發展，認爲司空見慣，滿沒有一點羞惡之心了。

---

❶辟格梅龍，相傳為古代某國王，據奥維德說，他愛上了他自己所雕塑的女子像，求愛神後，塑像因得有生氣而成人，辟格梅龍與之成婚。阿巴利斯，相傳為猶太建築家；茹克錫斯為畫家。法國中古詩《玫瑰之歌》以三人並列，當為喬叟的根據所在。

所有中年婦人們，如果你們當著高貴人家的褓姆，不要聽了我的話就耿耿於懷；因爲你們所以會擔任起你那職務，應有兩種原因：若不是因爲你們一向貞潔，就是因爲你們已經衰老，年輕時已玩過那一套，現在再不會有機會了；因此，願你們爲基督之名，把貞德教給年輕的一代，不要鬆懈。正如一個慣於在林中偷獵的人，後來放棄了這個不正經的行業，這樣一個人才是最好的林獵守護者。所以，你們應負起責任，只要你們有心，自然會做得很好；不可放過任何惡習敗行；以免你們因處心不善而受到天罰；誰若那樣做了，就是背叛了人類。注意我所要講的話；一切的邪行中，不忠於純潔的童貞才是萬惡之最。

你們當父母的人也請聽我講幾句話，雖然你們自己有了孩子，不論是一個或是兩個，在他們受你們看護指導的時期，你們總負了重大的責任。當心，不可因爲你們自己的行爲，或是管教不夠謹嚴，以致戕害他們的身心；否則，他們萬一遭遇這樣的命運，你們可就賠補不了呢。一個粗疏的牧羊人就會引狼來噬食羊群。這不過是舉一個例，我此刻必須回到正題上來了。

我所講的這個女子自守嚴謹，因而不需褓姆；她處世接物，賢淑大方，年輕的女子們盡可把她的一言一行當做一本女誡經書那樣誦讀。她的美貌和德行名聞遐邇；當地的正人君子無不誇獎她，除卻那些存心險惡的人，他們見到幸福的所在就戚戚於心，見到旁人倒霉，事不順心，他們反而高興（這是聖奧古斯丁說過的話）。

有一天，這位少女跟著她的母親去城中一座廟裡，年輕的姑娘都是如此。城中有一個法官，是這一帶地區的主管，一眼見到了這位少女，在她走過身旁的時候仔細打量了一下。馬上他的心動了，她的美貌把他吸引住了，他私忖道，「這位姑娘必屬於我，不管有誰來阻撓。」於是魔鬼鑽進了他的心，教他用什麼卑鄙手段把她弄到手；他想，這不是強力或金錢所能濟事的，因她的熟人中都是有力的人，人人知道她品德高尚，所以他很知道不能輕率從事。想了很久，他找到城中一個粗漢，他熟悉他是個膽大，靈巧的人。這法官私下和他商量，那人保證絕不傳播給旁人知道，如果洩漏出去，自願處死。這個罪惡計謀定下之後，法官心中高興，賞了他各種貴重的贈品。

等這個陰謀的每一步驟都決定了，這粗漢克洛第厄斯，就告辭而去。法官名叫阿比厄斯（這是他的眞名，因爲我所講的並非揑造的事，而是史實，內容眞實無疑），他趕忙進行一切，盡力使他的喜事及早實現。如古書所載，有一次，他正坐在會堂上，照例審判著幾件案子。這粗漢衝進來，說道，「請你主持公道，先生，這裡是對浮金尼厄斯的訴狀。如果他說這不是眞的，我有證據，也可以找到證人。」

法官答道，「除非他本人在此，否則我不能做最後判決。把他請來，然後我可以聽你的訴狀。你在這裡當然可以得到公正的解決，絕無錯誤。」

浮金尼厄斯來了，想知道何事，於是那張訴狀照讀了出來，內容是這樣：

「法官阿比厄斯，下人克洛第厄斯處境可憫，因爲一個名叫浮金尼厄斯的騎士，不守法律，不顧人情，未得我同意公開地扣留了我合法的奴婢，在她年幼時候，晚間把她偷去。我有證人，你若允許，我可以將他帶來。她原來就不是他的女兒，不怕他如何狡辯。因此，我請求你，我的法官，把我的奴婢還給我。」

浮金尼厄斯瞪眼看著那粗漢，但沒有等他講出話來（本來他以一個騎士的地位，原可找出很多證人來證實對方所說的話全屬虛構），這罪惡的法官竟不加考慮，不聽他一句話，就這樣判決了：「我判決：這個粗漢應將他的奴婢收回；你再不能留她在家。我的判決是這樣，把她帶來交託給我；讓這粗漢收回去。」

審決之後，騎士只得回到家中，在廳上坐下，喚出女兒，臉上像死灰一般，看她那溫順的姿態，滿心淒愴，卻無意做絲毫的屈服。「女兒，」他道，「浮金尼雅，這裡只有兩條路可走：死或受汚辱，你願走哪一條？啊，我生何不幸！你不應該死，不論是死於刀或劍。啊，我的生命也因你而終結了，親愛的女兒，培養你成人是何等的快慰，我從未把你淡忘！啊，你是我生平最後的樂趣，也是我最後的悲哀，啊，貞潔之寶，準備安然就義吧，這就是我的命運。爲了愛，不是爲了恨，現在你必須死去。我這慈愛的手不得不親自砍下你的頭來。啊，爲什麼阿比厄斯看見了你！他今天定下了這個罪惡的判決。」他把實情都一一告訴了她；這不用我重述了。

「啊，天呀，親愛的父親，」女兒道，提起兩手捧著頸項，如她所常做的那樣；她兩眼湧出淚來，說道，「好父親，我非死不可了麼？就沒有辦法了？」

「沒有了，我的親愛的女兒，」他道。

「那就給我一些時間，」她道，「我的父親，讓我哀哭我的死亡，當初耶弗他在殺他的女兒之前，也曾給了她時間哭泣的！上帝知道她也沒有犯罪，她不過是首先跑了出來迎接父親，推崇父親。」說著，她昏倒了。醒來後，她站起向父親說，「願上主保佑，我得以處女之身而死。願你於我未被辱之前給我一死吧。對你自己的孩子執行你的意願好了，有上帝爲鑑！」

於是她一再求他輕輕下刀，她又暈倒了。她父親滿心愁苦，卻堅定了意志，砍下了她的頭，提著頭髮，獻給法官，那時他仍在會堂。他見到後便下命把浮金尼厄斯捉住，即予吊死。但這時千數民衆衝進去救下了騎士；原來這件不義之事傳播開來，民衆生疑，他們聽說粗漢如何控告，和阿比厄斯如何給予同意等實情，因此引起公憤；大家原就知道他是一個好色之徒。他們起來反抗，將法官關進了監獄，他就在獄中自殺了。幫凶克洛第厄斯被判處吊死樹上；若不是浮金尼厄斯寬大爲懷，爲他求情，改判流放，他當然也不能減刑。至於其他大小同謀的人，一律處以吊刑。

由於這個故事，人們可以看到，罪惡是有報應的。警惕吧，誰都不知道上帝會懲罰到哪一個人，也不知道良心會使罪惡之人如何發抖，即使除罪犯本人和上帝之外沒有旁人知道內情。不論是愚、是智，誰都無從預知何時會膽怯心悸起來。因此，我勸大家可以各自警惕，遠離罪惡，罪惡自然就會遠離你們。

醫生的故事完

賣赦罪券者的故事

賣赦罪券者的故事前引——客店老板對醫生和賣赦罪券者的話

我們的老板聽後狂咒起來。「滾他的！神聖的十字架；這樣可惡的粗漢和黑心腸的法官！應讓這些法官和他的同謀者都受到無比的極刑才是！可是，還是一樣，這位可憐的女子反正被冤屈死了！她爲了美貌所付的代價實在太大；所以我說，人們可以知道，命運或自然的賦予，往往就是致命之源。是她的美送了她的命，我說。呀，她死得好可憐！我所說的天賦或命賦，確是害多利少。的確，好先生，聽了你這個故事令人好生傷心。且不管他，再聽旁的故事吧；我求上帝和聖瑪利亞照顧你的健康，祝福你的尿罐、便壺，以及藥酒瓶和滿裝了藥品的匣具等等。你確是個好人，像一個主教一般，自有聖羅安在此。我講得對不對？我沒有學者的口才，可是我聽了之後痛上心頭，差不多要發狂了。他媽的！拿點藥來我吃吧，或喝一口陳酒和麥皮酒才好，或是再聽一篇輕鬆愉快的故事，否則我就完了，想到這個女子我就要傷心。喂，你，賣赦罪券的人，」他道，「馬上來一個好玩的故事吧。」

「聖羅安在此，我來一個，」賣赦罪券者，「不過我先要去前面酒店喝一杯，吃塊麵包再講。」這時幾位正派的人都高聲說道，「叫他不要講醜話，叫他講些勸人爲善的事，我們好得些益處，那才好聽。」

「我同意，」他道，「但我需要喝點酒，一面才想得起有益的事來講呢。」

賣赦罪券者的故事❶開場語如下

「各位，」他道，「我在教堂裡說教，就提高嗓子，像鐘聲一樣圓渾，因爲我所要講的東西都記得清清楚楚。我的題旨只有一個，永遠是這一個——貪財是萬惡之源。我先就說明我從哪裡來，然後拿出教皇的聖諭敕令來，但主要的是顯出我證件上的主的印鑑，——表示我的身子不能受侵犯，否則一般的教士或信徒會斗膽地擾亂我的神聖的工作。後來，我才開始講話，拿出教皇長老等的傳訓，用上幾個拉丁字，藉此增加我傳教的威嚴，促進人們的信心。然後拿出我的水晶長盒，

---

❶這個賣赦罪券者在他這篇自白裡講得率直痛快，毫無掩飾；這本是中世紀的諷刺文學的本色。讀者可與巴芙婦的自述對照。賣赦罪券者的題旨出自《新約》《提摩太前書》第6章第10節。

滿盛著布片骨塊之類；人人都以爲是聖教遺物。我有一塊肩骨，用銅片鑲邊，是在一個猶太聖徒的羊群中得來的東西。「好弟兄們，」我說，注意我所講的話：把這塊骨頭放進任何泉水中洗濯，如果一隻牛或羊因蛇咬了而身上發腫，就用這泉水洗它的舌頭，立刻可以痊癒。還有，這泉水如給羊吃了，就可以治療它的疱、痂、瘡、毒。記住我的話。如果牛羊的主子餓時喝了一口泉水，在鷄鳴之前每星期一次，他的牛羊就會繁殖起來，這樣的喝法就是那位猶太聖徒教給我們祖先的。並且，列位，這泉水還能治妒心；一個人妒火上升的時候，只要用這泉水做湯喝，他就不再懷疑他的妻，雖然他明知道她犯了過，甚至她找過兩三個教士。」

「我這裡還有一隻手套。你把手放進這手套裡，就可以看見田裡的五谷長起來，無論是大麥或小麥，只要你獻出幾個銅幣或小銀幣就成。」

「不過，善男信女們，有一件事我要警告你們；假如有人犯了大罪而不敢懺悔，怕礙了面子，或是老婦少女，讓丈夫當上了烏龜，這些人來到教堂就不會有靈感，即使獻出金銀來想沾得我的聖物之福，也屬枉然。但如果有人知道他無辜，站上來，以上帝之名獻禮，我仍可用聖諭的權威來赦免他。」

「自從我當了賣赦罪劵的人以後，用上這些把戲，每年可得一百馬克的收入。我站上教壇，儼然是個牧師模樣，那些聽衆坐下之後，我就開講起來，加上許多謊言胡說，竭盡我哄騙的能事。我使勁伸長了脖子，東張西望，看著那些人，好像棲在穀倉上的一隻鴿子一樣。我的雙手連同我一根舌頭都來得十分輕快，你若看到我那樣絲毫不肯放鬆，包你要讚賞不已。我所有的教誨都與貪吝等罪惡有關，我儘量誇大，講得他們非拿錢出來不可，尤其獻錢給我。我唯一的目的就是謀利，那些什麼改過自新的一套我卻滿不在乎。當他們被埋進了地，即使他們的靈魂去黑地摸索，我也管不著！無疑的，許多說教的都是由惡意出發，諂媚奉承，假惺惺地只是爲了要向上爬，有時爲的是出風頭，有時又是爲洩憤。我不敢用其他的方式去與人家算賬，我就說上一篇大道理，用盡舌尖鋒芒去刺激他，於是他被我汚蔑了一頓也只好吃癟，他休想可以輕易惹我，或我的同行。因爲，我不用提他的名字，人人都會知道我所指的是誰，我的種種暗示就足夠了。我就這樣報復那些對我不起的人，就這樣假借聖潔之名，裝出虔誠的臉，卻從臉皮下噴出毒液來。我再說一遍，直截了當，我說教爲的就是謀利，沒有其他目的，我的教題卻永遠是：罪惡之源就是貪財。這樣，我勸導人家莫犯我自己所犯下的罪惡，不可貪得無饜。但我雖自己犯了這個罪，我卻善於教旁人莫犯貪財之罪，教他們誠心懺悔。不過這不是我主要的目的，我說教爲的就是貪利，這就夠了。」

「我於是講了許多古時的事例。原來腦子簡單的人是愛聽老故事的，這些東西他們記得清楚，也能照樣傳遞給人。」

「嘿！你們難道以爲我能說教，能運用口舌搜羅金銀，就甘心挨窮受苦嗎？才不呢！我確實從未這樣想過。我到處去說教，到處去討錢；原來爲的是我絕不肯用手勞動，更不願靠編籃子糊口，無非因此我就不至於當閒漢。我不學那些信徒。我能拿到羊毛、麥子、乳酪、金錢，不管是村中最窮的孩子或寡婦拿出來的，不管她的孩子們餓得快死，我還是不肯放過！每到一個市鎮，我就找一個姑娘，喝著葡萄美酒。」

「且聽，各位，這是最後的結論了。你們要的是我來講個故事。我現在已喝了一大杯麥酒，上帝知道，我要講一個看來你們一定愛聽的故事。雖然我自己是一個壞蛋，我卻很會講好故事，是我在講經賺錢的時候所常講的。現在，請你們靜下來，我就開始講了。」❷

賣赦罪券者的故事由此開始

從前在法蘭德斯地方有一伙年輕人，不務正業，專事吃喝嫖賭，終日琴管琵琶，歌舞荒唐，全無節制，在魔王的廟堂上崇拜魔王，褻瀆神明；他們發著犯神的狂誓，聽來令人不寒而慄；把救主耶穌詛咒得體無完膚；似乎還嫌猶太人沒有把他肢解得稱意；並且個個都還戲嘲著彼此的罪惡。還有窈窕的舞女、賣果的、彈唱的、賣淫的，無非是魔王的使者來吹燃起慾火，飲食和男女本是同伴；我有聖書可以證明，酒醉癲狂乃是荒淫無度的勾當。

請看《聖經》上的羅得，喝醉了竟違反人性，不知不覺和他的兩個女兒睡覺。猶太王希律，

---

❷僧士中本有兩種相反的派別：一種是種植勞動，佔有田產的僧士，一種是托鉢僧，依靠遊乞而無產業。我們這位賣赦罪券者顯然屬於後者。相傳聖保羅是一個編籃糊口的信徒。

誰都可以在史書上看到，在宴席上喝多了酒，竟發令殺了無辜的約翰。辛尼加說得最好，他說，他看一個瘋人和一個醉漢並無任何區別，除非瘋狂症再加上惡性情，比酣醉的時間還要長久些罷了。啊，可詛咒的飲食過度，它是我們人類墮落的起源，直等到耶穌以他的血爲我們贖了罪！請看，這個罪惡的代價有多大；全人類都爲了飲食過度而從此不能自拔了！

我們的始祖亞當和他的妻犯了這個罪被逐出樂園，永遠要勞作受苦難；我在書上讀到，亞當禁食的時期是留在樂園的，一旦他吃了違禁的果子，他就被逐而遭受苦難。啊，貪食好飲眞是個罪惡之源，我們應該詛咒你！人們如果知道過度的飲食能引起多少疾病，他們在進食的時候就會略加節制了。呀，爲了那短短的食道，柔嫩的口腔，東南西北的人們，在空中地面或水裡，都爲著飲食奔走勞動！關於這一點，保羅說得好。「食物是爲肚腹，肚腹是爲食物；但上帝要叫這兩樣都廢壞」，這就是保羅的話。

啊，這樣過分的貪食好飲，講起來已是穢臭，做起來更是罪惡，一個人喝著白色紅色的東西，竟把他的食道變成了便所。那使徒哀哭著說，「我告訴過你們許多人在世上活著，現在我又哀聲哭訴，這些人是基督十字架的仇敵，他們的結局唯有死亡，他們的肚子就是他們的神。」啊，肚袋呀！啊，臭皮囊，內中藏滿了污糞！你在兩端都發出同樣的臭聲。爲了你花去多少勞力和金錢！廚師們舂著、拉著、磨著，把原料變爲成品，使你的貪慾得到滿足！他們從堅硬的骨頭裡敲出骨髓，只要是鬆軟可口的，他們都不拋棄，都將送進你的食管。他們把香料、樹皮、根葉，做成貪食者的調味漿汁，增強他的口味。可是他追求著這些樂趣，唯有在罪惡中死亡。

酒是個淫穢的東西，酒醉了就是災害和抗爭。啊，醉徒呀，你的臉走了樣，你的口腔噴出臭氣，沒有人敢靠近你，你鼻子出氣的時候似乎老是在叫喊「參——孫，參——孫」！可是，上帝知道，參孫卻沒有喝過酒。你像一隻塡滿肚子的豬跌倒在地，你舌尖失去了效用，正經的事你都置之腦後，醉酒就是理智的墳墓。被酗酒控制的人是最不可靠的。放開你的紅酒、白酒，尤其是在菲希街或奇白賽街上出售的白酒。這種西班牙出產的酒中常攙進了其他附近所產的酒類，因此你喝了三杯，你雖身在奇白賽，卻自以爲已經到了西班牙，就在列伯城中，你就口裡叫起，「參孫，參孫」來。

我請求各位聽我這句話，我敢說，《舊約》所載的一切英雄戰功，由於全能上帝之助，無不在虔誠禁慾中建立的；你且翻閱《聖經》自然就可明瞭。請看戰雄阿鐵拉死於羞辱，那時他正是酒後沈睡，鼻中流血；所以一個戰將必須禁酒。再看勒母耳，試想他所領受的令旨是什麼——我所指的是勒母耳，並非撒母耳；你只要閱讀《聖經》，其中關於從政執法的人喝酒，是儆誡得如何明白嚴正。不必多講，已經講夠了。

我既講了貪食好飲的罪惡，現在要跟你們談談賭博。賭博是撒謊之母，欺詐、賭咒、褻瀆基督、凶殺，以及勞命喪財，都由此而起；被人視爲賭棍，乃是最可恥的事。地位愈高，愈將遭人唾棄。如果君王賭博，在衆人的耳目中，他的政躬就會受到誹謗。從前有個賢明的使臣，名叫司蒂爾彭，被派去科林斯，十分顯耀，由拉西第蒙來訂立同盟。他無意之中看見這國中權貴都在賭博。他立即潛行回國，說道，「我不能去喪失我的美名；也不願這樣自辱而使你與這些賭徒們通好聯盟。派其他使節去吧；我卻寧願一死，不願由我而建立這盟約。你是高貴正直的，我何能為你訂下條款，傷我國體。」這位賢明使臣就這樣宣稱著。再者，書中記載著，帕提亞的君王輕慢德米特里厄斯王，送他一副金骰，因他曾一度賭博過；他就此把他的光榮令譽一概抹煞，認為並無半點價值。君王們盡有其他高尚的娛樂，可以消遣公餘的時光。

現在我要講幾句關於惡劣的賭誓，是古書上所提到的。賭咒凶猛過度是罪惡的，發假誓更應受譴責。上帝根本不許人們賭咒發誓，只看《馬太福音》就知道；尤其是聖潔的耶利米說得明白，「你起誓必須誠實，不能撒謊，依照公平，根據正義，發出你的誓願。」亂賭狂誓是可詛咒的。神聖的誡條上第一表中第二誡是：不可妄稱我名。請看，他禁止這樣的賭咒，還在他禁止殺人或其他罪惡之先。我說這是十誡的秩序，任何知道十誡的人都明白，這是其中的第二誡規。我再直截地告訴你們，凡是賭咒過於凶猛，神罰絕不會離開他的家宅。「憑著上帝彌足珍貴的心，和他在十字架上的指甲，憑著基督的血起誓，我擲七點，你擲五點或三點；憑上帝的手膀起誓，你若欺人，我這把刀就刺穿你的胸膛，」——這都是兩顆骨頭骰子的結果，竟這樣賭咒、使脾氣、欺騙、凶殺。為了贖我們罪的基督之愛，不可賭誓，不論大小；現在讓我講我的故事，各位請聽吧。

我所要講的是關於三個惡漢，清早於晨鐘還未報時以前，已在酒鋪裡坐下酣飲了；這時他們聽見有叮噹之聲領著人們抬了一個死人前去埋葬；三個惡漢中有一個向店小伙喊道，「你快去問那抬過去的是什麼屍首；務必問清他的姓名，回來報知我們。」

「先生，」店小伙道，「不必問了。你們來此之前兩個鐘頭，已有人告訴我了；他原是你們的老伙伴，夜間在凳上坐著喝酒，酩酊大醉；忽而死去；有一位名叫『死亡』的，潛來此地，在這一地帶殺了許多人，他用劍矛把他的心摧爲兩片，接著一言不發，轉身便走。這次疫症流行，被他殺害的人已不下千數；先生，你未見到他以前，我想應該有些準備，不可輕敵：隨時隨地都要防禦著他。我的母親是這樣教導我的，旁的話我就不會說了。」

「這孩子說的是眞話，有聖瑪利亞爲證，」店主道，「離開這裡一里多路，有座大村落，這一年以來，村上婦女小孩，村夫野漢，都被他殺死了。我想他的住處一定就在那邊；謹防著他，莫被他傷害了，這才是上策。」

「咦，上帝的手膀，」這惡漢道，「遇見了他竟有偌大的危險嗎？我以上帝的好骨頭爲誓，定要去大街小巷搜尋他出來！聽哪，伙伴們，我們三個等於一人；大家伸出手來，結爲兄弟，共同發願，以殺死這個害人的『死亡』爲目的；他殺了許多人，我們在天色未黑以前，必須結束了他的命，有神明爲證。」

於是三人發了盟誓，彼此同生同死，視若弟兄一般。他們在狂醉中一同站了起來，向店主所說的村落走去，一面賭著許多可怕的咒誓，把基督的聖體撕得粉碎——「只要把『死亡』找到，必置之死地」。

他們還未走到半里路的光景，正在跨過一段籬圍，看見一個貧窮老翁。老翁謙和地招呼他們道，「先生們，上帝照顧你們！」

他們中間最粗魯的一個答道，「什麼！老漢子，倒霉的東西，你爲什麼全身裹得這樣緊，只露出臉？你這樣老的年紀爲什麼還不死？」

老翁抬頭凝視他的臉上，說道，「因爲我雖走遍了世界，由此直到印度，在鄉間或在城市，卻沒有找到過一個人願意以他的青春來換取我的老年；所以我不得不依從上帝的意志仍舊守著我這老年。呀，『死亡』也不肯來取我去；因此我只得像一個到處遊蕩的光棍，從早到晚，手杖擊著地面，步步緩行，這土地原是我的生母之門，我向她訴說，『親愛的地母，讓我進來吧！看哪，我的血、肉、皮，都要消失殆盡了！呀，我這把骨頭何時才能安息？地母，我願和你交換一副軀殼，在這狹舍裡我居住得過久了，但願得一塊粗毛爛布來裹我！』但是她仍不肯賜我這一點恩惠，因而我的臉上日形蒼瘦了。可是，先生們，你們對一個年老人這樣粗魯，未免太無禮貌了，除非爲了他的言行有錯。《聖經》上你們自己可以讀到，『在白髮的人面前，你要站起來』；我所以要勸你們，現在不可冒犯老人，正如你若活到我這年齡，也不願旁人冒犯你一樣；願上帝觀照你們，任憑你走到哪裡。我還要到我所應去的地方呢。」

「不成，老傢伙，」第二個賭棍說道：「聖約翰在此，不能這樣輕巧地放你走！你剛才提起那個害人的『死亡』，他在這地帶把我們的伙伴都殺了。我曉得底細，你就是他的探子，說出他的去處來，不然你走不了，上帝有眼，聖典作證！你準是他的一伙，同謀著來殺害我們的，你這賊東西！」

「啊，先生們，」他道，「你們假若眞想找到『死亡』，就順著這條曲道而去，因爲我確實是在那邊樹林裡和他分手的，就在那棵樹下，還在那兒等著呢；任憑你怎樣信口喧嚷，他總不會躲避的。你們看見那棵橡樹嗎？就在那裡可以找到他。上帝把人類贖回，願他救助你們，糾正你們！」

——老人如此說著。

三個惡漢逕自跑到樹下，在那裡他們竟發現許多圓滑光亮的金幣，看來可以裝得八斗。他們不再尋找「死亡」了，三人看了都心中狂喜，圍著那綺麗奪目的金幣坐下。他們中間最壞的一個最先開言。

「弟兄們，」他道，「留心聽我說來；我雖常常打趣說笑，可是我的腦袋卻很精細的。幸運賜給了我們這堆財寶，可使我們一生享樂不盡，來得既容易，我們也不妨花得大方。咦！上帝可貴的尊嚴！誰曾想到今天有這紅運？可是這金子如能搬運到我家或是你家——你倆反正明白這財物已屬於我們了——那我們就可以眞正的快樂了。然而在白天是無法搬運的；人們會把我們認做是強盜，而爲了我們自己的金子反把我們吊死。所以這堆金子必須很小心地在黑夜裡移動。我的意見是大家來抽籤，誰若抽到最短的籤子，就高高興興地馬上跑進城去，悄悄買些麵包和酒來。其他兩人卻很機警地守著這財寶；進城的人如果不多耽擱，到了晚上我們就可把金子搬到一個大家認爲妥當的地方去。」

一人揑著籤條，讓其餘兩個先抽，結果是最年輕的一個抽中了；他馬上進城。等他剛走，這裡一個對另一個人說道，「你知道你我是結拜弟兄，現在讓我來教你怎樣可以佔得一些便宜。你知道這個伙伴走了，而金子在此，數量不少，講明是三人均分的。可是我若想出法子由你我兩人平分，是不是可以算是我對得起你呢？」

那人道，「我猜不出是怎樣一個辦法；他已經知道金子在我倆這裡，我們如何辦呢？我們怎好向他解釋呢？」

「你能不能守秘密？」這個惡棍道，「我將簡單告訴你怎樣著手，怎樣才做得圓滿。」

「我答應，」那個道，「絕不出賣你，我誠意立誓。」

「那麼，」這個道，「你明白我和你是兩個人，兩個人總比一個人強些。等他坐下之後，你就馬上起來假裝和他玩耍；我就可以一刀刺穿他的腰間，同時你也照樣用刀刺去；這樣，金子就由我倆平分了，好朋友；從此我們可以滿足一些慾念，盡可痛快賭博。」如是，這兩個惡漢一同謀殺那第三個人。

這最年輕的一個，向城裡走去，心中縈繞著那些嶄新閃耀的好金幣。「啊，天哪！」他道，「我若獨得這所有的財物，天下就再找不出比我還舒暢快樂的人了！」最後，我們的公敵，魔鬼，使他想起去買些毒藥，好毒死他兩個同伴；魔鬼看得清楚，知道他有隙可乘，正好害他墮落，他滿心只想殺死他們，再也不會回心轉意多考慮一下。他逕自趕去，不做滯留，走進城來，到得一家藥鋪，請求賣些毒藥給他，做毒殺老鼠之用；院子裡，還有一隻臭貓，他說，吃過他的閹鷄，所以他一心想在這班夜間害人的蟲獸身上洩一次鬱憤。

那藥鋪老板答道，「這毒藥是有的，願上帝救我的靈魂，世上不論哪種動物，吃了或喝了這藥物，哪怕只有一粒穀子的份量，無不立刻死去；他必死，並且在你還未走到一里路的時間，就會喪命，這毒藥就有這樣猛烈。」

這惡棍把毒藥盒子拿在手中，又跑到第二條街上，向人借了三隻瓶；兩隻瓶裡他倒進了毒藥；還有一隻沒有下毒，留作自用。他準備通宵工作，搬運金錢。這惡毒的壞蛋把三個大瓶都盛滿了酒，然後回到他伙伴這裡來。

何用多述？他們已計謀好怎樣把他害死，也就馬上照辦了。辦完之後，有一個說道，「現在我倆好好坐下喝酒，先行樂，慢些再去埋葬他。」說著偶爾拿起有毒的酒瓶喝了一口，又遞給他的伙伴去喝，因此他倆都立刻斷送了性命。

的確，我想阿維森納也未在他的任何醫學經典，任何篇段中，記載過像這兩個惡棍臨死以前那樣奇特的中毒情景。如此，死去了兩個凶犯，而那下毒的惡棍也未能免於一死。❸

啊，可詛咒的罪惡！啊，狠心的殘殺！啊，縱慾、荒淫、賭博！基督的褻瀆者，隨時傲慢地誣蔑和狂誓！呀，人類哪，創造者創造了你，以他的寶貴的血救了你，而你竟可以如此虛僞，如此惡毒！

現在，列位好先生們，上帝饒恕你們的過失，保佑你勿蹈貪婪之覆轍。我聖潔的赦罪劵可以救治你們，只要你們獻出貴品眞金，或銀質戒指，胸針或匙瓢。低下頭來，在這聖諭下低頭！來吧，婦女們，獻出你們的絲紗！看哪，我把你們的姓名登記在這案卷上了；你們將進入天堂的幸福之境；我有威權赦免你們，你們只要獻出禮物，就可以和出生時一樣純潔——列位，我就是這樣說教的。耶穌基督，我們靈魂的醫治者，願他賜給你們他那聖赦，那是比我的更好，我不能欺瞞你們。

可是，列位，我還有一句話忘記了。我這個口袋中的聖物和赦罪劵，是教皇親手給我的，比得上英格蘭任何一個人的聖符。如果你們有人願意誠心貢獻，要取得我的赦免，走上前來，跪下，虛心接受好了；或者在你們前進途中，每到一個市鎮盡頭，來接受新的赦免，只要每次獻出新的眞實可靠的金錢銅幣。這裡每一位朝客，在你騎馬越過荒野的時候，能有一個合格的賣赦罪劵者恕免你的罪，免得遭遇不幸，該是一件榮幸萬分的事。可能一兩個人跌下馬來，折斷了脖子；請看你們有多大的保障，居然碰到了我也和你們一起，我能赦免你們大家，不論高低，爲你們的靈

---

❸阿維森納，第10世紀至11世紀著名的阿拉伯醫學家。在他的經典著作中也講到中毒的症狀、起源及治療方法。

魂走出肉身做下安全的準備。我勸我們的客店老板第一個來，因爲他最是周身有罪。來吧，老板，先來獻禮，你可以吻我所有的聖物，只要一塊金幣！快些，打開你的錢囊罷！」

「不來，不來，來了我怕基督詛咒我，」他道，「罷了；這不成，我的靈魂！你會叫我吻你的褲兒，管它怎樣臭，你卻賭咒說那是聖徒的遺物！十字聖架和聖海倫在此，我寧可把你的腸子揑在手裡，卻不來拿你的什麼聖物；把你那些東西拖出來吧，我來幫你拿。把它們放進豬肚子的神龕裡去！」

賣赦罪券者一言不答；他氣得說不出話來。

「來，」我們的老板道，「我不和你開玩笑了，也不同任何脾氣惡劣的人作耍。」

但騎士看見大家在笑，他道，「夠了，不講了。賣赦罪券的先生，高興起來吧。我也求你，老板先生，我是很愛戴你的，去吻一下賣赦罪券者吧。賣赦罪券者，我求你走近一些，讓我們像過去一樣大家笑一次。」於是他倆吻了一下，繼續往前騎去。

賣赦罪卷者的故事完

船夫的故事

船夫的故事由此開始

聖台尼地方從前有一個商人，十分富有，因而人們就認爲他賢明。他有一個美貌的妻，專愛交際遊樂；這是最花錢的事，比在交際場中奉承一下交際名花還要靡費；僅是點點頭，丟丟眉眼，不過是牆上的影子，立刻就會過去。可是一個男子如果付賬付不完，那就苦了；一個不幸的丈夫，爲了維持自己的體面，不得不對付她的盛裝華服，讓她去恣意歡舞。如果他付不出了，或者認爲奢靡，不肯出了，那就自有旁人來付款，或給她金錢揮霍，那可就危險了。

這位富商家中十分排場，賓客滿座，爲的是他手頭寬鬆，還有一個美妻。但各位請聽。他的賓客中有一個修道僧，年三十歲，倜儻風流，與他過從甚密。這位漂亮僧士自從和主人相識以來，交誼日厚。他倆是同村人，又攀上了親戚關係；主人對他從不說一個不字，一見到就像一隻清晨小鳥一樣輕快，滿心喜悅。他倆結拜爲兄弟，彼此立願親愛到底。教兄約翰也很慷慨，在商人家任意花費，取得好感。家中最低賤的僮僕他也記得施捨，每次來時總送些賞心悅目的禮物給主人，對其餘上下人等也不空過一個。因此他們都歡迎他，像天明時的鳥兒盼著日出一樣。但這些都講夠了，現在暫且擱下。

到了一天，商人準備去布魯日販貨。他派人去巴黎請教兄約翰來到聖台尼和他夫婦玩耍一天，然後出門。僧士得了僧院院長的特許，可以隨時出行，原來他是一個明達之人，負有僧院執事之責，騎馬去各地檢查糧倉；所以他很順遂地來到了聖台尼。還有誰比教兄約翰那樣親近有禮的人更受歡迎的？他帶來了一大瓶馬姆賽葡萄酒，另一瓶義大利的美酒，以及一些野禽，正如他每次一樣。這裡我按下不講，且讓他們去吃喝玩耍，有一兩天的工夫。

第三天商人起身，考慮他的正事。他走到賬房算一算一年來他的經濟出入，花去了多少，是否賺了，或是虧了。許多賬簿和錢囊都放在他面前賬櫃上。他的銀錢財寶委實不少，因此他關緊了門；不讓任何人在他算賬時闖進去；他一直坐著算到了近午時分。教兄約翰也起了身，在花園中散步，口中念念有詞。

商人妻輕輕走進花園，照例向他打著招呼。她帶著一個婢女，這女孩受她的管教，脫不了她的鞭笞。「啊，我的好教兄，約翰，」她道，「你這早就起身了，怎麼回事呢？」

「妹子，」他道，「一個人睡眠有五小時就足夠了，除非老弱之輩，像有些結了婚的人，貪睡怕起，猶如兔子被獵犬追得累乏了，坐在窩裡一樣。但是，好妹子，你為什麼這樣蒼白？我想我們這位好兄弟使得你一夜疲勞了，你該馬上去休息一下吧？」他說著笑起來，想到自己所講的話，臉上一陣紅。

那婦人搖著頭。「的確，上帝知道一切，」她道，「我眞叫得苦來！我生何不幸！我的處境不敢對人講。我願遠離此地，或者一死了事；我的苦惱說不了。」

僧士向她呆看。「怎麼啦，我的妹子，」他道，「上帝不許你為了苦悶而自殺！把你的煩惱告訴我，也許我能給你忠告，幫你的忙，我一定保守秘密。我在這本課經上發誓，絕不洩露一字，不管是好是歹。」

「我也對你講同樣的話，」她道。「有上帝和這本課經為證，即使我被五馬分屍，或進入地獄，也絕不洩露你的任何一字。我講這話不是為了你我是親戚，其實為的是朋友可以信任。」這樣他倆立著誓願，親吻著，彼此吐著心中的話。

「教兄，」她道，「我若有適當的機會，我要告訴你我一生的事。不過在這個地方，這樣的機會是不會有的。我的丈夫，他雖是你的親戚，自從結婚以來，我卻吃過他不少虧。」

「上帝和聖馬丁在上，」僧士道，「他是我的什麼親戚！他之於我還不如樹上掛著的這片葉子！法國的聖台尼為證，我所以叫他親戚，完全是為了可以有藉口來認識你罷了，我愛你甚於世上所有的女子；我以我的教團為誓。趕快把你的煩惱告訴我，講了就去，不然他要下來了。」

「我的親愛的，呵，我的約翰哥哥！」她道。「我願能夠守住這件事，但現在再也守不住了。我的丈夫，在我看來，是自古以來最壞的一個人。但我既是他的妻，我們的私事本不該講出來，不論是床上的事，或是床下的事。我願上帝佑護我！一個妻子除了說些敬重她丈夫的話之外，不讓講旁的，這是我很知道的，不過至少我可以對你講這一點；願上帝助我，因爲他還比不上一隻蒼蠅的價值！最使人恨的就是他的吝嗇。你和我一樣都很知道，女人天生有六個願望；她願意丈夫勇敢、聰明、富有、大方、順從妻子的意願、行動活潑。老實說，我做衣服全是爲他的體面，下星期天我必須付出一百法郎，否則糟了。我寧願沒有出生，卻不願受辱，或聽人的閒話；可是我的丈夫如果覺察了，我也就完了；所以我求你借給我這筆錢，不然我就死成了。約翰哥哥，我說借我這一百法郎，你若做到了，我一定感激不盡。到了那一天我必定還你，你願意我做什麼都可以，只要你說出來。我若不做的話，願受上帝的嚴懲，和那背叛法國的加納倫一樣！」❶

僧士這樣作答，「我的親愛的，我的確非常同情你，我願發誓，等你丈夫去法蘭德斯之後，必救你脫離這個苦境。我將拿一百法郎給你。」說罷，他抱住她吻著。「好，去吧，」他道，「趕快，早些吃飯，日規上已指著辰時了。去吧，務必和我一樣可靠。」

「上帝不容我背信，」她說著，一面走出去，快活得像喜鵲一般，吩咐廚師趕快，大家好早

❶背叛法國的甘尼侖是查理曼大帝浪漫詩中出賣英雄羅蘭的叛徒。

些進餐。她上去找丈夫，大膽敲著他的賬房門。「是誰？」他問。

「我的聖彼得，是我，」她道，「怎麼的，你預備絕食多久呀？你要花多少時間算賬記數哪？讓魔鬼在你的數目字中插一隻手！天賜你的福太多了！下去吧，把你的錢囊暫且放下；你怎麼好意思讓約翰老哥整天餓著肚子？好了，我們做過禱告就可以吃飯了！」

丈夫道，「妻子，你哪兒想得到我們這種事是何等複雜惱人的啊。願上帝助我，還有聖愛扶！❷我們十二個商人中恐怕找不出兩人可以興旺到老的。我們不能不裝出笑臉，世上的人千變萬化，我們卻要守住自己的行業，直到老死，否則只好出家朝拜聖地，或是脫離人世。因此我必須在這古怪的世路上找出一個方向，我們經商的人隨時都要提防，幸運機緣是變化莫測的。明晨天亮我就去法蘭德斯，我必儘量早回。我求你，親愛的妻子，對誰都要客氣謙虛，小心看守著我們的財物，治家要循規蹈矩。在各方面說，家中日子還算好過，只要曉得節省。不需要更多的盛衣豐食，口袋裡也就不會覺得缺乏銀錢了。」

說著，他關上了賬房門，馬上下來。立即做過禱告，桌上擺出杯盤菜食，他們就進餐；商人招待僧士的這頓飯確很豐盛。

---

❷法國13世紀有個僧士，後稱為聖愛扶，這裡商人可能就以他為誓。布列塔尼的聖愛扶是西元1347年被尊為聖者的，喬叟當然是知道的。至於第7世紀在英國布教的聖愛扶也許太遠了一些。

餐後，教兄約翰一本正經地把商人叫到一邊，私下對他說道，「老弟，我見你必須去布魯日走這一趟；願上帝和聖奧斯丁觀照你！我求你路上要小心，老弟；飲食不可過度；尤其在這熱天。再會了，老弟；你我不用什麼客套；上帝保佑你免遭災厄！無論白天或夜晚，你需要我做什麼，只要我做得到，一定辦到，和你自己做得一樣。還有一件事，在你去之前，我要求你，如果可能，請你借給我一百法郎，以一、二個星期爲期，因爲我要買幾頭牲口存放在我們那裡。願上帝助我，我寧願這個地方是你的就好了！我絕不會失信，一天一小時都不會差，絕不會爲了一百法郎而失信。但這件事要你保守秘密，我求你，我今天晚上就要買這些牲口。現在，再會吧，親愛的兄弟；感謝你寬宏大量。」

這商人立即和顏答道，「教兄約翰，我的哥哥，這實在是一件小事。我的金錢就是你的，只要你開口，不但是我的金錢，就是我的貨品也是一樣。你要就拿去，上帝不容你放棄權利。不過我們商人卻有一點，你也很明瞭的，我們的現款就是我們的犁鋤。我們有信用時就可借貸，但沒有了現款就不是好玩的事。你寬裕的時候再還我。我最願意盡力來幫助你。」他立即取出了一百法郎暗中交給了僧士。世上除了他倆之外，誰也不知道這件借貸的事。他們喝酒談天，散了一下步，又玩耍了一刻，然後教兄約翰騎馬回到僧院。

第二天，商人上路去法蘭德斯；由他的學徒引路來到布魯日。在這城中他忙著辦事，買進借出；他不賭不舞，一心照顧著他的商品；我且按下不提。

商人走後第二個星期天，教兄約翰到了聖台尼，他頭上新剃了髮。全家上下，最微賤的童僕，見他來了，沒有一個不高興。現在馬上提到正題：美貌的夫人爲了借到一百法郎，已許下了教兄約翰，願意和他盡歡，他倆通夜爲所欲爲；次晨，教兄約翰辭了一家人而去。那裡，或是城中，沒有一個人生疑。且不管他是回到僧院，或去其他地方，這都不用我多講了。

商場中交易過了，商人回到聖台尼家中，心滿意足，招呼著他的妻。他告她貨物昂貴，不得不借了債，現在必須履行債務，要去還兩萬法郎，因此來到巴黎，向某些友人借款，同時也帶了一些錢去。到了城中，爲了交誼濃厚，先來探望教兄約翰；並不是問他要錢，不過想知道一些他的近況，並談談他自己的一切，這本是朋友相會時應有的事。教兄約翰熱情地招待，商人告他買貨如何順利，感謝上帝；不過他必須借一筆債；然後就很愉快了，可以休息一下了。「當然，」教兄約翰道，「我很高興見你安全回來。我若富有，如我所願，你就不怕沒有這兩萬法郎了，因爲上次你好心也借了錢給我的；我眞心感激你，自有上天和聖彼得爲證！可是我還是付償了那筆錢，交給了你的夫人，放在你家中櫃台上的。她是很清楚的，還有某種證據，可以由她證實的。現在對不起，我不能多陪了；我們的僧院院長馬上要出城，我要去伴他同行。問候夫人，我的好侄女兒，再會了，老弟，下次再見。」

商人原是一個聰明能幹的人，借了些錢，在巴黎親自淸償了那些債主，收回了債據。他像鸚鵡一樣快活，回到家中，心裡計算這次出門，除消費在外，應已淨賺了一千法郎。

他的妻照例在門口迎接。那天晚上他倆很快樂，因爲他又發了財，又淸了債。天亮的時候，商人重新抱住他的妻，吻著她的臉，不禁又想玩耍起來。「好了，」她道，「我的天，你玩夠了吧！」他倆又放肆起來，直到最後，商人說道，「的確，我的妻，我實在不由得不有些氣你。你知道爲什麼？我想你把我與教兄約翰之間的友誼弄得生疏了。你該在我去巴黎之前先告訴我一句，他已把那一百法郎付還了你，並且他還有什麼證據的事。我和他講起要借錢的事，他有些不高興，看他臉上表情就知道。可是，天在頭上，我想也不必多問他了。我勸你，妻子，下次不要這樣。如果我不在家的時候債戶還了你什麼債，你總該告訴我，否則由於你不小心，我又去問人家討一筆已經還過了的債。」

但她並不認錯，也不害怕，卻立即大膽說道，「該死的，我倒要與他拚一下，這個壞僧士！我管他什麼證據。他是給了我一筆錢的，這是我所知道的。嘿，滾他媽的豬鼻子！天曉得，我以爲他是爲了你的緣故，給我這筆錢以維持我的體面，爲了彼此親戚關係，並且他常到我們家裡來，大家都很有好感。現在既是如此，我就不妨老實告訴你。你有的是比我還拖欠得久的債戶。我卻可以逐日還你的；如果我還不出來，我反正是你的妻，記下賬來好了，我還是要趕早還淸。眞話，我已全部用在衣飾上了，並沒有亂花！因爲我用得正當，又是爲你的面子，也看在老天爺的面上，我說，不要生氣，讓我們笑一陣、玩一陣罷。我這個身子已經全部抵押給你了；我盡可在床上還淸你這筆債。對不起了，好丈夫。轉過臉來，好好的對我笑一下吧。」

商人知道也無可奈何，責罵也是枉然。「那麼，妻子」，他道，「我饒恕你，不過你應決心不再浪費。你的錢財應該小心使用，我要求你。」

我的故事到此爲止，願上帝給我們足夠的故事，好聽到老死。阿門。

船夫的故事完

* * *

客店老板對船夫和女修道的趣話

「我的天那！講得眞好，」我們的老板道。「願你長久航海安全，好船夫！願上帝不給這僧士有好日子過！啊哈，同伴們，當心碰見這樣的詭計！這僧士騙了商人，還騙了他的妻，我的聖奧斯丁哪，再不要帶僧士到你們家裡去了！」

「這個故事講過了，我們再來找旁人；誰來另講一個？」說著，他像女人一樣客氣，續道，「修道女院主，對不起，我知道我不該來麻煩你，我想你該可以講一個故事吧？好不好？你可答應嗎，女院主？」❸

「好的，」她道，於是她就這樣講下去。

❸女修道受到客店老板這樣尊敬，可以一方面表現女修道的身分，一方面現實地描寫著老板耐人尋味的性格；同時給了讀者一個準備，預示了女修道的前奏與故事本身，一定是宗教氣味非常濃厚的。原文是很嚴謹的七行詩體。故事內容是中世紀流傳各國的一種民間傳說。

女修道的故事

女修道的故事開場語

啊，主呀，我們的主，你的名是如何威震大地！不但高貴的人們宣揚著你，即使孩子們的口中也讚美著你的至善，因為他們的母親的懷抱中已經表揚著你的光榮。因此，我將盡我所能，兢兢業業，講一個故事來頌讚你，頌讚那潔白的鈴蘭，你的生母，她永遠是一個處女，她自身就是榮譽，我並不能增加她的榮譽，除卻她的兒子之外，她就是仁慈之源，靈魂之藥。

啊，貞潔之母！啊，處女之聖！啊，未燃著的蘆荻，雖然摩西所見到的蘆荻是在燃燒，而你卻因你的謙卑，由上帝那裡取來降臨於你的神靈；當上帝照耀著你的心，你胎中懷了神父的智慧，願你助我講出這段故事來！聖母呀！你的仁慈，你的尊榮，你的力量，你的偉大的謙卑，人們的智力都不夠表達；有時候，聖母，你的仁恕宏大，在人們還未向你祈求之前，已得了援助；你從中斡旋，給我們光明，引我們到你的親熱的人子面前。

我的能力微薄，啊，幸福之後，要宣揚你的偉大，我負不起這個重擔；我卻像一個週歲的嬰孩，還不能開口說一句話。所以，我祈求著，願你引領我唱這一支讚美你的歌曲。

女修道的故事由此開始

亞細亞一個大城市裡，在耶教徒中居住著許多猶太人，另成一區，依仗著財主從事盤剝暴利，爲耶穌和他的信徒們所痛恨；城內街衢暢通，人們可以來往自如。街道的一端設有一所耶教小學，教徒的子弟多入學讀書，他們年年學習著有用的本領，正是孩童所應學的，如唱歌與誦讀之類。

小學生中有個寡婦的兒子，七歲，是教會歌誦隊的童子，他每天上學，途中見有聖母神像，必跪誦禱詞，這樣習以爲常。

寡婦教導兒子，使他自小尊敬聖母，他就牢記心靈，好孩子是學得很快的。啊，我每想起這段故事，總不免聯想到聖尼古拉，他也是從小就懂得虔拜耶穌的。

當這孩子在學校裡坐著念誦那祈禱小册的時候，每聽見讚美曲的歌調，像孩童們學習輪唱集一般，他必留心傾聽，字眼與調子漸漸沈進他的心裡，不久把第一首全部記熟了。

他並不懂得歌詞的拉丁文原義，他年齡太小了。有一天他求同伴用他所能明瞭的語言爲他講解，或告訴他為什麼這歌曲會如此普遍，常常嫩膝跪地，懇請他解釋。

他的同伴比他年長些，向他這樣說道，「我曾聽人說過這首歌是讚美聖母的，祈求她在我們死去時拯救我們。我也講不出多大的道理來；這原是學唱，文理上我懂得很少。」

「原來這歌曲就是為崇拜聖母而作的嗎？」這天真的孩子說。「我非得在聖誕節之前盡力把它學會不可。即使先生罵我書讀不好，每小時打我三頓，我為了尊敬聖母，也得把它學好！」

每天在回家的路上，同伴私下教他，不久他完全學會了，他大著膽唱，一字不差，歌調也很對。他每天來去走過那猶太區兩次，就兩次唱出這美曲；他的童心竭誠尊崇著聖母，她的美德滲透他的靈魂，路上他禁不住要放聲頌讚。

人類第一公敵蛇魔撒旦，在猶太人心中築起蜂窩，拱著身子說道，「啊，希伯萊人，這事太恥辱了，何能讓這個小孩自由來往，唱著違反你們信仰的歌曲，不顧你們的尊嚴？」

從此，猶太人群起圖謀殺害這天眞的孩童。他們雇下一個凶手，埋伏在一條小巷裡；等候著那孩子走過，這可惡的猶太人一把將他抓住，割破他的小喉嚨，拋進臭坑。

啊，猶太希律王的暴政重演了，你們的惡心腸能有什麼好結果呢？殘殺的事是隱瞞不住的，上帝的尊嚴絕不會磨滅；無辜者的血將向你們的罪行哀叫。

啊，小殉道者，貞潔成了你的生命，你現在可以高唱了，天國的白羊在你前面引路；那偉大的福音傳授師聖約翰在帕特摩斯寫道：那些人在羔羊前面唱著新歌，他們都是未曾沾染婦女的童身。

這可憐的寡婦通宵等候兒子，卻不見他歸來；天才亮，她面色蒼白，提心吊膽，去學校和各處尋找，最後聽說在他失踪之前有人在猶太區看見他的。慈母的心使她半瘋癲似的到處訪尋；不停地叫喚著柔心的聖母！來到猶太人中打聽。她向每個居住區內的猶太人盤問，哀求他們告訴她，究竟見了她孩子走過沒有。他們說，「沒有；」可是耶穌立刻示意，使她叫喚她兒子的名字，那路旁就是他被拋進的臭坑。

啊，偉大的上帝，你向來以童貞的口傳播你的美名，請看你的威力！這貞潔的珍寶，這顆綠柱石，這粒殉道的紅玉，他已被割斷了喉嚨躺臥著，卻高唱起讚美曲來，響徹雲霄。

路過的耶教徒都來看奇蹟，馬上請來了市長；他早已趕到，盛讚天帝耶穌的聖德，和他的聖母，人類的光榮，他就下令把猶太人都捆縛起來。

在哀哭聲中把這孩童取出，他仍不斷地唱，抬進最近的教堂，許多人虔誠地護送而去。他的母親暈倒在旁；大家無法把這第二個拉結勸開。❶

市長把每個預聞這件凶殺案的猶太人都處以苦刑，馬上就照辦了。他絕不放鬆這樣的惡行。把他們處以凶死，這原是罪有應得；所以他用野馬拖曳他們，然後依法吊死。

---

❶拉結的故事見《新約》《馬太福音》第2章第18節。

這孩童躺在主壇之前，大家唱著彌撒；唱完後長老和教士們立刻把他埋葬；但在灑聖水的時候，那孩子又開口唱起讚美曲來！

長老是一位虔敬的人，正如所有教士一樣，他咒召孩子道，「啊，好孩子，父子靈三位在上，請你告訴我，照我看去，你的喉頸已被割破，爲什麼你還能歌唱呢？」

「我的喉嚨已割穿到頸骨，」這孩子說，「按理我早應死了。但你在書上可以看到，耶穌基督要使他的光榮繼續在人間，所以爲了尊崇聖母，我仍能高聲淸晰地唱這讚美曲。」

「依我的小智慧看來，覺得憐恕之源，耶穌的慈母，是我衷心最虔愛的；在我臨死之際，她降臨我的面前，叫我於斷命時唱這歌曲，你們已聽見了，似乎我正唱的時候，她放了一粒穀在我舌上。

「所以這粒穀一天不取出，我將永遠唱著，讚美著聖女；她後來對我道，『我的小孩兒，這穀子取走以後，我就來接你。不要害怕，我不會丟棄你的。』」

這虔敬的教士，這位長老，拉出孩子的舌頭，取出穀子，才見他漸漸死去。長老目睹這奇蹟，不免眼淚汪汪像雨注一般，伏身階上，絲毫不動，好似被縛住一般，其餘的教士也都伏地而哭，祝福著基督的聖母；最後他們起身把小殉道者的遺骸移入純大理石的墓中。至今他還葬在那裡，願上帝允許我們都可見到他。

啊，林肯地方的小休，❷也是被那可詛咒的猶太人害死的，這是人人所知道的事，因爲這件事是不久以前發生的；讓我們爲自己不穩的罪惡之身祈禱上帝廣施恩澤，且尊崇他的聖母瑪利亞。阿門。

女修道的故事完

❷林肯地方的小休，是1255年被殺的，這件往事後來編入了民歌，並於1316年在林肯有奇蹟劇演出。

托巴斯爵士的故事

托巴斯爵士故事開場語——客店老板對喬叟的趣話

這個奇蹟講完之後，每一個人都很嚴肅；後來我們的老板又開始打趣起來，第一次向我看著，說道，「你是個什麼人？你難道在低著頭找野兔嗎？我只見你看地上。來，走過來一點，抬起頭來高興一下。各位，請你們站開，讓他走過來！他腰間的模樣兒倒和我有些相像；小身材，好臉色，任何女子都願意把他當個小女孩抱著玩呢！他臉上有些仙妖氣，對誰也不開個玩笑。來講一點東西我們聽，像旁人一樣。快講一個好玩的故事來。」

「老板，」我道，「請勿生氣，我確實沒有其他的故事，只有很久以前學來的一首詩。」

「罷了，也好，」他道。「我看他轉了臉色，大概我們可以聽到一些妙文了。」

喬叟所講的托巴斯的故事❶由此開始

請聽，各位先生，我將誠意地講一個有趣的故事，說的是一位英俊善戰的騎士，名叫托巴斯爵士。他生於一個遠國，海洋彼岸法蘭德斯地方，僕波林的一個地主人家。他的父親地位高貴，上帝觀照，是地方上一個首富。托巴斯爵士長成爲一個剛勇的少年，潔白的臉像小麥麵包，嘴唇像玫瑰花朶。他的皮膚似乎染上了不褪色的緋紅，的確，他還生著一個大小適中的鼻子。他的髮鬚像番紅花的橘黃柱頭，直垂腰間。他的鞋是西班牙皮革所製，他的褐色襪是法蘭德斯的布魯日的產品。他的衣料是華麗的花緞，相當值錢。他能獵野鹿，或在河邊騎馬放鷹，手上棲著一隻灰羽蒼鷹。他還是一個熟練的射手，角力起來誰也比不上他，以牡羊爲錦標，老是給他奪到了手。多少明媚的姑娘，在閨中睡不著，爲了他相思嘆息；可是他却本性貞潔，絕不荒唐，柔嫩得像一

❶在律師故事開場語中，喬叟的詩才曾被推崇了一番，現在輪到他自己來講故事了，如果真講一個最好的故事，不免太不客氣，但也不能講壞的；因此拿出這《托巴斯爵士之歌》來，原來是一種傳奇式的游戰詩歌，故意模仿一般傳奇濫調，準備來一個幾千行不著邊際的故事詩，無的放矢地唱個不完；但到了兩百行左右，客店老板卻不客氣，把他打斷了，他就改用散文講了一長篇箴言式的道德文章——這一切，正可見出喬叟的手法高明，確是一個富有生活風趣的作家。至於客店老板所描擬的喬叟，至少在外形上並不足以代表喬叟本人。

朶野薔薇。

有一天，托巴斯爵士騎馬出行，坐在灰色馬背上，手裡拿的是長矛，身旁掛著長刀。他在茂林中馳騁，鹿羚野兔到處都是；他正在南北奔馳，差些兒闖下禍端。地上冒出大小花草，有甘草、青薑，許多丁香和泡酒的豆蔻，新老不一，也有可收藏的。鳥兒唱得煞是悅耳；有食雀鷹，有鸚鵡，有畫眉譜曲，還有枝頭林鴿，那歌喉好生響亮。

托巴斯爵士聽了畫眉的歌，說不出的相思滿懷，他踢起馬鐙，狂奔起來；他的駿馬跑得滿身大汗，兩旁被鐙踢得流出血來。托巴斯爵士也騎累了，不知是哪裡湧出的火一般的勁兒；但此刻他下馬在綠草地休息，放著馬去吃草。「啊，聖瑪利亞！這股愛火好惱人呀！我整夜夢見一個仙后愛我，要在我的身邊睡眠。世上沒有一個值得我愛的女子，我將愛一個仙后；我拒絕所有凡女，我願奔過山嶺低谷去找仙后。」

他立即跨上馬鞍，蹬著馬跳過木籬石欄，要找到仙后；最後在一個幽深去處，見有一片草莽仙地，一個誰都不敢輕意闖入的境界。後來，一個巨人，名叫大象先生，一個凶猛的人，走來對他說道，「青年騎士，有阿拉在上，你若不快馬離去我的範圍，我就一錘把你的馬打死。這是仙后所在之地，她有的是豎琴，管笛和小鼓。」

騎士答道，「我既願得福，明天我將穿上甲胄來與你一戰。我怕你會吃我一頓苦，請你嚐一下這根槍頭的味道。天光時分，我就要刺穿你的口腔；請你死在此地。」

托巴斯爵士後退一步。巨人的彈弓上抛來一塊石頭，但托巴斯却躲開了，全靠上帝觀照和他自己的身段靈巧。

先生們，請繼續傾聽我的歌，比夜鶯還唱得生動，我將輕聲向你歌唱，托巴斯身腰細長，馳過谷嶺，回到城中。他吩咐手下人歡欣起來，因他將與一個三頭巨人作戰，爲的是博得明媚女后的歡愛。「喚起我的歌手，我一面穿著甲冑，一面讓他們唱歌給我聽；彈說些后王的佳事，和教王長老，以及其他相思曲調！」

他們先爲他取來甜酒和木碗中盛著菜食；宮中所用的香料、薑餅、甘草和蒔蘿加細糖。他的白皮嫩肉上貼身穿的是透光細麻所製的褲衫，上面一件夾毛緊身衣，再加一件鎧甲，以免心胸被刺。再上面一件鐵板鱗鎧，是猶太人的手工產品，他的外氅像水仙一樣潔白。他的盾是赤金的，飾有一顆紅玉和一個野豬頭。這時他發願要打死巨人，不顧一切！他的脛甲是堅革，刀鞘是象牙，銅盔閃爍，馬鞍是鯨牙，他的馬韁照耀像日月之光。他的槍矛是柏木，尖頭磨鋭，殺氣騰騰。他的馬身斑灰，緩馳而前，步伐輕盈。

先生們，這裡我的故事的第一唱結束了！各位如果還願意聽，我將續唱下去。

第二唱

對大家不起，請不要講話，騎士和貴婦們，請聽我的故事。我將敍述戰爭、騎士精神和閨中的相思。人們談唱古來英雄的佳話，譬如賀恩王、希波的斯、伯維士、蓋、列布斯和勃倫達摩；唯有托巴斯爵士卻佔得騎士中的魁首。

他騎著駿馬疾馳，像火中爆出的火星。他的冠飾是一座小塔，綴上一朶鈴蘭花。願上帝保佑他的身！他既是一個雄心四海的騎士，他不肯睡在屋內，卻憩臥野外；明亮的盔甲做他的枕，馬在他身旁嚼著細軟的綠草。他汲泉而飲，像波西法爾先生一樣，那也是一位了不起的騎士；到了一天——

講到這裡客店老板打斷了喬叟所講的托巴斯的故事

「不要講了，爲了上帝的尊嚴！」我們的老板說道：「你那無聊的東西我聽倦了，你胡謅一陣，我的耳朶都要發痛，上帝祝福我的靈魂！滾你的那些詩韻，眞可以叫做歪詩哩！」

「怎麼啦！」我道。「爲什麼你單是來打斷我的故事，卻不打斷旁人的，這是我所知道的最好的一曲詩歌了？」

「天曉得，」他道，「因爲，老實講，你那臭詩不值得我一罵；你簡直是白費光陰。先生，簡潔了當，再不要你來押什麼韻了。且看你能不能講些好詩篇來，或至少用散文講，只要內容有趣有益。」

「很好，」我道，「上帝受難有靈！我來用散文講一個小玩意兒，我想你會喜愛的；否則你就是個難說話的人了。這是一篇有益的道德故事，雖已有多人用過多種方式講過，且讓我再來試講一次。是這樣的：你們都很知道，每一個傳福音的人講到耶穌的苦難，並不完全照旁人一樣地講；可是他們的心中內容卻相同，方式不同而本質無異；我所說的就是馬可、馬太、路加和約翰四篇福音，它們的教義當然是相同的。因此，各位先生，假若你們覺得我所講的有些出入，譬如我在說明其中的用意時，比旁人或多引了幾句格言，或不用你一向聽慣的字樣，仍請你不必見怪；因爲我的主旨和我這篇故事所根據的小小的論述並無多少差別。所以，請你們聽我講來，讓我講到終結爲止。」

梅利比的故事❶

喬叟所講的梅利比的故事由此開始

一個年輕人名叫梅利比，有錢有勢，和他的妻慎子生下了一個女兒，叫做索斐亞。

有一天，他到野外玩耍，把妻女兩人留在家中，家門關閉得很緊。他的三個舊仇人瞥見他出了門，用梯子架上他的屋牆，爬進窗去，打了他妻子一頓，又重傷了他女兒的身上五處，就是說，她的脚上、手上、耳朵、鼻子和嘴巴；直打得她看上去再也活不成，他們才走。

梅利比回家來，進了門，看見了這場災禍，就像發瘋似的撕著衣服，哭喊起來。

---

❶這是一篇散文譯作，原文是法文，而法文原作又是依照13世紀一個義大利法官用拉丁文所寫《訓子篇》而作。

他的賢妻愼子竭力請求他不要哭喊；可是他越哭越兇。愼子想起奧維德的《愛的治療》一書中有幾句有道理的話，說的是，「誰若阻止死去孩子的母親哭泣，不讓她哭個痛快，他就是一個蠢人；她該等他哭過一個相當時間，然後盡力好言勸慰，請他停止哭泣。」因此這位賢妻愼子就由她的丈夫去哭喊過一陣；見他哭得差不多了，便這樣對他講：「呀，我的丈夫，爲什麼你會不知高低，自尋煩惱，以至於此？眞正說來，一個明白人這樣表現著悲痛是很不合適的。你的女兒，由於上帝的照顧，是可以復原痊癒的。即使她此刻竟死去，你也不能爲了她的死而毀了你自己。辛尼加說，『一個聰明人不該爲了孩子死了就盡量自苦；他卻應該忍耐，正如安心等待自己的死一樣。』」

梅利比於是答道，「一個親受大難的人，難道就能停止哀痛而無所表現嗎？我們的耶穌基督爲了他的朋友拉撒路之死也曾悲哭過。」

愼子答道，「的確，我很懂得一個人心中悲傷，在悲傷的場合中，他並不是不應該表示有節制的哀痛；在這種情況下哭泣是可以的。使徒保羅致羅馬人的書簡中寫道，『與喜樂的人要同樂，與哀哭的人要同哭。』可是，有節制的哀哭雖是可以的，過度的哀哭無疑是不可以的。根據辛尼加的教訓，哀痛中還是該考慮到一定的節制。他說，『你朋友死了，你的眼睛裡不可過分充滿了眼淚，也不該一滴眼淚都沒有；雖有眼淚湧入眼眶，切莫讓它們流下來。』因此，你對於一個朋友既已盡了哀，心裡也就釋然了，你就該趕緊另外結交一個；這樣比只顧哀悼一個亡友要高明得多；因爲那樣的做法是無益。所以，如果你能憑理智自制，就該摒棄心中的憂傷。記取塞拉克之子耶穌所說的話，『喜樂的心能叫人長生不老；可是憂傷的心使人骨胳枯槁。』他還說，憂傷害死了很多人。所羅門說，憂傷侵蝕心靈，好比羊毛裡的蠹蟲損害衣服，又好比樹上的害蟲一般。這樣說來，我們遇到了孩子之死，或是爲了世上財物的損失，都是一樣需要忍耐。記取能忍的約伯，當他失去了兒女和財物，親身遭受了許多苦難，仍舊是這樣說，『賞賜的是我的主，收取的也是我的主；我主的名應當稱頌。』」

梅利比聽了這些話，回他的妻道，「你的話都很對，並且有益，不過我的心傷痛得很，我不知該做什麼才好。」

「召請你所有的眞朋友，和有腦筋的親戚來；」愼子道，「把你的心事與他們講了，再聽他們有什麼意見；根據他們的話再作道理。所羅門說的，『一切行事要聽從人家的勸告，然後你才不致於後悔。』」

於是，由於他妻子的勸告，梅利比召集了許多人來，有年老的，有年輕的，其中也有內外科的醫生；也有他舊時的仇人，現在爲了表示好感，裝著已經和好了；還有他的鄰居們，心中畏懼他，不見得是愛他，這類的情形是常有的。還有許多來奉承的人；以及一些懂得法律的辯護能手。

這些人都來齊了，梅利比愁容滿面，把經過向大家講了一遍；由他的語氣中看得出他懷恨於心，很想報仇雪恨，巴不得馬上可以開始給予還擊。可是他仍是徵求著他們的意見。這時一位外科醫生，請求各位賢者的准許和同意，站了起來對梅利比發表了下面的一段話：

「先生，」他道，「在我們當醫生的來說，我們應該對每個就醫的人竭盡能力做得妥善，絕不能做任何有害於我們的病人的事。所以常有這樣的情況，兩人互傷，都來求醫，而同一個醫生卻把他們倆的傷同樣治好。我們不會煽動挑撥，使得人們不知。至於醫治你的女兒這一點，不論她怎樣重傷，我們必然是全心全意，日日夜夜，依靠上帝的仁慈，盡力將她治癒，使她盡快可以恢復健康。」

那內科醫生的話也差不多是完全相同的，不過最後卻加了這樣一句話：「治好人的疾病是用以毒攻毒的方法，因而要治好人們相互之間的不和就該有冤報冤，有仇報仇。」

梅利比的鄰居都是妒心重重，他的朋友又都是假心假意，表面上裝著已經與他和好如初。還有那些奉承他的人，一個個都做出一副同情的假相，陪同他哭泣。他們異口同聲，當面誇獎他，說他怎樣有權有勢、有財有友，說他的仇人怎樣也比不上他；他們竭力勸他馬上對仇人開火，以復仇雪恨。

這時一個聰明的訟師站了起來，請求其他才高識博的人給予原諒和指教，開言道，「各位先生，我們今聚集在此，討論一件重大的事，這件事牽涉到罪惡的行爲，並且由此還可以產生非常嚴重的後果；加之，肇事的雙方又都如此有錢有勢。爲了這些關係，在處理這件事的時候，如有差錯，是很危險的。所以，梅利比，我們的看法是這樣：我們特別向你提出，你應該立刻招僱一批暗探與守衛，設法進行自衛。然後，我們還要勸告你，將你的邸宅佈下禁衛，以便加強對你本身的安全設置。可是，講到立即開火報仇這一點，我們還不能發表意見，因爲時間短促，無法決定這一動作的利弊何在。我們希望有更多的時間來進行充分的考慮。常言道，『做得快，悔得快。』況且，一位人人所佩服的好裁判官，往往對於案件能夠很快地審查清楚，卻又很慢地做最後判決。因爲無故延宕固然會叫人不耐煩，但是要判斷公正，或是要復仇雪恨，利用適當充分的時間是沒有錯的。我們的主耶穌就是這樣做的。人們把那個犯姦淫的婦人押解到他面前，問他該把她怎樣辦，他雖然很清楚應該如何回答，可是還是要經過考慮，並不馬上作答，當時他兩次彎著腰用指頭在地上畫字。爲了這些緣故，我們希望多花一些時間來考慮，然後再奉告你應採取哪一條途徑最恰當，願上帝照顧你。」

接著年輕的一批人立即騷動起來，他們大多數人對於聰明長者的意見認爲一無可取，他們叫囂著說道：「趁熱打鐵，人們滿肚子脹著氣，就正該在氣頭上報復才是。」他們一齊高呼著，「開火啊，開火！」

這時，聰明長者們中間又一位站了起來，揮手叫大家靜下來聽他講，「先生們，許多人在喊著『開火，開火！』，可是並不知道口裡究竟喊的什麼。戰爭的大門是高而寬的，誰高興就隨時可以進去，要看到戰爭也很容易。然而其結果如何，倒並不那樣一目瞭然。一旦眞的開了火，多少胎中未生的孩子都會因戰火而見不到天日，否則就是一出世就受盡苦難，而終究死於災厄。可見人們的確該在戰火未燃之前多多協商，務必三思而行。」

正當這位長者預備詳加論證，以說明他的論點的時候，差不多所有的年經人都站起來打斷他的話頭，一再阻止他，叫他停止。本來，一個說教傳道的人，假若大家封住了自己的耳朵不聽他講，豈不弄得十分沒趣。塞拉克之子耶穌也說過。「哀悼時奏音樂會叫人厭煩」；這就是說，講話不合時與哭泣時唱歌是一樣不生效果的事。所以這位賢明長者看見沒有人聽他講話，只得很不自在地低頭坐下。所羅門說，「無人聽你講話就不要講。」「我很明白，」這個聰明人說道，「俗語說得有理，『最需要忠告的時候倒是聽不見好的忠告』。」

梅利比在集會中還遇見許多人，他們在他耳邊所講的是一套話，可是當著衆人卻又講出不同的另一套話。

這時梅利比聽見會議上大多數人都主張和仇人開戰，他就馬上表示同意，完全肯定他們的意見。於是愼子夫人，鑑於丈夫在採取戰鬪復仇的途徑，等著機會，不慌不忙，低聲下氣地對他說出下面的一段話來：「我的主子，我誠心大膽地向你懇求，千萬不可操之過急；一切爲了你自己，我敢於請你聽我一言。西班牙的彼得·亞豐鎖說的，『不論一個人是救了你的，還是害了你的，不可急於報償；是友人，他自會繼續對你友好；如果是仇人，盡可讓他繼續忐忑不安。』俗語中也有這樣的話：『善於等待的人才是眞能搶先的人。』倉忙只會出錯，並無絲毫好處。」

梅利比回答愼子夫人道，「我決定不照你的話做，我是有許多原由的。因爲人人都一定會把我當做傻瓜看待;這就是說，如果我依從了你的話，我就得推翻這許多賢人達士所商定、所認可的事。其次，我說一切女子都是壞的，沒有一個是好的。所羅門說的，『一千男子中我找到一個正直人，但衆女子中沒有找到一個。』再有，講老實話，如果我依從你的話行事，那就似乎是把我的主權交給了你，願上帝不容許有這樣的事。因爲塞拉克之子耶穌說過，『如果由女子掌權，她就凡事和她丈夫作對。』所羅門說，『莫把權力交給你的妻，你的孩子，或你的朋友，在你一生中，切莫讓任何人控制你;最好讓你的孩子們也來向你討東西，以滿足他們的需要，切莫把你自己交在你孩子的掌握之中。』再有一點，如果我依照你的話行事，我所聽到的勸告不到一定的時候是不能公開的;可是這一層卻辦不到。原來自古就有這句話，『女子喋喋不已，除非她們不知道，何任事都關不住嘴。』並且有個哲人也說，『勸人作惡，女子比男子更高明。』爲了這許多原由，我絕不能聽你的話。」

愼子夫人溫和耐心地聽她丈夫講完，然後取得了他的允許，再開言道，「我的主子，你所講的第一條理由是很容易解答的。我說，凡是情況改變了，或者緣由已與當初不同，你的主張當然也可以有所變動，這不能說是做了什麼傻事。何況，即使你發過誓、保證過要完成一件事，可是，你若有正當的理由停止下來，誰也不能就說你撒謊，或背誓。因爲書上說，聽明人改變初衷，爲的是可以做得更好，不能說他欺騙了人。雖然你的事是大家所商定、所認可了的，主權還是在你手上;你不願意，誰能勉強你去做。原來一件事是對是不對、是有益是無益，只有少數有頭腦、有理性的人才能決定，而大多數人只會你叫一聲，他嚷一句，想到哪兒就喊到哪兒。眞正說來，這一大群人是不值得尊崇的。」

「至於第二條理由，你說女子都是壞的，這樣說來，你當然是鄙視一切女子；可以，對不起，書上有一句話，誰若鄙視人人，人人就都厭棄他。辛尼加說，『任何有學識的人都不會詬罵旁人；他一定很願意盡力把知識傳授給人，而且毫不驕矜自滿。凡是他自己所不知道的東西，他一定是不恥下問。』再者，先生，要證明確有許多女子是賢明善良的，這並不是什麼難事。毫無疑問，先生，如果所有的女子都是壞的，我們的主耶穌基督豈能由女子而降生人世。後來，又因爲女子具有崇高的德性，我們的主耶穌基督復活時先向一個女子顯聖，而並非先向他的門徒們顯聖。雖然所羅門說他沒有見到一個善良的女子，這並不就能說明所有的女子都壞。因爲，他雖可能沒有遇見一個好女子，可是曾見到許多又善又眞的女子的人絕不在少數。還有，所羅門的用意也許是這樣：講到至上的品德，他還沒有見過那樣的女子；這就是說，除了上帝，世間沒有一個人是至善至貴的，像他在《福音》書中所記載的那樣。因爲人類是上帝所創造，他就不可能好得像上帝一樣完美無缺。」

「你的第三條理由是這樣：你說，如果你聽了我的話，看起來就像是把你自己交給我來控制了。先生，對你不起，事實並非如此。因爲假如一個聽人忠告就是受人控制的話，那麼人們就無從經常吸取忠告了。的確，任何人爲了任何一件事請旁人來出些主意，仍有他自己的自由，他儘可按照旁人的主意去做，也可以不照旁人的主意去做。」

「至於你的第四條理由，你說女子喋喋不休，因而唯有她們所不知曉的事才能隱瞞得住，正如一般所說，凡是她知道的事她都關不住嘴。先生，這些話當然是指那些饒舌的壞女人而言；有關這一類女人，男子有一種說法。他們說，有三件事可以把一個男人趕出自己的家門：薰菸，漏雨，和一個壞妻。此外，所羅門講到這類女人時也說，『寧可住在屋頂上一個角裡，不可和一個愛吵鬧的女人同住著一所大宅院。』這裡，先生，不瞞你說，我卻不是這樣一個女子；因爲你曾不止一次試過我嚴守靜默的本領，也試過我的耐心，並且對於該緊緊隱藏的事我是如何守口如瓶，從不洩漏點滴。」

「再說你的第五條理由，你埋怨女子最能勸人做壞事，比男子還高明，這一條是沒有根據的，自有上帝知道。你該瞭解你自己此刻正在請教人家幫你如何作惡；如果你立意要做壞事，而你的妻卻在勸止你，與你講道理，對你好言好語，那樣的話，你的妻正受到稱譽，不該受到譴責。因此，你應可懂得那位哲人所說，『勸人作惡，妻子比丈夫更高明』這句話，其用意何在了。」

「至於你責難所有的女子和她們的論據，讓我舉出一些實例給你看，說明過去和現在到底有多少女子是善良的，她們的勸告也是正確而有益的。當然，確曾有人講過，女子的忠告，其代價不太昂貴、就不太値錢。可是雖然事實上確有很多女子不好，她們的話也有害、不值一文，但善良的女子還是不少，她們所講的話也十分入情入理。請看雅各由於聽了他母親利百加的善意勸告，就贏得了父親以撒爲他祝福，並在兄弟間取得了尊位。朱狄司善言勸誡，保持了她自己所居住的伯舒利亞城池的安全，從賀洛奮斯手中拯救出來，而免了遭受他的圍攻與毀滅。大衛王本來要殺拿八，是亞比該將她的丈夫救了下來，用她的聰明和懇勸平息了大衛王的怒氣。在亞哈隨魯王治理國政的時期，是因以斯帖后的善言忠勸，大大地抬高了上帝臣民的地位。我們還可以講出許多善良女子的善良言行。再說，當初我們的主造了我們的始祖亞當之後，他這樣說道，「讓這個人獨居不好，我要爲他造一個配偶幫助他。」由此，你可以看到，如果女子很壞，她的勸告也並不可取，我們的主，天上的神，絕不會造她出來，稱她爲幫助男子的配偶，就會把她視爲禍水。從前有過一個作家，寫過兩句詩道，『什麼比金子還好？碧玉。什麼比碧玉還好？智慧。什麼比智慧還好？女子。什麼比女子更好？沒有了。』先生，此外有更多的證明足以使你看到許多女子是善良的，她們的勸告是有益的。因此，先生，如果你相信我的話，我將恢復你女兒的健康。並且我還將大力幫助你在這件事上獲得勝利和光榮。」

梅利比聽了他妻慎子的這一番話，這樣說道，「我淸楚地瞭解所羅門的話確實不錯。他說，『良言如同蜂房，可以甜心，可以健骨。』妻子，你的話如此甜蜜，你的大智至誠都曾經我自己驗證過，我今後一定聽你的話，一切行動都要遵從你的勸勉。」

「好了，先生，」慎子夫人道，「你旣願意聽從我的忠言，我就告訴你如何選擇進忠告的人。在一切工作中，你首先應該虛心祈求昊天的上帝，請他當你的顧問，而你自己就該培養心性，以便接受神訓，正如托別對他兒子所說，『隨時祝福上帝你的主，請求他指引你，使得你道路正確，前途光明。』聖雅各也說，『你們中間若有缺少智慧的，應當求上帝。』然後，你應該在心中推敲，仔細思考，且看究竟哪一種方法最爲有益。這時你還得從內心裡排除三件對於吸取忠言有礙的事，那就是憤怒、貪婪與急躁。」

「首先，一個自己在心中反覆推敲的人必須息怒，這裡的理由很多。第一點是：凡是憤恨塡膺的人總是自以爲本領很大，而實際上往往辦不到。第二，怒火必然阻擋他靜思明斷，而不能靜思明斷就無法採納忠言。第三是：『發怒的人，』。辛尼加說，『開口就是斥責旁人；而他的怒言反而讓人家也同樣發氣。』」

「再說，先生，你還必須把貪婪之念排除出去。因爲使徒曾說道，『貪財是萬惡之源。』一個貪婪的人是絕對無法判斷正確的，他也不能想得清楚，除非爲了進一步貪得財富；而這個目的又永遠達不到，因爲他若愈加富有了，就愈是貪多無饜。」

「先生，還必須把急躁從你內心排除；因爲，毫無疑問，那突如其來的念頭是靠不住的，必須再三思慮才是。你也曾聽說過有一句俗話，『決定得快，反悔得快。』先生，一個人並不老是保持著一種情緒、一個想法；在某一個時間認爲恰當的，換了另一個時間看起來，可以適得其反。」

「待你幾經推敲，反覆思考，覺得某件事確是這樣做法最爲適當，這時我還得勸你嚴守秘密。莫向任何人洩露你的心念，除非你知道這個人對你將有所助益，你告訴了他，於是必然有利無弊。

因爲塞拉克之子耶穌說的，『無論是對你的仇人或是友人，都不要把你的秘密與差錯洩露；因爲他們當著你面前留心傾聽，附和支持，可是背著你他們就會譏笑你、詬罵你。』另一作家也說，『你很難找得到一個人，能爲你保守秘密的。』古書上有言，『你的思念放在心中，你是把它囚禁住了；可是當你對人講了出去，你就被它囚禁了起來。』所以，你能將思念關閉在自己心中，總比較好，免得講了出去，還要去懇求旁人千萬不可洩漏。辛尼加說，『如果你自己都關不住，你怎敢求旁人來替你關住呢？』然而，萬一你認爲一件事告訴旁人確能有助於你，那樣你就應該有一定的方式。首先，你不能表示你是寧願平安無事，還是要爭一個勝負出來，或是還有這樣那樣的關係，也不要讓他看出你的主張或心意；因爲，要知道，那些口頭慈善家都是諂媚的能手，尤其是在大人先生們面前出主意的人。他們挖空心思要講些好聽的話，揣摩著大人先生心中的好惡所在，根本顧不到應該誠懇爲善這一套。所以，人們說富人很少取得眞正的規勸，除非由他自己供給。」

「再下一步，你還得考慮分別敵友。講到朋友，你應看清哪些是最可靠、最老練、勸誡最有份量；有需要的時候，你就可以向這些人請教。我的意思是說，你必須先邀請你的眞實朋友在一起，徵求意見。所羅門說，『膏油與香料使人心喜悅；朋友誠實的勸教也是一樣甘美。』他還說，『一個眞心朋友是至寶，金銀財物哪一樣比得了。』他又說，『有了眞心朋友就有了保障；找到這樣一個朋友就是取得了至寶。』」

「然後，你還是考慮你的好友是不是明智曉達。因爲書上說，『應經常向明智的人討教。』所以，你若要徵求意見，還該找那些有相當年齡，有充分的閱歷和經驗，說話有分寸的朋友。書上說。『年長的富於學識，時間久了才看得多、懂得多。』辛尼加說，『偉大的事業不靠力氣和體力的活動而獲得成就，必須依靠忠言、權威和學識；而這三件事不會因年高而削弱，相反，年事越增，它們就越加堅強和豐富。』」

「然後，還有一條通常的定則應該遵循。首先，你所請教的朋友不可以過多，只限於個幾個最接近的好友。所羅門就說過，『你有很多朋友，但在一千個中間只選出一個來做你的諍友。』你的秘密在開始時雖然應該少講給人聽，但到後來如有需要，你卻可以多告訴幾個人。然而必須注意，你所徵求意見的人應具有前面所講過的三種條件：眞心、明智、富有經驗。每次有所行動時不可專靠一個人的忠告；因爲有時能取得多數人的意見也是好的。所羅門說的，『謀士多而後可以舉宏圖。』」

「現在我已講了哪一類的人意見是你所應該徵求的，接著我還要教你哪一類的意見是你所應該拒絕的。首先，你必須拒絕愚人的謬見，因爲所羅門說，『不要與愚人去商量，他只知道根據他自己的好惡來發表意見。』書上說，『一個愚人的特性是：他很容易相信旁人都是壞的，也很容易相信他自己的一切都是好的。』你還該拒絕諂媚者的花言巧語，這種人寧可勉強當面奉承一通，卻不肯講一句眞話。因而辛尼加說，『朋友間最凶猛的瘟疫便是諂媚。』可見我們應該特別警惕，諂媚的人比誰都可厭、可怕。書上說，『應該逃避諂媚者的花言巧語，而不應該逃避一個朋友的坦率懇切的苦口良言。』所羅門說，『一個諂媚者所說的話是用來誘騙無辜之人的圈套。』他還說，『對朋友如果也是一套甜言蜜語，那就等於在他脚下設下陷阱，準備他落網。』所以辛尼加也說，『莫聽人諂媚，莫把諂媚的話當做忠告。』伽圖叫我們『當心，躲避甜言蜜語』。」

「此外，還有一類與你有舊仇的人，後來言和了，對於他們的話你也不可輕信。書上說，『誰都不能完全信任一個舊時仇人的好意。』伊索也說，『你若一度和某人結了仇，起過紛爭，莫再把你心裡的話告訴他。』辛尼加解釋了此中的原委：『大火燒了很久，』他說，『就不可能不留下一點熱氣。』關於這一點，所羅門也說，『絕對不可相信你的老仇人。』即使你的仇人已經與你和好，在你面前吞聲下氣，低垂著頭，你還是不可相信他。他裝出這一套僞善，無疑爲的是他自己的好處，而不是爲了對你有何恩情可言；因爲他正想運用這個僞裝來戰勝你，他已知道公開的戰鬥是不能達到這個目的了。彼得·亞豐鎖說，『莫與舊時的仇人再有往來，因爲你若善待他，他會反而認爲是惡意。』」

「再者，你的僕人，或一向對你表示尊崇的人，如果來勸告你，你也不能接受，因爲很可能他們是出自畏懼之心，而不是出乎情誼。因此，有一位哲人這樣說，『人若怕你，就不會眞正愛你。』辛尼加說，『一個君王的權位，如果不獲得人民的愛戴而建立在人民畏懼的基礎上，不論他如何強大，是絕對不能持久的。』此外，你還得避免聽從醉酒的人的意見，他們是嘴裡留不住任何東西的。所羅門說，『在酒醉的王國裡沒有秘密可言。』還有一些人，背著人講一套話，當著人面卻又換一套相反的話，這類人的意見你應該懷疑。加西多路斯說，『當衆一套，背後又是一套，這無非是一種鬼蜮技倆。』還有，壞人的話也不能作準。因爲書上說，壞人的告誡其實都是鬼話連篇。大衞說，『沒有聽從惡人的話就是幸福。』你還要避免聽年輕人的話，因爲他的判斷力不夠成熟。」

「現在，先生，我已告訴你哪些人的話你可以聽取，哪些人的話你可以遵循，接著我還要告訴你怎樣依照辛尼加的原則來檢查這些意見。要檢驗一個人的意見，必須考慮到很多方面。首先，你必須把你所要處理的那件事的眞相擺出來，以徵求旁人的意見；換言之，事實的眞相一定要說得正確清楚。因爲你如果摻雜了虛僞的成分，你就得不到完全準確的忠告。其次，你還要考慮你所取得的意見是否和你所準備處理的事件吻合；道理上是否講得通，或你有無把握將這事圓滿處理；是不是有多數頭腦清醒的人意見相同。然後，你將考慮按照這些建議去做的話，究竟可能有何結果，譬如說，仇恨、和善、戰鬪、榮譽、利益、損失等各種情況。而在這些情況之中你應該知道選擇最好的結果，而避免其他。然後，你該考慮到這些意見的根由何在與其未來的果實爲何。你還得考慮這一切的根由，以及根由的根由。」

「當你依照我的指點檢查了這些意見，決定了哪些意見較好，較爲有利，並且是多數有頭腦、老於經驗的人所贊同了的；然後你就考慮有沒有圓滿處理以抵於完成的能力。要知道，一個人沒有理由去動手做一件事，除非他有把握可以如願完成。正如我們挑起一擔東西，如果過重，超出我們的能力，我們就不該挑。當言道，『一手抓得太多，反而一點也抓不了。』伽圖說，『做你有能力做得到的事，否則你將感到壓力太大，連你已經擔當起來的事都想放棄。』如果你不能決定，不知道一件事能不能做，那就寧可忍受，不可動手。彼得・亞豐鎖說，『如果你擔當起一件終究會使你後悔的事，情願拒絕，不必應承下來。』那就是說，情願不作一聲，不必開口。所以，你有更充分的理由來瞭解這個道理，一件事你能做，但終究會使你後悔，那就情願放開，不必動手。一個人心中無把握就想動手做事，你若勸阻他，是很道理的。然後，等你按我所說，充分檢驗了種種意見，並十分有把握可以完成一件事，那時你就該嚴肅認眞地做起來，堅持到底。」

「講到這裡，我應該爲你指出，何時你可以改變主張，因何而改，同時這種改變還不致於受人譴責。本來，一個人未嘗不可以改變初衷，或更動計畫，只要最初的起因已不再存在，或是有了新的發展。因爲法學中也講，『新的情況要有新的估計。』辛尼加也說，『如果你的計畫傳到了仇人的耳邊，就改變你的計畫。』假若看情況的發展，由於中途產生了錯誤或其他關係，實施原有計畫可能造成損害，那就必須改變。再者，也許有些規勸本身就不眞切，或是來源靠不住，這樣的意見就需要更正。因爲法律上有這樣的說法，『荒謬的訓令是不合法的，』還有，不可能實現的計畫，或不宜於實施或遵循的辦法，當然應該修改。」

「有一條普遍的原則：提出一項建議來，卻又肯定在任何情況之下，嚴格地堅持不能修改、不能變更，我說這樣的一項建議是十分卑劣的。」

梅利比聽了他妻子愼子夫人這許多道理之後，回答道，「到現在爲止，夫人，有關我應該如何接受與拒絕旁人的規勸這一方面，大體上你已講得合情合理，使我受益不淺。但是我此刻希望你能深入到個別具體的實況上來，講一講我所選擇的這些人；依你的看法，究竟其中有沒有可取的，你對他們的印象如何。」

「我的主子，」她道，「我虛心懇求你，如果我講出一些使你不愉快的話，千萬不要故意違拗我的合理建議，也不可無故生氣。上帝知道我的原意都是爲你好，爲你的榮譽與利益。我誠懇盼望你仁慈寬厚，能夠加以愼重考慮。相信我的話，目前對你進忠言的這些人，眞正講來談不上什麼進忠言，無非是一派愚蠢的建議；在許多方面也是你做錯了。」

「首先，也是最重要的一點，你把他們匯集起來的方法就錯了。你應該先請少數的人來，然後，有必要時再多請一些其他的人。可是你卻貿然請上這一大堆人，他們所講的話都很繁瑣可厭。其次，你的錯誤在於沒有能集中邀請眞正的益友，邀請一些年長而賢明的人，而找來了許多莫明其妙的年輕人，一些假心假意的諂媚之徒，舊時的仇人，以及向你卑躬屈膝的無情無誼之輩。再說，你還錯在把憤怒、貪婪、急躁三件因素帶進了會場，這些因素都是與善意有效的會商不相調和的；在會議中你並且沒有排除這三點障礙，也沒有使你的進忠言者以此爲誡。你的錯誤又表現在你把自己的意願先暴露了出來，向大家表示你要進行反擊；他們從你的發言中聽出了你的心意。因而他們將就你自己的願望，使你聽得入耳，而不從事實本身的利弊提出忠告。你還錯在把你吸取意見的範圍限於這幾個人和他們的這幾句話；你沒有顧到在這樣一件重大的事實面前，應該如何愼重其事，考慮周詳，集思廣益。加之，你沒有依照前面所說，把蒐集來的意見細加推敲，也沒有從實際需要進行任何檢驗。在你所徵求意見的人中間你又沒有加以區別；這就是說，眞假不分；眞朋友以及賢明長者的意願，你沒有瞭解；你只是好壞不分，兼容並蓄，輕易跟著多數人意志，順流而下。你也很清楚，愚智相比，總是前者多於後者，因而有大衆集會的場合，總是大多數的意志得到伸張，而個別智者所見就被壓倒，很容易看出，在這樣的意見綜合之下，愚者反可以左右全體。」

梅利比又答道，「我完全承認我錯了；不過你已經講過，一個人在某種情況下，有了適當的理由，他是可以調換爲他出主意的人，因此我準備聽候你的指點，更換我這些進諫的人。有句格言說道，『是人就會做錯事，唯有堅持錯誤才是魔鬼的伎倆。』」

於是愼子夫人答道，「檢查一下你的進諫者，且看誰講最有理，提了最好的意見。既然不能避免這樣一次檢查，且讓我們來從首先發言的醫生開始。我認爲醫生講的話是合理的、愼重的；他們根據他們的職業講到對每人要誠懇盡責，做有益的事，不害一個人；他們將盡他們能力所及，勤勤懇懇把手中的病人治療看護。先生，他們既講得很有道理，我勸你贈致優厚的酬謝，藉此希望他們可以更加細緻地醫治你自己的女兒。因爲，雖然他們是你的朋友，你不應該讓他們徒勞無償，白白地爲你服務一番；你應該重謝他們，表示你的氣度。至於內科醫生們所提出的治病時以毒攻毒的問題，我倒很想聽一聽你的意見和看法。」

「對了，」梅利比道，「我的看法是這樣：正如他們怎樣害了我，我就該照樣害他們。他們既對我施行了報復手段，陷害了我，我就將對他們復仇，並加以陷害。這樣，我才是實行了以毒攻毒的道理。」

「呵，呵，」愼子夫人嚷道，「人都爲自己的願望著想，都爲滿足自己的慾念而努力，這是何等易於發生的傾向呀！內科醫生的話是斷然不應該這樣解釋的。必須知道，作惡害人未必就要仍以作惡害人的方法去還報，不該把這樣以牙還牙的說法稱爲以毒攻毒；事實上這兩方面是相同的，而不是相反的。因此，不能以報復來對付報復，不能用一個錯誤去糾正另一個錯誤，那樣彼此類似的東西是相互成長、互成因果的。醫生們的話應該做這樣的解釋：善與惡、和與戰、仇恨與寬恕、分歧與一致等等，才是對立的。無疑地，作惡害人必須靠善德善行來糾正，分歧靠一致，戰爭靠和平等等，以此類推。在這個問題上，使徒聖保羅所說的話，有許多是合理的。他說，『不要以惡報惡，以辱罵還辱罵；被人惡待了，反要善待他，被人誹謗了，反要祝福他。』他還在許多其他地方勸我們爭取和平與協調。」

「現在我要談一談前面已講過的律師和其他的聰明人所說的話，他們都異口同聲，提到你首先要盡一切力量保衛你本身的安全，以及將你的邸宅布下禁衛。此外，他們還說，在這一類事件上，你應該十分謹愼，多加考慮。先生，講到這第一點，有關你本身的安全問題，你必須瞭解，當一個人身歷險境，他應先向耶穌基督小心虔拜，求他開恩，給以衛護，在這緊要關頭救你脫險。

的確，在這世上誰也不能離開我們的救主耶穌的看顧而妄想依靠人們的口頭勸慰以取得安寧。先知大衞也有同樣的話，他說，『若不是上帝看守城池，看守的人就枉然警醒。』然後，先生，你的人身安全還該交給眞心的朋友，經過考驗的，人人皆知的好友；只有他們才能給你這類的援助。伽圖曾說，『如果你需要幫助，可向朋友請求；一個知己比任何醫師都可貴。』從此以後，你必須遠離那些不熟悉的人，撒謊的人，你見到他們就要提高警覺。彼得・亞豐鎖說，『途中相遇的陌生人你不可和他結伴交友，除非你和他有較長的時間在一起，才可以多多瞭解。如果他偶然和你結伴，並未得你同意，那就盡可能機敏地探尋他的談吐、他的經歷和身世，你不妨裝出一套言語行動，以爲掩飾；你不打算去的地方你說要去；如果他身帶槍矛，你就走在他的右邊，如果他佩帶腰刀，你就走在他的左邊。』從此以後，再遇見這類的人你應該設法隔離，避開他們和他們所提出的意見。你絕不可再自恃強大，藐視敵方的能力，這樣就會危及你的安全；凡是聰明的人一定都謹防敵人。所羅門說，『常存敬畏之心，便可得福；剛愎自用，一味高傲，必陷於禍患。』你還得提防敵人的埋伏與暗計。辛尼加說，『聰明人怕危險，避免了危險；躲避禍患，就不會遭受禍患。』雖然你目前處境似乎安頓，可是你應該隨時提防；這就是，不論是在最大或最小的敵人面前，你該同樣謹愼小心。辛尼加說，『一個善於接受忠告的人是畏懼他最弱小的仇敵的。』奧維德說，『伶鼬雖小，却能殺害大牛野鹿。』書中有言，『小刺可以刺痛君王，獵犬可以制服野豬。』可是，在另一方面，我不是說你就該膽小如鼠，沒頭沒腦地不敢動彈。書上也說，『有些人一心只想騙人，卻又怕受騙。』其實你仍然應該謹防遭人毒害，也莫與出言輕慢的人來往。書上說，『不可與出言輕慢的人交友，應把他的話當毒物一般看待。』

「現在講到第二點，你的聰明朋友勸你把邸宅布下禁衛，我很想聽一聽你的體會，和你對這句話的想法如何。」

梅利比答道，「的確，我是這樣體會：我將在邸宅外圍築起角樓，像堡壘上的角樓一樣，此外還加蓋一些同類的建築物，安放武器槍炮；這樣我可以保衛我的屋舍和我自身，不讓仇人來靠近我。」

愼子對於他這說法答覆如下：「禁衛、儲備、建築高樓等等，都可以誘使一個人得意忘形。有時，危樓巨堡，費用浩繁，人工無算，可是一旦告成之後，竟毫無效用，倒還不如依靠賢明年長的知心朋友來爲你支撐局面。必須瞭解這個道理：一個有權勢的人若要尋求最有力的保證，勿使他的產業和人身受到攻擊，就只有下屬的愛戴和鄰友的擁護。西塞祿說，『有一種攻不破的堅強堡壘，那就是一個爲君者對自己臣民的愛護之心。』」

「現在，先生，講到第三點，你的賢明年長的朋友們勸你不可操之過急，你應該不厭其煩地反覆考慮，的確，我看他們講得很有道理。西塞祿說，『在每件事上，必須仔細準備之後，方可開始進行。』所以我說，要想報仇、進行戰爭、發動攻擊、調兵遣將，你必須在事先多作準備，詳加思考。西塞祿說，『長期的備戰導致迅速的勝利。』加西多路斯也說，『經過長久的準備，要塞更可堅守。』」

「現在我們來談一下你的鄰友們所發表的意見，他們對你只有尊敬而沒有愛護之心；還有言和了的舊時仇人所講的話；以及那些背後說一套，當面另說一套的諂媚者們；最後還有一批比較年輕的人，他們勸你立刻報仇開火。的確，先生，我已說過，把這些人邀請來向你進言是大錯特錯的一件事；前面所提出的種種理由已足夠說明他們是不可信的。不過，且讓我們深入研究一下細節吧。你應該首先從西塞祿的教義出發。很明顯，這一事件的眞相，或是所提意見的本質，並不需要深究；因爲我們已很清楚是誰害了你，作惡的人有幾個，他們是怎樣進行這罪惡勾當的。第二步，你還得探討一下西塞祿所附加的第二個條款。因爲西塞祿提出了他所謂『順從』的一個條件，這就是說，你在會議上表示希望立即進行報復，那時是哪些人，有多少人『順從』了你這個聲明的。讓我們也來考查一下是哪些人，有多少人，順從了你的仇人的。講到第一點，我們很清楚是一些什麼人順從了你那種輕率任性的表示的；反正，所有勸你立即開火動武的人都不是你的友人。再讓我們考查一下哪些人才是你堅信爲你的眞正好友。你雖有權位、有金錢，可是你卻是孤立的。你除了一個女兒，此外就沒有孩子；你沒有兄弟，也沒有叔伯兄弟，或其他近親，因此你的仇人要與你糾纏或殺害你本人，並沒有什麼顧慮。你也知道你的財產必須分散出去，但一旦人們分得了各自的一份之後，他們不見得就能一鼓作氣，爲了你的死而進行報仇。可是你的敵人卻有三個，他們有許多孩子、兄弟、近親等；即使你殺死他們兩、三人，還剩下很多人足以爲這兩、三人報復，置你於死地。縱然你的親朋都比仇人的親戚眞切可靠，但他們全是遠親，而仇人卻有的是很親近的人。在這一點上他們的條件比你優越。現在讓我們看一看那些勸你立刻行動的人是否有理。你當然知道，對於這個問題，我們的回答是否定的。因爲按理說來，我們很淸楚，任何人向另一個人實施報復，唯有審判官才有裁決之權，至於他在何時得以進行報復，是儘速還是從緩，也要聽憑法律規定。再進一層說，講到西塞祿所提出的『順從』這兩個字，你應該考慮到，你所具有的權能究竟能否順從和滿足你的，和你友人們的意志。當然，在這裡，你的回答又必須是否定的。因爲眞正講來，我們除了合理公正的事之外，不應該做任何其他的事。的確，在合理公正的原則之下，你不可以自動地實行報仇雪恨。因此，你可以看到，你的權能並不允許你去順從你的意志。現在再讓我們檢查一下第三點，就是西塞祿所說的『後果』。你應該知道，你所打算施行的報復就是一種後果；而由此又產生另一報復，另一禍害，另一戰鬭，以及其他無數未能估計的災禍。再談第四點，就是西塞祿所謂的『培育』，這裡你應考慮你這次的受害原是你仇人的怨恨中培育而成；如果因此而引起復仇，自將冤冤相報，正如我所說的勢將愁煩跟踪而至，並且耗損家業。」

「現在，先生，最後講到西塞祿所提出的『起因』，你必須瞭解你之所以受害是有種種起因的，學者們有所謂**遠因**、**近因**之分。最初的**遠因**就是萬能的上帝所在，上帝是萬物的**基本因素**。你這件事的近因就是你的三個仇人。其偶發因素就是仇恨之心。其物質因素是你女兒的五個傷口。其形式因素是仇人們所採取的方法，如架梯子，爬進窗子等動作。其最終因素就是他們殺害你女兒的那個慾望；在這一點上他們並未受到阻礙，因爲他們已盡其所能危害了你的女兒。但是，現在要講到根本因素，講到他們所準備達到的最後目的，或在這件事上你仇人們的結局如何，關於這一層，我只有依靠推測與假設，並無肯定的可能。我們當然可以假定他們不會贏得什麼好的結果，因爲法令書上就說，『起因是惡劣的，結果是很少會良好的，至少也要通過極度的困難。』」

「先生，如果有人要問我，爲什麼上帝竟能允許這樣的惡事產生，當然我也難作肯定的答覆。因爲使徒也說過，『深哉，上帝豐富的智慧和知識！他的判斷何其難測，他的蹤跡，何其難尋。』可是，根據某些探測與假設，我相信那公平合理的上帝允許這件事發生，自有他公平合理的原因。」

「你的名字叫梅利比，其原意是，『吮蜜的人』。你已吮吸了多少人間的榮華富貴，好比酒醉了的一般，竟而把你的救主耶穌基督都給忘了。你沒有給他應有的尊崇，沒有表示適當的虔敬。你也沒有深切考慮過奧維德所說的話，『在肉體上的甜美稱意的外表之下，卻埋藏著戕害心靈的毒質。』所羅門也說，『你得了蜜嗎？只可吃夠而已，恐怕過飽就會嘔吐出來，』結果還是會飢餓。也可能基督厭惡你，把他的臉轉過一邊，堵塞住他的耳朵，對你沒有憐憫之心，並且他見你犯過受罰，他心中也就容許你那樣處罪。你在我們的主基督面前犯下了罪；因爲，無容置疑，人類的三大仇人，肉體、魔鬼與俗世，由於你的頑強，通過了你身上的窗戶而進入了你的內心，而你沒有竭力自衛，抵禦它們的攻擊與引誘，以致你的心靈在五處受傷；這就是說，五大罪惡竟通過你的五個官能，進入了你的內心。同樣地，我們的主基督決定讓你的三個仇人穿進窗戶進入了你的邸宅，傷了你的女兒，其詳細經過你已知道，不用贅述了。」

「不錯，」梅利比道，「我深深體會到你已有力地說服了我，教我不可向仇人報復雪恨，爲我指出了復仇的危害性。但是，如果人人遇見雪仇之事都要考慮再三，都要估計到可能產生的災害，豈不是有仇而不報，那樣恐怕不會有好處；因爲，有仇而報，可以把惡人從善人中區別出來，使得那些存心作惡的人看見旁人受到懲罰，自己可以引以爲誡，而斂跡不前。」

愼子夫人於是作答道，「當然，我承認復仇的結果也可以有一些好處，也可以有一些害處；不過，實施報復這一行爲並不屬於任何一個人，唯有法官以及有權處理刑事的人才能進行懲處。再進一層，我說，個人對個人復仇行凶就是犯罪，同樣地，一個法官，如果對應受懲罰的人沒有加以處理，也就是犯罪。因爲辛尼加說，『能將犯人定罪的才是好主君。』加西多路斯也說，『人們知道犯罪會觸動在上者的震怒，他們就不敢犯罪。』還有人說，『不敢秉公判案的法官就會引人入罪。』使徒聖保羅在他致羅馬人的書信中說，『法官不是空佩劍標的，而是懲罰作惡之徒和保衛行善的人。所以，如果你要報仇，你應該面向法官，請求他運用他的權能去處理；他自然會根據法律的要求去懲罰他們。』」

「呀！」梅利比嚷道，「我卻不愛聽這樣的報復方式。我想起我從小如何受到幸運的養育，她幫助了我越過許多難關。現在我看又可以試她一下，願上帝保佑，相信她還會助我洗刷心中的羞憤。」

「的確，」愼子道，「你如果願意聽我的話，你絕不可試探幸運，也不可向她低頭。請聽辛尼加說的，『胡作非爲，存著僥幸之心，那是不會有善果的。』他還說，『幸運如果看起來愈是晶瑩，她就愈是脆薄易碎。』不可相信幸運，她既不穩定、又不堅實；正當你自信是最穩固，最受到她關顧的時候，她恰好來欺騙你，叫你上當。你說你從小得她養育，我說，你現在正該去懷疑和嚴防她耍弄伎倆。辛尼加說，『一個由於幸運養育成長的人，將被她當做呆漢玩弄。』現在，你既然要求報仇，而法庭上依法執行懲罰又不合你的胃口，同時，依靠幸運又危險多舛，那麼你除了投奔懲處一切罪惡的最高主宰而外，別無其他辦法了。他必將依照他自己的諾言爲你復仇，因爲，『主說，伸冤在我，我必報應。』」

梅利比答道，「如果有人害了我，而我自己不去報復，就等於是我放縱那些害過我的人，和任何其他的人，讓他們都可以來繼續害我。因爲書上也說，『如果你舊仇不報，你就是縱容你的仇人重犯新的罪惡。』再說，人們還將因我這次的默認而放肆作惡起來，甚至弄得我忍無可忍；這時我就會受盡輕蔑奚落。因爲常言道，『一個人只顧忍耐吃苦，苦難就愈加堆上頭來，以致承擔不了。』」

「的確，」愼子道，「我承認，過分的吃苦受辱是不好的。但這並不等於說，凡是遭受殘害的人都必須報仇。因爲除害只是法官的職責，唯有他們才有權懲罪。所以上面你所引的兩句話，應該看做對法官而言的；因爲假如他們竟而縱容罪犯逍遙法外，他們不但是招引了新的罪行，簡直是號召人們犯法。因此也有一位智者說過，『當了法官而不處罰犯人，就是教人罪上加罪。』在一國之內，如有君王官吏對犯法作惡之人寬大放任，久而久之，他們氣焰日甚，終將叛逆篡位而後止。」

「現在，我們暫且假定你已有適當理由可以進行復仇，可是我說，你並無復仇的能力。因爲，我已指出，你的力量在許多方面比不上你的仇人，他們的形勢較爲優越。所以我說你這一次最好能忍耐下去。」

「還有一層，你很知道通常有一句話：『與一個力量強過你的人相鬪是狂妄的；與一個力量相等的人相鬪是冒險的；同一個較弱的人計較卻又是很無聊。』因此之故，我們應該竭力避免紛爭械鬪。所羅門說，『遠離紛爭是人的尊榮。』萬一有權力高過你的人傷害了你，那就趕快設法加以撫慰，不可考慮復仇雪恨。因爲辛尼加說，『與權勢強大的人爭吵是十分危險的。』伽圖說，『如果有權位高過你的人欺凌了你，讓他去；因爲他一次給了你苦痛，二次又會爲你排遣苦痛。』」

「然而，我所假定的是，你有力、有理，可以施行報復；但是我說，還有許多情況應可阻止你的行動，應可在受到任何殘害之後仍使你能考慮以耐心忍痛爲宜。首先，請你檢查一下自己的缺陷，而上帝也就爲了你這些缺陷而容許憂患降臨你身，這是我前面已講過的一點。有個詩人說，『當我們思念到憂患的降臨原是我們罪有應得，這時我們自然就會耐心地忍受下來。』聖格列高里說，『如果我們能深思熟慮，知道自己的罪過與謬誤確實不少，那就對於所經受的考驗和憂患會感到輕鬆，心情會比較愉快；我們如果能更加深責自己的罪過重大，那些痛苦自然就更加顯得輕快，更加易於忍受。』此外，你還該學習我們的主耶穌基督的忍耐心，正如聖彼得在他的書簡中所說，『基督爲我們受過苦，給我們留下榜樣，叫我們跟隨他的脚步走；他並沒有犯罪，口裡也沒有詭詐。他被罵不還口，受害不說威嚇的話。』還有進了天堂的聖徒們在世上受盡苦難，其實全是冤枉，可是他們表現著偉大的耐心，這些榜樣應該可以大大地喚起你學習容忍。何況，當你想到這世上的折磨都是短暫的，不久就會煙消雲散，而根據使徒在書簡中所說，因忍痛受難而得來的快樂却是無窮，當你考慮到這一切，你就該堅決自制，一定要以忍耐來鍛鍊自己了。『上帝面前的快樂是無窮的，』使徒說，而所謂『無窮』說是『永生』的意思。此外，還該堅決相信這一點，一個不能容忍、或不願接受這種鍛鍊的人，就是旣無教養、又無教育的人。因爲所羅門說，『一個人的信念和知識的高低深淺，就看他的忍耐能力有多少而定。』在另一處他又說，『能忍的人才能遇事謹愼。』他還說，『發怒的人吵鬧不堪，能忍的人，化吵鬧爲安靜。』他還說，『不輕易發怒的，勝過勇士；克制己念的，強如取城。』聖雅各在他的書簡中也說，『忍耐是一種完備無缺的好德性。』」

「當然，」梅利比說道，「我承認，愼子夫人，忍耐是一種完備無缺的好德性；可是並非人人都能做到完備無缺；而我更非完備無缺的人，因爲我若報不了仇，我就老是心中耿耿。我的仇人對我採取報復手段，危害我身，雖然冒著極大的危險，可是他們卻毫不猶疑，完成了他們的惡毒使命。因此，人們見我冒險雪仇，或者甚至做過了火，以暴易暴，我看也還不會說我做錯了。」

「呀，」愼子夫人接道，「你簡直是想到哪裡就說到哪裡，然而這世上任何人也不應該以暴行或過火的行動去進行復仇。正如加西多路斯說，『不論是用暴行報仇，或用暴行尋釁肇禍，都是同樣的惡劣。』因此，你若要伸冤雪恨，必須遵循一定的途徑，這就是說，應該依法從事，而不可採取過火狂暴的行爲。任何超出範圍的做法都是犯罪的。有關這一點，辛尼加也說，『我們絕不可以惡報惡。』如果你說，爲了自衞，正義要求我們用暴烈的行動對付暴行，用戰鬪的方法對付戰鬪，這樣說法，只有在毫不遲延、當場行動，並以自衞而非報復爲目的的情況下，是不錯的。然而即使如此，在自衞時仍須有節制，不應讓對方有所指責，說你過了火，或是偏於狂暴；否則就錯了。天知道，你自己很清楚，此刻你並非在自衞而是在行凶報復；很自然的，你並沒有打算自克自制。所以，我認爲忍耐是於你有益的；因爲所羅門說，『暴怒的人必受刑罰。』」

「當然，」梅利比說，「我承認，一個人爲了一件與他不相干的事而忍不住，發了脾氣，如果他因而受到災害，那是不足爲奇的。法律上也說，『憑空干涉旁人的事是有罪的。』所羅門說，『旁人相爭，不干己事，卻偏要插一把手，就像人揪住狗耳。』正如我們揪住一隻野狗的耳朵，就不免要被咬一口：同樣地，一個人不能自制，旁人的事他偏要插手，不免也會受到傷害。可是，你很清楚，這件事使我心神不安，與我的關係太密切了，可以說，是我心頭之恨。因此，我在這件事上忍耐不住，要發些脾氣，應該不足爲奇。這裡，我還得請你原諒，我看不出，報此一仇會對我有多大的害處。我比我的仇人富裕些，權勢也大些；而你也很懂得，這個世界就是有錢有勢的人的世界。所羅門說的，『錢能叫萬事遂心。』」

愼子聽見她丈夫因富有而自鳴得意，輕視他的仇人無能，就這樣作答道，「好的，親愛的先生，我不能否認你有錢又有勢，我也承認凡是以正道致富，並且理財有方，確是一件好事。正如我們的肉體脫離了靈魂就不能生存，而同時這個肉體也不能摒絕世俗的需要。金錢還可以招來有權有勢的朋友。所以，彭菲列斯有這樣一句話：『如果一個牧人的女兒有錢，她可以在千人中間挑選她的丈夫；因爲在千人之中沒有一個會放棄她或拒絕她的。』他還說，『如果歡樂得意，就是說，你如果有錢，你就會有賓客來往，門庭若市。一旦你落魄囊罄，自然就門可羅雀，孤苦零仃，除非與窮人爲伍。』彭菲列斯又說，『奴役和奴役出身的人只要有錢財，也可以身價百倍，爲人尊敬。』錢財所大帶來的好處有多少，窮困所造成的災難也就有多少。人窮志短，貧窮可以逼人作惡。所以，加西多路斯把窮困叫做禍患之母，這就是說，毀滅墮落的根源。在這一點上，彼得・亞豐鎖也說，『世途多舛，而最令人痛心的卻是：一個名門子弟，因一時飢寒交迫，不得不向仇家低頭行乞。』英諾森所寫的一本書中也同樣提及，他說，『一個可憐的乞丐處境是很淒慘的；他若不去乞食，就會餓死；若繼續行乞，就會羞死；而現實生活又那樣毫不留情。』所羅門說，『貧困的人寧以一死爲快。』他還說，『好死強過慘生。』因有上面所講到的和未講到的種種道理，我承認財富的好處是有的，只要以正道致富，並且輸財有方。所以，我此刻要告訴你一些致富之道和輸財之方。」

「首先，聚財應該逐漸地、日積月累地進行，絕不可急於求富。因爲熱中於斂財的人，往往不擇手段，先行偷竊，然後便無所不爲。這裡，所羅門有一句話，『想要急速發財的，不免受罰。』他又說，『不勞而獲之財，必然消耗；勤勞積蓄的，必見增加。』先生，你若能善用你的智慧和勞力，你必可致富，無須傷害旁人。法律上也列有條說，『害人而得富的不合法。』這就是說，『自然』有一種很合理的禁令；損人利己而致富的無效。西塞祿說，『人們所經受的一切憂慮，對死亡的恐怖等等，都是正常的，唯有叫旁人吃虧，自己獲利的，最是違反自然的規律。雖然有權勢的人更易於聚財致富，你卻不必放棄謀利而鬆懈下來，因爲無論做什麼事都切忌疏懶懈怠。』所羅門說，『疏懶能令人做出多少壞事。』他又說，『耕種自己田地的，必得飽食；好吃懶做的，足受窮乏。』一個懶漢老是找不出時間來幹一件正經事。有一位吟詩的人說道，『懶惰的人冬天不肯耕種，說太冷；夏天也不肯操作，說太熱。』因此之故，伽圖就說，『醒來，不可貪睡；睡多了會養成許多惡習陋行。』所以，聖哲羅姆也說，『隨時行些善事，莫讓人類之敵——魔鬼——發現你閒著無事。』原來，忙於行善的人是不易被魔鬼徵用的。」

「如是，要致富必須避免疏懶。然後，那些通過你的智力、勞力所取得的財富，又必須運用適當，不可惹人議論，說你過於吝嗇了，或是過於靡費了，揮霍了。因爲人們看見守財奴視錢如命，固然不會放鬆，看見浪子揮金如土，也是同樣要責罵；伽圖就說過，『適當地使用你的財富，莫給人機會來罵你無聊或窮酸；因爲一個人飽了錢囊窮了心，其實十分可恥。』他還說，『輸財應有節制。』這就是說，花費要節約，因爲有錢亂花了，一日家業告罄，勢必打旁人的主意。其次，我說，你還得避免貪婪；既有錢財，你應能運用自如，免得給人們指責，說你把金錢埋藏起來了。有一位智者譴責慳吝的人，用了兩行詩句：『死亡本是人生最後的歸路；守財奴明知也不免一死，竟何苦戰戰兢兢，埋藏財富？』他日夜自尋煩惱，手裡的金錢一刻都不肯放鬆，這是何苦？其實他很知道，也應該知道，在他死後，世上任何榮華富貴，絲毫也帶不走。因而，聖奧古司丁說道，『慳吝人好比地獄；吞咽得越多就越想吞咽，貪多無饜。』」

「我們一面不願被指爲貪婪吝嗇的人，一面也同樣應該自克，勿在人們的心目中成爲一個浪子。西塞祿曾說，『家中財富不應藏匿，也不該看守太緊，遇有需要表示同情和善意的時候，就應該準備開放。』這就是說，有需要救濟的，就勻出一部分來。『同時，你的財富也不可完全公開，成了人人共有。』再者，無論是聚財散財，必須記住三點，這三點是：我們的主、良知和名譽。首先，你心中不可抛開上帝，富有與否，做任何事都不能忤逆神意，因爲他是你的創造者，是你的生命之源。根據所羅門所說，『少有財寶，敬畏上帝，強過多有財寶，而煩亂不安。』先知也有一句話，『一個義人所有的雖少，強過許多惡人的富裕。』我還要說一句，在進行聚財之時，不可拋開良知。使徒也說，『世上最叫人快慰的事莫過於有一顆良心可為你自己作見證。』一個賢者的話是：『良心上沒有罪惡壓下來，財物才有保證。』其次，『聚財散財之際，必須小心翼翼，勿使名譽受損。所羅門說過，『美人勝過大財。』在一另處他還說過。『注重培植友誼和美譽；因為這兩項要比任何可貴的財寶保持得久遠。』一個人除了敬畏上帝，尊重良知之外，如果不能孜孜矻矻保持令名，他還是不足以稱為有德性的人。加西多路斯說，『愛名守譽才是有德性的標幟。』這裡，聖奧古斯丁也說，『有兩樣東西是必要的，良知與美名，換句話說，為你的靈魂應有良知，為你的鄰友應有美名，』誰若只顧自己有一顆良心，而不考慮鄰友對自己名聲的看法，喪失了美名也毫不介意，這種人無非是一個無賴而已。」

「我的主子，我已經為你說明了應該如何聚財，如何用財，我很知道，由於你自恃富有，心中躍躍欲試，要想訴諸武力。我勸你不可自恃富裕就準備動武，因為你的財富是不夠你花費太久的。某哲人說，『陰謀發動戰事，隨時尋釁的人，將永遠感到款額不足，財多就花費多，時時刻刻要爭戰功、求勝利。』所羅門說，『愈是富人，愈多吃客。』親愛的先生，雖然由於你有財富，因而有許多人跟從你，可是如能和平相處，總比發動戰鬪較為光榮有利。因為世上的戰爭，並不以人數衆多而操勝，也不靠人類的性能，戰勝戰敗完全取決於萬能的上帝的意志，全在他的掌握之中。所以，當上帝自己的騎士猶大・瑪喀比受命與敵人交戰的時候，見到敵人強大衆多，他就對自己的小支軍隊這樣勸慰著說：『我們的主，萬能的上帝，願以寡敵衆，或願以衆克寡，都是同樣輕而易舉的事；因爲兵家勝負並不取決於人數的多寡，而完全憑天帝的意向而定。』親愛的先生，正是誰都不能知道上帝對他有多少恩愛，誰也不敢說上帝會不會給他勝利，難怪所羅門要說，發動戰爭應該是人人十分害怕的事。再說，在戰場上，危險很多，災禍隨時可以遭遇到，並且不分貧賤富貴，同樣可以遇險；所以，在《列王紀》第二部裡寫道，『戰事的發展是完全碰巧的，事先無從知道，刀劍或吞滅這人，或吞滅那人，沒有一定』。既然戰爭的危險很大，我們就應該儘量避免，只要不失體面。所羅門說，『以刀劍而生的死於刀劍。』」

愼子夫人這樣講了一番，梅利比接著答道，「愼子夫人，你的善意合理的話使我瞭解你的原意，你是不贊成戰爭的；但是在我此刻的狼狽情況之下，還沒有聽見你對我所應採取的步驟有些什麼意見。」

「當然，」她道，「我所要勸你做的就是與你的仇人妥協言和。因爲聖雅各在他的書簡裡寫道，『和氣生財，紛爭敗業。』」你明白知道，這世上最偉大的一項事業就是團結和平。因此，我們的主耶穌基督這樣對他的門徒說道，『使人和睦的人有福，因爲他們必稱爲上帝的兒子。』」

「呀，」梅利比道，「現在我看得清楚，你既不珍惜我的尊榮，也不照顧我的聲譽。你很清楚這場紛爭是我的仇人先用暴行而開始的；你也很明白他們並沒有向我來要求和平，甚至沒有要求講和。那麼，難道你就希望我去表示謙虛，向他們低頭，請他們饒恕嗎？老實說，這樣的話是有損我的尊榮的。正如人們常說的那樣，親暱會產生輕視之心，過分的謙讓也會有同樣的結果。」

這時愼子夫人顯得有些怒意，說道，「當然，先生，很對不起，我珍愛的榮譽和利益，和珍愛我自己的毫無分別，並且一向是如此；你自己或任何人都沒有講過一句相反的話。如果我說了你應該爭取和平，言歸於好，我還是沒有講錯，或者離事實太遠。因爲智者有言，『紛爭起於對方，但和解起於自己。』先知也說，『要離惡行善，尋求和睦，不可鬆懈。』我並不是說，你的仇人不應向你求和，而你卻應該向他們低頭；因爲我明知道你心腸很硬，爲了我的緣故你也不肯做一件事的。所羅門說，『心存剛愎，必陷於禍患。』」

梅利比聽見愼子夫人講得生氣，便這樣說道，「夫人，我求你不要聽了我的話就心中不悅，因爲你很知道我正是一肚子怒氣，說出一些不中聽的話是不稀奇的；而含怒的人所說所做都是不足爲憑的。先知有言，『患了眼病就看不清楚，』我請你盡情爲我講解勸說，我是情願聽從你的；如果你覺得我愚昧就責備我，我唯有更加感激佩服，更加敬愛。因爲所羅門說，『責備人的，後來蒙人喜悅，比那用甜蜜語去諂媚人的更加有德。』」

於是愼子夫人接道，「我並不生氣，也無非爲了你的好處。所羅門說，『愚昧的人做錯了事，有一種人責罵他，另一種人當面讚揚支持，背後卻加以譏笑；那責罵的人是品德高尙的一種』。這位所羅門還說，『面帶愁容（就是說，在臉上顯出憂愁），終必使心中的愚昧糾正過來。』」

梅利比道，「你爲我講出這許多至理名言，我眞不知該如何回覆你了。願你把你的意願簡明告訴我，我一定依照你的話去辦理。」

這時慎子夫人把她心低的話全盤托出，說道，「我勸你第一件事要和上帝相安無事，重新回到他的懷抱，蒙受他的恩澤。因爲，我始終在講，上帝是因爲你犯罪，使你經受了這次的逆境。如果你能照我的話做，上帝會差遣你的仇人來你面前跪請饒恕，願意聽你的指示。所羅門曾說，『人的行爲若蒙上帝喜悅，上帝也將使他的仇敵與他和好。』我求你讓我私下和你的仇人會談一次；爲的是不要他們知道你已同意我這樣做。等我瞭解了他們的全部心意，我就更有把握向你進忠告了。」

梅利比道，「夫人，聽憑你的意願而行，我已把自己完全交付了給你。」

慎子夫人見她丈夫已經改過從善，心中暗忖著如何才能使件事圓滿解決。她看準了時機，私下裡邀請了仇人們來談；她很開明地對他們解說和好的莫大利益，以及戰鬪的危害是多麼大；並且和善地指責了他們，說他們對梅利比，對她自己和她倆的女兒犯下了這樣錯誤的行爲是應該知道懺悔的。

他們聽了慎子夫人這一番親切動聽的話之後，十分驚奇，對她非常欽佩，那心中的喜悅非語言所能形容。「呀，夫人，」他們說道，「用先知大衛的話來說，你眞是甘霖降福，浸潤了我們的心靈；你大慈大悲，勸導我們息爭言和，其實我們正該痛改前非，低首認罪，現在看來，叫我們怎麼承受得了。的確，所羅門是個聰明賢達的人，因爲他說過，『出口動聽可以增加朋友，可以改邪歸正，叫惡人謙順明禮。』」

他們堅決表示，要把這件事完全交給愼子夫人來處理，並且準備悉聽梅利比大人的吩咐。「親愛慈祥的夫人，」他們道，「我們恭順地請求你慈悲爲懷，把動聽的言詞見諸行動，因爲我們深感十分開罪了梅利比大人；單憑我們的力量已難以令他滿意。因而我們和我們的友人都立誓保證聽從他的任何擺佈。但是可能我們的錯誤使他積恨在心，或將大施重罰，以致我們承受不住。因此，高貴的夫人，我們請你以悲憫爲重，運用女子的慈德，從中勸導，免得我們因一時的過失而陷落法網，毀了終身。」

「的確，」愼子道，「一個人把自己完全交付出來，由他的仇人去全權處理，委實很不容易，並且相當危險。所羅門也說，『聽我說來，相信我的話，你們所有聖門中的信徒，上下人等，你們在世呼吸一天，絕不可將你們的身體交給任何人，無論是你的兒子，妻子，朋友，兄弟。』他既勸人不可交付給兄弟、朋友，他當然更將阻止人把自己交給仇人了。雖然這樣說，我還是勸你們莫懷疑我的丈夫。因爲我很明白，毫無虛假，他爲人寬厚謙順，好善樂施，並不貪婪斂財。世上一切事物在他看去，唯有人們的尊敬和稱譽爲重。再者，我知道得很淸楚，也十分確信，在這件事上他一定會聽我的勸告。憑上帝的恩賜，我將盡力從中說項，務使你們和我們之間損棄舊仇，言歸於好。」

於是他們齊聲說道，「尊貴的夫人，我們自己和我們所有的一切都交由你支配；不論哪一天，只要對你方便，我們都可以前來履行我們的條件，不管那條件有多麼嚴峻，我們一定要滿足你和梅利比大人的意願。」

愼子夫人聽了他們的回答之後，便叫他們悄悄離去；她自己又回到丈夫梅利比面前，告訴他那些仇人是如何痛悔前非，並且準備接受刑罰，只是求他多發慈悲，寬大處理。

梅利比答道，「犯罪惡而並不抵賴，卻承當下來，深知悔恨，請求寬大，這樣的人是應該可以饒恕的。辛尼加說，『坦白認罪的可以免罪；』原來坦白就近乎無辜。他還在另一處說，『悔恨自己犯了罪而承認下來的人是應得赦免的。』所以現在我同意和解；但是最好還要與我們的朋友磋商一下，取得他們的贊同。」

這時愼子夫人非常高興，說道，「先生，你的確回答得頗有道理。既然當初是由於你朋友們的勸告與支持使你心中激動，要報仇動武，此刻就正該照樣取得他們的同意，然後與仇人們修睦講和。因爲法律上說，『由繫鈴人去解鈴，是最合乎自然的好辦法。』」

於是愼子夫人立刻派人去找親朋好友，向他們詳述了一切經過，梅利比也在場；她籲請他們發表主見，提出最好的辦法來。梅利比的朋友們通過了周詳的考慮，主張和解；都認爲梅利比應該敞開胸懷，接受仇人們求恕的請願。

這時愼子夫人在聽見丈夫梅利比同意之後，又聽到了朋友們的意見，這和她的初衷都完全吻合，她心中異常欣喜；她道，「古諺道，『今天可以做的一件有益的事，不要推遲到明天。』因此我勸你們差幾個伶俐的人去找仇人們，問他們是否仍願和平解決，如果願意的話，就馬上前來會談。」

這事照辦了。那些犯了過錯而深知悔改的仇人們聽了來人所講的一切之後，十分欣慰，謙和地作答，向梅利比和他的親朋們表示感謝；他們馬上準備跟著來人到梅利比大人面前來聽候發落。

隨後，他們立刻來到梅利比的邸宅，同時還帶了幾個好友來做人證。他們走到了梅利比面前，他就這樣對他們說道，「事實是就樣，你們毫無理由地傷害了我、我的妻愼子，以及我的女兒，我們損失重大。你們闖進了我的屋子，你們的暴行人人皆知應該處以死罪的；因此我要問一問你們願不願意把懲罰報復的事交在我和我妻愼子手中？你們究竟願意怎樣？」

於是三人中最聰明的一個代表著他們說道，「先生，你是一位德高望重的大人，我們自知低微，實在不配走進你的貴邸。我們犯下了嚴重的過錯，在你大人面前，我們罪該萬死。不過你爲人賢明慈祥已是有目共睹的事，所以我們唯有把自己完全交給你大人，你盡可憑你的仁心厚德加以應有的處分，我們一定聽命，毫無怨言。當然，大人慈悲爲懷，見我們低首悔過，也許可以考慮寬大，對我們的嚴重罪行從輕發落。雖然我們惡劣行爲確曾造成了你大人的莫大損失，我們卻懂得一點：你的寬恕是一種美德，我們的罪惡是一種劣跡，而你在爲善方面的影響，眞能深入人心，遠遠超過了我們在爲惡方面所能產生的任何流弊。」

此刻梅利比滿面春風，將他們攙了起來，接受他們的誓言和種種保證，然後指定一天讓他們再來他家，聽取他的判斷；於是每個人回到了自己家中。

愼子夫人湊了個機會，問她丈夫對這幾個仇人準備如何發落。梅利比便答道，「老實說，我想決定將他們所有的一切都沒收下來，剝奪他們的產業繼承權，然後把他們流放出境，永遠不准回來。」

「這個判決，」愼子夫人道，「委實有些過分，並且很是不合情理。你有的是錢，不需要旁人的財產。並且這樣做，你就很容易被指爲貪婪之人，那是很不光彩的，善良的人都應該避免。因爲，根據門徒所說，『貪財是萬惡之源。』所以，你若想佔得他人的一批財物，倒不如損失同樣數量之自己的財物。這樣，你財產雖有減損，卻保持了尊榮，比起用卑鄙手段以增添財富強得多。人人都該努力爭取令譽，守住令譽。不但如此，我們還該始終不渝地充實它。因爲書上有言，『美滿的名聲如果不加修整，就不能經久，很快就會被人遺忘。』至於你說要將他們流放出境，我看他們既已一切聽你支配，你這種做法就顯得很不合理，完全越出了軌道。書上說的，『濫用職權、肆意妄爲的人應受撤除權位的處分。』我認爲，縱然你憑理按法，假想已有充分根據，可以施加苦刑，但是我看，你仍無把握定能執行到底，萬一中途有變，你就又將面臨戰鬥而使事情完全恢復了原狀。所以，若要贏得人們樂意從命，必須在裁判時考慮人情，換言之，定罪要從寬。原來書上也說，『在上者施令而多禮，在下者愈是唯命是聽。』故此我勸你此刻應竭力自制。辛尼加說，「自克自制，好似兩次勝敵。』西塞祿說，『君主的令德莫過於仁恕謙和、心安理得。』我勸你此刻拋棄復仇之念，以保持令譽；使人們因你的寬恕而有口皆碑，使你自己也可以捫心無愧。因爲辛尼加曾說，『戰勝而自悔戰勝的人無勝利之可言。』由此，我請求你應該存仁恕之心，以換取萬能之主在大判之日的施恩赦罪。因爲聖雅各在他的書簡中說，『那不憐憫人的，也要受無憐憫的審判。』」

梅利比聽了愼子夫人的宏旨高論，又見她那樣情眞意摯，心中和她漸趨一致；最後他完全同意，準備一切聽她的指引。他感謝那善德之源的上帝，是神賜給了他如此賢淑多智的一位妻子。

到了那一天，他的仇人們來到他面前，他對他們十分和善，說道，「雖然由於你們的傲慢愚妄，你們曾一度顯得疏忽無知，走入歧途，對我造成損害，可是我見到你們低頭認錯，悔恨自己已犯的罪行，我唯有表示寬容，饒恕你們。因此我決定忘記過去，把你們對我及我家人的一切罪過置諸腦後；爲的是：我們在這不完善的世上曾對上帝犯下了罪惡，現在我們懇求他在我們臨終的一天還可以賜降洪恩，赦免我們的罪行。我們相信，只要我們自己深悔所犯的罪，立願改變從善，上帝聖心寬厚，一定赦免我們的罪惡，收容我們，永享福澤。阿門。」

喬叟的梅利比與愼子夫人的故事完

僧人的故事

僧人的開場白——客店老板對僧人的趣話❶

我講完了梅利比和賢達的愼子的故事之後，我們的老板道，「我是一個老實人，有聖母在上，我寧可拿出一桶酒來，但願我自己的好妻子聽到這篇故事！她比不上梅利比的妻那樣耐心。我的天，我打孩子，她就拿棍棒來，喊道，『打死這一群小狗！打斷他們的脊骨！』如果鄰家婦女在教堂裡不向她鞠躬，或竟敢冒犯了她，到家裡她就對我發作起來，喊道，『沒有用的傢伙，替你的妻報復一下哪！我的天，你還是拿我的紡杆去紡線吧，讓我來用你的刀！』一天到晚她說不完，『啊，

❶由於這一段趣話，我們知道了一些客店老板的家庭背景，和他的妻子的性格。至於這裡所寫的僧人卻像是個讀書人，不像《總引》裡所寫的那個修道僧；是不是喬叟忘記了，或是他改變了意思，想把他換一個性格？

我生來倒了楣，嫁了一個沒有膽量的猴兒，一個不中用的小子，聽憑旁人宰割！你就不敢爲妻子的權利站起來！』這就是我的生活，無非要我找鄰人去吵鬧；我不走出家門就沒有日子過，除非像野獅一樣和她硬碰。我很知道總有一天她會逼得我殺幾個鄰人的，殺了人就只得逃命；原來我手裡拿著刀就很危險，可是我不敢和她對抗，因爲她的臂力確實不小，誰若在言行上得罪了她，就可嚐到那滋味的。不過，這件事我暫且不提。」

「僧士先生，提起精神來，現在你來講一個故事吧，阿，羅乞斯特已經到了。騎過來一點，不要掃興。可是，老實說，我還不知道你的名字，叫你約翰先生呢，或托馬斯先生，或奧爾本先生呢？你到底是哪一座修道院裡的？你的皮色很不錯，上天知道；你那牧羊場上想來一定很豐盛吧：你這模樣並不像一個悔罪徒，或是一個餓鬼呢！我敢說，你是一個職務僧，是個院堂監理，或膳食員司，我爸爸的魂，你在家中一定是個主管，絕不是一個可憐的院僧，或新僧徒，想是一個能幹而多心眼兒的主司；看你肌骨豐厚，外貌著實可取。哪個倒楣家伙把你送進了僧院去的！」

「呀，你穿這樣寬大的兜頭幹什麼？你的精力是不差的，你若得到允許，包你生得幾個好孩子呢。上帝祝福我，我若當了教皇，不但是你，每一個魁偉的個兒，不論他頭上剃得多高，都該娶個老婆。世界完結了，宗教把頂好的人都給搜光了，剩下我們教外的人，一個個都像蝦兒一般。嫩弱的樹幹抽出嫩弱的枝條來；因此我們的後代又瘦又弱，再也生不出子女來了。於是我們的妻子都去找僧士們，你們比我們能付愛神維納斯的債；上帝知道，你們是不付假銀元的！不過，我的主子，不要生我的氣，我這樣打著趣兒；我也常聽說開玩笑可以開出眞道理來呢。」

這位僧人一切忍在心裡，說道，「我將盡我所能，以道德爲目標，講一個故事，或兩三個故事給你們聽聽。你們如果願意聽的話，我來講聖愛德華的生平；或者我還是先講幾個悲劇事蹟，我的修道室裡總有上百篇這樣的故事呢。一個悲劇，就是一個故事，古書上說的，講一個人曾經飛黃騰達，卻一旦陷落在悲慘的處境中去，結果不能自拔而終。普通是用六音步的詩體寫成的，人們稱之爲六音步詩。也有許多是散文寫的，也有其他種的詩節。不過，這一點解釋就足夠了。現在你們願意就請聽吧。但首先我要請你們饒恕我所知有限，如果我沒有按照書上所列的時代次序而講，不管是教皇，或是帝王，有些提前，有些挪後，我只能記起哪一個就先講哪一個。」

依照悲劇的體裁，我將哀悼那些遭遇不幸的人物，他們佔有高貴的地位，一旦貶落於苦難之中，無法自救；的確，世上好景難常，如果好運一去，誰也收不回頭；誰也不應信任那盲目的幸運；請從這些古來的實例中吸取教訓。

僧人的故事❷由此開始

露西弗

雖然露西弗不是一個凡人，乃是一個神靈，我想先從他講起。命運是害不到一個神靈的，但因爲他犯罪，也曾從崇高的地位落進地獄，他至今還在那裡。啊，露西弗，神靈中的最顯耀者，現在你是撒旦魔王了，再不能從你那苦坑中出來了。

亞當

啊，亞當是在大馬士革平原上由上帝親手創造的，他並非由人們的腹中污濁而生，他做了整個樂園之主，除卻禁樹一棵。世上的人沒有比他的地位還高的了，直到犯下了滔天大罪，被逐出高潔的樂園，而貶進了勞苦厄運的境地，幽深的冤獄。

參孫

請看參孫，在他出生之前，早已有天使預先宣示了，並將他的生命奉獻給了上帝，在他仍保有兩隻眼睛之時，他可享受光榮的地位。再沒有比他更有臂力、更能堅忍的人；可是他把他的秘

---

❷這是一個17段小型故事集，內中以齊諾比亞為最長，烏格林諾為最有趣，同時也是寫得最晚。烏格林諾伯爵的故事取自但丁的《神曲》，〈地獄〉篇33，是13世紀義大利比薩的一段史蹟。喬叟自己卻認為這些事蹟乃取自薄迦丘的《名人遭厄記》。稿本中原有副題為：「僧士的故事由此開始，取自《名人遭厄記》。」

密洩漏給了妻子們，因而他陷於悲慘而而致自殺。

這位高貴、威力無比的英雄，在他赴婚禮的途中，手無寸鐵，卻憑雙手殺死一隻猛獅，將它撕裂開來。他不忠的妻子誘惑他、懇求他，探聽出他的秘訣去透露給他的敵人，同時她離開了他，另嫁了旁人。他憤怒塡胸，集攏了三百隻狐狸，把尾巴都緊繫一起，每根尾巴上結著一枝火把，點燃了火。它們於是把那地方的禾穀，以及所有的橄欖樹和葡萄藤燒盡。他只用一根驢子的腮骨打死了上千的人。擊殺一陣之後，他口渴得要死；他祈求上帝加以憐憫，否則他唯有渴死了；那時從那驢子腮骨的臼齒中噴出泉水，他得以大喝了一頓。這都是《士師記》裡講到的，可見上帝是如何地照顧他。

在加薩城，有一天晚上，雖有非列士人在城中，他卻施用全力，下了城門，揹上山去，讓大家觀看。啊，威力勝人的參孫呀，你若守住秘密，不讓婦人們知道，世上就找不到一個能比得上你的人了。

參孫從來不喝烈酒，從不用刀剪修剃他的頭髮，原來天使有言在先，他的全身臂力就在他的頭髮中間。他統治以色列有二十個寒暑。但是，馬上他將流著苦淚，婦人們害得他好苦：他的情婦大利拉聽他說臂力都在他的頭髮上，就此把他出賣給了敵人，趁他一天睡在她懷抱中的時候，竟將他的頭髮剃去，因而敵人發現了他的秘密；他們見他已無法掙扎，將他捆縛起來，挖出了他的雙眼。在他的頭髮未剃之前，誰也捆不住他；可是現在他卻被幽禁地牢，終日推著手磨。啊，高貴的參孫，人間最大的力士，當年榮華富貴的士師，現在你唯有從瞎眼中流出淚來，你已由富貴之位墮入了苦海。

這個囚奴的終局是這樣的。一天，他的仇人們大事慶祝，要他當衆去受他們的愚弄。這是在一座壯麗的廟堂中的事。但他卻最後加以摧毀；他抱住兩根大柱，用力搖拽，全屋倒塌下來，連同所有的仇人和他自己都被壓死。這就是說，每一個達官貴人以及三千人都壓在廟堂的石塊底下。

關於參孫的事我講到這裡爲止。我們應以這件古來相傳的簡略的事例來警惕自己，千萬不可把重要的秘密告訴我們的妻子們。

黑勾利斯

常勝的英雄黑勾利斯，在他那個時代他是體力之花，他自己的豐功偉績傳遍了遐邇。他殺過獅子，撕剝了獅皮；半人半馬的怪物大言不慚，是黑勾利斯把它制服住的。他還殺了有翼的女怪們，那凶殘的鳥；他由巨龍那裡奪得了金蘋果；他把三頭犬帶出了地獄；他殺死了殘暴的希賽路斯，將他的屍體連骨帶肉丟給他的馬群噬食；他殺過火毒的蛇；阿基洛斯的兩隻角他折斷了一隻；在石穴裡他殺了卡葛斯；他還殺了巨人恩鐵斯和凶猛的野猪；好些日子他用頸子頂著天庭。天地開創以來沒有一人像他所殺死的怪物那樣多的。他的名聲傳遍了全世界，人人都聽到了他的威力和盛德，而且遊踪也踏遍了萬國。無人不怕他的勇猛，誰也不敢違抗他；特羅非說，他在兩

個世界的盡頭都豎立了高大的柱石，做爲界碑。❸

這位偉大的英雄有個情婦，名叫台恩尼拉，像五月的天氣一樣鮮艷；學者們都說，她送給他一件內衣，十分美觀。可是不幸得很！這件內衣卻暗藏著毒素，他穿上不到半天，他全身的肉都從骨頭脫落下來了。也有些學者們爲她辯護，說是一個名叫納塞斯的怪物做出這惡毒的勾當；不管怎樣，我卻不怪她；反正他貼身穿上了這件內衣，身上的肉就中毒而轉黑了。他見事已無補，就扒攏了一堆燒紅的煤火，寧願燒死，不肯毒死。就此這位大英雄結束了他的性命。

啊，誰能老是依靠著命運呢？一個人跟著忙碌的世途追逐，常常在不警覺之間就被摧毀了。人總要有自知之明才是道理。小心謹慎，莫讓幸運來諂媚你，她最善於趁你漫不經意時向你襲擊的。

尼布甲尼撒

尼布甲尼撒帝的王座、寶物、笏杖和榮華，是言語所形容不出的。他兩次征服耶路撒冷，劫走了廟中的神器。他建都在巴比倫，這就是他享受榮華安樂的所在。

---

❸特羅非是指寫特羅亞城史蹟的拉丁散文作家奇多·德爾·可龍；在他的書中特別提及直布羅陀海峽兩岸的岩石，相傳為「黑勾利斯的柱石」，被認為是紀念他的英勇事蹟的勝利碑。

以色列皇家的後裔都做了他的侍宦和奴役。最聰明的一個就是但以理；迦勒底全國沒有一個哲士能解釋國王所做的夢，他卻最善於解夢。這位不可一世的帝王建起了一座金像，高六十腕尺，寬七腕尺，命令全國老少都要向這金像俯伏膜拜，否則丟進紅爐燒死。唯有但以理和其他兩個青年人卻堅決不肯依從。這位萬王之王，傲慢非凡，認爲無上的天主也不能顚覆他的高位。可是，馬上他就失去了王位，經過相當的時日，他過著走獸一般的生活，和牛一樣吃著乾草，在野外露宿，與野獸一起在風雨中行走。他的頭髮變成鷹的羽毛一般，他的指甲像鳥爪，直等到上帝赦免了他，讓他縮短了處罰的年限，恢復了他的理智，然後他才滿腔熱淚向上帝謝恩，從此不敢再犯錯誤，直到他死的一天他沒有否認上帝的威力和仁慈。

柏爾沙撒

他的兒子，柏爾沙撒，即了位，卻不知道引以爲誡，照樣地目空一切，過著奢華的生活，只顧崇拜著偶像。他認爲他有名位就可以保持著尊貴，詡詡自得。可是，命運卻立刻將他打垮，把他的國土分割了。

曾有一次他宴請臣僚，要他們歡樂；吩咐他的侍從道，「去把我父親當時從耶路撒冷廟中帶出的神器取來，讓我們感拜衆神，給我們享受祖遺的福澤。」他的后妃侍臣們盡情地用這些神器歡飮著各種酒類。這時國王忽見牆上有一隻手寫出字來，卻看不見手臂，他嚇得發抖嘆息。這隻手所寫的是：「彌尼，彌尼，提客勒，昆勒斯」。全國沒有一個法術家能解釋這幾個字；可是但以理卻立即解釋道，「國王，上帝曾賜給你父親榮耀、威名、權勢、財寶和稅收，他就心高氣傲起來，不知敬畏上帝，因而上帝重罰他，革去了他的王位。他被逐出、離開世人，與野驢同居，吃著露天的草，直等到神恩和理智使他知道了只有天神在掌管天地萬物，然後上帝對他發生憐憫，恢復了他的王位和他的原形。現在你，本是他的兒子，知道這一切經過，可是仍一樣的高傲；你是上帝的判徒，仇敵。你用他的神器大膽地喝酒；你的后妃們竟不怕瀆神，用同樣的器皿喝著不同的酒；你奉承著假神。所以，天意昭示了你將受到重刑。相信我，這隻手是上帝派來的，這牆上的字義是：你的王祚已不能繼續，你在天秤上稱不出任何份量，你的國土要分歸瑪代人和波斯人。」就在這天晚上國王被殺，波斯國王大利烏占了他的王位，雖然這是不合法的。

各位先生，你們可以因此得了教訓，世上的權位是沒有保障的；當幸運拋棄了你，她可以把王位、財富和大小友誼全給取去；原來在幸運中所得的朋友，在厄運中都變成了仇人。我相信這句格言是眞切而普遍的。

齊諾比亞

齊諾比亞，帕爾邁拉的女王，波斯有她的光榮事蹟的記載，勇敢善戰，任何人都敵不過她，無論是在剛毅、家世或其他方面。她是波斯王族的後裔；我雖不能說她是最美的女子，但她的身段卻是不能再好了。她自小就不願做家務，逃到林中。她用長箭殺死過多少野鹿；她也能捷足趕上去捉它們。年紀略長，她能殺獅、鬪豹，能把熊撕裂，憑她兩臂之力隨意搏擊。她敢於搗進野獸的洞穴，整夜在山中遊逛，在叢樹底下睡眠。她的臂力強大，能與任何壯年男子角鬪，那怕他如何敏捷。她刀槍所及，無不如摧枯拉朽。她守住那處女的純潔，不讓任何人侵犯，不受任何人約束。最後她的大人卻介紹她與國中一位王子渥第那托斯結了婚，雖她拖延了很久。顯然他倆的想像能力是不相上下的。兩人結婚之後，生活愉快，彼此敬愛。除卻一件事：她絕不允許他和她同床在一次以上，她立意只要生出一兩個孩子，以繁殖世上的人口；如果她認爲這一次同床而沒有懷孕，就馬上讓他再一次搞他的把戲，但絕不超過一次。假如這一次使她懷了孕，他就必須再等四十天後才能做第二次的嘗試。不論渥第那托斯是野、是馴，他再莫想多打她的主意，她這樣說：「男人和妻子玩耍而超過這個限度，就是淫蕩可恥的勾當。」她和他生下兩個兒子，教養起來，成爲具有道德學識的人。但現在且讓我們回到故事上來。我已說過，像她這樣可敬可慕人，聰明、慷慨而不奢靡，在戰鬪場上敏捷而有果斷，又很知禮，眞是世上找不出第二個人來。他的衣飾華貴充足，無從細述；她身上無非滿戴著珠寶金銀。她暇時學習各種語言，不倦地深究，她喜愛書籍，專心培養品德。

簡言之，她夫妻勇猛無匹，攻克了許多大國和名城，嚴加治理，毫不懈怠；原來這些東方地域都是羅馬帝國的屬國。渥第那托斯在位時期，他們的敵人絲毫不敢進犯。誰若願意讀她對波斯王賽波等等的戰績，這些戰爭的結局，她發動這些征伐的原因和名義，以及她後來所遭遇的困厄，她如何被攻、被擄等等，都可從佩脫拉克的著作中讀到，他是我的老師，我相信他關於這些是寫了不少的。

在渥第那托斯死去之後，她就親自治國，與敵國交兵十分凶猛，附近各國的君王只求能不受她的攻打就心滿意足了。他們和她訂下條約，建起同盟，和平相處，由她自由馳騁。羅馬皇帝克洛第厄斯，或後來的加力伊那斯，都不敢觸犯她，此外如亞美尼亞人、埃及人、敍利亞人或阿拉伯人，也沒有敢於在戰場上和她交鋒的，她能親自殺得他們片甲不留，或趕著她的人馬衝得他們四分五散。她的兩個兒子穿戴得威風凜凜，繼承父業；在波斯文字中，他倆名叫厚蒙諾與希馬萊渥。但是命運的蜜糖中總攙雜著苦汁；這偉大的女王也不能永久威風下去；命運把她陷入了厄境。

奧里力安掌理了羅馬國政以後，定下計謀要向這后王興兵問罪；簡言之，她被戰敗了，最後她和她的兩個兒子都被擒，加上桎梏，土地也被佔領，羅馬得勝凱旋而歸。奧里力安的戰利品中有一具她的金寶鑲嵌的戰車，刼回後陳列示衆。齊諾比亞在他的凱旋車前步行，頸上掛著金鏈，頭上仍戴著她的王冕，衣服上飾滿了珠寶。呀，命運呀！她當初是各國君王所畏懼的人物，現在却被戰敗示衆了。當初頭戴銅盔，何等英勇，堅強城池，攻無不克，何等威風，現在頭上却只有婦女的頭飾了。當初手執王節，現在却只好拿一根紡杆了。

西班牙的彼得王

啊，高貴的彼得，西班牙的光榮，命運曾使他高坐王位，可是他慘死，人們不得不爲他嘆惜！你的弟弟將你逐出國境；後來在圍困中被出賣，帶到他帳幕，被他親手殺死，他就此奪了你的王位，承嗣了你的產業。

一片雪白的場地，上面一隻黑鷹，被一根火一般紅的黏枝擒住，這就標誌著叛逆之罪。那「罪惡的窠巢」闖下這場禍來！這不是迦利大帝手下的奧利維所做的事，因他是一個眞誠光榮的戰士，乃是布列塔尼的加納倫，爲了貪財，陷害這君王落進圈套。❹

塞浦路斯島國國王彼得

啊，還有崇高的塞浦路斯王彼得，你以你高超的將才戰勝了亞歷山大里亞，多少異教徒受著你的打擊，因而你自己的家臣懷恨，在一個清晨將你在床間殺死，無非因爲你英勇過人。命運就是這樣駕馭著她的旋輪，把喜悅中的人們貶進了愁苦。

倫巴底的巴那波

米蘭的偉大子爵巴那波，快樂場中的英雄，倫巴底地方的霸主，你既已攀登高位，我何能不敍述你的厄運呢？你的侄子，同時又是你的女婿，使你死於獄中。但你爲什麼被殺，或如何被殺，我卻並不明瞭。

比薩的烏格林諾伯爵

比薩的烏格林諾的沮喪是沒有人能描述的。比薩城外不遠有一座塔，他被囚禁在內，和他的三個孩子一起，最大的孩子還不過五歲。呀，把這樣一窩鳥關在這個籠裡，委實是件殘忍的事！他被迫而死在這因牢中，因爲比薩的主教羅傑誣告了他，百姓跟著也都起來反對他，把他放進牢

---

❹這一段字謎式的詩句，在喬叟時代讀來不足為奇。其中所指史實是這樣：西班牙14世紀的彼得王(1350至1369)因與其弟恩列克不和，互爭王位，在1369年3月，彼得被圍甚急，暗中遣羅德列葛去恩列克的同盟者葛斯克林處，許下他多少城池和金錢，勸他背棄恩列克來歸彼得，襄助他復王位。葛斯克林拒絕了，並將這經過告訴了他的親戚奧利維·德·蒙尼。奧列浮·德·蒙尼轉告了恩列克，他們商定誘騙彼得來葛斯克林營中談判，彼得未見其詐，來後即被其弟恩列克林親手殺死。第二段詩中第一句所描寫的是葛斯克林的紋章上圖案；「罪惡的窠巢」，指奧利維·德·蒙尼而言，是由他的名字中轉變出來的意義。迦利大帝手下的奧列浮，是法國浪漫傳奇中英雄羅蘭的好友，與這個奧利維當然不可同日而語。在布列塔尼的加納倫背叛羅蘭，致使英雄們在西班牙戰場上全部陣亡。本段「黏枝」二字，指擒鳥時所用塗有黏液之樹枝而言。

獄，此後實情且等我講來；他們給他的飲食有限，不夠他吃飽，而這一點飲食還粗糙惡劣。有一天，正在等候飲食送來的時候，牢吏竟把塔門關上了。他聽得清楚，卻不作聲；心想，他們是準備餓死他了。「啊！」他道，「我為何而生！」說著，眼中流出淚來。他的最小的孩子才三歲，說道，「父親，你為什麼哭？獄吏什麼時候才送菜羹來給我們？你一片麵包也沒有了嗎？我餓得睡不著了；願上帝賜我永睡不醒了吧！那時，飢餓再不會爬進我的肚裡；我不想要任何東西，只要麵包。」

這樣一天又一天，這孩子哭著，後來躺在父親懷裡，說道，「再會了，父親，我死了。」那天他吻了父親一下就死去了。這傷心的父親見他已死，憂從中來，咬著他的兩隻手臂，「呀，命運哪，」他道。「我的一切憂傷都由你那可惡的旋輪而來！」他的孩子以為他餓了才咬手臂，不知道他是傷心過度，說道，「父親，不要這樣，還是吃我們的肉吧。你給了我們這身上的肉，現在收回去，吃一個飽吧。」這樣說著，不到一兩天，他們兩個也死在他懷中了。他自己也在絕望中餓死；這就是比薩一位偉大的伯爵的下場，命運把他從高貴的地位上砍倒下來。這段悲劇到此為止。誰若願多知道些究竟，請他讀義大利偉大詩人但丁，他是一點一滴都講了的，他是一字也不會差的。

尼祿

雖然尼祿和任何底層地獄的惡魔同樣惡毒，可是羅馬的史家斯韋托尼阿告訴我們，他當時卻曾征服了廣闊的世界，無論是東、南、西、北。他的衣袍上飾滿了靑紅寶石和白珠，原來他是一向醉心於珠寶的。沒有其他帝王有他那樣穿戴得華麗講究；他穿過一次的衣衫決不再看第二次。他閒散的時候就去臺伯爾河上釣魚，他有的是金絲打成的魚網。他願做什麼事就只顧發號施令，定爲國法，即使命運也要服從他的嗜好，和他做好友。他爲了取樂，放火焚燒羅馬城，有一天又殺去幾個元老大臣，爲的是他要聽一下人們如何哭泣。自己的兄弟他也殺了，自己的姐妹他也污辱了。他使自己的母親慘死，破開她的腹部看他自己是如何被孕育的；啊，他竟如此不知顧憐自己的生母，他眼中沒有流出一滴淚，只說了一句：「她倒算得一個美貌的婦人」。說也奇怪，他從何鑑賞她那死後的美呢？——那時他只顧吩咐著取酒來狂飮！啊，暴虐再加強力，爲害就無止境了。

據說在他靑年時代，還請了一位老師教他如何做人，如何讀書；如果古書上的話可靠，這位老師確是個道德高超的人。在老師教導之下，他十分聰穎，十分溫良，多年後殘暴才大膽地向他進攻。我所講的這位老師，辛尼加，原是他所畏懼的一個人，他常針對他的惡習敗行循循糾正。「一個帝王，」他道，「應該善德善行，應該憤恨暴政。」因此，尼祿就趁他在沐浴時使他流血而死。尼祿自幼見了老師就要起立，習以爲常，但後來經年累月，他感到十分厭煩，因而用此辦法將他致死。辛尼加是個聰明人，寧可死於浴中，免遭其他的酷刑。

漸漸命運之神也不肯繼續縱容尼祿狂妄下去了；他雖擁有威力，但她卻有更大的威力；她這樣思量著，「我豈不太傻了，聽憑這樣一個萬惡的人盤據尊位，自稱人君。我將乘其不備，把他拖下高位，絕不容情。」

一天夜時，人民起來反抗他的暴行，他一時發覺，立即躲避出去，敲著人家的門，以爲可以求得保護；哪知道他愈敲得急，門愈關得緊；他看看已經無望，只得不再作聲，向前走去。人們呼聲雷動，他親耳聽見他們在追趕著說，「這個暴君在哪裡？尼祿在哪裡？」他聽得魂不附體，向神明苦求乞援，但也枉然。最後躲進一座園中，見有兩個暴徒坐在一團融融的火旁，他向前求他們殺了他，斬下他的腦袋，好使人們認不清他的屍體，免得遭受汚辱。他就這樣尋求死路，再沒有第二條路可走了；命運就這樣嘲弄著他。

賀洛奮斯

在賀洛奮斯的時代，沒有一個人主有他威風，他征服的國家最多，在戰場上他最英勇，最享盛名，最高貴自恃。命運玩弄著他，引著他忽上忽下，直到頭顱被砍時他還不知道。凡是想保住自己財物或自由的人，誰都不敢觸犯他，否則唯有放棄他們的信念和喜愛。他對國人道，「尼布甲尼撒帝就是你們的神，你們不能再崇拜其他的神。」除卻在一個民心堅強、由一位教主統治的城而外，沒有一個地區的人敢於違拗他的意志。

現在且看賀洛奮斯的終局。有一晚上他喝醉了，在營帳裡睡著，那營帳寬大像一所穀倉，可是任憑他如何煊赫，他卻在睡夢中被一個名叫朱狄司的婦人砍去了頭顱，偷偷地帶進城中去了。

敍利亞王恩替渥格斯

恩替渥格斯王的威權和敗行還用得著縷述嗎？像他這樣的人是世上獨一無二的了。他的狂囈，他的墮落，他如何慘死在山上，都詳載僞經《瑪喀比書》中。幸運讓他享盡了榮華權貴，以致他當眞認爲自己有排山倒海的能力，可以高攀星辰，挾持群山以衡量其輕重，或能一手抵住大海的洶濤。他最恨上帝的信徒，要將他們處以苦刑，一心以爲上帝無法壓制他的狂妄。由於上帝的選民猶太人擊敗了他的兩員大將，使他恨在心頭，立即發令準備戰車，誓將攻破耶路撒冷，痛雪此恨。可是他並未能如願以償。爲了他出言不遜，上帝給他遭受了無可醫治的內傷，他的腸子斷了，痛不可當。這刑罰對他確很公正，因爲他曾傷斷過多少人的心腸。他仍不顧任何傷痛，怙惡不悛，強令整軍前進。忽而，出其不意，上帝挫折了他的威風；他從戰車上翻身倒地，手脚折斷，皮肉崩裂，再也不能行動一步，滿身創傷，只得坐上救護擔架。上帝使蛆蟲由他身中爬出，臭氣逼人，或睡或醒，家人都不能靠近他，上帝並未寬容顧憐。他在這難日中呼號哭泣，才懂得唯有上帝是萬物的主宰。他的臭氣使人無不掩鼻，誰也不肯抬他出行。於是他獨守山上，痛苦而絕。這個殺人的盜犯，一生欠下了多少人的血債，頑強暴戾，終究死於非命，確是他罪有應得。

亞歷山大

亞歷山大的事蹟流傳極廣，略有見聞的人都可以稍知其梗概。簡明地講來，他曾以武力征服了廣大的疆土；其實他威名驚人，誰不想向他委屈求和。全世界的人物走獸，不論在天邊或海角，無不被他挫敗馴伏的。任何一個霸雄也不能和他比擬。天地間無人見他不害怕，他確是一代之雄，英勇慷慨，稱得起幸運的寵子，在武功上、在政績上，他的意志高於一切；他具有一顆猛獅的心，除非酒色兩件，沒有能改變他意念的東西。即使我數盡了當時被他摧毀的人物，如波斯王達理阿等等，對他也算不得什麼稱頌。只要是人們踐踏的土地都由他掌管；我這句話算是說到盡頭了。我盡可講得滔滔不絕，而他的功績還是講不完。《瑪喀比書》中記載著：他在位十二年，也提到他是希臘第一個國王菲力普的兒子。啊，高貴的亞歷山大，你竟終究被你的國人毒害而死，你何其不幸！幸運和你擲骰打賭，把你的六點轉而為么，她卻絲毫不變臉色！一個高貴的世家，不可一世，仍不知足，傲然自得，一旦死亡，誰能為他一灑同情之淚！啊，誰願助我責難那無情的命運，詛咒那害了他命的毒物？他的厄難我認為應歸咎於這兩件事，但是誰來和我同聲一哭呢？

朱理厄斯・凱撒

常勝王朱理厄斯出身微賤，由於他勇而多謀，並且全不放鬆自己，得以飛黃騰達，升居高位；

他一手征服了全部西方遼闊的河山，訂立條約，歸入了羅馬的版圖，受著羅馬的統治。不久稱帝，登峰造極，直到命運背棄了他，有意和他爲敵。

啊，偉大的凱撒，你在希撒利地方和你自己的女婿龐培作戰。他擁有全部東方的兵力，太陽東升的地區都在他的掌握之中，可是你發動了大軍，把他的士兵擄殺殆盡，只剩下他和少數人敗北亡命。於是你威震東方，也正是命運觀照你。且讓我爲龐培哀哭，他曾爲羅馬的大師，而現在却成爲敗軍之將了。他手下有個叛徒砍下了他的頭顱，獻給朱理厄斯，以邀功求賞。啊，龐培，你鎮壓了東方，而命運卻使你遭受了災厄！❺

朱理厄斯勝利而歸，高戴桂冕，回到羅馬。不久之後，有個布魯特斯・加西阿斯，見他如此烜赫，心懷忌恨，暗中組成反叛勢力，擇定地點，準備將他刺殺；且聽我講來。一天，朱理厄斯照例來到神廟，布魯特斯與他的伙伴們就在廟前將他拿住，刺了很多刀，他倒臥地上。除卻有一兩刀使他略作呻吟外，他始終不肯叫喊一聲，古書所載如此，除非記載失實。朱理厄斯有的是一顆堅強的心，絕不肯失了尊嚴，雖已滿身重創，他卻留心把罩袍蓋過兩腿，不讓露出他的身軀。他雖暈厥危殆，仍能這樣自尊到底。

❺原文將龐培作為凱撒的岳父，顯然有誤。下一段中布魯特斯與加西阿斯應是兩人，這裡照原文未改，可能作「布魯特斯的朋友加西阿斯」解。關於再下段中伐勒利司見〈巴芙婦的故事〉註❼。

詩人呂坎，我奉獻這段記事給你，同時我也獻給斯韋托尼阿以及伐勒利司，他們三人都寫過這部史實的，我們可以由此而明悉龐培和朱理厄斯兩雄如何先受命運的愛護，後又遭她摧殘，我願人們不可深信命運的擺布，她是喜怒無常的，我們唯有警惕起來，勿讓她任意玩弄。這些英雄的往事就是我們的前車之鑑。

克里薩斯

富有的克里薩斯，原是呂底亞的國王，波斯的賽拉斯雖一度聽到他就害怕，可是終究在他全盛的時候被擒，放在火上焚燒。但這次天降大雨，將火打熄，他得以脫逃。他卻不知警惕，於是命運又把他送上吊架，臨死時張大著口，終結了性命。

在他脫逃之後，他忍不住重新發動戰爭。他滿以爲，命運既送下大雨，讓他逃走，當然不會再被敵人害死了；並且他晚上還做了一夢；使他十分得意自滿，一心要想報復。他夢見自己在一棵樹上，天神求比妥洗他的背和兩側，日神費白斯拿來一塊美麗的毛巾爲他擦乾身子。因此，他自以爲了不起，吩咐他的女兒解釋這個夢的意義何在，那時她正站在旁邊，他知道她是個富有才學的人。

她立刻這樣解釋著，「這棵樹，」她道，「像徵一個吊架，求比妥就是雨雪，費白斯和他那潔淨的毛巾是太陽的光線。你將被吊死，父親，這是實話；雨水將洗你的身，太陽將把你晒乾。」

他這個名叫芬尼亞的女兒曾這樣一針見血地警惕過他。

克里薩斯是一個目空一切的君王，卻終被吊死了，他的王座對他能有什麼幫助。

悲劇就是一首悼歌，哀唱著得意的寶座如何遭受命運的襲擊。當人們信任命運的時候，她卻辜負他們，還把她那明亮的容顏躲藏在雲霧後面。

講到這裡騎士打斷了僧人的故事

女尼的神父的故事

女尼的神父的故事開場語

「罷了，先生，不要再多講了，」騎士說道。「你已講夠了，太多了，因為我看大家都有些厭倦哩。至於我自己，聽了這些原是富足安樂的人忽而倒霉下來，委實有些不舒服呢！反過來，一個人原是窮苦而慢慢興盛起來，並且繼續下去，豈不愉快。這樣就很令人歡暢了。」

「對呀，聖保羅教堂的鐘聲為證，」我們的老板道，「你說得眞不錯。這個僧士高聲掉著舌頭；他說什麼『命運被雲霧蒙住』，我就不懂他什麼意思，你還聽他講什麼『悲劇』；其實有何用處，已經做過的事又何必訴苦哀鳴呢，況且，正如你所說的，專聽些沈重的東西心裡很不舒服。僧士先生，不要講了，看上天的面子。你的故事弄得大家不開心；這些東西值不得一隻蝴蝶，因為一無趣味。所以，僧士先生，或是皮爾斯先生，——如果用你的名字，——講些旁的東西來，我眞心求你；因為，老實說，假如不是你馬韁上掛的鈴在叮噹作響的話，我的天哪，我早就酣睡過去而墜下馬來了，就是地下的泥潭有多深，我也顧不到了。那樣你豈不是白講了一場嗎！的確，古學者說的，『一個人找不到聽衆，他的大道理也歸無用』。一篇故事講得好不好，我相信我是很懂得的。先生，講些打獵的故事吧，我請你。」

「不啦，」僧士道，「我不想講笑話。讓旁人講吧，我已經講過了。」

於是我們的老板很粗魯地對女尼的神父道，「來，走過來一點，你這神父，你，約翰先生，這裡來，講個故事來開一開心。放活潑些，那怕你騎的是一匹小馬，你的馬雖是醜陋瘦小，也不礙事！只要能騎，管他媽的。只看你的心是不是生動有勁。」

「好的，先生，」他道，「好的，店老板，我如果講得不好耍，盡由你罵我好了。」於是他開始他的故事，對我們大家講著；他倒是一位很溫良的神父，名叫約翰先生。

女尼的神父所講的公鷄腔得克立和母鷄坡德洛特的故事由此開始❶

從前有一個貧窮的寡婦，已過了中年，在某窪谷中林邊一所小茅舍裡居住。這個寡婦自從丈夫死後，居家非常簡樸耐苦，因她的產業和收入很少。她小心栽培上帝所賜的一點東西，維持自己和兩個女兒的生活。她只有三隻大母豬，還有三頭牛和一隻名叫穆勒的羊。她在那煙灰迷漫的房舍裡吃過多次的簡陋餐食。她從來不用什麼香辣醬油。沒有一粒美味的食物吞進她的喉管；她的食物和衣服都是同樣的貧乏。她從未因飽饜而致病；有節制的飲食、勞動和一顆知足的心，是她唯一治身的良藥。沒有痛風病阻礙她的跳舞，也沒有中風症驚擾她的頭腦。她不喝酒，那管是紅是白；桌上的食物無非是黑白兩色，牛奶和粗麵包是不會缺乏的，還有烤醃肉以及不時一兩個鷄蛋，因為她也是一個製酪的婦人。

她有一個牧場，四面圍著木柵，挖著一道幹溝，在這裡她餵著一隻公鷄名叫腔得克立。啼喔報曉，四鄉沒有能比得上他的。他的嗓子比教堂裡禮拜天的琴聲還來得美妙。他在棚舍裡唱歌司

❶在中世紀這個寓言有很多不同的複本，其最初的來源是伊索寓言中公鷄和狐狸的故事，喬叟可能得自最受稱頌的長篇禽獸史詩《狐狸荷納先生》。這是一篇罕有的佳作，在喬叟所寫各篇故事也是數一數二的。這裡的神父就是〈總引〉裡那位女修道的三個神父之一，這個女尼是指第一個女尼，就是女修道。

晨，比一座鐘或寺院中的時計還要準確。他天性能通曉那經度裡晝夜平分線的每一轉移，只要上升了十五度，他就啼唱起來，絕不含糊。他的花冠紅過精美的珊瑚，上面的鋸齒像堡壘的雉堞；他的硬嘴黑得像烏玉一般晶亮；他的腿和脚趾像琉璃；他的爪比百合花還白，他周身的顏色像磨光的黃金。這位高貴的公鷄，手下管轄著七個母鷄，供他取樂，七個都是他的姐妹和情侶，看來和他一樣精壯；而其中最具姿色的就是坡德洛特小姐。她品性溫柔賢淑，是一位良伴，舉止溫雅，自從她出生第七夜起，已把腔得克立的一顆心鎖住了，而那把鎖的鑰匙卻由她掌管；他愛她，實是他的幸福。紅日上升的時分，聽他倆合唱《我的愛遠處去了！》一首歌，音調和協，煞是有趣。據我所知，那時的飛禽走獸都是能說能唱的。

有一天清晨，腔得克立坐在棚舍裡的棲枝上，妻妾們都圍著他，美麗的坡德洛特挨近在身旁，他的喉頭忽而呻吟起來，好似一個人做了一場惡夢一般。坡德洛特聽見他呼喚，說道，「親愛的心，你這樣呻吟是何緣故哪？你眞算得一個睡漢了；你要不要體面的！」

他答道，「夫人，請你不必擔心；天有眼，我不是撒謊，我剛才做了一個惡夢，此刻心中還在跳動呢。求上帝保佑我的夢，莫把我關進幽獄去了！我夢見我正在場中遊逛，忽看見一隻像獵犬似的獸想抓住我，殺害我。他身上是紅黃之間的顏色，他的尾巴和耳朵的尖頭是黑的，其餘的毛色不同；他的鼻子細長，兩隻眼睛發亮。他的模樣眞可怕，此刻仍使我嚇得要死。這就是我呼喚的原因。」

「滾啊！」她道，「不要臉的沒膽量的東西！呀，上帝在天，你已失掉了我這顆心和我的愛情。的確，我不能來愛一個懦夫！哪一個女子不是這樣說，我們都願意要一個勇敢、聰明、大方的丈夫，要他能共守秘密，卻不能愛一個守錢奴或傻漢，或見了刀槍就害怕的人，也不願要一個誇大狂，自有上帝作鑑！你如何有臉對你的心愛說出一個『怕』字來？你到底有沒有一個男子的心，虧你還長著鬍鬚呢？呀，你還怕起夢來了不成？上天知道，夢不過是空幻的東西。夢是身體中氣汁餘剩所致，或係多血，或係多氣，或因各氣混合。你夜間這場夢實由於紅膽汁過剩，這可以使你怕箭傷、怕紅的火焰、怕紅色的獸來咬、怕打架，以及大小的狗熊之類；正如郁膽汁能使許多人在睡夢中驚呼著黑熊，黑野牛或黑鬼在追趕他們，都是同一道理。我還可以指出許多其他的氣汁能使人睡眠不安，不過我不用多談這個問題了。啊，克多是一個賢明的學者，他不是說過，『不要把夢認眞了』嗎？」

「你老先生哪，看天的面上，我們飛下棲木去，請你吃一服瀉藥就好了。以我的生命和靈魂來打賭，我絕不撒謊，實在是勸你以正道，你且先把紅黑膽汁肅清；趕緊恢復你的體質，就是城裡沒有藥鋪，我也會教你如何自己探尋；只在這場地上我將找出那淸上除下的藥草來。不要忘了，爲了上帝的愛！你的膽汁過多；你該當心那上升的太陽看見你身子裡滿溢著熱的氣汁。假若他見你這樣，我可以賭你一塊銀元，你將得隔日瘧症，或發起大寒熱來，可以致你的命。一兩天之內，你只應吃一、二條蟲子的清淡飲食，然後進一服清涼劑，如甘遂桂、龍膽草、延胡索或一種毛茛草，我們場上就有。還有續隨子、鼠李果或藥藤，吃起來味兒很好的；地上新鮮長著的就啄來吃。爲你的老父一家人起見，丈夫，請你放心，不要怕夢，我沒有什麼可以多講的了。」

「夫人，」他道，「你的學識好豐富呀。可是談到克多先生，他的智慧是有名的，他雖教人不要怕夢，老天呀！還有多少比他更有權威的學者，著書立說，他們的意見卻和他相反，他們根據經驗，認爲夢確可暗示人生的哀樂。不用什麼論辯，盡有事實可證明。」

「一個大著作家的書上曾說，有一次兩人結伴去虔誠朝聖；走到一座熱鬧的城市裡，找不到有空房的客店，連一所兩人可以同住的草舍都沒有。因此那一夜他倆只得分手；各自尋找住處。一個找著遠地方空場上一家牛棚，與耕牛同宿；另一個卻住到很舒適的房子，也是幸運，我們哪個逃得了幸運的支配呢。」

「天明以前很早的時候，這人躺在床上，夢見他的朋友向他呼喚道，『呀，我今夜在牛棚裡要被殺了。救救我，好兄弟，不然我就死了。趕快來呀！』這人驚醒，可是轉過身去沒有理會。他以爲夢是不作準的。如此他夢了兩次；第三次似乎他的同伴走到他面前說道，『現在我已被殺了。看呀，我這深而寬的傷痕，流滿著血哩！你大早起來，到西城門口你會看見一輛裝糞渣的車，我的屍體就被人偷藏在裡邊；你可以大膽擋住那輛車。老實講，我的金子斷送了我的性命。』」他又細述了一番他被殺的經過，蒼白的臉上好生淒慘。的確，後來他的同伴是證實了這場夢；因爲次晨，他來到同伴的住所；走到牛棚裡，喊著他的名字。

「店主應道，『先生，你的同伴走了。天亮時他就出了城。』這人心中生疑，想起他的夢，逕自來到西城門，看見一輛糞車，正預備去田裡施肥，車上的形式正如你聽見死者所講的一般。他壯著膽子大喊報仇，要使這罪犯正法。『我的同伴昨夜被殺了，正在這車子裡僵臥著呢。我向治理這城市的長官們叫冤。啊，來呀，我的朋友被殺在這裡面哪！』我何必多嚕囌呢？居民都趕出來把糞車推翻，撥開糞渣，中間發現了那被害者的屍首。」

「啊，願上主保佑，你是如此公平合理，你總有方法揭穿謀害的暗計！暗殺是隱瞞不住的，我們天天都可以聽得到。殺人太可怕了，是公正的上帝所不容隱藏的，雖然也有時候兩三年不能破案。殺人的罪案終究會暴露的，這就是我的結論。那城中的官長馬上捉住車夫和店主，上起苦刑，他們立即招認了，於是被處絞刑而死。」

「由此可見夢是不能輕視的。的確，我就在這本書上讀到，只是下一章裡，——我不撒謊，因我還希望靈魂得救呢——有兩個人本想渡海遠行，可惜起了逆風，只好在那海灣邊景色絕佳的城裡停留；一天晚上，風轉了方向，照了他們的意想吹了起來。他們心中喜悅，上床安息，準備次晨一早起程。可是其中一個睡著時，遇著一件奇蹟。天快放亮之際，他得了一個奇夢。他覺得有一個人站在床邊，勸他停下不要動身，說道，『你若明天出行，你必遭淹死；我沒有其他好講的了。』」

「他醒來把這夢告訴他的同伴，勸他作罷；那一天最好不必起航。他的同伴睡在他旁邊，儘量嘲笑了他一頓。『夢幻嚇不倒我，』他道，『我不能因此就擱下我的事來。你這夢不值我一笑，夢不過是虛幻無聊的東西。人們夢見梟、猴和許多奇獸、怪物；夢見些過去未來沒有的事。但是你既想停留在此，自願怠惰下來，錯過你的機會，上帝知道我心上憐憫你；我只好祝福你，說聲再會了。』他於是獨自啓程而去。可是他還沒有走到半程，我不知是何緣故，也不知碰到了什麼惡運，忽然船底破裂，連船帶人一同沈下了水面，旁邊還有其他同行的船隻目擊當時的情景。所以，我的親愛的坡德洛特，由於這些往事，你要知道人不可把夢看得太輕了；我告訴你有許多夢是很可怕的。」

「我讀《聖肯納爾慕傳》裡，記述他曾做過一個夢；他是麥細亞國王肯諾爾夫的兒子。一天在他被害的前一刻，他夢見自己被殺。他的褓姆把那夢向他解釋，囑他注意有人謀害他；但他才七歲，心地聖潔，顧不到什麼夢的事。天哪，我願犧牲我的一切，只想你也能像我一樣唸一遍那篇故事。坡德洛特夫人，我告訴你老實話，那位記述西比渥在非洲一段奇事的作者馬克羅俾阿斯也認定夢是事實的先兆。❷」

「再有，我求你在《舊約》但以理一書裡細讀一下，且看他是否把夢當做空幻。再談關於約瑟的事，你就知道夢有時——我不說每次——是不是後事的預告。且看埃及王法老先生和他的麵包師和膳司，他們是不是把夢認爲全無道理的東西。誰若翻開各國史書，都可讀到夢的啓示。啊，克里薩斯，曾爲呂底亞的國王，他不是夢見自己坐在樹上，昭示他將被吊死嗎？啊，恩德羅馬克，赫克多之妻，在赫克多喪命的前夕做了一個夢，說他如果次日出戰，就保不住性命。她警告他無效，他仍舊出戰，就被阿基利斯殺死了。但那個故事講來太長了，我也不能多停留，天已經放亮了。簡言之，我做了這場夢必有災難；至於瀉藥我是不信的，我很知道，那是毒物；我最恨瀉藥，我和它全無緣分。」

「現在我們談些快樂的事吧，這事暫且放下不提。有一點，夫人，我是願意得救的，上帝已賜了厚恩給我，我見了你眼邊的珠紅，你的美貌，我一切的恐懼都消失了；《福音書》裡說得好，Mulier est hominis confusio（拉丁原意：紅顏是男子之禍水）；夫人，這句拉丁文的原意就是：女子是男人的福樂所寄。我夜間得靠緊你柔軟的身旁，雖因棲竿太窄，我不能多多放肆，呀，我已滿心快慰，那裡還管得著什麼夢幻呢！」

講到這裡，他從棲木上飛下了地，那時已是大天光了，他的母鷄們都跟下來，他咋咋地召喚

---

❷麥細亞為古英格蘭中部一國，國王肯諾爾夫死於819年，他的兒子肯納爾慕即位，時7歲，被其姐設謀害死林中。

西比渥（紀元前185～129）是羅馬大將，記述他的事蹟的作者乃西塞祿（紀元前106～43），紀元後400年馬克羅俾阿斯加以詳解，方流傳中古時代，尤其是論夢部分十分流行。夢境成為中世紀幾種重要文學作品的背景即由此起：但丁的《神曲》，朗格蘭的《農夫彼爾斯》，以及喬叟本人幾篇早期作品都受此影響。

她們，因在場上找到了一粒穀，他好生高傲，懼怕已經冰釋。在辰刻以前，他已撲了坡德洛特不下二十次。那神氣好似一隻猛獅，脚尖提起，上下踱著大步；脚底不惜落著地面。找到一顆穀他就咯咯地叫，他的妻妾們都趕攏上去。我將暫時由他在場上，像朝廷的帝王一般高傲，此刻且按下不提。

天地初創，上帝造人的三月已經度完，自從月初以來，過了三十二天，腔得克立帶著七位妻妾，踱著闊步，精神抖擻，太陽在金牛宮已轉過了二十一度有餘，他的眼睛向著太陽仰視，天性告訴他已是辰正，何用下界的知識灌注，這時他興高采烈，啼唱起來。「太陽已爬上了天庭四十一度有餘，」他道，「坡德洛特夫人呀，我的世間幸福所在，你聽那快樂的鳥歌唱，看那鮮花的怒放，我的心中充滿了快慰！」

可是不測的災禍忽而降臨了，因爲上天是知道的，快樂的盡頭穩是禍害。上帝也知道，世間的幸福消失最快；一位辭章家如能撰錄精確，他盡可把這句話認做無上的眞理，在史書上寫出來永垂不朽。天下聰明人聽著；這個故事是絲毫不假的，我敢擔保，與婦女們所崇尙的《湖上郎斯洛騎士傳》❸一樣眞切。現在我回到正題上來。

一隻墨黑狐狸，險詐成性，在林中已住了三年，那天夜間，因著天兆，穿過了籬圍，偷進了

---

❸湖上郎斯洛騎士是中古傳奇中亞肅王后的情人。

場子，那裡腔得克立和他的妻妾們常在轉動，他靜悄悄地伏在一窩草裡，直到午前，等候捕拿腔得克立，這本是殺人者的慣技。啊，設陷作惡者，你老是躲著害人！啊，又是一個加略人猶大來了！又是一個叛害法國英雄羅蘭的加納倫來了！啊，引木馬進特羅伊城的希臘奸細西弄，竟把特羅伊城國毀滅了！啊，腔得克立，這天早晨你飛下棲木，來到場中，那是一個可詛咒的時刻啊！

這天的災厄你已先有夢兆；但上帝所見到的是無從避免的，有些學者本是如此見地。任何博學之士都可告訴你，書院中關於這個問題有過激烈的論辯，盡有千萬人因此而相爭不已。我却不能像聖奧古斯丁，或波伊悉阿斯，或白拉凡頓主教等人一樣分析精微，究竟上帝的預見是否必然強制著我做一件事——我所謂「必然」是指絕對的必然而言；或者上帝雖早已預知，而我仍有選擇的自由；或者他的預見完全不束縛我，卻給我以有條件的必然制裁。❹

這些問題我不願多提了；我是講一隻公雞的故事，請你們細聽，他不幸受了母鷄的勸告，雖已得了夢的啓示，卻清早就在場上走動。婦女的話是害人的；婦女的話最初就闖下了禍，使亞當離開了舒適快意的樂園。但我埋怨女子不知會得罪何人，我不必多說了，我原是講笑話的。請讀

---

❹聖奧古斯丁是第4、5世紀非洲喜坡主教；波伊悉阿斯是第5、6世紀羅馬哲人，在獄中寫《哲理定心論》，喬叟有這書的譯作；白拉凡頓主教死於14世紀中，曾在牛津講學，任坎特伯利主教。關於人類意志自由的問題成為西方一個哲學問題。

討論婦女的作家好了。這些都是這隻公鷄所講的話，不是我說的；我絕不會憑空侮蔑女性的。

坡德洛特和她的姐妹們在日光下沙中沐浴，好生舒暢快活，精壯的腔得克立比海水中的人魚還唱得高興；《菲西洛格斯》❺確實說過人魚是善唱的。那時，他一眼看見草中憩著一隻蝴蝶，驚覺得那狐狸躲藏在一邊。於是他無心再歌唱了，卻只是「咯！咯」喊著，驚跳起來，猶如心上受了驚嚇一般。禽獸見到了仇敵，天然會知道奔逃，就是從未見過的仇敵，他們見了也是一樣。

腔得克立剛發現他的時候，就想逃避，那知狐狸立刻說道，「尊貴的先生，你向那兒去呀！你，怕我嗎？我是你的好朋友啊！我若存心戕害你或侮慢你，我就簡直是隻惡鬼了！我並非要來窺伺你，我是來聽你歌唱的。你的嗓子眞是美若天使。你比波伊悉阿斯或任何音樂家都善於傳情。我的主子，就是令尊——願上帝祝福他的幽靈！——和令堂，承他們不棄，都駕臨過敝舍，曾使我滿心感奮；現在你先生，我也實在渴望得很。講到歌唱，我不得不說，除你以外，我若聽過任何人像令尊在清早那樣唱得出神入化，我寧願兩眼都打瞎。的確，他所唱的曲調，無不從心頭湧出。他因爲要引吭高歌，曾竭盡全身的氣力，兩眼緊閉，顚立跂尖，伸長細頸，唱入雲霄。他並且十分聰明，所以他的樂技超群。我在《驢哥波納兒傳》❻裡讀到一隻公鷄，因爲一個堂區神父的兒

---

❺《菲西洛格斯》是一部書名，內容以道德或宗教的解釋加之於各種動植礦物，到了中世紀成為鳥獸集解一類的作品。

子在年幼無知的時候，把他腿上打了一下，這隻公鷄等他成人後，居然使他喪失了教職。可是拿這隻公鷄來比令尊，令尊的智慧和技能他是根本無從比擬的。現在我請你大發慈悲，一舒歌喉，且看你能趕得上令尊的本領不能？」

於是腔得克立撲起兩翅，他被狐狸諂媚得通身發熱，哪裡還覺察得他的奸詐。啊，大人先生們，你們衙署裡要有多少獻媚附和的人，他們比那些向你進忠言的人更能說得娓娓動聽。請讀《傳道書》中關於諂媚的一段，務必留心他們的詭計。腔得克立蹺起脚跟，伸長頸子，閉攏雙眼，放心大唱起來。這位狐狸先生馬上跳向前去，一口銜住他頸下，駝上背就向林中奔去，那時還沒有人看見他。

啊，命運是躲避不了的！啊，棲木上跳下來的腔得克立！啊，他的妻竟沒有理會夢的暗示！這件事發生在一個主凶的星期五。啊，維納斯，人生求樂的女神，這位腔得克立旣是你的侍役，他盡力奉承過你，爲了取樂，並不想繁殖衆生，爲什麼要在你這個日子使他遭受災殃呢？啊，亟弗雷呀，我的尊師，當你那高貴的理查王被人射死，你是何等善於致哀，我何以沒有你那文才，像你一樣咒駡這個星期五呢？他也是在星期五這天被殺的啊。我如有天賦文才，你將聽我怎樣悲

---

❻波伊悉阿斯除《哲理定心論》外還寫過數學、幾何及音樂等著作。《驢哥波納兒傳》為12世紀末一篇諷刺的拉丁長詩。

唱腔得克立的恐怖和苦痛了。❼

的確，伊列厄姆陷落時，裴洛斯抓住了普萊謨王的鬍鬚，白刃一戮，把他殺死，像伊尼亞德詩中所述，全城的婦女哀號震天，但是比不上那天場上的母鷄們，見了腔得克立被劫時叫喚得那般厲害。而坡德洛特夫人嚷得最響，勝過羅馬人燒毀迦太基城時，哈斯狄巴的妻喪偶的哭聲。她那時心痛欲狂，自投火中，決心自焚而死。啊，傷心的母鷄們，正如尼祿縱火燒羅馬時，公侯死難，夫人們的哭聲才比得上你們的叫嚷，因爲尼祿無故地將他們都殺害了。❽

現在我重歸原題。這可憐的寡婦和她兩個女兒，聽見母鷄們的擾嚷哀號，馬上趕出門來，看著狐狸跑向樹林去，背上馱著公鷄，她們喊道，「出來啊！快呀！救命呀！狐狸來了！」她們跟著追，還有許多人也拿著棍子趕上去。看家的狗，可兒，和泰爾波和格郎，還有馬爾金，手裡拿著紡織杆，都跟著跑；以及母牛、小牛、豬豚，都奔跑起來，因爲狗的狂吠和男女們的吶喊，驚擾了它們，它們嚇得心驚膽戰，一起拼命地趕逐。沒有一個不在吼嚷，簡直和地獄裡的群鬼一般；鴨子也嘎叫著，似乎將被人屠戮；鵝兒嚇得飛上了樹；窩裡的蜂群也擁出來了。那聲響好生驚人，求天保佑！約克·斯吉洛和他的黨人們擊殺法蘭德斯人時也絕沒有像這天追趕狐狸那樣一半的咆

❼亟弗雷，12世紀末英國人，寫有《新詩論》，用他自己的詩作做詩法原理的說明，喬叟在此有譏嘲之意。

❽此段三個比擬都是「英雄戰詩」中所慣用的方式。

哮。他們帶著銅、木、角、骨和各種號筒，他們吹著，吼著，似乎青天都要掉下來了。⑨

你們列位請聽：啊，命運的轉變眞快，她可以把仇人的希望和驕矜頓時打消。這位公鷄，躺在狐狸背上，心中顫慄著向狐狸道，「先生，假定我是你，上帝助我，我一定對他們說，『你們這班無聊的村夫愚婦，回去吧！天降厄運給你們！現在我已到了林邊，憑你們怎樣，這公鷄將在此居留了。我將立刻把他吃掉』！」

「是的，就這樣辦，」狐狸答道。他正開口說那句話時，忽然那公鷄很輕巧地由他的嘴邊脫了，頃刻間飛上了樹。狐狸見公鷄去了，說道，「呀，腔得克立啊！我把你搶出場子，驚動了你，很對不起。可是，先生，我並非存心害你。請下來，讓我使你明白眞情，上帝助我，我絕不會對你撒謊。」

「可是，我詛咒你我兩個人，」他道。「我先詛咒我自己，連血帶肉地詛咒，如果我還第二次再來受騙。你再不能用你的花言巧語使我閉著眼兒歌唱了；因爲一個人該睜眼看清楚的時候卻閉上了眼，上帝絕不賜福於他！」

「的確，」狐狸道，「上帝降厄運於他，如果他在應該守緘默的時候，胡亂開口說話。」

啊，疏忽怠慢，誤信阿諛的人，就得如此結果。但你若把這篇故事認爲無稽之談，當做一隻

---

⑨約克・斯吉洛是1831年倫敦的農民革命運動的首領，瓦特・泰勒的綽號。

狐狸或一隻公鷄和母鷄的趣聞，願你務必摘取其中的教訓。因聖保羅說過，一切寫作都是爲教義而寫作的；應取其精華，去其糟粕。親愛的上帝呀！願你以你的意志，如我的主教所指示的，使我們都做好教徒，引我們浸入上帝的福澤！阿門。

女尼的神父所講的故事完

*　*　*

女尼的神父的故事收場語⑩

「女尼的神父先生，」我們的客店老板道，「祝福你的後腿，講這樣好玩的一個腔得克立的故事！老實說，你如果是個教外的人，你與女人來往一定是滿痛快的。我看這位神父，一身好肌肉，好一個脖子，好一個胸膛！他兩隻眼兒看出來像捕雀鷹一樣。他的皮色不需要什麼顏料，或葡萄牙紅來染過了。願你快樂，你講了一篇好故事，先生！」

然後笑嘻嘻地，他找到另一個人，請聽下去。

⑩本段在某些稿本中未載，但顯系喬叟手筆，可能因有其他關係曾被刪去不用。

第二個女尼的故事

第二個女尼的故事開場語❶

罪惡的主源，在英文中人們稱之爲懶散，淫門的女護神，我們應該竭力避免它，應該用它的敵對者，合理的勤奮，來克制它，否則魔鬼就要利用懶散來襲擊我們。一個人晝夜不停地計謀著陷害我們，他會用千條繩索輕輕牽著我們，讓我們落入圈套，只要他一見我們疏懶，就抓住我們的衣襟，不到這時我們不會驚覺。我們眞該勤勞工作，反對懶散。人們總是怕死的，但如果他們

❶所謂第二個女尼就是《總引》裡的女修道的副手。她這段開場語，顯然與前面不相銜接，所以這段前奏及第二個女尼的聖賽茜利故事，我們可以知道，是喬叟早年原作，後來攙入坎特伯利長篇中的。故事本身是西方基督教徒受迫害的聖徒行傳一類的典型記述。聖賽茜利亞和賽茜麗是同一個人，後者顯然是她的俗名。

運用堅強的理智，自可看得清楚，疏懶就是殘蝕生命的東西，就是惰性，結果是不會好的。人們可以看到這惰性牽制著他們，使人們只知道吃喝睡眠，把旁人的勞動所獲全給吞咽下去。爲了使我們根絕這個大患，我在這裡根據原有的民間傳說，忠實地譯述一個光榮的生平事蹟和那苦難的遭遇，啊，你是高戴玫瑰玉蓮花冠的聖者；我所說的就是聖賽茜利亞，純潔的聖女和殉難者！

致瑪利亞的獻詞

我在開始時要向你呼喚，你是所有處女的花，聖伯爾拿是最愛頌讚你的。你是我們這班受難者的安慰，願你助我敍述你這位聖女之死，她因自己的美德得達永生，並戰勝了魔鬼，後來的人們都可讀她的行傳。你是處女，同時也是母親，是你自己神子的女徒，仁恕之源，罪惡靈魂的醫治者，全善的上帝在你身上寄住，你柔和的性格高於衆生，你提高了我們人類的尊嚴，自然的主宰才願使他的神子投入肉體。天地海洋都在不斷地頌讚著永久的愛和永久的和平，他就是那三位一體的神靈，在你幸福的聖體中變成了人形。你這潔白無瑕的聖女，孕育衆生的創造者，而仍舊保存著處女的純潔。你把仁慈結合了莊嚴，並且憐恤爲懷，你是至美的光，你不但援助那些向你祈禱的人們，還在事先爲他們求恩，做他們生命的治療者。

你柔美的、幸福的聖女，現在願你助我，我本是那苦恨無邊的沙漠中一個流亡者。請想那迦南的婦人曾說，狗也吃他主人桌子上掉下來的碎渣兒；所以我雖是有罪，是夏娃的一個無用的子孫，仍求你接受我的信仰。既然專事信仰而不行善，就是沒有生命，請你給我智慧與時間，我好行善，並脫離那最黑暗的境地。啊，基督之母，恩娜之女，你如此純美，如此仁慈，願你在那永遠唱著「和散那」的高天，爲我申辯！以你的光照耀我幽閉的心靈，這心靈還在受著我肉體的沾染和塵世俗情的重壓。啊，人們避難的良港。啊，憂傷困厄的救恩主，現在求你助我，因我即將從事操作了。

可是我還要請我的讀者們恕我努力不夠，技巧笨拙，寫不好這篇故事，原來我在用字與立意兩方面都以原作者爲根據，他因崇敬聖女而敍述了她的事蹟，而我也就以聖女的傳說爲依歸，所以我請求你們對我這作品提出應有的修正。

首先我要向你們說明，這位聖女的名字，人們在她的傳記中可以讀到的。她的名字在英文中的涵義就是「天上玉蓮」的意思；她所以被稱做玉蓮，是由於她的貞潔純白；或者是爲了她有潔白的貞德，翠綠的心地，和芬芳的令譽。或者，賽茜利亞就是人們所謂的「盲者之路」，因爲她通過好的教訓來以身作則。另一說法，我在書中讀到，賽茜利亞是賽茜——「天」——與利亞兩字綴合而成；這裡「天」是暗指聖念的意思，利亞是表示她不斷的善行。賽茜利亞還可解做「去盲」，因爲她靈達賢明。或者，請聽，她明耀的名字由「天」與「利渥」而來；因爲人們稱她爲「衆民之天」，是說她有功於人，而利渥就是英文中「衆民」之意。正如我們見到天上的日月星辰一樣，在這位高貴的聖女身上，我們就見到充沛的信心、純正的智慧以及各種美德善行。學者們說，天體是迅捷的、圓滿的、灼熱的，純美潔白的賽茜利亞也就是同樣地在行善之時，十分勤快，節操上堅定而周全，熱烈的愛放射出火一般的光亮。現在我已向你們解說了她命名的意義了。

第二個女尼的故事——第二個女尼所講聖賽茜利亞的生平由此開始

這位光明聖潔的女子賽茜麗，如她的傳記上所載，是一個羅馬人，出身貴族，從她誕生以來就篤信基督，把他的福音栽進了心田。各書都說，她不斷祈禱，敬愛上帝，請求他保護她的貞潔。當這女子將嫁給一個叫做華勒立恩的青年時，在結婚的一天，她虔誠溫順地貼身穿上馬毛襯衣，上面罩著錦衫，十分美觀；琴聲抑揚之中，她獨自默唱禱詞：「啊，上帝，保持我靈肉的潔白，否則我將遭受滅亡。」爲了在十字架上死難的神，她每兩三天齋戒一次，不斷地誠心祈求。

天黑了，她不得不依從著習俗跟新郎同入洞房；但她立即私下對他說道，「啊，親蜜可愛的丈夫，我有一件秘密很想和你一談，如果你願意聽，並能發誓不辜負我。」

華勒立恩嚴肅地向她起誓，不論爲什麼理由或任何情況，他絕不辜負她。她於是告訴他道，「我有一個天使愛我，他以崇高的愛守護著我的身子，無論在我睡著或醒著的時候。假如他見你和我接觸，或以鄙俗的方式來愛我，他就會馬上將你處死；那樣你就夭折了。但是你如能純潔地愛我，他就會愛你如愛我一樣，因爲你是純正的；並且他還會對你顯示他的寵愛和光輝。」

華勒立恩本是受過聖教洗練的，就這樣作答道，「要我相信你的話，讓我看一看這個天使。如果真是天使，我就照你的意願而行。如果你愛的是另一個人，我必用這把刀將你兩人殺死。」

賽茜麗就答道：「這位天使是你可以看得見的，只要你願意，並能誠信基督，受了洗禮。你去阿匹愛氏大道❷上，」她道，「離此城不過三里，照我所講的話對那裡的窮人講。你對他們這樣說，我，賽茜麗，叫你去見年老善良的窩爾朋，因爲有一件秘密而重要的善事要辦。你見到聖窩爾朋後，再告訴他我已與你講過的話；等他洗除了你的罪惡之後，你就可以在你尚未離去之前看見天使。」

華勒立恩到了那裡，依照他所得的指引找到了聖潔的老窩爾朋正在聖徒的墳墓中躲閃著。他立刻說明了來意。窩爾朋聽後，欣然舉起兩手，眼中流出淚來。他道，「萬能的上帝耶穌基督，箴言的播種者，我們大家的牧人，取回你在賽茜利亞身上所培植的貞操之果！啊，請看你自己的侍役賽茜麗像勤勞的蜜蜂，潔白無瑕。她才配嫁的丈夫像一隻猛獅，她已將他送給了你，和柔馴的綿羊一般。」

說罷，忽而出現了一個老人，穿著白色耀眼的衣衫，手中一本金字的書，站在華勒立恩面前，他見了十分害怕，倒地不動。老人把他扶起，看著書讀道，「一個神，一個信仰，一個洗禮，一個上帝，萬物之主，在一切之上，無論何地；」這些字都是用金子書寫的。

---

❷阿匹愛氏大道，由羅馬通布林的西的大路，創始於紀元前312年，由當時監察官阿匹愛氏開始修築。

讀後，老人道，「你相信不相信？說『是』或『不是』。」

「我相信這一切，」華勒立恩道，「我敢說，天下沒有人能比我還誠信這件事的了。」於是老人又不見了，華勒立恩覺得茫然；窩爾朋教主就在那裡給他施了洗禮。

華勒立恩回家，看見賽茜麗在房中和天使站在一起；天使兩手拿的是玫瑰和玉蓮兩項冠冕。他先遞過一項給賽茜麗，後又把另一頂遞給她的丈夫華勒立恩。他說道，「永遠以潔身清心守住這冠冕；是我從天國拿來給你們兩人的。這冠冕絕不會凋謝，相信我的話，香氣也不會消散；任何人如果不貞潔，不憎恨卑鄙言行，就看不見這冠冕。華勒立恩，因為你立刻聽從了忠言，你不妨把你心中所需要的什麼都講出來，馬上就可以如願以償。」

「我有一個兄弟，」他答道，「是在世上我所最喜愛的人。我求你讓他也和我一樣能得眞道。」

天使道，「你的要求是順天意的，你們兩人可以帶著殉難的棕葉來參與聖餐。」

說著，他的兄弟泰波司就來了。他聞到玫瑰和玉蓮的香氣，心中驚異，說道，「在這個時季，哪裡來這玫瑰和玉蓮的花香？即使我的手上拿著這些花，它們的香味也沒有這樣深入肺腑的。這香氣已把我的本質都改換了。」

華勒立恩道，「我兩人戴了兩頂冠冕，一頂雪白，一頂玫瑰紅，照耀得明亮，而你的俗眼卻看不見。我為你祈禱了你才能聞見，如果你，親愛的兄弟，能夠克勤不怠，你也會立即誠服而得道。」

泰波司答道，「你與我講的是眞話嗎？還是我在做夢？」

「的確，」華勒立恩道，「我們到現在為止，一直在做夢，我的兄弟。但現在我們家裡已先得道了。」

「你怎會知道的」，泰波司問道。

「讓我來告訴你，」華勒立恩答道。「神的天使教了我眞道。你如摒棄其他偶像，心地潔白，你就可以見到他；否則就不能。」

——關於這兩項冠冕的奇蹟，聖安布洛茲在他的祈禱文序裡提出保證：——這位可敬愛的神學者曾鄭重地讚美這段事蹟——他說：聖賽茜利亞接受殉道的標幟，她充滿了上帝的恩澤，放棄世俗和男女之情；這件事可由華勒立恩與泰波司兩人懺悔詞中證明，仁慈的上帝派天使送給他兩人兩頂鮮花的冠冕。這位聖女把他倆帶進了極樂的天國。確實，世人已懂得了忠貞的代價。——於是賽茜麗清晰地為他講解，說一切偶像都是空幻，因為它們是啞的、是聾的；她叫他放棄偶像。

「誰如果還不信，他就等於是禽獸了，」泰波司接道。

她聽她這樣說，吻著他的胸，十分高興他能懂得眞道。「今天我就讓你成為我的同道，」這幸福可愛的女子說著。後來她又續道，「正如由於基督的愛，我嫁給了你的哥哥，同樣地我將把你當做是我的同道，因為你願意拋棄你的偶像。現在與你的哥哥去受洗，淸滌你自己，你就可以見到你哥哥所講的天使。」

泰波司作答道，「親愛的哥哥，先告訴我何處去，找誰去。」

「找誰？」他道。「興奮起來，我將帶你去看窩爾朋教主。」

「窩爾朋？」泰波司道。「我的哥哥，你將帶我去見他嗎？他不是老在各處躲藏，不敢露面的嗎？如果他被捉住或被偵察出來，就要被燒死！──我們和他在一起就會同被殘害。原來當我們尋求那隱在天上的神的時候，我們反而就會在世上被焚而死！」

賽茜麗卻毫無畏懼地對他說道，「人們自然是怕喪失生命的，親愛的兄弟，如果這是唯一的生命，而沒有其他。可是，我們另外還有一條更美麗的生命，不要害怕，那是永不毀滅的，這是上帝的兒子恩寵我們而給我們的啓示。那神子創造了萬物；而這些具有相當智慧的萬物又由那神靈付與靈魂。神子在世的時候，用了言語和奇蹟昭示人們說，『此生之外還有永生』。」

泰波司答道，「呵，好姐姐，你剛才不說只有一個神，而他就是眞神嗎？這裡你怎麼講到三個呢？」

「這個道理講我馬上跟你說明，」她道，「正如一個人有三種本能，如記憶、想像和瞭解，因此一個神體就可以有三位。」她於是誠懇地爲他講解基督的降臨，他的苦難等等；講到神子如何來世上給人類贖罪，解脫人們的憂愁和罪愁。這一切她都爲泰波司解釋淸楚。

於是他虔誠地跟著華勒立恩去找窩爾朋，他感謝上帝，欣悅地爲他受洗，使他明白全眞的道理，讓他成爲上帝的騎士。此後泰波司蒙受神恩，每天見到天使，不論是何時何地。他所祈求的一切都可以如願。

要耶穌爲他們所行的許多奇蹟，按著次序一一講來，委實不是容易的事。最後，簡單說來，羅馬城中的吏役把他們捉拿起來，送到行政長官阿爾馬奇斯面前，他一一審問，解到求必妥的偶像前，並對他們道，「誰若不肯拜祭，就砍頭。這就是我的判決。」

那時有一個隸屬，也是長官的書役，名叫馬克辛默斯，帶著這幾個殉難聖徒出去，但他自己却哭起來了。他聽到了聖徒教誨，向執刑者請准，把他們領到自己家中；不到天黑時候，他們對執刑者和馬克辛默斯一家人所說的道理，已把他們的迷信壞根拔淨了，他們都相信了一個神。到了晚上，賽茜麗帶了神父來爲他們施洗。天亮的時候，賽茜麗嚴正地對他兩人道，「現在，你們這些基督自己的騎士，抛開一切黑暗，用明亮的盔甲武裝起來。的確，重大的一仗你們已經打過了，當跑的路你們已經跑盡了，所信的道你們已經守住了；此刻你們就可以去接近那永生的冠冕。你們所崇拜的眞神會賜給你們這冠冕的，因爲是你們應分所得。」

她說完之後，他們被送到祭壇前。簡言之，他們到了祭壇，終究不肯獻祭或焚香，卻懷著謙虛的心和堅定的忠誠，雙膝跪下，於是華勒立恩和泰波司都被砍了頭。他倆的靈魂升入了仁慈的天神懷中。馬克辛默斯親眼看見，熱淚滿頰，說他確實看到他們的靈魂升天，並有明耀的天使簇擁著。許多人聽他這樣說就都改信過來，於是阿爾馬奇斯罰他受鋼鞭笞打而死。

賽茜利亞來收起他的屍首，埋葬在泰波司和華勒立恩旁邊，就在他們葬地的石碑底下。阿爾馬奇斯就公然立即派人捉拿賽茜麗，要她在他面前向求必妥獻祭焚香。但被派來的人都受了她的感化，悲哭起來，誠信她的教誨，一再叫喊著，「基督，上帝的兒子，確是眞神，他現有這樣一個完美的侍者在此；我們堅信這一點，即使性命不保，我們也異口同聲地深信無疑。」

阿爾那奇斯聽見了這個情況，就將賽茜麗解來，想看一看她的眞相。他開言問道，「你是一個什麼樣的女人？」

「我生來本是一個有身分的女子，」她答道。

「你雖不願聽，」他道，「我還是要問你的宗教信仰。」

「你開始問的話很模糊，」她道，「誰會用一句話問兩件事。你這樣問話，表現你是一個無知的人。」

這個影射說法引起阿爾馬奇斯楚繼續問道，「你這樣無禮的對答，是從那裡學來的？」

「從哪裡學來？」她道，「從良知和純正的虔信而來。」

阿爾馬奇斯道，「你就不顧我的威權嗎？」

她這樣答道，「你的威權不值得我害怕；任何凡人的威權不過是一個氣泡，裝滿了氣。氣泡破了，一切的誇張都抵不住細細的針尖。」

「你開始就錯了，」他道，「你還要繼續錯下去。你不知道我們的高官們已經通令過，每一個基督徒如果不放棄他的信仰，都要被處刑；只有放棄基督教，他才得無罪。」

「你的高官們錯了，」賽茜麗道，「正如你自己一樣；你們定我們有罪是一種瘋狂的判決，是違反眞理的。因爲你很淸楚，我們是無罪的，硬要加罪於我們，爲了我們尊崇基督，保有基督之名。但我知道這個名是有威力的，我們不能否認。」

阿爾馬奇斯道，「你可以在兩者之間擇一：獻祭；或者放棄基督教，然後你才能得赦。」

這時，這神美聖潔的賽茜麗笑起來了，說道，「啊，你這愚蠢的判官，你竟想我委棄天良，使我成爲一個罪人嗎？請看他在衆人面前裝腔作勢！他那樣四面瞪著眼看人，就像一個瘋子。」

阿爾馬奇斯道，「你這可憐的東西，你不知道我的威權有多麼強大嗎？我們的高官們不是給了我權力，可以都掌握生殺之權嗎？那麼，你爲什麼這樣傲慢地對我講話呢？」

「我不過是講話堅決，並不傲慢，」她道：「因爲在我看來，我們是痛恨這個傲慢的罪惡的。如果你不怕聽眞理，我可以公開地、公正地指出你講了一句很嚴重的假話。你說你的高官們給了你生殺之權；但是你無非只能殘害生命，除此之外，你並沒有其他的權力或保證！你只能說你的高官們派你做了一個殺害人命的酷吏；你如果想超過一步，你就是撒謊，你的權力是很有限的。」

「滾開，你這大膽的東西，」阿爾馬奇斯道，「在你離去之前，向我們的衆神獻祭。你給我任何侮辱，我都不在意，我可以學哲人一樣忍受；但你對我們衆神的侮慢我卻不能容忍。」

賽茜麗答道，「啊，愚蠢的人，你和我的談話，一字一句都表現了你的愚昧，在一切事物上你都顯得是一個無知的官吏，一個狂妄的審判者。你的肉眼完全是瞎的，因爲我們大家所看見的是一塊石頭，是很容易看出來的，但這塊石頭你卻稱之爲神。我勸告你，你既瞎了眼看不見，不妨用手去好好摸一下，你就可知道是石頭。人家嘲弄你，笑你愚蠢，是一件可恥的事，因爲大家都可以知道偉大的上帝在天，而這些偶像對你、對他們自己都絲毫沒有好處，你也不難明白，事實上偶像還比不上一條小蛆蟲。」

她講了許多這類的話，他滿腹怒氣，下令把她帶回她家，「在那裡，」他說，「燃起熊熊之火，把她燒死。」

這事就此按令執行了。他們把她關進一間浴室，底下日夜燃著烈火。整夜又一整天，雖然浴室裡的火熱得不堪，她卻還是冰涼地坐著，也不覺得痛；一滴汗也沒有。不過在浴室中她自然不能活了；狠心的阿爾馬奇斯發出號令要把她就地處死。劊子手在她頭上砍了三刀，砍不下她的頭。那時有條律令，不准增加犯人的痛苦而砍第四刀，因此劊子手不敢再砍；他只得離去，由她躺在那裡，頸間有刀傷，已是半死。

她附近的基督徒用布接著她的血。她這樣受難三天，卻仍繼續教誨他們。她對已信教的人也還是講教，把她的遺物送給他們。然後把們交託給窩爾朋教主，說道，「我向天神請求，得延長三天功夫，不能再久了，三天之可以讓我把他們的靈魂託付給你，現在我要去了，我的屋子可以改爲禮拜堂，永遠保存。」

聖窩爾朋和他的教會執事們私下運去了她的殘骸，夜間按禮入葬，和其他的聖徒們一起。她的屋子改稱爲聖賽茜利亞教堂。聖窩爾朋祝福著這所教堂，因他是有這權力的；直到今天，人們還是到那裡去崇拜基督和他的聖徒。

第二個女尼的故事完

自耕農的故事❶

自耕農所講的故事開場語❶

聖賽茜利亞的生平事蹟講完之後，我們還沒有走十幾里路，已到了白利恩林下的波頓村，這時有一個人趕上我們，他穿的黑色外衣裡襯著白袈裟。他所騎的灰色斑馬渾身是汗，看起來很奇特；似乎他加鞭趕奔已經有十里路光景了；而與他同來的一個自耕農所騎的馬，也在出汗，差不多已不能再繼續趕路了、汗沫掛滿胸前，乘騎的人也汗如雨下，像一隻雨鵲似的。一副口袋疊

❶這是一段富有戲劇性的故事環節；這位寺僧以煉金術為副業，見有這許多旅客可以同程行旅，當然認為一個最適合於卜施展他的煉金技能的機會，不料他手下的鄉士已准備為他這行業大作反面宣傳，把當時的這門假科學予以徹底暴露。

在馬背上，看來他並沒有帶多少衣著。他輕衣出門，好像是夏季行旅一般。我心中納悶他是何等人物，仔細一看，原來他的外衣是縫在斗篷上的；因此我打量很久，才認出他是個寺僧之類。他的帽帶掛在頸後；他已趕過一程路，踢著那像發瘋的神氣。一張牛蒡葉在他的斗篷下隔著汗，本是遮在頭上避太陽用的。可是看他那樣痛快出汗卻是一件樂事！他前額掛下汗珠，好似一具盛滿了藥草的蒸餾器。

他趕上了我們，口裡喊道，「好一隊快樂的旅伴呀，上帝保佑你們！我在你們後面快馬加鞭趕上，」他道，「爲的是要參加你們的隊伍，和你們一起熱鬧熱鬧。」

與他同來的自耕農也是一樣客氣，說道，「各位，就在今天早晨，我看著你們鬧哄哄離開客店，我就催促我這位主子，他一心就想和你們在一起好玩；他是一個愛玩的人。」

「朋友，上帝觀照你，讓你催促他和我們一起趕路，」我們的客店老板道，「的確，你的主子倒是一個有眼光的人，我很信得過。我也能擔保他是一位會尋快樂的人。也許他能講一兩個有趣的故事，讓我們大家開一開心呢？」

「誰？我的主子嗎？當然，沒有問題；他有的是笑話趣事。並且，先生，你相信我的話，你若和我一樣熟識了他，你就會稀奇他的本領眞不平凡，樣樣都來得。他曾學了許多了不起的技能，這裡各位中間沒有一個會有他的能力，除非跟他去學。雖然他和你們騎在一起，似乎很平凡，可是你們如果和他結交一下，對你們是一件光彩的事；我敢把我所有的一切與你們打賭，你們在任何情形下，誰也不會肯放棄他。他是一個絕頂能幹的人，我告訴你，他是超群的人物。」

「好吧，」老板道，「那就請你告訴我，他是不是一個學者？你說他是什麼人哪？」

「不是，他比學者還高一等呢？」自耕農道，「老板，我只要講幾句話，就可以說明他的技藝。我的主子的本領可眞不小（當然不要以爲我會來說盡他的才能，雖然我也從旁幫他一點忙），他能把我們此刻所走的一條路，從這裡一直到坎特伯利城之間的路基全部翻開，鋪滿金銀。」

自耕農講完這些話，我們的老板就說道，「呀，我的天哪！這確是奇蹟了，你的主子有這樣大的才能，人人都該尊崇他，可是他自己卻滿不誇耀。的確，他這樣的人穿這套外衣，實在不太像樣了。我的腦袋呀！簡直是又臭又破。你的主子爲什麼這樣不整潔呢？照你說，他能說出那樣的奇蹟，他該可以穿得好一些哪？請你講個道理來吧。」

「什麼道理？問我做什麼？」自耕農道。上帝原諒我，他是興旺不起來的！（不過我願傳出去了，請你守秘密。）的確，我相信他聰明過度了。過度的事總不會有好結果的；學者們都說過那是一個缺點。因此我認爲他在這一點上是無知的、是愚昧的。一個人太聰明了，常常就濫用聰明；我這位主子就是如此，我很覺得傷心。願上帝拯救，他的情況就是如此！」

「這且不管，」店老板道。「可是，好自耕農，你即知道你主子能幹，我眞心求你告訴我們，他這把戲是怎樣做法呢？你們住在哪裡，是不是可以講給我們聽一聽？」

「在一個城外，」他道，「躲藏在一些角落裡、陋巷裡，這班雞鳴狗盜之徒往往不敢明目張膽地出現，老是畏畏縮縮住在見不得人的地方。我們就是如此，告訴你實話。」

「現在，」老板道，「且讓我來問你。爲什麼你的臉色這樣難看？」

「彼得在上！」他答道：「倒霉的臉！我常吹火，無疑的，就此把我的臉色改變了。我不愛看鏡子，只知道苦幹，學著煉金。在這技術上我們不斷向前摸索，注視那火裡，可是總達不到目的，結果還是不對。我們詐騙了很多人，借金子，一鎊、兩鎊、十鎊、十二鎊甚至更多些，至少使人相信一鎊能變爲兩鎊。事實上卻是假的。可是我們還繼續期待著、摸索著。而這個技藝卻永遠趕在我們前面，我們雖然發誓要做成，卻老是抓不緊。終究有一天我們會變成乞丐、沿門討飯的。」

自耕農正說著，那寺僧走近了，聽見他說的一字一句。原來這僧士一向懷疑人家講的話。羅馬的哲人克多說過，犯了罪的人總以爲任何話都是指他而言。由於這個緣故，他走近自耕農，聽他講些什麼。因此他對自耕農道，「不要你開口，不要多講，你再講就要吃苦頭了。你在這些人面前污蔑我，把你該隱藏的事都給講出來了。」

「好，講好了，不管他，」老板道。「他威脅你，不要理他！」

「的確，我再也不會管他，」他答道。

寺僧看見沒有辦法，那自耕農似乎要把秘密都宣揚出來，他就跑開了，惱在心頭，羞慚滿面。

「呀！自耕農道，」這就妙了。現在他已走開，我可以把所知道的都講出來了，——讓惡魔去撲殺他！從此以後我要和他斷絕關係，憑他給我小銅板也好、大金洋也好，我可以向你保證。誰最初帶我去學他那一套的，願他在死之前不得好日子過！老實話，我實在是受夠了，這是實情；任憑人家說什麼，反正我的心裡就是這樣感覺。可是我吃盡了苦、上盡了當，還是脫離不了。現在願上帝讓我頭腦清醒，把那一套把戲都給暴露乾淨！且讓我來講一部分，我的主子既走開了，我就無所保留，我所知道的都把它講出來。

自耕農的故事開場語完

* * *

自耕農所講的故事由此開始——第一部

我與這個寺僧已經住了七年，我卻還是比不上他的聰明；因為我已傾家蕩產，一無所有了，上帝知道，許多旁的人也是一樣上了當。我穿衣服一向都非常講究，現在卻只能把舊襪子套在頭上當帽子戴；臉上一向是鮮紅的顏色，而現在是蒼白的鉛色了。任何人玩上了這一套，都會後悔無窮的。我日夜辛勞，以致眼睛裡長了毛，眼淚流不完。這就是煉金的報償！這門變幻無常的學術把我腦汁絞乾了，我轉來轉去也轉不出一個銅板來；反而債台高築，我所借的金子，這一生也還不完，願人人以我為前車之鑑，再不可上當！任何人如果有此念頭，還要繼續下去，我看他一生的經濟也就斷送無餘了。求上帝保佑，他是不會有進款的，無非是罄囊傷神而已。他自己發了狂，喪失了神志，陷進了這個冒險的泥潭，拋棄所有的家業，還要拖旁人下水，也像他一樣去拋送錢財。原來一個壞蛋看見有人與他一起受難吃苦，他就高興得意：這是一個學者教過我的一句話。且不管這些，讓我講到我們這門行業。

我們在那裡治這妖術，自以為很聰明，用的是古怪的術名。我就日夜吹著爐火，直吹到心勞日拙，抬不起頭來。我何必詳述我們所用的品料，是多少成分，譬如說，五六兩或其他數量的銀；或說明磨成細粉的雄黃、枯骨、鐵片等等名目？怎樣把這一切放進土罐，加進鹽、辣椒等物？……這些我們都不談，請聽我的故事。在那土罐還未放到火上以前，我的主子親自動手，把幾種礦質混入一些其他品料，——他此刻走開了，我好大膽講了，——因為，人們說，他的法術高明，至少，我知道，人人以為他很有一套，可是他卻常遭到打擊；你知道怎麼回事嗎？那罐子炸得粉碎，這是常有的事，一旦碎了，嗚呼哀哉，前功盡棄！而這些礦質又有極大鑽性，牆壁都抵擋不住，除非石塊砌好，石灰塗起；它們能鑽進牆隙，有些沈入地面——因而我們要虧損好多鎊——，有些散佈滿地，有些還躍升屋頂；無疑的，雖然魔鬼沒有現形，我相信他一定跟在我們的身邊！他在地獄稱王的時候也沒有如上凶殘可惡。我們這罐子破碎一次，人人都要來埋怨一頓，說他們受了騙。一個說，火工用得不當，另一個說，不是火工，而是吹工（說起吹工我就害怕，因為那是我的事）。「亂說，」第三個道，「你們都是傻瓜！根本沒有把礦料混合得妥當。」❷

「不對！」第四個說，「聽我講，因為我們沒有用榔木做燃料，這就是唯一的原因！」我也不懂究竟是何道理，反正大家因此吵鬧不休。

「好了！」我的主子道，「現在也沒有辦法了，下一次我就當心防備好了；反正罐子是破定了的；不管怎樣，我們不必驚惶。我照舊把地上掃乾淨，鼓起勇氣來，提起精神來。」

於是碎渣掃成一堆，地上鋪著一塊帆布，碎渣收進了篩箕，一篩，一篩，一面檢。「我的天哪，」有一個說道，「我們還有些礦質呢，雖然已去了一部分。這一次失敗了，也許下一次就好了。我們免不了把財產拿出來冒險。我相信，一個商人也不會老是興旺的；有時他的商品也會翻進大海，有時卻又安然登陸。」

「聽我講！」我的主子道，「下一次我將使它改變情況了；如果不這樣改變，各位，就由我負責挨罵好了；我知道總有哪兒出了岔。」

還有人說火力太強了；但不管是太強太弱，我敢發誓說，結果總是不順心。我們不能隨心所欲，於是抱怨發怒。我們大家在一起，好像人人都是所羅門一樣聰明絕頂。可是，一切發亮的東西並不都是金子，我聽人講過。好看的蘋果並不都是好吃的。請看，在我們這裡也是一樣；表現得最聰明的人，在上帝眼中看去，遇到了考驗，往往就是最愚蠢的人；一個人看來似乎老實，事

---

❷此段中略去一節，都是中世紀的煉金術語及煉金方式，十分細瑣。

實上卻是一個賊；這些道理你們都可以明瞭，且等我把故事講完，道理就被證實了。

第一部完

*　　*　　*

第二部開始

在我們那裡的一個寺僧，他有本領使全城的人都受到他的毒害，不論那城市有多大，即使你在尼尼微、羅馬、亞歷山大里亞、特羅亞之外，再加上三個城，也是一樣。他的把戲，他無窮的騙術，是誰也說不完的，你活上一千年也說不完，我相信。世上沒有第二人能有他那樣會欺騙人，他與人來往善於花言巧語，使人聽了還想再聽，他簡直就是魔鬼的化身。他騙過多少人，如果他再活幾年，還要多騙些人。而人們騎馬去，步行去，走過多少里路程去找他，與他結交，卻不知道他的虛僞。願意聽的話，且讓我講下去。

不過，各位可敬之虔誠的僧士們，不要認爲我在污蔑你們的教會，雖然我所講的是一個僧士的事。每個教門裡都有壞分子，上帝不容許爲了一人昏聵而連累了全體。我的用意不是要侮辱你們，不過想譴責已經存在的錯誤罷了。這個故事不是單爲你們，也是爲了其他的人。你們都很知道基督的十二門徒中除掉猶大並沒有第二叛徒。那麼爲什麼其餘無辜的人要受到譴責呢？對於你們，我也是一樣的講；然而有一點，請你們聽：如果在你們的僧院中有一個猶大，假如你們怕遭恥辱或損失，那就趁早把他除掉，這就是我的勸告。不要心裡不高興，我求你們，請聽我講來。

在倫敦有一個神父，多年住在那裡，是一個周年贊祭司；他所寄膳的一家主婦對他印象很好。認爲他總是有求必應，因此不收他的膳食衣著費，他於是覺得很得意，他有的是錢，足夠供他花費。這且不提；我將續談那位寺僧如何把他弄得傾家蕩產。有一天，這個虛僞僧士來到神父所住的房中，求他借貸一些金子，答應一定還償還。他道，「借給我一個馬克用三天，到期就還你。你如發覺我不誠實，下次把我處死都可以！」

神父馬上交了一個馬克給他，僧士謝了又謝，然後走了出來；第三天就還了，因此神父很覺滿意。

「當然，」他道，「我是絲毫不會感覺麻煩的，凡是一個人能守信，還債不逾期限，我就情願借一兩個金幣給他，甚至三個也可以。對這樣的人我不能說一個『不』字。」

「什麼！」寺僧道，「我還會靠不住嗎？那才是奇聞呢！眞誠守信是我爲人的信條，直到我爬進棺材一天爲止；上帝不容許我有任何游移！你盡可相信我，和你相信你的教義一樣！我感謝上帝，此刻我也正該說明一下，從來還沒有一人借了金銀給我而感到麻煩的；在我這個心田上還從未發現過虛僞這件東西呢。「先生，」他續道，「你旣心腸很善，待我又好，我可以讓你看看我的秘密，也算是答謝你的好意；你如果想學，我還可以把我的全部學問教給你，在我告別之前你就可親眼看到我的精心表演。」

「眞的嗎？」神父道。「先生，你眞會做給我看嗎？好，我誠意求你一顯身手。」

「聽命了，先生，」僧士答道：「上帝不容許我推諉！」

看哪，這個賊眞會兜攬生意！其實這類送上門的生意最臭，古聖賢都可證實的。我馬上就要來揭穿這僧士的把戲，他眞是禍害之源，他最愛害人上當，一肚子的鬼心思。願上帝保佑我們，莫進他的圈套！

這神父卻並不知道他是何人，也沒有預料到未來的禍害上身。啊，無辜的可憐的神父！馬上你就要被貪慾蒙住了眼。啊，惡運臨頭了，你的神志昏瞶了，這隻狐狸引你入了迷。你竟逃不脫他的詭計了。因此，不幸的人！講到你的最後的墮落，我將盡我所能，立刻把你的愚蠢和他的狡詐暴露出來。

你們各位以爲這個寺僧就是我的主子嗎？老實話，店老板，並不是他，是另一個僧士，比他還要狡猾百倍呢。他常常騙人；講起他的騙術，我提起來都覺得倒胃。每講到他這一套，我的臉上不免要爲他漲紅，至少是開始放出熱來，因爲我的紅顏已經看不見了；各種金屬所燒的火焰已使我的紅色銷蝕盡了。所以，當心莫受了這僧士的毒害！

「先生，」他對那神父道，「你叫人去拿些水銀來，馬上拿來，要有二、三兩重。等他取來了，你就可以看到一件奇事，是你所從未見過的。」

「先生，」神父道，「就這樣辦。」他說到做到，就叫僕人去取了水銀來，他把三兩交給僧士。他先放下，又叫僕人取煤炭來，於是開始熔煉。煤炭取來後，僧士從身上取出一隻煉罐，給神父看了一下。「這個煉具你已看見了，」他道，「你拿住，你自己放一兩水銀進去；現在依靠基督之名，且看你這位哲人開始成長起來了。很少人能看到我這一小部分本領的。你在這裡可以用實驗的眼光，來看我馬上『僵化』這水銀，使它變成金銀，和你我囊中的純金銀一樣，並且可以使它一樣有展性。變不成，你就不妨說我是假造，我就永遠見不得人。我這裡有一種粉，花了我許多錢的。這粉能有很大的作用；原來這是我一切本領的基礎，讓我來給你看一看。叫你的僕人出去，把門關上，我們做這段機密工作的時候，勿給旁人看見了。」

他吩咐的事無不照辦；僕人馬上出去，主人關上了門，他倆就趕緊工作。神父聽了僧士的話，把煉具放在火上，吹著火，非常緊張。僧士將粉放進煉罐。我不知道那粉是什麼東西做的，不是石灰粉、就是玻璃末，或其他不值一文的東西，反正是用來哄騙那神父的。他又吩咐他加緊，把煤炭鋪滿煉罐上面。僧士說道，「為了證明我是很愛護你的，我讓你自己動手做一切的事。」

「謝天謝地，」神父道。他感得一身輕鬆，只顧按照著僧士的話把煤炭堆上去。他正在忙的時候，這壞心腸的僧士從他身上摸出一塊掬木炭，中心已挖好一個洞，裡面裝有一兩銀灰。洞口有蠟塞住，銀灰不致漏出。當然這把戲並不是當時做的，而是在先就準備好的。他還帶了些其他的東西，我下面再講；他未來之前早已打定主意要騙這神父上當不等到他們分手，他就達到了他的目的；沒有把他刮乾淨，他是不會罷休的。我講他的事已講厭了；如果我有辦法，我眞想揭穿他的騙局，好大快人心。可是他今天在這裡，明天又離去了；他變化多端，絕不在一處多作停留。

現在請你們靜聽，先生們！他手裡偷偷地拿著他的一塊煤炭。神父還在忙著堆煤火，僧士說道，「朋友，你做錯了。這些煤鋪得不對，讓我來替你改正。現在我幫你一手，我的聖靈，我看你可憐！你出了這樣多的汗，熱得厲害吧，拿一塊布去揩汗。」神父在揩汗的時候，這個僧士就把他的一塊煤炭加了上去，正放在煉罐口，用力吹著，煤火燒得很大。

「現在我們可以喝一口酒了，」僧士道：「我擔保馬上就告成了。坐下來，快樂一下。」

僧士的掬木炭燃著，銀灰都流出洞來，漏進煉具；理所當然，因爲這塊東西正放在罐口上面。可是，神父卻一點不知道；他還以爲所有的煤炭都是照舊，哪裡看出了這個詭計呢。那煉金家看得時機成熟就喊道，「站起來，神父先生，站在我的身邊來。去，到外面去拿一塊石灰石來，我知道你沒有鑄模；如果我的運道好，還可以像用鑄模一樣熔成一個形象。再拿一隻碗或鍋來，盛滿了水，你就可以看見我們將大功告成了，並且經得起查驗。但是，爲了不使你懷疑，我跟你去，跟你來，絕不離你一步。」

簡單的講，他倆開了房門，出來關上，把鑰匙帶在身上，馬上又回來；我何必花整天的工夫來絮述呢？他拿起石灰石，做成鑄模。我說，他從袖口中拿出一小塊銀子，重量不過一兩。細聽哪——他這個狡猾傢伙，願他沒有好日子過！他按照這小塊銀子的長寬做成了模型，重新把銀片藏進袖裡。然後把火中的東西取出，很高興倒進模型，又放進那已經準備好的水盆裡，於是吩咐那神父道，「看哪，那是什麼？你探手進去摸一摸看。我相信你可以拿到銀子了——還會有疑問嗎？一塊銀子就是一塊銀子，我的天哪！」

神父伸手進去，拿出了一塊純銀。神父見了，心中充滿了喜悅。「上帝和他的聖母賜了洪福，願你得神佑，先生！」他道：「我若不盡力爲你驅使，我就該受詛咒，願你保證教我這個神技和其中的奧妙！」

僧士道，「我還要再試一次，你留心觀察，你也可以成爲個中人了，下次如果有需要，你自己一試，不用我在旁，試學一下這門學問。」他又道，「再取一兩水銀來，不要多講話，照上次煉銀的方法一樣做。」

神父於是盡其所能，依照僧士的指示趕忙用力吹著煤火，希望可以如願以償。同時僧士又準備設下圈套；他扮出一種神氣，手裡拿起一根空心棍子——當心他！——在棍子一端放進一兩銀灰，像上次在煤炭裡一樣；棍頭也用蠟塞住。神父正在工作時，僧士提過這根棍子來，像前次一樣放進了粉——我願魔鬼剝他的皮，他的心地行爲都滲透了奸詐！他用那騙人的棍子攪動煉罐上面的煤炭，等那蠟在火中化開——只要你不是傻子就會曉得蠟是一定要融化的——於是棍子裡面的東西流進了煉罐。各位先生呀，一件事妙上還要加妙，何苦來哉？神父又一次受騙，卻心上絲毫沒有生疑，他那說不出的快樂我也無法描寫了。他再一次把身心財物，一齊奉送給了僧士。

「的確，」僧士道，「我雖窮困，你可以知道我還有一些技巧，告訴你且等著看，後面還有呢。

你這裡有銅沒有？」他問道。

「有的，先生，」神父道，「我相信是有的。」

「沒有就去買一些來，馬上去買。快去，好朋友，趕快。」

他出去取了銅來，僧士接過手裡，稱出平平的一兩。我這根舌頭太鈍，這壞蛋的騙術，我實在說不像。對於不認識他的人，他是非常客氣的，哪裡料得到他的心地是何等險惡。他的欺詐我講也講不完，我講厭了，但還是要講，好讓人們聽了警惕起來，其實沒有其他的緣故。

他把那一兩銅放進煉罐，立即移過火上，放進了粉，叫神父吹火，用勁工作，其實都是圈套。他隨便就把神父引上了鈎。

後來他倒進鑄模，最後放入水盆，自己伸手進去，他原有一塊銀子在衣袖中，我已講過。他偷偷拿出來，神父哪裡懂得那門道，他放到水底，就在水中磨轉，又鬼鬼祟祟把銅拿了出來——神父也沒有覺察——藏了起來，忽兒抓住神父的胸襟，打趣地說，「低下頭，你壞了事！我幫了你的忙，現在該你幫我一下了。伸手進去，且看裡面有什麼。」

神父取出那塊銀子，僧士說道，「我們且拿這做出的三小塊銀子去找一個銀匠，檢驗一下是什麼成分。我敢放下袈裟，證實這是純銀，不妨馬上一驗。」他們就帶了三小塊銀子去找銀匠，用火用錘來試驗，沒有人能說不是眞銀。

這個昏迷的神父！還大誰比他更高興的？沒有一隻喜愛清晨的鳥，沒有一隻在五月春色中歡唱的夜鶯，沒有一個願談愛情、講淑德的女子，沒有一個勇戰求愛的騎士，能比得上這位神父那樣自以為學到了本領而喜出望外的了。他對僧士道，「為了死難的上帝的愛，如果我還值得你栽培的話，你這個單方該要多少價格呢？現在就告訴我！」

「有聖母在上，」僧士道，「我預先警告你一句，這是很貴的。全英格蘭沒有一個人能做得來，除卻我自己和另一個乞僧。」

「不要緊，」他道。「說吧，先生，我該付多少呢？告訴我，請你說就是了。」

「這個，我說，的確是很貴的，」他答道。「先生，總之，你願知道的話，你可以付四十鎊，上帝觀照我！如果不是為了剛才你幫了我的忙，老實說，還不止這數目呢。」

神父立即拿出四十鎊金幣，全部交給了僧士，換取了一個單方。可是他所有的把戲就是一個騙局。

「神父先生，」他道，「我的技能不在乎受人誇耀；我情願你不要宣揚。你若愛我，請你守秘密。因為假如人們知道你已學到了我的一切技能，他們就會忌恨我的學識，一定要置我於死地。」

「上帝不容！」神父道。「你說什麼！我寧願花盡我所有的財物，卻不能由你去遭受這種災禍，否則我就死有餘辜了！」

「你這好意，先生，」僧士道，「願能使你得福；天觀照你，再會了！」

他去後，神父就從未再見到他。到了時候，神父想試一下他的法術，可是再也無效了。他就是這樣被騙去了錢，受了一場愚弄。這就是那僧士引人入迷的方法，使得人們傾家蕩產，無以自拔。

各位，請你們大家想一想，在社會上每一階層中，人與金錢之間，總不免有爭奪，直到金錢被搶光爲止。而煉金術騙了多少人，我相信，這就是金銀日見稀少的緣故。學者們用些模稜兩可的話，講來講去，使得人們想不清楚、懂不透徹。他們怎樣像饒舌鳥一樣喋喋，用盡心機把名字說得漂亮；可是他們終究會一無所得。如果你有錢，就很容易學到這個法術，結果送光你的財富了事。

啊，玩這套把戲確有些味兒！你原是快樂的，會轉爲憤怒與愁苦，你又重又大的錢囊會被掏得一空，並且捐貸貨財給你的人會來詛咒你。啊，眞要不得！火燙了的人是不是學得了乖，而離火遠些呢？你們投進了這個行業的人，我勸你們放棄罷，免得全部都損失了。回頭是岸；一旦遭到永劫，那就難有翻身的日子了。隨你怎樣摸索，那秘密是永遠摸不出的。你就像那匹盲馬那一樣膽大，顚躓著隨時可以遇險；它在大路上亂走，一不湊巧就可碰上石頭；煉金的人也正是如此。如果你眼力不夠，莫讓你的心也瞎了，憑你如何睜開著眼，從那個行業裡休想摸出一隻璺子來，終究是傾家蕩產，借的、討的、偷的都要送光。抽掉那火把，免得灼傷了；我就是說，再不要插手去幹那一套，否則你的勤勞所得就都完了。

這裡我要直告你一些古聖先賢所說的話。那位煉金術的著作家新鎮的阿諾德很嚴正地說過，「水銀沒有它的兄弟硫黃就不會僵化」。他還說，第一個講這句話的，就是哲學的始祖厚米斯；他告訴我們，龍若沒有他的兄弟害他，就不會死；這就是說，他所謂龍，即指水銀而言，並無其他，他的兄弟，即指日（金）月（水銀）中所提煉出來的硫黃。「所以，」他說，「聽我的話，莫在這個法術上多花功夫，除非他懂得了學者們所說的話和所想的事；如果他還要去幹，他就是一個蠢才。原來這門學問、這套技術，乃是秘密中的秘密。」

柏拉圖❸的一個弟子有一次問他的老師說，——如他的一本書裡所載——「請問所謂點金石是什麼東西？」

柏拉圖立刻答道，「那就是人們所說的亞鈦石。」

「亞鈦石是什麼？」他道。

「就是鎂，」柏拉圖道。

「先生，是嗎？這才叫做『以不知來解釋不知』了。請問先生，鎂又是什麼呢？」

「是水，我告訴你，這水是四種元素造成的，」柏拉圖說。

「請問，」他又道，「水的原理又是什麼？」

---

❸此段中的柏拉圖，在喬叟所根據的譯自阿拉伯文的《化學表解》一書上，原指所羅門。

「不，這個我就不答了，」柏拉圖道。「學者們都聯合發誓不告訴人，也不寫在書上。因爲這個秘密是基督的無上秘密，他不願給人知道，除非神意要用來授人以靈感——否則他就不許洩露。完了。」

「所以我的結論是這樣：天神既然不准學者們告訴我們如何取得這塊寶石，我們最好就由他去罷。因爲誰若與神爲敵，違反了神的意志行事，他就絕不能得救，那怕他煉金煉到老死。我講到這裡爲止，我的故事完了。願上帝使每一個好人得有幸福，免除災厄。——阿門。

自耕農所講的故事完

伙食師的故事

伙食師的故事開場語如下

你們該知道有一座小村落,叫做「上下擺」,在去坎特伯利路上的白利恩林下。大家走到這裡,我們的客店老板開始講起笑話來,說道,「怎麼啦,各位,丘岡陷進泥潭了!❶難道就沒有人肯做件善事,好歹把落在後面的這個人喚醒一下?一個賊子很容易把他綁住,搶劫他一頓呢。看他那樣打著瞌睡!神骨頭,❷他似乎馬上就要墜下馬來了。他是不是一個倫敦的廚師——他媽的!叫他走出來,他該知道應得什麼懲罰,讓他講個故事來,不管他值不值得一堆乾草!醒來,廚師,

❶「丘岡陷進泥潭」意即「一切停頓,需要推動」。

❷「神骨頭」,一種賭咒的話。

上帝不饒你！這大清早你就要睡嗎？是不是你一夜被跳蚤咬了，或是與哪個美后相會了，或者你喝了酒，因而頭都抬不起來？」

這位廚師臉色蒼白，對老板道，「上帝祝福我的靈魂，我頭裡好重，不知是何緣故，我眞想睡，即使有奇白賽街上的好酒一瓶也不中用。」

「喂，」伙食師道，「爲了你的好處，廚師先生，不必麻煩另一個人，如果討得了老板的照顧，我願讓你現在暫且不講故事；你臉上很蒼白，眼睛無神，我想，我也猜到你的嘴裡一定發出酸臭，證明你身子不舒適；天曉得，我是不會講你什麼好話的！看哪，這個醉漢！看他那樣張著大嘴打呵欠，好像要把我們都呑進去似的。他的爸爸！喂，閉著嘴，地獄裡的魔鬼要跨進去了。你那嘴裡的臭氣你要把我們就醺壞了；滾哪，臭豬！倒霉的傢伙！各位，當心這個壯漢。你想去刺槍比武嗎？我看你那模樣很可以去一顯身手呢！你一定是喝了猴子酒，喝醉了就會耍起草來玩。」❸

廚師聽了生起氣來，向伙食師用力點頭，卻講不出話來，忽然墜下了馬，躺在地上，直等到有人去把他扶起。廚師的騎馬本領原來不過如此！其實他是抛開了本行，放下了他的湯瓢！❹這樣一個可憐蟲，又笨又大，大家來搬動他，好不容易，經過不少麻煩，才把他抬上馬鞍。

❸「刺槍比武」是一種比武的遊戲。猴子酒是一種《猶太傳經》中的傳說，喝了就會變成猴子或其他動物的性格。

❹廚師放下了他的湯瓢，就是脫離了本行。

「因爲他酒醉了，」老板對伙食師道，「我想他講起故事來，也是會荒誕無稽的；管他喝的是新酒陳醪，他會用鼻孔講話的，還要喘息不止，他是頭裡傷了風。他要花上相當的氣力才能免得他的馬把他帶進泥潭。萬一他再從馬背上墜下來，我們又要花一大把勁兒去抬他那具醉屍。不管他了，你講你的故事吧。不過，伙食師，你這樣公然辱罵他，未免太不客氣了。可能有一天他要來收拾你的，即使你是一隻飛鷹，他也會把你賺到手中去。我的意思是說，萬一他抓住了你的弱點，把你的糊塗帳清算一下，只要提出幾點小意見，你就會吃不消。」❺

「那倒眞有些吃不消！」伙食師道，「他要叫我吃虧是很容易的事。我寧可賠他一匹馬，也不願和他爭吵了；我絕不再刺激他。我剛才說的話，也不過是開玩笑的。你看怎樣？我這裡有一壺酒，是熟葡萄做的；單請你馬上看把戲。這個酒他還是要喝的，只要我一請，他絕不會拒絕的，我可以用生命來打賭。」

的確，事實就是這樣，廚師把那酒一口氣喝了！其實，他何必又喝呢？他早已喝夠了。他傾壺灌了下去，把酒壺交還伙食師，非常的高興，道謝不已。

客店老板高聲大笑起來，說道，「我才知道好酒總該隨身帶，到處都用得著；鬧氣的時候會變得親愛，許多誤會也都會消除。啊，酒神白格斯，願你的名得福，你能化除心中的疙瘩，轉怒爲

---

❺這位伙食師一向貪汚，所以客店老板提醒他，叫他不可得罪了廚師，免得被他揭發。

喜。讓我們來拜謝你的神力。但現在不多講了！伙食師，我請你講你的故事吧。」

「好的，先生，」他道，「現在請聽我講。」

伙食師的故事——伙食師所講的烏鴉的故事由此開始

當太陽神費白斯在地上居留的時候，正如古書所載，他是世上最新鮮活潑的青年騎士，並且是最好的一個射手。一天派松蛇在陽光下睡覺，他就將它殺死了；此外他用弓箭立下的許多偉蹟，都是可以在書上讀到的。

他能吹彈各種管弦樂器，他清朗的歌喉唱起曲調來眞能令人神往。就是希白斯的國王恩菲洪，雖唱著歌引動磚石，築起城牆，也還比不上費白斯一半的歌技。他又長得俊美，是創世以來唯一的美男子。他的容貌不用說了。反正世上沒有比他更美的人。除此之外，他又舉止溫雅，高貴完善。

費白斯是豪俠之花，在技藝方面自有殺派松蛇的事爲證，古書上說他手中永遠帶著一具弓。費白斯家中有一隻烏鴉，餵在籠裡已很久，教它講話，好比一般人教百舌鳥一樣。這隻烏鴉渾身雪白，像天鵝那般，它能學到像人一樣講話。而且唱起歌來也十分悅耳，夜鶯也比不上它那歌唱的技能。

費白斯有一個妻，他愛她如命，日夜要爲她取樂，向她表示親愛，卻只有一件事，不瞞你說，他是非常嫉妒的，他最怕受人欺辱，因此專心專意地防範著。當然誰也一樣，不過都是枉費心機，怕也無用。一個好妻子，心地光明，行動正直，就不該監視；至於一個壞妻子，監視她也是白費功夫，守也守不住。我認為花費精力去防範妻子，確是一件愚蠢的事；古學者也是一樣說的。

現在且繼續講我的故事。費白斯盡力求取她的歡心，自以為有他這樣承歡，加上他的一表人材，舉止溫雅，應該不會有人能取而代之了。可是，天知道，這件事是無從預測的，——天生的性情是勉強不來的。以一隻鳥來作比喻，把它關進籠裡，一心一意照護它，餵它飲食，想盡一切好東西給它享受，把它安置得清潔舒適，即使它的籠是金製的，十分美觀，這隻鳥兒還是萬分情願去吃它的蟲，寧可在寒冷峻厲的樹林中過它的生活。它永遠要設法跑出籠去；這隻鳥的心中只知道要自由。再說一隻猫，餵它乳酪以及嫩肉，鋪了錦綢的床榻，而同時讓一隻鼠跑過牆角下；它立即忘了乳酪、肉和一切講究的東西，它那要吃鼠的慾念蓋過了一切。慾念就在這裡控制了一切，嗜好戰勝了識別力。一隻母狼也是天性最低賤的；它想找一個伴侶時，它可以收容一隻最卑劣的，或是最不顧體面的雄狼。

這些譬喻我都是用來指不忠實的男子而言，——完全不是指女子的！因為男子們一旦淫欲橫生，他們可以不顧一切，找些比自己妻子卑劣的人，不論妻子是如何美貌，如何溫存。肉體總愛追求新奇，求樂的事老是不能和高貴的品德並行得太久。

費白斯確實沒有料到任何意外，他為人純正，因此沒有提防；原來在他的背後她已準備了另一個人，名望在他之下，滿不是他的對手，——確實可惜！這也是常有的事，多少罪孽、多少愁煩，都由此而生。在費白斯離家的時候，他的妻子就馬上叫了她的野男人來。野男人？——這是一個下流字眼，請你們饒恕我。聰明的柏拉圖說過，不妨翻開書一讀，他說，用字和事實必須符合；任何人想照實講一件事，他所用的文字一定要和實際動態成爲一家人。我是一個粗漢，我只會這樣講，一個貴婦而不貞，和一個窮家婦女是沒有什麼區別的，——如果她們都不知潔身自愛——一個上等婦人就被稱爲她情郎的意中人；而這裡一個婦女，因爲她窮，就可以被叫做他的姘婦。上帝知道，我的好朋友，人們卻把這兩種女子看得一樣卑賤。

一個篡位的暴君和一個罪犯或流賊之間，我說也是一樣，並無分別。這個說法曾有人對亞歷山大講過，那定義是這樣：由於暴君擁有權勢，他可以吩咐他手下的人去殺人放火，鎭壓一切，因而他就被尊爲首領；由於寇犯只有一小隊人，爲害不大，燒殺不多，於是人們就叫他爲賊寇匪徒。不過，我不是一個讀書人，無從引用書中名言，我也就不絮叨了，現在回到故事上來。

當費白斯的這個輕薄妻子叫了野情人來的時候，那隻白烏鴉在籠裡看得淸楚，卻一言不發。等到費白斯回來後，烏鴉就唱道，「奸婦——之夫！奸婦——之夫！」

「什麼，烏鴉？」費白斯道。「你唱的什麼歌？你不老是唱得很好聽的嗎？可是，這是一支什麼歌曲呀？」

「天知道，」它道，「我沒有唱錯。費白斯，你雖正直、俊美、高貴、善唱並且並且看守得很緊，可是你的眼睛竟被一個卑微的人蒙閉住了，他遠比不上你，簡直就像是一隻小蚊蟲，啊！我卻親眼看見他在你床上和你的妻子同睡。」何用多說呢？烏鴉舉出證據，他聽了好不刺心，烏鴉更毫無忌憚地說他的妻如何通姦，使他受損害和羞辱；它一再的說它的眼睛沒有看錯。

費白斯轉過身去，覺得心房都要爆裂。於是拉起了弓，上了箭，一怒之間就把妻子射死。這一幕就如此結局，沒有可以多說的了。在他悲憤之餘，他把他的樂器、琴弦，琵琶，一起摔破；他的弓箭也都折斷。然後他對烏鴉道，「叛徒，你那蝎子般的舌尖使我一時失去了理智。呀，我何其不幸！我為何不死？啊，親愛的妻子，快樂之寶，你一向是對我忠誠不變的，現在你卻死了，臉無血色了，你是無辜的，我敢發誓！啊，我這鹵莽的手，我冤枉殺了你！啊，混亂的腦筋，啊，不可控制的憤怒，無情地殺了無辜的人！啊，荒謬的猜疑，那識別的性能哪裡去了；願世上人當心，不可鹵莽從事，沒有確鑿的證據時，不可輕信浮言；沒有洞悉原委時不可隨意下手，千萬不可憑空懷疑，不加思索，而洩一時之憤。呀，許多人都因暴怒而闖了大禍，以致無法收拾。呀，我憂痛已極，唯有一死罷了。」

他對烏鴉道，「你這害人的東西，為了你亂說話，我要報你的仇！你曾與夜鶯一樣能唱；現在你將放棄你的歌喉，你將拋開你周身的白羽毛，你將永遠不能說話。這才是對叛逆者的酬報；你和你的後代將永遠長著黑毛，永遠叫不出悅耳的音，永遠在風雨之前聒噪，這樣來紀念你是如何害我殺死了我的妻子。」

他上去擒住烏鴉，拔出它每一根白羽毛，把它變成全黑，削奪了它歌唱和講話的技能，摔出門外，送給了魔鬼！從此之後，世上所有烏鴉都變爲全身黑色了。

各位，我勸大家以此事爲戒，聽我說來：你們在一生之中絕不可對人說他的妻子水性楊花，他會恨你入骨的。賢者有言，所羅門先生誡人守口如瓶，不過我已說過我沒有讀過書。我聽見我的老母教導過我，說道，「我的兒子，上天作證，你不要忘了烏鴉的事！兒子，守住你的口舌就守住了你的朋友。害人的舌尖比魔鬼還惡毒；兒子，人們碰到魔鬼還可祝福自己，不受他的傷害。兒子，上帝仁慈爲懷，特地在舌頭外面築起一排牙齒，兩瓣嘴唇，好讓人們在開口講話之前多加考慮。兒子，學者們說的，話講多了常常惹禍上身；而愼言的人就不會遭厄受害。兒子，除非你勤於讚頌上帝，否則無論何時都該約束你的舌尖。第一個美德，兒子，你如願學習，就是看守住你的舌頭；孩子們都應自小學起。兒子，如果只講三句話就夠了，講到第四句就會有害；這也是老年人告訴我的。話多了，罪惡就跟著來了。你知道一個鹵莽的舌頭是怎樣動作的嗎？它就像一把快刀，可以割斷人臂，我的好兒子，舌尖也就是那樣割斷友誼。一個喋喋不休之人對上帝而言是犯罪的；你儘可讀那聰明的所羅門，讀大衛的詩篇，讀辛尼加。兒子，不要講話，只要點頭就夠了。你若聽見人家在胡說亂道，你就裝著沒有聽見，說你聾了。法蘭德斯人有句名言道：聽不聽由你，少說話可以多休息。兒子，你若沒有講人的壞話，你就不怕被人害；而講話不小心的人，我看他就收不回他的話了。一句話說出了口，就出去了；不管你怎麼後悔，這句話好歹不再回頭。

把一件要後悔的事講給人聽了，你就成爲他手下的俘虜。我的兒子，當心，不要做傳遞消息的人，不管是眞是假。你走到哪裡，不論高低，守住你的口舌，記取烏鴉的故事，不要忘了。」

伙食師所講的烏鴉的故事完

堂區神父的故事

堂區神父的故事開場語如下

伙食師講完他的故事，太陽已落下了南線，我看那傾度已不是二十九度了。那時我計算起來正是四點鐘；我的身材約高六尺，我身子的陰影倒有十一尺左右了。月宮上升，我說的是天秤宮，它仍在繼續推進，那時我們正來到一座村莊。因此我們的客店老板，正如他一向所指揮的一樣，向大家說道，「各位，我們的故事多多益善。我的裁判已可告圓滿結束了，我想我們所聽到的故事，各式各樣，妙趣橫生，我的計畫將近完成了。我求上帝，願他祝福那講得好故事的人。神父先生，」他道，「你是一個堂區神父呢？還是一個教士呢？講老實話來！不管你是什麼，不要煞了我們的風景，除你之外，每人都講過故事了；打開你的話匣，讓我們看看裡面裝些什麼。的確，我看你的模樣倒像有些名堂呢。講一個故事來聽，管他什麼厨師的骨頭！」

堂區神父就答道，「莫想叫我講個虛構的事！保羅寫信給提摩太，責備那些脫離眞道的人，他們講的是荒謬的言語，沒半點道理。如果我手掌裡能撒種麥子的話，爲什麼要種糠？所以我說，你如果願意聽些高尚道德的事，如能留心聽，我爲了尊榮基督，極願給你們一些合乎規矩的娛樂。可是要知道，我是一個南方人，我不善於講故事，鏗鏘的重音，一字一音搜尋著，上帝知道，我搞不來，我認爲韻脚也是同樣不好。❷所以我不去遷就任何人的脾胃，你們若願聽，我就用散文講一個有意味的故事，好結束這一天的談笑佳話。願耶穌賜我才能，在這旅途上對你們講解另一個同樣完美光明的旅程，名叫耶路撒冷天國之遊。你們如果贊同，我就開始；請你們說出你們的意願。不過我這篇默思錄是該請學者更正的，我的考據能力很差，我只能汲取其中的主題，請原諒我。所以我要說明我所講的東西是需要有人指正的。」

說著，我們都贊同了，因爲我們認爲只有這樣才好，給他這個機會，聽他的教義，做爲一天的結局。我們就請老板告訴他，請他開講。老板就代我們大家說道，「神父先生，願你得福！你願講什麼就講什麼，我們都願聽；」他又加道，——「講你的默思錄吧，不過要講快些，太陽要下山了。言之有物，勿太佔時間，願上帝照顧你講得好！」

---

❷鏗鏘的重音是北方詩格的特點，由古英詩傳襲而來；韻脚的應用是南方詩格的特點，來自法國詩。

堂區神父的故事由此開始

我們可愛的上帝，他不願讓任何人死亡，卻願我們都能知道他，知道永久的幸福生命，願先知耶利米教導我們，他這樣說，「站在路上，訪問古道——這就是說，遵循古訓——這才是善道；行在其間，你們的心裡必得安息，」等等。……

（堂區神父所講的一篇並非故事，而是教誨詞，十分冗長，用散文體，占原版本九十三頁。有些喬叟學者懷疑這篇文字非喬叟手筆，現在雖已公認不偽，但寫作年月仍無定論，大約前段論懺悔部分，應作於喬叟的後期，而後段論罪惡部分，則作於前期。這裡我們把全篇內容概述如下：——

上帝不願任何人死亡，要心靈進入天國，道路很多。一條大路就是通過懺悔，痛悔生來的罪惡，決心不再犯罪。懺悔之樹以心中悔改為樹根，它的枝葉就是口中認罪，它的果實就是圓滿的境地。這果實中的種子就是神惠，種子中間發出灼熱的神愛。

悔改是為了犯罪而心中憂傷。罪有輕重之分。輕罪是愛基督的熱誠不夠。重罪是愛衆生甚於愛衆生的創造者。輕罪也可造成重罪。重罪有七，其一就是驕矜。

驕矜有多種不同的表現，如傲慢、莽撞、誇耀、偽善、急躁、頑強、虛榮等等。驕矜有時是內向的，有時是外向的。外向的驕矜正如酒店的一塊招牌，表示店中有酒窖。有時表現在過於隆重或過於單薄的衣裝上，也有以姿態動作來表現的，好比把屁股突出，像母猴的下身一樣，和滿月那般圓。一個人表現驕矜往往擺足排場，賓客滿堂，家中僕從一大堆，卻不幹好事。先天的優越品質、或後天祖傳的聲望財富、都不足誇耀於人，因為這些反可以增加你的罪惡。驕矜之罪唯有虛心自卑才可以補救。

第二是嫉妒。嫉妒就是幸災樂禍。這是罪大惡極的，因為嫉妒抗拒了一切善德，是徹底違反至善的聖靈。中傷與抱怨就是魔鬼的咒詞。要補救嫉妒之罪唯有愛上帝、愛你的鄰居、愛你的仇敵。

第三是惱怒。惱怒就是存心報復。可是痛恨邪惡是對的，這種憤怒並不包藏禍心。不正當的惱怒有突然的與預謀的兩種；後者更惡。預謀的惡念會把聖靈拼出於靈魂之外，而接納了魔鬼。於是你的靈魂成為魔鬼的融爐，憎恨、殘殺、叛逆、撒謊、阿諛、侮慢、傾軋、恫嚇和詛咒，都在這爐中燃燒。要克制惱怒唯有忍耐。

其次就是懶惰。懶惰是內心的苦惱，使你行事遲鈍、缺少興趣、把為善認做負擔。懶惰也使你躲避熱誠的祈禱，腐蝕心靈。懶惰引向失望。補救之方就是要能堅苦耐勞。

再次就是貪婪。這是覬覦世上財物的淫慾，是一種偶像崇拜。你的錢櫃中每一塊錢幣都被你尊為偶像。由於貪婪，使人們付出苛捐雜稅。地主勒逼農奴交罰金，而所謂罰金其實就是一種勒索。貴族大家的家宰硬說罰金是合理的，因為一個奴役所有的一切都屬於奴隸主。可是奴役有的是不朽的靈魂，是上帝所賜，奴隸主不能剝奪。所以，奴隸制是一種罪惡。每一個犯了罪的人都是罪惡的奴隸，霸主和奴役同樣無所區別。由於貪婪還產生了欺詐、買賣聖職、賭博、偷竊、妄作見證、褻瀆神聖等等罪行。補救貪婪的良方就是仁恕與廣泛的愛憐。

再有飲食過分。醉酒是埋葬人們理智的墳墓。必須節慾，飲食必須有度。

最後是淫亂。淫亂與飲食過分是並行的。它有各種表現的方式，但是最嚴重的就是偷竊，因為它同時偷竊肉體與靈魂。唯有貞潔與自克可以補救。鍋中的水煮沸了，鍋下的火就應抽出熄滅。

口中認罪必須出自心願，誠心誠意。認罪的時候只要供認自己的罪惡，出於自己的口，不可花言巧語，支吾搪塞。認罪應該先經考慮，不可輕率冒昧；應該常常認罪。

到達了圓滿的境地應該布施、悔改、齋戒和經受肉體的磨難。最後的果實才是永生的幸福。）

喬叟告別辭❶

現在我祈求所有聽了，或讀了我上面這篇小小論述的人，如果其中有他們所喜悅的東西，他們可以感謝耶穌基督，他是一切智善之源。如果有些是他們所憎惡的，我祈求他們歸罪於我的愚拙，那並非我故意臆造的，我若有才能，很願意寫得更好一點。《聖經》上說，「一切用文字寫出的東西，爲的都是教導，」這也就是我的原意。因此我謙卑地求你們，看仁慈的上帝面上，願你們爲我祈禱，求基督饒恕我的罪；尤其是我關於人世浮華的譯著，在這個反悔文中我要求收回：如《特羅勒斯》一書，還有聲譽之書；二十五個女子之書；公爵夫人之書；聖發楞泰因節日鳥會之書；《坎特伯利故事集》中那些能引人入罪的部分；獅子書；以及其他許多作品，只要是在我記憶之中的；還有許多淫逸的謠曲；——願基督恕我的罪。但是，還有波伊悉阿斯的《哲理定心論》的譯作，和其他，如聖徒行傳、教誡篇和道德信仰等作，關於這些，我願感謝耶穌基督和他的聖母、和所有天上的聖者；終我此生求他們寬恕我，讓我揮淚懺罪，以求靈魂得救；讓我眞正悔改、認罪，並在未死之前達到圓滿的境地；但願萬王之王、萬千教士之主教，降我恩惠，是他以他心頭流出的珍貴的血贖回我們的靈魂；讓我也能在天地末日得救：

Qui cum patre, &c.❷

這裡結束了《坎特伯利故事集》一書，喬叟所著，願耶穌基督照顧他的靈魂。阿門。

---

❶最後這段告辭是很耐人尋味的。這類「作者反悔詞」本是文學家自古來常用的格調，並非喬叟獨創。不過，喬叟到了晚年，雖年齡不高，健康卻很差，因而可能引起了精神上的嚴肅深沈的感覺，最後一篇牧師所講的教誨長篇也正可代表他當時的心情。然而，全部《坎特伯利故事集》所給我們的深刻印象，無疑的是：喬叟確實是一位健全的、勇敢的、寫實的偉大詩人。

❷拉丁文祝禱辭。

附錄

短詩 二十首

ABC❶

依字母排列的歌曲

(A)全能的，全慈的主后，全人類都向你趨奔乞援，爲了擺脫罪惡、苦惱與患難，光輝普照的聖母，花中之花，我已陷入罪孽的迷陣，也唯有你那邊好投奔。求你救我逃出困境，你是偉大寬恕的，知我病情深沉！我的凶敵已將我壓得動彈不了。

---

❶如果這首祈禱詩與詩人的護主約翰·龔脫的夫人白朗許有關的話，應作於1359年與1369年之間，這是一篇早期作品。原詩以八行詩節組成，每節脚韻為ababbcc，每行五音步十音節，是英國十音節詩體最早的代表。本詩每節首字第一個字母按abc次序排列，故以ABC為題。B節中「七個惡魔」係指中世紀所普遍流行的「七大罪惡」而言。

(B)仁慈在你心中紮下營帳，我深知你必能救我；一個虔心誠意的人向你乞援，你不致拒絕，因你具有一顆慈心。你是一切快樂的布施者，是避難的所在，是安靜的去處。呵，請看那七個惡魔正在追逐我！光輝的主后，援救我，趁我這隻船尚未全部破裂！

(C)親愛的主后，除你以外我沒有其他慰藉；呵，我那可恥的罪惡和困惑對我提出了控訴，那是十分嚴正的，應可使我抱定必死之心。他們公正地裁決，有力地主張我罪該萬死，我全靠你大施洪恩，的確是天上的幸福之后！

(D)無可懷疑的，宥恕堂上的主后，你才是世間赦罪之源。通過你，上帝讓我們重蒙聖澤。的確，親愛多福的基督之母，如果今日那支義憤之弓仍和當初一樣上著弦，公正的上帝豈能隨意赦免；只有你便得我們重沐神恩，如願以償。

(E)我若希望藏身躲難，唯有依靠你，因你曾多次千方百計，收容我避進宥恕之堂。但願你俯允我，主后，在大判之日照料我，看著我在天神面前受審！那時我的區區成果經過嚴審，將使我畢生事業毀滅無餘，除非在事先有你給我嚴格考驗。

(F)我奔向你的神幕，請求躲避，暴風雨何等驚人，我雖有罪，還求你勿將我拋棄。在這千鈞一髮之際，拯救我！即使我的意念和行動與禽獸無異，主后，仍願你慈恩相護。我的敵人正在追逐，要置我於死地，主后，望你注意，他也就是你的仇人。

(G)光榮的處女聖母，無論在天在地，你從不苛刻待人，你永遠充滿著柔愛與寬恕，我向你呼救，莫讓天父見我而震怒。請爲我進一言，我不敢正視神顏！呵，我在世上所作所爲，足夠使我的幽魂被貶入臭谷，若不靠你佑護，我將永遭萬劫。

(H)請稟告上帝，原是他自己的意志，決定由神變人，成爲我們的同類；並且用了他的寶血寫上十字架，大赦天下信神悔罪的人。所以，光輝的主后，爲我們祈求吧。只有如此，他才會息怒，同時好從敵人的魔掌中奪回虜物。

(I)我十分知道你誠願挽救我們，你確實是慈光普照。生靈犯罪，你心中不忍，伸著手召喚他回頭。然後你又爲他向主子說情，將他領出曲折困境。只要敬愛你，到了生命終結之日，看見成效，自能恍然領悟。

(K)世上有的是曆書和彩色經卷，上面照徹著你的尊名；誰若選定正路向你投奔，就不必擔心折損靈體。現在，慰藉之母呀，你既准我向你討取良藥，請勿再讓敵人重揭我的創傷；我的全部健康都已交在你的手裡。

(L)主后，我無法描畫你在十字架下的悲哀，也無法寫述基督的苦難。但我要憑著你倆的哀痛祈禱，莫讓我們共同的敵人得意誇口，把你倆付出高價而換來的生靈又給他卑鄙地定下罪名。正如我上面說過，你既是我們生命的基礎，就求你繼續射出那溫柔明亮的眼光，眷憐著我們。

(M)摩西看見荊棘之中並無一根枝條著火，卻有紅火燃燒，由此他明白了這就暗示著你那純潔無瑕的貞女之身。你便是聖靈所降臨的荊棘，而摩西卻認爲那裡有火；這本是象徵的教義。現在，主后，求你保佑，莫讓我們被拋進地獄，在烈火中永焚。

(N)高貴的主后，你的確是天上人間未見其匹，我們的一切慰藉都由你而生，你乃是基督的慈母；我們在困厄之中，除了你，沒有其他使我們歡欣的歌曲，也沒有其他辯護者願意並敢於爲我們做此祈求；你所需的代價最輕，只要口中念著聖母禱詞便可換取你的援助。

(O)啊，盲者之光，啊，勞頓困苦中的眞樂所在，啊，人世間慈恩的掌管者，你是上帝所選擇的聖母，因爲你以謙卑爲主！你原是上帝的使女，後封爲天地的主后，爲的是便於凡人申訴。人世間將永遠敬奉著你的善德善行，你對我們的苦難確是有求必應。

(P)我立意耐心探尋，爲何聖靈要在天使迦伯列的聲音傳進你耳的時候降臨到你的身上。他顯示這段奇蹟，絕非爲了要征服我們，乃是要挽救我們，後來確是我們贖了罪。因此，我們若要得救，不需武器，只需必要的悔改，可惜這一點我們還未做到，我們盡可誠心求恕，自然就會得赦。

(Q)慰藉之後，正當我想起在上帝和你的面前我都犯了罪，我的靈魂理該埋沉，呀，奴才，我向何處去呢？在你的神子之前有誰能爲我們斡旋？除了你之外更有誰？你才是憐憫之泉。世上唯有你具備著那樣的深情，唯有你才能對我們的困厄說得那樣懇切。

(R)改正我，聖母，訓誨我，因爲我實在不敢承擔天父的嚴懲，他那公正的審判十分可怕。聖母，一切人間的慈悲都由你而生，願你做我的裁判者，也願你當我靈魂的醫師。每個向你求恕的人都受到你的洪恩浩澤。

(S)的確，上帝因你的緣故而施恩；原來至善的主絕不饒恕一個人，除非為了使你心悅。他派你做全人類的教母與主后，又做天上的女司；他裁判以你的意志為轉移，如是，為了尊崇你，他將冠冕戴上你的頭。

(T)虔心頂禮的聖堂，上帝的所在地，違背信念的人不許入內，我卻負著一顆反悔的心前來敬拜。願你接受我——我再不能遠避了！呵，天后呀，多少年前世人為了毒刺而被詛咒，現在你見我也扎傷了，因我被刺得腫痛，幾乎迷失了方向。

(V)聖母，你的服裝何其壯麗，你將我們引進天堂的高塔，願你開導我，指示我，好讓我取得你的庇護，縱使我走過錯路，染過污濁。主后，願你將我喚進你的法壇，啊，鮮美的花朵！恩恕之情將永遠簇擁著你的左右。

(X)你的兒子基督降臨人世，在十字架上受難，並聽由那個百卒長朗介納斯戳穿他的心，而使鮮血奔流；這一切為的都是我可以得救。我雖對他不忠不誠，他仍不把我貶入永劫不復的地獄——為了這一切，我只有向你感恩，你乃是全人類的救護者。

(Y)以撒誠心誠意聽從他父親的話，即使被殺也無所顧忌，這才是神子就難時的心意，他像羔羊一般寧願一死。仁慈的主后，上帝既是如此寬厚，我求你也不要過嚴；因為我們正在齊聲讚頌你永遠是我們免罪避罰的護盾。

(Z)撒迦利亞將你稱為露天的源泉，專事洗濯靈魂上的罪惡。因而我應可取得教訓，知道我們所以未遭毀滅，全靠你的一副柔腸。現在，明亮的聖后，你既能寬恕亞當的子孫，也肯寬恕，懇求你就將我們引進那座爲了悔罪得赦而建起的天宮去吧。阿門。

完

怨詩——致憐憫❶

我尋找憐憫，曾經過漫長的歲月，我心頭創傷，痛苦難忍，世上誰都不像我，如此憂心忡忡，欲死不能。說實話，我原想向憐憫控訴愛神的暴行，他見我眞心誠意，竟要置我於死地。

多少年來我尋求時機訴苦，我向憐憫乞援，哭得眼淚滿襟，一心求她爲我復仇，嚴懲殘暴。可是，在我未及開口訴苦之前，我見憐憫先就死去，已被埋在一顆心裡。

---

❶兩首怨詩，一致憐憫，一致情人，在構思與意境方面都很相似。兩詩應作於同一時間，均屬於七〇年代。在喬叟的時代將情人的憐憫或慈悲加以人格化，寫出寓意的詩篇，原是流行一時的文學手法。詩格採用七行詩節，與ababbcc的脚韻，是這種詩體在英國詩史上最初的嘗試，後稱為「皇家體」。全詩結構與〈馬爾斯怨詩〉及〈恩納麗達與阿賽脫〉兩篇相同——以敘述式的前引開始，繼以「怨訴」本身，而「怨訴」(「訴狀」)又分為三折，每折最後的脚韻相同。

我一眼看見她的棺柩，便昏倒在地，就像石塊一樣失掉了知覺；醒來時臉色全變，我只顧鎖著眉頭擠上前去，爲她的靈魂祈禱。我從此一切絕望，再也無可訴說的了。

憐憫既已死去，我便就此了結殘生。啊，這個悲慘的日子！爲什麼竟有這樣的一天！現在還有誰敢抬起頭來？天下傷心人還能向誰呼救？殘暴已打算把我們殺盡，原來，我們腦海裡全是空中樓閣，何曾從痛苦中吸取過教訓；現在憐憫已死，我們更向誰去訴苦？

可是，我心中忽而浮起一團疑雲。在她生前雖有多人曾與她相識，但有關她逝去的噩耗卻唯有我一人知道。我還知道她並未驟然而逝。自從我省得人事以來，無時不在追尋著她；可憐我尚未能和她相敍，而她已長逝。

在她的棺柩旁站了大堆人，興高采烈，我看不出他們面帶任何愁容。譬如「洪恩」，裝配得十分完備，沒有絲毫欠缺，還有鮮艷的「美色」，有「歡樂」，有穩妥的「儀態」，有「青春」、「尊榮」「智慧」、「品位」、「威儀」與「德行」，他們親屬相聯，共守盟約。

我雖然手中拿著一紙訴狀，準備呈交憐憫，但一見這伙人在場，他們成事不足，敗事有餘，於是我捏住訴狀不作一聲；我心中明白，憐憫既不在，這些人對我是於事無補的。

我便向他們大家告辭，這些人物中只缺少了憐憫，他們正看護著她的遺體，恰如我上面所說的那樣。暴行者所擬訂的盟約是他們的共同依據，他們一致同意要將我處死。我把訴狀藏過一邊，不敢讓我的仇人們看見。這訴狀的內容是如此：

訴狀

最謙遜的心懷，最可尊崇的境界，慈祥之花，至高的美德，爲了你的光榮，你的僕從——我這樣不揣冒昧地稱呼著自己——在向你表白他所遭受的致命的創傷；這不但是爲他自己的困厄，也是爲你的榮譽；請聽他一一講來。

事情是這樣：你的敵人「殘暴」用了美色的外表遮掩他暴戾的本質，勾結伙伴反抗你的寶位，比如「洪恩」、「華貴」與「禮節」都成了他的同盟，此刻已將你那號稱「溫雅之美」的權位刼奪去了。按你的天性和血統來說，你應與仁慈相結合；的確，你也應以大力援救眞理，使他擺脫困惱。你又是美中之美；無疑的，你若仁慈與眞理兩者不能兼備，這世界就遭了浩刼。夫復何言。你慈祥之花呀，「儀態」與「華貴」沒有你在場能算得什麼？難道你能讓「殘暴」接近你身旁嗎？啊，誰願意忍受下去？所以你若不立即擺脫這個險惡的結合，你就殺害了你自己的信徒。

並且，你若不及時糾正，你的名聲不久就會幻滅，人們將不知憐憫是何物。萬一你的聲譽低落，豈不可嘆！那時「殘暴」篡了你的位，將你踢開，我們這輩求你恩顧的人就會絕望。

啊，你是樂園的女王，求你開恩，我久已誠摯地尋找過你，願你賜我一線慈光，我愛慕你、敬畏你，這心情正與日俱增。啊，我心中悲苦，毫無虛假；我雖不善於訴哀，憑上帝的愛，憐顧我的哀痛吧！

我的哀痛在此：心中所欲總是得不到手，也從未得到過任何類似之物；於是慾念就像火一般焚燒。不但如此，我走到哪裡，哪裡就有我悲哀的源流，不用探求，遍地皆是。現已萬事俱備，專候我的死亡，等待著我的棺木。

我何需絮述我的點點苦痛呢？凡是想像得到的悲哀，我都遭受過，但我總不敢向你申訴。我知道，不論我是睡是醒，你反正顧不到我生死。可是我仍將忠誠到底，絕不辜負你的期望。

換句話說，我將永遠屬於你；即使你通過「殘暴」的手致我於死，我的靈魂還是不離開你，不願任何困苦，我必為你服役。現你既已逝去——啊，何其不幸！——我在此為你悼亡，對你哭訴，我心頭創痛，無以自制。

完

怨詩——致情人❶

I

長夜漫漫，自然界都按照定律，略事安息，否則生命不能延續，可是我卻夜夜愁腸百結，想到我已落在生命的後面，放棄了人生一切樂趣，得不到任何慰藉，只求一死了之。

我通宵這樣思索，又日以繼夜，腦海中仍是放鬆不了。我不須再尋找苦惱，苦惱正在隨時隨地緊逼著我哀號。我盡可盡情哭泣，誰也不來奪取我的憂痛，或打斷我的愁思；我的創痛一針針刺入我心，我生命已不可保。

---

❶參閱〈怨詩——致憐憫〉註。本詩為各種詩體實驗的滙合，也可視為三首不同的詩篇。第一、二兩節沿用「皇家體」，繼以兩段試用「三韻體」(aba bcb cdc……)，最後一部分又首創一種十行詩節。

II

愛神已隔斷了我的路，我心中的願望他再也不會眷顧，憐憫或恩恕都沒有我的份。雖然如此，我這憂傷的心思還是挖不淨愛情所留下的根。我愈愛得深，我的心上人愈使我多受痛苦，因此我已無可救治，再也逃不出一條死路。

III

現在且讓我把她的姓名照實覆述一遍。她名叫，「女性的美德」、「年輕穩健」、「美而不驕」、「有節制的歡樂」，她的姓是：「美而無情」、「智慧結合好運」。因爲我愛她，她就將我辜負而致死。我將終身不渝地愛她，我愛她甚於一切，超過愛我自己十萬倍，超過世上所有的財寶和生命。豈不見愛神此刻竟對我十分冷淡，使我無從分享愛情？呀，幸運的轉輪如此待我，我已被愛神的箭像火一般射中要害。除愛她一人之外，我不知道其他，她是我甜蜜的仇敵。愛神只教了我一種技能，這便是如何效勞到底，即使感受一切痛苦也不罷休。

IV

在我這顆眞誠而多憂的心裡，煩惱多於歡悅，哀哉，我生何不幸。凡是我心所欲，都得不到手，而我所不想要的偏偏可以垂手而得。這一切我不知何處申訴是好，因爲除了她，沒有能救我的人，可是她卻毫不顧憐我的傷痛，我哭也好、唱也好，都不在她的心上。

呀！睡眠的時候我卻醒著；該跳舞的當兒我嚇得發抖。我的心愛，我生命的皇后，爲了你，我過著如此沉鬱的生活，雖然你不全在意！我的確敢說一句實話：依我看，你那鋼刀般的甜心，此刻磨得何其鋒利，我實在承受不了。

我親愛的心，最可愛的仇人，爲什麼你要爲我造成這一切苦惱？我究竟做了什麼，講了些什麼，致使你如此心煩？難道是爲了我只伺候你一人，只愛慕你一人，並決心終生不變嗎？且說，甜心，不可以惡報德。你又善又美，按理不會如此，除非你已有了善惡不等的侍者，而我卻是其中最卑賤的一個。

然而，我自己的甜愛，雖則盡我所能也無法伺候你，不配伺候你，但我可以發誓，世上沒有人比我更情願討得你的歡心，或消除你的煩悶。如果我想到的事都能辦到，你就可以知道我的話究竟是眞是假；因爲再也沒有第二個人像我這樣，一心要想使你稱心如意的了。

我既十分愛你，又十分怕你，過去如此，永遠也如此，再沒有比你更受愛戴的人，也永遠沒有第二個。我其實只求你眞正相信我，請你不要惱怒，容許我不斷爲你服役。如此而已！我不敢設想你會愛我，也沒有如此狂妄；我很知道無此可能；我卑不足道，而你卻如此完善。

你是世上最尊貴的人，我卻是最無前途的。可是，雖然如此，你該很明白我是推不走的，我將永遠忠誠爲你盡力，不論遭受多少痛苦，我必爲你用盡我的五官所及。即使你絲毫不憐惜我，我仍立意伺候你，我將和世上任何人一樣眞誠。

不過，善良尊貴的情人，我愈愛你，愈覺得你對我無情。啊，你的硬心腸何時才能改變？你那女性的憐憫，高貴的品質，和恩恕的美德都到哪裡去了？難道你就不肯分給我一點嗎？我既完全屬於你，甜愛，又曾立下宏願要爲你效勞，如果你仍由我白白死去，你也就一無所得了。

據我所知，我沒有做任何事惱怒你。我從心底懇求，在你此生之中，如果有一天，你見到一個比我更忠實的侍者，你儘可把我拋開，大膽置我於死地，我絕不埋怨。但是，如果你見不到這樣的人，你又豈能聽我如此受難而死？要知道，除了存有一片善意之外，我實在沒有其他的罪過啊。這樣看來，眞心假意之間似乎就沒有任何區別了。

我是生是死，全憑你的意志而定，我以一副馴服的心腸祈求著，你盡可如你的心願將我處理。我寧願你心中快樂而賜我一死，絕不肯在任何時候講一句違犯的你話，或想一件惹你厭的事。所以，求你憐惜我的劇痛，甜愛，降給我幾滴恩露；否則我的一切希望和快樂將就此結束，而我這煩惱的心中將不會留得半絲幸福了。

馬爾斯怨詩❶

前引

歡慶吧，衆鳥們，歡慶這曦微的晨光！看哪，維納斯已從那一道道紅霞中升起！鮮豔的花兒，你們該向這日子致敬，在日出時你們將睜開眼兒來。但心頭惴惴的情人們唯有趕快躲避，莫讓人們的毒口來搬弄是非！看呀，天空的太陽正射著嫉妒之光！

---

❶參看七三八頁〈怨詩——致憐憫〉註。〈前引〉及〈本事〉用七行詩節體，其中〈馬爾斯怨曲〉以十六個九行詩節組成，除〈前引〉一節外，分為五個三節，每個三節有其不同的題材。詩中關於馬爾斯與維納斯故事的神話部分取自奧維德，而有關兩者的天文部分曾經學者們詳細探詩，已有適當瞭解。這兩部分在閱讀時應相互結合起來，方能體會。

眼淚留下了痕跡，心頭受了創，你且辭別而去吧。自有聖約翰在此，你應安心忍受愁痛。總有一天你的悲痛會告終。一夜歡樂所換得的無非是沉重的早晨！——聖者發楞泰因呀，這就是在你的節日那天，當太陽未升之前，我所聽見的一隻鳥兒的歌唱。

這隻鳥繼續唱道：——我勸你們都醒來。凡是未能及時虛心選擇伴侶的，應在此刻誠心誠意地做出決定。凡是已按我所囑選定了伴侶的，不妨再致敬意，重申宿願，以示不變初衷，並準備忍受一切。

爲了尊崇佳節良辰，我將以我這鳥類的心情歌唱，至少要唱出馬爾斯向維納斯辭別時的怨思，那時正値太陽神費白斯升起火紅的明炬，搜索著每一個膽顫的情人，且看傷心的馬爾斯向明媚的維納斯如何表白離情。

本事

有一次，這位第三天庭的主宰，由於天體的運轉以及他自己的德性，曾贏得了維納斯的柔心，這時她將他馴服，成爲他的支配者，於是加以教導，不准他膽大妄爲，既已聽她使喚，便不可任意藐視她的情友。

她嚴禁他心中生妒，或行動凶暴，也不容他苛酷傲慢。在她的駕馭之下，他已十分恭順，唯命是聽，只要她賜以青睞，他必願承當一切，生死都不在意。如是她控制著他，而所使用的鞭杖無非就是她那雙明亮的眼。

誰能比得上她此刻的威風與福分，這位高貴的騎士已在她掌握之中？媚人的維納斯是快樂之源，馬爾斯已願意為她效勞，誰還能比他唱得響亮？他立誓永遠為她服役，她也立誓愛他到底，除非他犯下了錯誤，否則決不分離。

他倆就此永結盟好，相互眷戀著，坐鎮天庭。後來有一天，他倆約定時日，專等馬爾斯盡速溜進維納斯的後宮內院，然後放慢脚步，沿路躑躅，等候維納斯趕上；他央求她千萬以愛情為重，將步子加快。

他這樣說道，「我心頭的甜愛，你該很清楚我處境的險惡；在你我相會之前，我的生命全在命運的掌握之中。可是，只消我一見你的美容，任何死的威脅都不能傷及我，因你那花姿媚態就將安頓我的心靈。」

她見自己的這位騎士如此深情，在兩人會面之前他是如何孤單，心中為他哀憐不已；他這時到處無人勸慰，也無人接應；因而他趕忙上路，他走著兩天的路程，她卻只消走一天。

兩人這一切的重敘，確有說不盡的歡樂。他兩已會合在一起，不用絮叨，只有讓他們去盡情言歡了。英勇的馬爾斯，騎士界的創始者，他此刻兩臂擁抱著花中之后，而維納斯也只顧親吻戰神馬爾斯。

我在書中讀到這時的馬爾斯，在宮中一間內室裡，偷偷摸摸，住了一段時間，終因費白斯的搜尋激起了他的恐懼。原來費白斯手執火炬，悍然閃進了宮門，那明亮的光線直射進內室。鮮花般的維納斯正躺在床上，忽見壁畫中白牛身上，照耀得透亮，心中猜得費白斯已進了宮門，不免要燃火焚身。可憐的維納斯滿身浸著眼淚，兩手抱住馬爾斯，說道，「呀，完了！那照明全世界的火炬已經到臨。」

馬爾斯聽得她如此哀嘆，無心再作纏綿，只得馬上起身。但他生性不知流淚，那心中的悲憤卻由雙眼裡爆出火星。拿起了身旁的鎧甲；他既不肯奔逃，也無法藏身。他戴上奇重的鐵盔，戴起佩刀；手裡揮動大槍矛，好比上了戰場一樣，那槍矛差些被他折成兩半。他舉起沉重的脚步；此時他已不能與維納斯多敘，唯有催她躲避，莫讓費白斯碰見。

啊，可憐的馬爾斯！現在你獨自留在宮中遭難，不免危及生命，將如何是好？你將受到雙重的懲罰，且看那掌握你心靈的維納斯已超越了你的視野。你的行動何其遲緩，除了傷心哭泣，你已一無出路了。

維納斯害怕費白斯的光，只顧沿著她孤獨的途徑奔跑，到達了默格雷的寶塔。可是她呀，在這裡也得不到援助，見不到人影，她感到全身無力。爲了一時藏身，她躲進了門後一洞。這隻洞於大門內兩步路的地方，洞中漆黑，煙霧彌漫，像地獄一般。我將讓她在這黑洞中過上一整天。且說，馬爾斯一時悲憤交集，遏制不住心中的狂怒，差些要噴出血來。他眼見已不能再與維納斯重敘，生死早已置之度外。

他悲恨之至，四肢虛軟，死亡似已臨頭，兩天工夫他他才移動了一步；雖然如此，他還是背著重鎧跟隨著她前進，唯有她才是起死回生的安定劑，如果她一離去，那他眞要比在烈日下烤炙還要難受。

他緊跟在她身後移動，一面哀訴不已，令人聽來傷心。「啊！明亮的美后維納斯，」他嘆道，「爲何我的路途迢迢！親愛的心，我何時再與你重逢？今天是四月十二日，由於費白斯的摧殘，我在這日子裡遭了這場災難。」

上天保佑維納斯！一如出自上天的安排，正當維納斯在哀哭，默格雷疾馳而過，他從白羊宮前一眼掠過他的寶塔，順便向維納斯打著招呼，表示友誼，歡迎她進去坐下。

馬爾斯仍是處境困厄，爲了和維納斯即將各分東西而繼續嘆息不已。我想起了他的一首怨曲，便趁此景色宜人的早晨盡力把它唱出來。唱完後我就告辭。願上天賜福人間的情侶，叫他們永享歡樂！

馬爾斯怨曲前引

哀怨應有哀怨的來由，這才是合乎情理，否則人們將叱爲愚妄。啊，我却不是如此！因而，我必挖盡我的這顆苦惱的心，把我痛苦的根由說明；我並不想尋求補救良方，卻只願意讓大家知道我的病根。

I

啊，自從那控制萬物的創造者賦與我生命，且爲了一定目的領我到此，我就全心全意地永遠爲她效勞——我曾付出了相當代價！——她具有卓越的權能，因而當她怒氣塡膺、目中無人之際，誰也無從取得她的眷顧，或久沐愛的渥澤。

我的話絲毫不假。我的情人仍是美麗與快樂的源泉，寬厚與高貴的根苗；一切美裝華服——其價值何等昂貴！——友情、歡愛、謙遜以及所有美妙樂器的曲調都由她而生。她旣福德雙全，天地間就無處不顯示著她的善行。

她有權力左右我的禍福，我若死心塌地爲她效勞，又何足爲奇？因此我已將這顆心永遠奉獻給她，的確，直到生命盡頭，我必盡心盡力做她的忠僕，她的騎士。人人都可知道，我絕不誇口；爲她服役我不惜今日捐棄我的生命。我祈求恩顧，否則我將見不到她的容顏。

II

我的苦惱該向誰投訴？誰能拯救我？誰能治癒我的創痛？我就向秉性寬厚的情人訴苦嗎？當然不可！她自己已受了驚嚇，心中也很沉重，看來如果向她訴苦，反而於她有害。果眞她安全無恙，也不能歸功於我。啊，情人們爲了愛情總不免經受起多少風險呀！

他們儘可像新煉成的金屬那樣堅實可靠，然而情途多阻，變幻無常。有時情人心硬，不加垂憐；有時竟讓嫉妒找到機會而輕身；有時還遇見惡意的誹謗。啊，他們能取得何人的諒解呢？唯有虛情假意的人才邀得些自在。

總之，情海波濤，起伏難定，長篇說教，也是枉然。我還是重談我自己的苦痛。我心中忐忑，因我的眞愛、我的救星已陷入危境，我不知該向何處去訴苦。啊，心愛！我的主后！爲了你的不幸，我即使不感到更多的傷痛或恐懼，也該昏厥而死了。

III

上帝高坐天庭，爲什麼要在下界創造愛情，或締結姻緣？爲什麼叫人們不顧一切，投進情網？轉瞬間情場歡樂化爲烏有；往往直到生命終了不聞嘻笑之聲。這究竟是何道理？其中有何奧妙？上帝指令蒼生渴求所好，如願以償，若不能長期享受，那又爲何而來？

他讓人們纏綿於情愛，將所愛之物視爲不易毀滅的珍品，同時卻使之遭受種種風險，以致人們領受了神賜，反而因之夢寐難安。這眞叫人百思不解！天公重正義，但對自己創造之物卻如此殘忍。不論愛情久暫，天下有情人無不憂患頻至，多於月輪的圓而又缺，缺而又圓。

看來上天懷恨下界情種，正如日常所見的漁翁，他將魚鉤裝上鮮餌，魚兒都趨之若狂；哪一條魚不吃得有味，卻邊吃邊上了鉤，偶爾釣線斷了，那鉤上的尖刺也將使它永久負起創傷。

Ⅳ

話說希白斯的飾針，嵌滿了印度的紅玉與寶石，含有一種魔力，它能使人一見就感到神志昏迷，好似瘋顚一般。這件珍品能扣人心弦，引人入迷，以致性命難保。凡是獲得這飾針的人都會驚惶萬分而癲狂起來。可是一旦不歸他所有，他心中又將激起雙重的傷感，因爲如此美妙的珍寶他竟得而復失。眞正講來，這瘋狂也還不是那飾針本身所致，其實是造物者有意埋藏了一段禍根，讓得寶的人也逃不了叫苦。因此，禍端本是匠人造成，而愚妄的貪婪者也是罪有應得。

天下情種有誰得以倖免，我當然也不是例外。雖然是我情人的美貌使我瘋癲起來，直到她賜我青睞爲止，但我的災禍卻不是由她而起，實在是造物者美化了她的面龐，以致我渴求貪慾，因而帶來了死亡。我怨造物者置我死地，也怨我自己如此愚拙，妄圖高攀。

Ⅴ

你們這些天下聞名的英勇騎士們，你們既與我同屬一族，學者們又說我是你們的護主，其實我豈能稱得起這個威名，不過既然如此，我還要求你們同情我的困境，千萬莫當兒戲來看待。你們中間最得意的一個還有一天馴服下來。所以我勸你們以慈悲之心，爲我灑同情之淚。你們還有你們女子輩，生性誠摯，也應能憐憫那挨痛受苦的人。現在你們盡可著上喪服；你們眞該哀哭一場，因爲你們的尊后正在蒙難；你們的神聖淚珠應可像雨點般滴落。啊，你們光榮的主后此刻在滿心失望中，驚惶無措。你們大家爲她同聲啼泣吧，她一向天眞謙和，隨時都願意援助你們。爲她哀哭起來，她是很愛護你們的。哭美貌、哭仁恕、哭品德；爲她一哭吧，因爲她結束了你們的苦難；爲她一哭吧，因爲她一慣行善，她是尊榮之母；願你們向她一表至誠。

致羅賽蒙德❶

一首情歌

夫人，你就是衆美的神座，你的光輝照遍了全世界，你像水晶般耀眼，你圓圓的雙頰像紅寶石。你是那樣新鮮活潑，當我看見你在遊樂會上跳舞，我好比傷口上搽了香膏一般，雖然你並未向我丟過任何眼色。

我雖哭得雙眼淚盈，但是那悲哀不致擾亂我心；因你的和藹之聲輕輕傳進我耳，使我滿心充斥著幸福與歡欣。我周身是愛，我舉止溫雅，在痛苦中我仍自言自語地說：「羅賽蒙德，我能愛你就是幸福，雖然你並未向我丟過任何眼色。」

❶從詩的性質看，這道情歌約屬八〇年代詩人寫《特羅勒斯與克麗西德》的時期。

從未有過這樣可口的一條魚浸潤著香汁，像我這樣浸潤著愛；因而我常常自己比做情場的眞心騎士。我的愛絕不會冷淡或消沉；我將永遠熱戀下去。不管你怎樣，我必永久當你的僕役，雖然你並未向我丟過任何眼色。

女性的尊嚴❶

喬叟所作情歌

我心中忘不了你那完整的美質，你那堅定的意志，那全部美德，以及高貴的尊嚴，因此我唯一的願望就是能爲你效勞。我眞心愛慕你那女性姿態、鮮艷的容貌，以及可喜的神情，我已一心選定了你做爲我終身的主后，不論遭受何等困苦，我必堅定不移。

我既毫無怨言，終此一生向你致敬，全力爲你服役，願你也莫將我隨意忘懷。我這顆苦痛的心正在遭難；且看我全心全意，卑躬屈膝，聽從你的一切吩咐，只求你歡悅，願你撫慰我的創傷。

請顧念我爲了愛慕你而心懸不定，啊，這便是我的命運！不知你何日方能賜恩，減輕我的痛

❶由於運用詩體的純熟，可以肯定此詩的寫作的年月應在詩人創作的中期，可能是在1380年之後。

苦，或施捨一點憐憫拯救我，好讓我擺脫這沈重的心情。也許女性有尊嚴，按理不願執刑過於殘酷，對於卑順服從的人應可寬容。

獻詞

文雅的創始者，快樂之后，美中之美，女性之花，願你饒恕我的無知，以慈悲為懷，接受這首歌詞，且念我尚能擒住你完整的美質和堅定的意志。

喬叟致謄稿人亞當❶

謄稿人亞當，你如果有一天為我
抄寫《波伊悉厄斯》或《特羅勒斯》等篇，

---

❶這位謄稿人亞當應是詩人自己的稿本謄寫者，可能就是1392至1404年間的亞當・屏克賀斯脫，是當時倫敦謄稿公會中的一員；在他成為正式會員之前，在1385年喬叟進行《特羅勒與克麗西德》寫作時期，他應已是一個謄稿學徒。詩中提及《波伊悉厄斯》，即指喬叟所譯該哲人所著《哲理定心論》而言；此譯作約成於1380年後數年中。這位羅馬的文藝思想家，繼承柏拉圖、亞里斯多德的哲學傳統，於524年因有參加義大利解放運動之嫌疑，受到羅馬皇帝之迫害而死。他的作品在英國，自奧爾弗勒德至伊麗若白時代，均備受推崇。讀此短詩，亦可略見喬叟的一般風格。

而竟未能謄抄忠實，一字不訛，
我願那瘡癩生滿你髮下耳邊；
你那樣的工作將使我每天
花盡了功夫去刪改、去擦抹；
全為了你過於疏忽、過於倉促。

往古時代❶

在往古時代，人們度著幸福的生活，平安而豐裕。他們吃著田野的果子就可滿足。他們向不飽餐豪飲。那時沒有磨石磨坊；人的主糧是硬殼果、山楂實和槲㭴，喝的是冷泉中湧出的清水。土地未經鋤犁開墾，五穀不靠人手便生長；他們摘下搓捻，積得一把吃半把，已經夠了。土塊不見翻耕，也不從石中取火；葡萄不須修剪，也不用培植，香料不經石臼搥細，更不必摻進酒或醬。沒有運用茜草、木樨或大青從事染色的人，羊毛保存著原有的色澤。飛禽走獸從未被刀槍傷身。人們不知有錢幣，更不知其中有眞假之分。碧海綠浪上沒有通行過船隻。沒有商賈翻山越水，販賣異國奇珍。百姓未聽過戰地號角聲，未見過高塔、方城或圓牆。

---

❶此篇與後面四篇（《幸運辯》、《真理》、《高貴的品質》、《背信忘義》）皆受哲人波伊悉厄斯的影響，應為1380年以後的作品，參閱各該詩的註釋。

戰爭所為何來？既無由獲利，也奪不得戰利品。我敢大膽地說，當人們第一次從地下挖出金屬礦物，流盡了血汗，或從水底尋找第一顆珠寶時，那才是該詛咒的時候。啊，從此開始了貪婪的罪行，從而帶給了我們無窮的憂患。

正如希臘哲人且渥澤尼所說，如果人君霸主所能攫取的無非是窮困寄居的荒山野林，那裡除卻槲栩之類別無充飢的食物，他們也就無意於戰爭了。可是如有充斥的錢囊與豐盛的食糧，人們便不惜犯罪作惡，甚至糾集大軍，攻城陷邑。

最初並無宮殿院落。幸福的人們在山洞中或幽靜的樹林裡睡眠，他們不用圍牆，卻在鋪滿草葉的地上度著安閒的日子。他們不知有塡塞羽毛的床墊或漂白的被單，但他們卻也安眠無憂。他們心心相連，誰都沒有隱痛，人人以忠誠相待。

那時尚未錘出鱗鎧片甲。百姓溫順若羔羊，沒有罪惡，與人無爭，彼此相敬相愛。沒有驕矜，沒有嫉妒，或是貪吝專制，橫征暴斂；一切都是謙和、安樂、信義和至德。

當時那奢慾之父、淫蕩的裘必妥還沒有入主世界；當時蓄意稱霸的英雄獵戶寧錄尚未建成高塔。啊！今日的世人啊，只好慟聲號哭了！我們的時代裡只有貪婪、詭詐、叛逆、嫉妒、下毒、屠殺與種種罪孽行為。❷

---

❷根據中世紀傳說寧錄乃巴別塔的建造者，參看《聖經》《創世紀》第11章。

幸運辯

歌頌一個忠實的朋友❶

控告幸運

這條險惡的世途何其多故，

❶這位「忠實的朋友」以及詩中的「至友」所指可人，各說不同，大底不指詩人的護主，即指理查王子，而後者更較可信。1390年，皇家賞賜臣民之權操縱於三位親王手中，故本詩「跋詞」中有兩人或三人之說。詩中提及希臘哲人蘇格拉底，稱之為百折不撓的戰士，乃當時流行的看法。

真是朝秦暮楚，禍福不停留，
一切聽憑幸運去任意擺布，
並沒有任何章法，或半點理由。
可是那怕你對我用心如何，
我總不會死心塌地向你哭啼，
唱什麼「我的時光和精力已全付東流」；
老實對你講，幸運，你不在我眼裡！

我心中留下了一點理性之光，
使我在你那千變萬化的鏡頭上，
仍能辨別敵友。雖然世事滄桑，
正好叫我學得聰明，不上你的當。
人能掌握自己，就不會對你買帳！
你的殘酷行為不能使我驚奇，
因我既胸有成就有了保障；
老實對你講，幸運，你不在我眼裡！

啊，蘇格拉底，你是百折不撓的戰士，
幸運無法在你身上施展淫威；
你不害怕她對你有任何壓制，
她的花言巧語也不會叫你吃虧。
你看破了她一切的色澤光輝，
她以欺詐為榮，你卻能置之不理。
我也懂得她總是謊話一大批；
老實對你講，幸運，你不在我眼裡！

幸運答辯

誰都不會倒霉，除非你自認無能，
凡人能自有把握，方得事事如意。
如果你相信已遠離了我的禁城，
為什麼又說我待你過於嚴厲？

你向我求道，「願你寬恩護庇，
像你過去一般。」那你又何須鬪爭？
為你的前途你怎知我將如何提攜？
何況，你還有至友在為你關心。

我曾教過你認清真實的朋友，
一個假獻殷勤的人最不可靠；
人若眼睛失明往往要利用鬣狗
以它的苦膽治病，你倒無此需要；
因你雖一度模糊，現已能觀察精到。
你駕駛何等平穩，必然安渡迷津，
到達我所管轄的豐裕的寶島；
何況，你還有至友在為你關心。

從我教養你以來，你曾享受歡樂，
同時卻有多少人遭到我的白眼！

難道你反而要對我訂下規約，
背叛你的主后，迫我聽你調遣？
你既生於我這多變之國，不免
就得跟著衆人隨風飄零。
你與其自苦，不如多聽我的勸勉；
何況，你還有至友在為你關心。

反駁幸運

我咒詛你的教義，一味與我為難。
盲目的女神，你休想刧奪我的至友！
你使我結識了你手下的伙伴，
我感謝你。願你立將他們拘留！
他們所囤積的錢財在向你招手，
他們聚斂愈多，你愈好一手搗破；
好比疾病的前夕，必先削弱胃口：

這規律自可普遍應用，不會有錯。

幸運再辯

因為我曾分贈給你一點財富，
如今我要收回，你便謾罵不已，
向我發洩怨氣，控我幻變無度。
你何苦污辱我的尊嚴，對我無禮？
豈不見海潮也有高低，忽落忽起；
風晴雨雪，天空也永在顛簸；
因此我也表現著這多變的定理：
這規律自可普遍應用，不會有錯。

要知道那統轄萬物的天父，
周覽宇宙，運用了公正大義，
而你們芸芸衆生，盲目的蠢物

竟認為這就是「幸運」的標記！
其實天道雖然永恆不變，但大地
與人世，卻奔逐漂忽，浮沉起落；
你這一生乃是我的興趣所寄：
這規律自可普遍應用，不會有錯。

幸運跋詞

公侯們那，我求你們仁恕為懷，
莫讓這個人對我不停地泣訴，
我請求你們趕快設法安排，
兩人或三人會商後予以照顧；
除非你們自願伸出一臂之助，
否則就請轉囑他的至友輸財，
好使他踏上比較光明的道路。

真理

規誡之歌❶

逃出塵網來，和真理住在一起，
過著縮衣節食的日子，知足自樂；
斂財會引起怨恨，高攀易受排擠，

---

❶這首詩被認為喬叟臨危時所作，以誡世人；但詩中有「牛羊也出棚住」及《跋詞》中「阿牛」，顯然指一人而言；經學者考證喬叟好友克利福德的女婿阿牛（原名Vache），於1386至1389年間，由於朝政有變而失意一時，故此詩之寫作應在1390年前。

熱鬧場中多嫉妒，富貴叫你眩惑；
取得你應得的一份，不求超過；
若要勸勉旁人，先自遵守規矩；
真理必將拯救你，無須疑懼。

路見不平，不可任意激動心情，
交給那圓球般滾轉著的幸運：
少一點緊張，自然就多一點安寧；
螳臂當車的事，其實不足為訓；
更不必以卵擊石，力求能含蘊。
要管旁人，先管你自己，免討沒趣；
真理必將拯救你，無須疑懼。

學習逆來順受，遇事謙恭溫良，
在這世上你若強求，就自投末路。

這裡不是家鄉，這裡無非一片荒涼：
出來吧，塵世的旅客！牛羊也出棚住！
抬起頭來，感謝上帝，認清安身處；
聽你精靈的指引，順著大路向前去；
真理必將拯救你，無須疑懼。

跋詞

所以，阿牛，拋棄你那一套可憐相，
再不要甘心下氣，做一個奴隸；
求上帝賜恩，因他永以仁慈為上，
憑空將你造成了人，你應立意
靠攏這唯一的神靈，求他普濟
世人，使你和人人都可消除愁慮，
真理必將拯救你，無須疑懼。

高貴的品質

喬叟德頌

任何人若要自稱高貴超凡，
必須尊奉那品質崇高的始祖，
繼承他的遺志，他才是高貴之源，
後人應努力遵循美德，而消除
敗行。原來有德才有榮，假如
行為不正，我敢肯定說，就一無可觀，
那怕你戴上了法冠、皇冕或花圈。

這位人類的始祖確是至德至善，
言而有信、沈靜、仁慈、寬厚待人、
心地純潔，且喜愛勤勞，厭惡懶散，
他認為勞動就是人的高尚本能；
因此他的後裔，如果存心不仁，
即使金玉滿堂，卻與高貴不相關，
哪怕你戴上了法冠、皇冕或花圈。

世傳的財富往往造成後代的惡行；
而人們都可明瞭，那崇高的品質
卻不能世代相承，貴冑的門庭
也沒有他們能獨占的道德標飾，
唯有始祖以德為貴，他的後世
必須克勤克儉，以博取他的心歡，
哪怕你戴上了法冠、皇冕或花圈。

背信忘義❶

歌詞

從前，人們曾經以信義為重，
那時一句諾言，就保證履行；
可是，近人卻只顧競相欺弄，

❶在英國當時的社會及政治情況之下，很可能引起喬叟寫這樣一勸諫的詩，贈給年輕的理查王；約由1386至1390年，喬叟的護主龔脫離國出征，朝政握於一般弄權的皇親大臣手中，喬叟亦因而失寵；1389年5月，理查王20歲成年，毅然收回王權，召龔脫回國，喬叟被派任皇家產業之主管，直至1391年6月又被撤職。

言行不一，因而是非不明，
人人為了徇一己的私情，
於是顛倒黑白，貪污謀利，
而世事全非，因為人們背信忘義。

為什麼這個社會如此多變？
無非是人們喜歡彼此傾軋，
不肯團結一起。他們如果看見
有人不善於玩弄手段，欺壓
友鄰，就認為他才氣不夠大。
這都起於無恥的唯我主義，
而世界全非，因為人們背信忘義。

真誠受人鄙棄，理智視為虛構；
道德已趨淪亡，邪惡猖狂；
憐憫不再存在，見死也不救；

利慾薰心，善惡不分，認識反常。
世人已由誠實變為荒唐，
由正直轉為不可言喻的乖戾，
而世事全非，因為人們背信忘義。

詩跋奉獻理查王

君王啊，願你重視高貴的品質，
教導你的子民，切勿貪多無饜！
在國境中莫讓任何敗行劣跡
玷污了你的威名和權限。
拿出你那懲罰罪惡的寶劍，
敬畏神明，愛真崇信，厲行法律，
使全國人民都能重歸信義。

維納斯怨詩❶

I

在我心情沉重的時候，偶爾憶及他那可尊敬的品德，他的眞誠和堅貞，我便滿心舒暢，感到了無上的快慰，我這一生已全都歸他所有。誰也不能責難我，因為世人都在稱頌他的美德。他慈悲為懷，知情達理，任何聰明人都是望塵莫及的；天觀照著他，使他成為騎士界的至寶。

❶這是一篇譯作。「跋詞」裡的法國詩人格龍生在1393年得英王理查二世所授年俸，可能即於此時與喬叟有過往還。本詩乃喬叟根據格龍生三首歌曲自由譯出。詩以維納斯為題，非喬叟原名，起自後人誤會。「跋詞」中「公主」譯自"princesse"，但其他稿本有用"princes"字樣者，故本詩究係獻給何人難有定論。詩格除「跋詞」外，用皇家七行體，可參閱〈怨詩——致憐憫〉等篇註。

爲了他的美德，尊榮本身也尊崇他；自然界把他培育得如此完美，我要保證永遠歸他所有；單看世人都在稱頌他的美德。

儘管他如何完善，他卻從不驕矜，無論在言語裡、工作中、態度上，他對我總是十分謙和，並能一心一意伺候著我，使我心中毫無牽掛。他一味尊重我，供我使喚；難怪世人都在稱頌他的美德。

II

的確，愛神呀，人們爲了要換取你的貴重禮物，應該付出很高的代價，譬如：通宵不能入睡，飲食不能下咽，笑裡含淚，哀嘆變爲歌曲，垂頭喪氣，面色變幻無常，夢中發出怨聲，舞蹈時恍惚迷離——一切感受無非都與快樂相反。

「嫉妒」必須受到絞刑！這女魔到處窺視打聽。不論你行爲如何端正，她總認定你在爲非作歹。爲了愛的賞賜，爲了那屢次過分的恩施，我們付出了多大的代價，其結果是愁煩超過歡欣，一切感受無非都與快樂相反。

愛神賞給你的瞬息的喜悅，而你所承受的卻是千斤重擔。原是狡詐成性的「嫉妒」無時不在混淆是非。我們永遠心中忐忑不定，苦痛無止境；我們得不到片刻安寧，而常常災禍降臨，終究一切感受無非都與快樂相反。

III

可是，愛神，我這樣說絕不是爲了要逃脫你的網羅；因爲我當你的侍役爲時已久，我豈願就此告辭。那管「嫉妒」經常磨折著我！只要我還能和他相會，也就心滿意足了；因此，直到生命告終，我只知道唯他一人最可愛，這是眞心話，我絕不會反悔。

當然，愛神呀，我觀察到人們的不同情況，知道你一向寬大爲懷，指引我選擇了世上最完善的一個人。所以，心愛的，專心一致地愛吧；盡可讓猜忌的人來做嘗試，且看我如何忍受痛苦而絕不叫饒；我只知道唯他一人最可愛，這是眞心話，我絕不會反悔。

我的心呀，你也可以知足了，因爲愛神賜給你如此洪福，讓你選中這世上最高貴的人，最稱心滿意的人。我既找到了幸福之所在，就不必再三心兩意。這裡，我將結束這首怨曲；我只知道唯他一人最可愛，這是眞心話，我絕不會反悔。

跋詞

公主，願你善意接受這首怨詩，我才疏學淺，卻冒味呈獻，懇求你開恩眷顧。我年老力衰，精雕細琢已不可能；加之，英語中韻脚過少，要學得法國詩壇名師格龍生那般一字不苟的高超技藝，對我來說，委實是一場嚴格的考驗。

維納斯怨詩完

喬叟的詩跋酬司各根❶

天上的律令本是亙古常存，
現在卻也遭到破壞，因為
我見那照耀天空的七位神靈，
恰如這世上生命有限的人類，
也在哀號啼哭，流著苦淚。
這異象真叫人嚇得膽戰心驚，

❶學者們認為這裡的司各根，乃約翰・司各根之弟亨利・司各根，1361至1407；曾任亨利四世諸子的啟蒙教師，著有〈道德歌〉一篇，其中曾引錄喬叟所作〈高貴的品質〉，他向稱喬叟為師。這首詩應作於1393年。

呀，借問這究竟是何原因？
自古以來神意就有過顯示，

從那第五天環，無論怎樣，
不許漏出點滴眼淚；可是
此刻維納斯卻在她的天庭上
淚流不止，即將把我們淹葬。
呀，司各根，這都是因你的罪過，
引起了這場洪水泛濫的災禍。

難道你沒有一味肆意任性，
狂妄自傲，不怕褻瀆女神，
竟口出惡言，觸犯情場禁令？
莫非是，你苦惱，而情人卻不聞不問，
你於是擇定了九月底與她絕情？
可是，司各根，老少人等向來

見你出言不慎而加以責備。

你不知高低，居然打擾愛神，
來為你的狂言作證核實，
因此她不肯再做你的保護人。
雖然她，司各根，未把神弓怒折，
然而見到你我這類貨色，
他已無意為我們發箭復仇；
他不會傷害你我，也不會拯救。

可是，朋友，我倒是為你發愁，
深恐愛神因你犯下的罪名，
而懲罰一切華髮圓臉的老頭，
你那模樣，據說，最善於弄情。
果真如此，你我就枉費了一番心；
不用說，你將回答我，面露笑容：

「看你白發蒼蒼，卻詩意正濃！」

不對，司各根，願你切莫這樣講——

求上帝保佑！——我那入睡的詩靈

豈容喚醒，而重新惹我浮想，

他猶如寶劍入鞘，已落得安寧。

我當初年少，曾邀她為我爭浮名，

如今方知曉，筆下詩文似水流，

人生一轉蓬，確是片刻不停留。

跋詞

司各根，你在左右逢源的水頭

跪迎，高山仰止，樓臺鄰近，

而我卻奄奄一息，僻居下游，

好比孤魂野宿，無人過問——

然而，司各根，記取西塞祿的《友論》；
莫忘了故人，該結出友誼良果！
再會吧，愛神面前不可再輕浮。

喬叟的詩跋酬伯克頓❶

我的伯克頓，當我們在基督面前
問他何謂忠誠，何謂貞操，

---

❶在當時可能與喬叟來往的伯克頓有二，本詩指何人，學者無定論。羅伯脫·伯克頓與皇室有關，為當時法界、政界人物。彼得·伯克頓與皇家出征軍隊有關，亦當時一位有名人物。詩中提及《坎特伯利故事集》中巴芙婦，可見此詩必作於喬叟晚年。至於「解去弗里西蘭（荷蘭北岸）當囚差」的一點，應指1396年8月至9月間出征之事，故彼得或羅伯脫之婚期亦應在此年。詩中反對結婚的辭調乃當時所常見的文藝傳統產物，不可認以為真；第一節末行提到「又一次墮入深淵」的話，亦係戲詞，同時我們應該記得喬叟之妻菲麗巴公認死於1387年，離此詩作時期已將近10年。

他對此卻只是默默無言，
似乎是說，「人都不可靠」。
因此，我雖一度許願，想要
描寫人在婚後的苦惱心酸，
我怕在寫作中出言荒謬，
而使我又一次墮入深淵。

我不能說任何人會甘心情願
永遠咬嚙著魔鬼的鐵鏈；
我敢說他若一旦能跳出苦難，
他絕不肯再受恁般縲絏。
可是往往也會有個糊塗蟲出現，
寧願被困，而不想爬出牢獄，
願上帝永不讓他出頭露面，
由他如何哭泣，不必為他憂慮！

然而為了免得你犯更大錯誤，還是娶妻；
凡人與其欲火攻心，倒不如嫁娶為妙。
當然你將身受種種苦痛，卑躬屈膝，
反正逃不出那些聰明人所料；
如果《聖經》還不夠使你明白此道，
經驗自然也會讓你學得些乖，
有的重新落進那婚姻的圈套，
寧可被解去弗里西蘭當囚差。

跋詞

我贈給你這首短短的詩，
勸你注意其中的箴言或譬喻；
人若不會享受安樂就是個白癡。
只要你心中有數，自不必猶豫。
關於這點，我求你姑且考慮

那位巴芙婦的一番高論。
願上帝給你自由，領略人生真趣；
無人甘於忍受奴役的命運。

喬叟的怨詩致錢囊❶

我的錢囊，我要向你單獨地苦求，
唯有你才是我心愛的女郎！
你減輕了份量，真叫我發愁；
我願你轉虧為盈，飽滿、慈祥，

❶此詩是喬叟晚年所作；新君亨利四世於1399年9月30日加冕，此詩刊行得即得新君之賞識，詩人於該年10月3日領到皇家恩俸。怨詩為喬叟早期慣用詩格，而以錢囊代替一般怨詩中的女郎。第三節中「送我離去這座都城」，係指喬叟因生活窘迫，曾擬遷出倫敦居住而言。

免得我窮途末路，走向死亡；
因此我要請你寬恩，向你討饒：
趕緊加重份量，否則我就完了！

求你在今天黑夜來臨以前，
讓我聽到你那幸福之音，
或是見到你的太陽般的容顏，
金黃閃爍，誰也不能與你競爭。
你是我的生命，唯有你能駕馭我心，
你是慰藉之母，似應與我友好，
趕緊加重份量，否則我就完了！

錢囊呀，你照耀著我這生命之路，
在人世間唯有你是我的護神，
但是你既不願為我把守空庫，
就請你送我離開這座都城；

我囊空如洗，像個禿頭僧人。
我只有真心誠意向你祈禱：
趕緊加重份量，否則我就完了！

喬叟題跋

啊，我的君王，你威震英倫，
人們一致擁護，王位世承，
你能清除我們心中憂鬱，
讓我奉獻給你這首歌曲；
請你眷顧我這懇切的下情！

責反覆無常的女性

夫人，你水性楊花，傷了許多男子的心。我知道你從未有過半年的功夫一心一意愛著一個人；罷了，你竟如此多變！你一味追求著新奇，不肯一刻安定；你嫌藍色太樸素，換上了碧綠的衣裝。

正如鏡中留不住任何形象，來無影去無踪，這就是你的愛情，單看你所作所爲，便可作證。忠誠抓不住你的心；你就好比風中信鷄，隨風轉臉；人人都看得清；你嫌藍色太樸素，換上了碧綠的衣裝。

你既變幻成性，正該在廣場示衆；大利拉、克麗西德或肯黛絲王后都還遜你三分；你的忠誠就在於多變；這惡性已根深蒂固，誰也難從你心中剔除。今天你喪失了一個配偶，明天就可補上兩個；你在夏日衣著輕盈——你心中明白我何所指吧。你嫌藍色太樸素，換上了碧綠的衣裝。❶

❶肯黛絲王后為《亞歷山大傳奇》中人物。本詩用皇家七行體，參閱〈怨詩——致憐憫〉註。

怨歌——作於溫莎❶

我是世上最可憐的人，對自己的慘景確已束手無策，此刻我開始向她做最後呼籲，唯有她控制著我的生命，可是她對一個眞心人竟毫無憐憫，我雖忠誠相待，她仍不惜置我於死地。

難道我一切言行就沒有一點能邀得你的歡心嗎？啊，完了！我的苦命呀！見我悲嘆你反歡笑，因而把我的幸福剝奪殆盡。我好比被拋在一座無情的海島上，再也無以逃生；甜心呀，爲的是我愛你最眞切，可是我竟受到了這樣的待遇！

的確，我推斷出一條眞理：如果你的美色與仁德是可以估價的話，由你叫我如何愁苦，我也甘心情願；原來我是世途上最渺小的一個行客，竟而妄自尊大，敢於高攀絕頂，何怪乎要遭你冷

❶溫莎為當時皇宮所在地，喬叟早年既在皇家服役(1367)，此詩似為青年時期所作。詩格為詩人一生慣用的皇家七行體，凡13節，參閱〈怨詩——致憐憫〉註。

眼相待？

啊，我的生命已到達了盡頭，我知道死亡就是我的終結。我唯有悲唱一支令人生厭的歌曲：

在苦難中我度過這一生。

我雖苦惱已極，但你當初的恩遇和我的深情促使我不顧一切，愛你如命。如是，絕望伴隨著我，我在愛中求生——豈能求生，我在絕望中只有死亡！你既叫我無辜受難，以至於死，難道我就此放過不問？是呀，誠然如此！我雖因她而不免一死，但我爲她顚倒，卻是我自作自受；是我自願聽她使喚，豈能歸罪於她。

那麼，我的煩惱既由自己造成，且自己甘心承受，她並未加以可否，我該可一言道破：即使我不幸而死，却無損於她的德性，我是一條可憐蟲，一怨她天生麗質，二怨我看中了她。

如此看來，我的苦惱而死，仍是起因於她；此刻只要她願意講出一句好話，我便得救。難道她竟眼見我愁痛而自鳴得意嗎？啊，人們供她使喚乃至喪命，想必她已司空見慣，且引以爲樂了！

可是，有一點很難理解：她既是我心目中的絕代佳人，是自然界所塑造之空前絕後的完善成品，卻爲何她竟然把慈悲棄若糞土呢？這顯然是自然界莫大的缺陷。

然而，天呀，這一切卻又不是我意中人的差錯，我唯有痛責造物主與自然之神。她雖對我缺乏憐憫，我仍不應藐視她心中所好，因爲她對人人都是一樣；見人們嗟嘆，她便哂笑，這原是她的一時高興；而對她的一切好惡，我只有唯命是從，毫無異議。

雖則如此，我仍將鼓起勇氣，埋下一顆愁苦的心，向你懇求，望你施展大恩，傾聽我冒昧呈辭，俾得表達我的沉痛，至少求你一讀我這首訴歌，我一面膽戰心驚，唯恐於不知不覺中一言不愼，而反使你心生厭惡。

願上帝救我的靈魂！天下恨事莫過於因我言語不愼而惹動了你的怒火；其實，直等我身死埋進了黃土，你也難遇見一個更爲眞情的侍者；我只顧向你訴怨，還望你寬恕我，啊，我心頭的愛人兒！

不論我前途是生是死，我從來就是，永遠也是，你的躬順眞實的侍者；你是我生命之源，也是我生命的終局，是光輝的維納斯的太陽；自有上帝和我的眞心爲證，我唯一的意願是永遠愛你如初戀時一般；是生是死我將永無怨言。

這首訴歌，這首傷心曲，作於百鳥擇配的聖發楞泰因的節日，現在我獻給她，我的一切已歸她所有，永遠由她支配；雖則她還未垂憐於我，我仍將爲她效勞到底，我最愛她一人，即使她置我於死地。

完

美人無情

三疊循環詩

你明媚的眼睛使我一見傾倒；
我怎承當得起那種勾魂的魔力，
我的心房給刺破了，痛苦已極。

請以好言撫慰我，並求你趕早，
趁我這心頭的創傷還未崩裂，
你明媚的眼睛使我一見傾倒；

我怎承當得起那種勾魂的魔力。

我有一片忠誠，我要向你買好，
因你是我的後，我生命的浩劫；
唯有一死才見得我如何懇摯。
你明媚的眼睛使我一見傾倒；
我怎承當得起那種勾魂的魔力，
我的心房給刺破了，痛苦已極。

*　*　*

但是美色已矇住了你的心靈，
排出了憐憫，那怕我怎樣哀泣；
驕矜已把那惻隱的心苗遏抑。

我將無辜地死去，你何其薄情；
願你聽我向你表明我這心迹；
但是美色已矇住了你的心靈，

排出了憐憫，那怕我怎樣哀泣。
天工為你精心雕琢，片刻不停，
造成了你這麼一副花容玉質，
管教我命夭折，你卻心硬如鐵。
但是美色已矇住了你的心靈，
排出了憐憫，那怕我怎樣哀泣；
驕矜已把那惻隱的心苗遏抑。

* * *

我既安然逃出了愛神的囚牢，
再也不想重受他的無情磨折；
我只覺自由可貴，他一文不值。
他可能還喋喋不休，百般阻撓；
但我滿不在意，多說也屬無益。
我既安然逃出了愛神的囚牢，

再也不想重受他的無情磨折。

愛神在他名單上把我剔除了，
我不覺得有何惋惜，他剔我也剔，
我和他就一刀兩斷，彼此決裂。
我既安然逃出了愛神的囚牢，
再也不想重受他的無情磨折；
我只覺自由可貴，他一文不值。

喬叟諺語

I

你為穿上這許多衣衫？
豈不知這是酷暑天氣！——
大熱之後跟來了大寒；
到那時誰肯將皮衣拋棄！

II

廣闊的天地，偉大的空間，
短短兩臂休想包攬，
誰若不問高低貪無饜，
誰就一無所得空自歎。

完

⑥天路歷程

約翰・班揚／著
西海／譯・蘇其康／導讀

300元

夢者從意識層面的剪接敍述，將廣義的基督教民間傳統以及聖經上宗教想像加以統合，使意識世界與潛意識世界渾然結合在一部獨特的小說鋪陳當中。

⑦憨第德

伏爾泰／著
孟祥森／譯

150元

⑧少年維特的煩惱

150元

歌德／著・侯浚吉／譯・鄭芳雄／導讀

⑨達達蘭三部曲

400元

都德／著・成鈺亭／李孟安・譯／導讀

達達蘭，他幾乎是上帝在法國南方所造就的一個經典：他們即便沒撒過謊，卻從來也沒說過一句實話。「我只要一張嘴，南方的力量就到我身上來了」。——達達蘭即使一點都不「巴黎」，卻仍舊是道地「法國」的。

⑩紅與黑

斯湯達爾／著
黎烈文／譯・邱貴芬／導讀

300元

⑪普希金詩選

普希金／著
馮春／等譯・呂正惠／導讀

450元

「他像一部辭典一樣，包含著俄羅斯語言的全部寶藏、力量和靈活性。……在他身上，俄羅斯的大自然、俄羅斯的靈魂、俄羅斯的語言及性格都反映得那樣純淨、那樣美。」

⑫黛絲姑娘

哈代／著
宋碧雲／譯・劉紀蕙／導讀

200元

⑬**拜倫詩選** 拜倫／著 查良錚／譯・林燿德／導讀 500元

⑭**雪萊抒情詩選** 300元
雪萊／著・楊熙齡／譯・林燿德／導讀

⑮**包法利夫人** 福婁拜／著 李健吾／譯・彭小妍／導讀 200元

⑯**酒店** 左拉／著 鍾文／譯・林春明／導讀 200元

⑰**娜娜** 左拉／著 鍾文／譯・彭小妍／導讀 250元

⑱**僞幣製造者** 紀德／著 孟祥森／譯・阮若缺／導讀 200元

⑲**窄門** 紀德／著 楊澤／譯・阮若缺／導讀 150元

⑳**審判** 卡夫卡／著 李魁賢／譯・導讀 200元

㉑**湖濱散記** 梭羅／著 孟祥森／譯・單德興／導讀 150元

㉒**大亨小傳** 費滋傑羅／著 喬治高／譯・林以亮／導讀 150元

㉓**熊** 福克納／著 黎登鑫／譯・鄭明哲／導讀 100元

㉔**太陽石** 帕斯／著 朱景冬／等譯・林盛彬／導讀 400元

愛情與死亡，快樂與悲傷，現實與夢幻，地獄與天堂，歷史的追憶，未來的嚮往，諸般如此永恆的對立，在帕斯的詩中「象徵」得如此鮮活而又「偉大」。這一定又是一位「不死」的詩人。

㉕一九八四

歐威爾／著
邱素慧／譯・范國生／導讀
150元

㉖地下室手記

杜斯妥也夫斯基／著
孟祥森／譯・呂正惠／導讀
150元

㉗復活

托爾斯泰／著
鍾斯／譯・呂正惠／導讀
250元

㉘里爾克詩集（Ⅰ）

里爾克／著
李魁賢／譯・導讀
250元

里爾克在《杜英諾悲歌》中所處理的題材是：人的困局及其提昇超越之道，由閉塞的世界導向開放世界之過程。到了《給奧費斯的十四行詩》；則已攀登至世界內部空間而遙遠地立於彼岸。

㉙里爾克詩集（Ⅱ）

里爾克／著
李魁賢／譯・導讀
350元

《新詩集》是里爾克親炙羅丹工作倫理的教益後，學習如何觀察事物，並探究其內在生命的一連串思潮轉化的創作記錄。《新詩集別卷》則是那之後一種欲罷不能的焠煉。詩人將此詩集題獻給「偉大的友人：奧克斯特羅丹」。

㉚里爾克詩集（Ⅲ）

里爾克／著
李魁賢／譯・導讀
250元

諧和的韻律是里爾克一向不忘顯露的才華，在物象的取向上預示了即物主義的先兆。《形象之書》可說是從原始性、泛神論性之自然感情的表現，轉化到巴黎時代外在清澈觀照之運作過程的記錄。

㉛權力與榮耀

葛林／著
張伯權／譯・王儀君／導讀
150元

㉜湯姆叔叔的小屋 450元

史托夫人／著・黃繼忠／譯・廖月娟／導讀

故事的場景落在一個素稱文雅的上流社會所不齒的種族之中；他們來自異域，其祖先生長在熱帶的烈日之下，帶來一種與專橫跋扈的盎格魯・撒克遜人截然不同的民族性，以致於長期受到後者的誤解與蔑視。

㉝紅字 150元

霍桑／著
鍾斯／譯・鄭永孝／導讀

㉞卡里克拉 150元

卡繆／著
阮若缺／導讀

㉟茵夢湖 100元

施篤姆／著
俞辰／譯・鄭芳雄／導讀

㊱燃燒的地圖 150元

安部公房／著
鍾肇政／譯・林水福／導讀

㊲一位年輕藝術家的畫像 150元

喬埃斯／著・黎登鑫／譯・陳雄儀／導讀

㊳雪國・千鶴・古都 300元

川端康成／著・高慧勤／譯・導讀

㊴波赫斯詩文集 200元

波赫斯／著・張系國／等譯・曹又方／選編

阿根廷沒有民族文學，可是卻產生了一位文學天才，其神秘與難以捉摸的程度，猶如月光下草地上的波動影子。

㊵麥田捕手 150元

沙林傑／著
賈長安／譯・莊因／導讀

㊶鐵皮鼓

葛拉軾／著
胡其鼎／譯・導讀

450元

還記得那個電影中「拒絕長大的男孩」奧斯卡嗎？親愛的奧斯卡，我覺得你比電影中的他更像個英雄，你絕不會只是一個男孩的，因爲你懂得如何「拒絕長大」。

㊷貓與老鼠

葛拉軾／著
李魁賢／譯・導讀

200元

他不是書呆子，只是相當用功……，沒有發揮好勝心，且不參加惡作劇。他變成全然特殊的馬爾克，半因出類拔萃，半因特立獨行而博得喝采。結果後來卻希望在馬戲團的舞台上、扮演丑角。馬爾克，你眞偉大！

㊸達洛衛夫人・燈塔行

400元

吳爾芙／著・瞿世鏡／等著・簡政珍／導讀

這兩部小說的精華正是語言在作品中留下的無數空隙。以讀者觀之，空隙的存在成了測試他閱讀作品能力的標準。介入空隙或被空隙淹沒，取決於讀者鑑賞作品的潛能。

㊹誰怕吳爾芙

阿爾比／著
陳君儀／譯・紀蔚然／導讀

200元

一場午夜開始的Party，一群（其實只有四個）知識分子塑造虛無的實際過程，這其間的詭辯有時近乎夢囈卻充滿了書生氣，當然那裡頭也有許多了不得的髒話系統，讓你覺得髒話也可以成爲藝術。

㊺我是貓

夏目漱石／著
李永熾／譯・／導讀

200元

桂冠世界文學名著 3
總策劃／吳潛誠

坎特伯利故事集
THE CANTERBURY TALES

原著>喬叟
(Geoffrey Chaucer)
譯者>方重
導讀>蘇其康
總策劃>吳潛誠
執行編輯>湯皓全
出版>桂冠圖書股份有限公司
發行人>賴阿勝
地址>台北市新生南路三段96之4號
電話>(02)3681118・3631407
電傳>886－2－3681119
郵撥帳號>0104579－2
登記證>局版台業字第1166號
印刷>海王印刷廠
初版一刷>1994年1月

ISBN 957－551－622－2
定價>新台幣

國立中央圖書館出版品預行編目資料

坎特伯利故事集／喬叟 (Geoffrey Chaucer)
原著；方重譯；蘇其康導讀. －－初
版. －－臺北市：桂冠，1993〔民82〕
面； 公分. －－〔桂冠世界文學名著；
3〕
譯自：The Canterbury tales
ISBN 957－551－622－2（平裝）

873.412　　82001281